絲縷殺機

THE CORSET

Laura Purcell

蘿拉・普賽兒——著　顏湘如——譯

「男人呀，誰無親愛的姊妹！
男人呀，誰無母與妻！
你磨耗的不是麻布衫，
而是人的性命！
縫啊縫啊縫，
忍受窮苦、飢餓與汙垢，
穿上雙股線，一面縫襯衫，
一面縫壽衣。

談什麼死神呢？
那駭人骷髏般的幽靈，
我幾乎無懼他的可怕形體，
看來與我何其相似——」

——摘自湯瑪斯．胡德（1799-1845）〈襯衫之歌〉

1 朵蘿西亞

我那聖人般的母親曾教導我七項有形哀矜之行：食飢者、飲渴者、衣裸者、顧病者、舍旅者、探囹圄者與葬死者。她還在世時，我們多半都一起從事這些行為。後來我和爸爸安葬了她，因此清單上又勾銷了一項。

我未能達成的善行僅有一項：探囹圄者。像我這種身分地位的女子有大量機會提供食物與衣服，但能進監獄探望誰呢？她所認識那些高貴文雅之士，有誰曾經入獄過呢？

有一回用早餐時，我向父親提起這個難處。我的話語隨同茶的蒸氣懸在空中，熱騰騰，令人不自在。我仍然可以越過報紙上緣，看見爸爸瞇起那雙灰色眼睛。

「善行不是競賽，朵蘿西亞。這些『慈善行為』——妳不需要全部去實踐。」

「可是，父親，媽媽說……」

「妳也知道妳母親是……」他低頭看著報紙，尋思適當字眼。「她對宗教有一些奇怪的觀念。她說的話妳不能太上心。」

我們沉默了片刻，餐桌另一頭的空椅讓我們感覺到她不在了。

「媽媽是天主教徒，」我一邊在吐司上塗奶油一邊說：「我不會以此為恥。」

即使我當著他的面出言詛咒，他的臉也不可能比現在漲得更紅，雙頰都變成紫褐色了。

「妳不許在監獄裡四處奔竄，」他咆哮道：「不必介意妳母親——我是妳的父親。我說妳是新教徒，這事就這麼定了，不許再爭辯。」

但爸爸從來無法真正做決定。

我成年後，從媽媽那兒繼承了一筆錢可以自由花用。當我決定捐錢改善監獄設施，爸爸也拿我沒轍。

監獄，還有媽媽的天主教信仰，都很吸引我，因為是禁忌，因為很危險。我擔任了監獄的理事，成立委員會幫助新門監獄裡那些可憐又不幸的人，並購買關於那個致力於推動監獄改革的伊莉莎白．弗萊的手冊。

不能說這些行動使我成為社會寵兒，但我交到不少與我氣味相投的朋友：有樂善好施的老姑娘，也有牧師娘。相較於爸爸希望我交往的時髦年輕小姐，她們更值得尊敬許多。

「妳老是往監獄跑，敗壞自己的名聲，還怎麼嫁得出去？」父親這麼說。

「我長得漂亮，又有媽媽留下的豐厚嫁妝，」我反駁道：「要是有哪個男人笨到只因為幾次慈善活動就打退堂鼓，那他也配不上我。」

於是我成功排除了障礙，一如既往。

兩年前，橡樹門慈善婦女會展開一項計畫，打算拆除在這一帶充當牢獄的那棟老舊、破敗的龐大建築，建造一座新監獄。這是我的機會。當女子舍房完成後，婦女會判定若有女性訪客去探監，與囚徒進行具有教化性的談話，應該會有助益。我當然義不容辭了。

犯。

探訪中，我見到許多可憐人。絕望無助、沒有朋友、渴望撫慰。但我從未見過像她這樣的罪犯。

今天早上，我在餵我養的金絲雀威奇時收到女監獄長送來的字條，告知「又來了一個」。我知道她指的是最惡劣的罪犯：取人性命者。我開始感覺血液沸騰，連忙吩咐備馬車並匆匆取來帽子與手套。

搭著馬車轆轆前往監獄的途中，興奮期待之情使得我口乾舌燥。誰也不知道殺人犯會有何反應。我年少時，總會想像他們之所以犯下這樣的罪行，都是有逼不得已的理由：愛人移情別戀、為父母報仇、遭背叛、被勒索。這是謬論。殺人的動機有可能稀奇古怪、平凡至極——有時甚至毫無理由。

我記得布雷克伍太太堅稱自己「絕對沒有淹死那些可憐的孩子，是他們來做的，他們老是在殺人，他們老是逼她在一旁看著」。此外還有戴維茲太太，她告訴我她「無意傷害那個黑人小夥子，也從不介意他的膚色，只可惜他非死不可，這是必要的犧牲」。而我認為最令人毛骨悚然的是瑞恩太太。是的，她殺害了她丈夫。他毆打她了嗎？沒有。在外拈花惹草了？不不，絕對沒有。他實際上做了什麼該死的事嗎？當然了，那個畜生——竟然嫌棄她做的菜。不是常常，不是的，就那麼一次。這就夠了。有哪個老婆不會殺了他，她倒想知道。

顱相學是這些女人行為模式的唯一解答。她們天生便有殺人傾向。一切都已注定好，一一標註在頭顱上。假如不採取防範措施，或有不對的「器官」發生炎症，便會遭邪惡入侵。我們的社會不該忽視這個重要的科學。倘若能在這些女性年輕時測量她們的頭，或許就能藉由謹慎的教育與薰陶防止她們犯罪。唉，只怕大腦的畸形進展已經無法挽救。而假如性格無法改變，她們的靈魂還有什麼指望呢？

新橡樹門監獄從天邊拔地而起，石牆潔白閃亮象徵救贖。尚未完工的男子監舍外圍著鷹架，但看得出一些輪廓與缺口，最後會裝上閃閃發光的窗戶。在女舍這邊，我們將窗戶設計成舷窗形狀，讓整棟建築的感覺有如一艘巨大的明輪船。高高的鐵圍籬邊有樹苗環繞，將來有一天，這些小樹會長高，為操場提供綠蔭。看起來像一個有希望的地方，一個或許尚未全盤皆墨的地方。

門房打開大門時，嶄新的鉸鍊使得鐵門輕鬆地滑動，並未發出咿咿呀呀或空隆匡啷的聲音。當我步下馬車整理裙裝，另一位門房走上前來，在本子上將我的名字剔除。隨後來了一名獄吏帶領我走過我瞭如指掌的石灰粉牆走廊，直接來到我們監獄長的辦公室。

她坐在辦公桌前。我進入後，她起身時發出一陣叮鈴聲，我的目光不由得轉向她腰際的皮帶與掛在皮帶上的鑰匙串。那鑰匙看起來倒不像監禁的器具，磨光發亮的外觀與監獄有同樣的嶄新氣息。她辦公室的氣味清新，有木頭和萊姆的味道。

「甄愛小姐，妳還真是迅速。」她向我行了個屈膝禮，又是一陣金屬的叮鈴響聲。

「那是當然了，監獄長。我迫不及待想見見我們的新囚徒。」

她臉上換了個表情——說不上來是什麼，總之肯定不是微笑。

女監獄長是那種令人無法捉摸的女人，輕而易舉便能融入一個機構的體制中：年齡不確定、五官平凡不突出、語氣平板單調，就連顱骨也遮蓋在漿挺的帽子底下，看不出有無隆起之處。假如非不得已要下定論，我會說她並不喜歡我——不過她當然沒有明顯表露，我這麼想完全沒有實際的依據。

「我必須敦促妳要小心提防，甄愛小姐。這個人很危險。」震顫感沿著我的背脊溜竄而上。「我想妳的意思是說殺人吧？」

「確實是。」

「罪行很殘忍可怕嗎？」

「不，」她嘴巴繃緊，語氣卻沒有變化。「是狡猾。她殺了自己的女主人，慢慢地，一步一步地。」

那麼就不是一時激憤嘍。我很想問問她如何犯下罪行，但終究忍住了好奇。監獄長與我不同，她不問動機，也不期望改變。對她而言，只要讓女囚們吃飽穿暖就夠了——她似乎並不認為囚犯有靈魂。

「那麼是女僕了？她幾歲？」

「這正是最可怕的一點。她才十六歲。」

是個孩子！

我從未見過未成年的殺人犯。這對我的工作將大有助益——可以評估那稚嫩的顱骨，看看犯罪器官是否已經完全長成。

「她叫什麼名字？」我問道。

「露絲．巴特漢。」

我喜歡這個姓氏的爆破音，彷彿對著空氣揮出一拳。

「是不是請妳帶我去她的囚室？」

監獄長默默照做。

我們的腳步在打磨過的地板上吱嘎作響，最後來到一面鐵柵欄外停下。好大的一道門，我心裡暗想，只是關個小孩。懸吊的搪瓷名牌是空白的——露絲才進來不久，還沒寫上她的名字與刑期。

監獄長呀然一聲打開門上觀察用的活動鐵板。我屏著氣傾身向前，透過窗口往裡看。

我永遠忘不了看到她的第一眼。她坐在她的床邊，衣冠整齊，腿上放著一捲塗了焦油的繩索。她低頭駝背，看不出有多高，但我覺得頂多是一般身高。粗硬的黑髮散落在鬢邊，獄方人員替她剪了短髮，齊下巴的長度。這種髮型能讓囚犯不會長蝨，也讓她們有點懺悔的樣子。但不知怎地，這麼做對露絲．巴特漢卻起了反作用——她細捲的頭髮在頭上擴展成一圈黑色光環，看起來比清白無罪的女人頭髮更多。我也因此無法瞥見髮絲底下的頭顱的犯罪器官。也許耳朵上方的殺人中樞呈現腫脹，但我還是得用手去觸摸感覺。

對於她是否願意讓我實施這種實驗，我仍抱著一絲希望。她呈現在外的是一種平靜的表象。她拉扯著一團團麻絮時，手的動作平順和緩。的確，她的手臂健壯，但並不嚇人，線條清晰的二頭肌在那些靠勞力謀生的人身上是自然現象。

「我猜妳想和她談談吧。自從史密斯被吊死後，就很缺殺人犯了。」監獄長沒等我回應，便喀啦匡啷地轉動鑰匙，讓我們進到囚室。

我進入後，女孩往上瞥了一眼。環繞著粗短睫毛的深色眼珠，跟隨我的一舉一動轉動，手則已停止動作，繩索鬆鬆地垂下來。我嚥下一口唾沫，可以感覺到喉嚨的每一條肌腱。明知道自己的脖子可能被套上這樣一條繩索而終結生命，她怎麼還能拿得住？

「巴特漢，這位是甄愛小姐。」監獄長說道。她吸吸鼻子，或許有不以為然的意思。「她來看妳。」

我往囚室裡唯一的椅子上坐下。椅腳不太穩，我不得不調整一下裙子。

露絲直視著我，眼神稱不上無禮，而是好奇。我不得不承認，一股失望之情刺痛了我。她是個平平凡凡的人，幾乎是男人樣，下顎寬闊，兩眼分得極開，鼻子出奇扁塌。俗話說，塌鼻子，沒腦子。但是我發現，美麗時髦的人鮮少受殺人的念頭所擾。

「我不認識妳。」她說。

「還不認識。」我試著微微一笑——感覺很蠢。她說話的口氣不像孩子，聽起來疲倦、粗啞，其中有種深刻強烈的感覺讓我後頸的寒毛直豎。「我會來探視所有的女人，尤其是沒有親人的。」

「是啊，妳想怎樣都行吧，像妳這種有錢人。」

她又開始扯麻絮，手一邊動著，視線一邊轉向整齊排放在窗台上的杯子、木盤與聖經。我注意到她動作十分熟練，而持續不斷地摸焦油繩也把她的指甲與手指上的紋路都染黑了。「也許我的確可以隨自己的意思自由來去，但我的出現不是為了娛樂自己。我是為妳而來，為了提供一些安慰。」

「喔。」

她一個字也不信。或許在她短暫的人生中從未體驗過仁慈。

「我站到外面去。」監獄長說：「觀察窗的活板開著，別想搞什麼鬼，巴特漢。」

露絲不屑回答。

門匡噹一聲關上，只剩我與未成年的殺人犯獨處。

說也奇怪，我從未探訪過比她更沉著的囚徒。有些成年婦人，像珍妮．希爾，還會趴在我肩上哭泣或是向我求情，但她沒有。她不是個哭哭啼啼的女孩，不是個需要呵護的孩子。她愈是拉扯繩索，腿上愈像是積了一堆人髮。

她慢慢地殺害她，一步一步地。

我打起精神來。千萬不能驟下斷語：並非所有的沉默都帶著陰險。畢竟，那毛茸茸的頭髮使她的頭頂顯得更大——也許她象徵尊嚴的器官發育過度了。又或者她從來不瞭解「安慰」的意義。假如她一直渴望著憐憫，我又怎能奢望她轉念懺悔呢？她需要知道擁有朋友是什麼感覺。她需要我。

我清清喉嚨。「監獄長喊妳巴特漢。我想這是監獄人員的做法。但我想以妳的教名稱呼妳，妳不反對我喊妳露絲吧？」

她聳聳肩，肩膀的肌肉同時扯動她的嗶嘰衣裙。「隨便妳。」

「妳知道妳為什麼會在這裡嗎，露絲？」

「我是殺人犯。」沒有為此頭銜自豪——也幾乎不感羞愧。我候著，確信她還有話說。不料她只是繼續無動於衷地扯麻繩，完全沒有我預料中滔滔不絕的辯解或是瘋狂態度。

這令我感到沮喪。

「妳殺了誰呢？」

她的額頭蒙上一層陰影，短短的睫毛很快地眨了幾下。「噢，我想——很多人吧，小姐。」

這個回答出乎我的意料。難道還有警察沒發現的其他人？

那討厭的麻繩粉塵刺痛我的雙眼，讓我難以思考。也許露絲不知道自己真正被指控的罪名？我們見過一些案例，犯人由於犯行過於重大而對案件不復記憶。她殺害女主人的記憶會不會受到了壓抑？她跟我說她是因為殺人而被監禁，這會不會只是複述守衛的話？我決定小心前進。

「真的嗎？那妳對妳做的事感到後悔嗎？」

她的兩顆黃板牙咬著下唇。「是的。嗯，我是說，看情形，小姐。」

「什麼情形？」我忍不住隱隱透出不敢置信的口吻。「難道懊悔還有條件？」

「有些人我根本無意殺害。一開始的時候，那是意外。」她的聲音顛仆了一下，這是她外表露出的第一個破綻。「後來又有更多人……我想要停手。我曾經想要停手，但已經太遲了。」一聲嘆息。「對那些人我很抱歉，可是……」

「什麼？」

「有一些人……」那寬闊的下巴向外凸出，再一次成為整張臉的重心。「有些人我很恨。」

我幾乎按捺不住就要開口喊監獄長進來。如果露絲說的是實話，便還有其他必須告知警察的命案。但假如才剛剛認識，就像囚犯們說的去「告密」，就毫無機會獲取她的信任，我也永遠無法摸到那頭皮，證明真正的她是什麼樣的人。

「這麼說來……妳並不後悔殺死妳不喜歡的人嘍？」我語帶責備。

她深色的眼眸定定地望著我。「妳說呢？」

她令我氣餒，但我仍抱著一絲絲希望。她流露恨意的表情自有其鼓舞人心之處；這證明她的行為乃是出於激憤，她並不像我原先擔心的是個冷血殺手。

她眼睛看著我，手指仍逕自忙活著：搔抓、撕扯，技巧熟練得驚人。

「我很驚訝他們竟讓妳做這種活兒，」我過了好一會兒才說道：「扯麻繩是個粗活，妳難道不想去做衣衫或織襪子嗎？我相信只要我跟監獄長說一聲，她會讓妳去裁縫室的。」

她撇撇嘴角。說不上是咧嘴一笑，但十分近似。「噢，監獄長的確是想讓我進裁縫室沒錯。我可是拚了命才能留在這裡。妳不覺得很怪嗎？他們把我關在這裡，每個進來的人都要搜身，以免有人夾帶東西給我。結果，幾乎可以說是隨隨便便地，監獄長就叫我到裁縫室去了！」

「有何不可呢?妳不覺得縫紉是有益健康的勞力活嗎?」

片刻間，她臉色一亮，露出饒富興味的表情。「小姐呀!」

「怎麼了?我不懂妳的意思。」

「我在裁縫室才是最危險的!」

或許，她畢竟有點瘋狂。我於是決定了，在我有相當把握確實發生過其他命案之前，暫時先不告訴監獄長。倘若被一個罪犯妄想的瘋言瘋語所愚弄，而讓監獄長在背地裡竊笑，那就太難為情了。

「縫紉並不危險。我可以向妳保證，那風險很小，雖然有縫線針和珠針，但她們都很小心，隨時都有人在一旁監督著。針其實傷不了人的，露絲。」

她將髮色深暗的頭一偏。我感覺到雞皮疙瘩迅速地爬滿全身。

「真的嗎?」

2 露絲

我要是男孩，這事絕對不會發生。我永遠不會拿起縫線針，永遠不會知道我擁有的力量，我也會走上另一條人生道路。那麼我或許能夠出人頭地，保護我的母親。然而，我的命運和所有一貧如洗的女孩一樣：我和我的工作綁在一起，一如繫上了線的針。

妳可以透過縫製布料過妳想過的日子；這件事一般人並不了解。妳可以為縫針注入任何一種人心的情感，線便會吸收。妳可以以溫柔縫紉，可以把驚慌的自己縫成平靜，可以以恨縫紉。至於以憤怒縫紉從來沒什麼好處，只會讓線糾結纏繞，接縫搞得一團糟，但還是可以這麼做。最好還是等著恨。一種緩慢、節制的恨意。除了妳自己和針之外，誰也看不出恨正在妳的指尖慢慢醞釀。

有人說恨是一種白費的情緒，一種毫無用處的毀滅力量。他們錯了。我攫住了憤怒，把它當武器揮舞。但瞧瞧妳的臉，小姐。妳從未恨過哪個人類同胞，對吧？

必須遇到一個特別的人才會讓妳頭一次感覺到恨。那是一個妳會去愛的人，只要他們容許妳。但他們的輕蔑讓妳畏縮起來，就像被雨淋濕的縐紗禮服。他們會讓妳看到自己的形象，軟弱又令人嫌惡，連妳自己看了都討厭。沒錯，要讓妳恨之入骨，此人必須得具備特殊的殘酷才能。

譬如像羅莎琳．歐戴克。

她是個有如布娃娃般的女孩。一頭長長的金色捲髮，走起路來神情自若，遠比我們其他人都成熟。老師們當然很寵愛她。我十二歲那年，在郝萊特太太的淑女學堂，她對我做過的事多不勝數，但真正重要的只有一件。

事情發生在白晝已開始變短的某個初秋午後。學堂鐘聲響起，所有學生蜂湧而出，來到清爽涼快的戶外。月亮已經在波浪般的灰雲層上若隱若現。廣場上的火盆已點燃。我看著其他女同學紛紛離群進入小巷內，自己也急急忙忙穿過廣場的鵝卵石地面。

回家應該是一天裡最美好的時光，但我總是提高警覺，一點聲音、一個突如其來的動靜都會讓我嚇一跳。這是我需要奔跑的時候。

學校對面有一條通道，位在廣場的另一頭。假如我能快速通過，晚上接下來的時間就安全了。

有時候我速度夠快。

那天卻不然。

那天羅莎琳已經在那裡，潛伏在充斥著通道的陰影中。我一看到她，立刻在一個火盆旁邊打了個踉蹌停下來。一頂軟帽遮蓋住她的金色捲髮，帽子底下她神情嚴峻。

「巴特漢。」我向來很喜歡我的姓，現在聽起來卻覺得可恥，從她那玫瑰果色的紅唇間吐出，實在很不搭調。

其他女孩緊跟在她身後，在盆內火焰照耀下，一張張臉變成陰影與空洞混雜的模糊狀態。

「讓我過去。」我求道。

「妳是窮人，巴特漢，天生就不能發號施令，而是要聽命於地位比妳高的人。」暮色使得她五官更為突出，但那是一種可怕的美，駭人的美。

「讓我過去！」

「我好像沒有阻擋妳呀。」

她苗條的身形並未完全擋住通道，我或許可以從她旁邊溜過去，但後面還有其他人，她們的眼睛在薄暮中閃閃發亮，猶如老鼠。一群夾道準備發動攻擊的女孩。我敢跑過去嗎？

我向前衝，試圖推擠過去，卻被羅莎琳抓住，她用手指掐住我的腰。「不夠快，不夠壯！我不會雇用妳。妳到底要怎麼賺錢餬口啊？」

女孩們團團圍起，將我圈禁在中間。忽然不知什麼東西撞到我的鼻子，痛楚嘶地傳到我的喉底。

羅莎琳說得沒錯：當時的我並不強壯。我連掙扎的嘰哩嘎啦聲都無法從口中吐出，更甭提掙脫她的掌握。

許多雙手摳抓著我的緊身上衣，布料撕裂了。「妳又不是淑女，不應該穿這種衣服的！陰溝才是妳該待的地方，巴特漢。妳是老鼠，是畜生！」

大夥兒發出倒采聲。在她們的撕扯下，我的束腰、我的襯衣露了出來，冷風立刻灌入衣裙內。

「妳瞧瞧，」羅莎琳對身後一個女孩笑著說：「交叉束帶耶。她還想趕時髦呢！妳絕對打扮不出好身材的，巴特漢。用這種束腰骨架可不行。」她摳著我的腰，用力、用力地摳。「便宜貨。這什麼，莖稈？鵝翎管？」

我大大鼓起勇氣，往她臉上啐了一口。

她立刻放開我，我的臉頰猛撞到鵝卵石路面。我還沒回過神，她黑色的尖頭靴便朝我飛踢而來。疼痛感在我胸肋間爆發開來。

「看吧，那支撐力真的很弱。」女孩們圍在她身邊，各自形成一道惡毒的黑影。一排又一排陰暗的腳。「束腰用莖稈當骨架根本沒用。弄斷這個需要多久？」

比妳想像的還要久。

當我勉強起身拖著步伐回家時，入夜的街頭已變得冷清。擠牛奶的女孩和賣水果的都走了，地上只剩柳橙皮和馬糞堆。沒有到處奔跑的男童，沒有轆轆的車輪聲，只見賣二手衣的小販蹣跚走過，還有餡餅販子——我沒看見人，但可以聞得到，夾雜在煤炭煙中的濃郁肉香。

市集日的殘渣遺留在鵝卵石路面，而我這個萬物的殘渣踩著走過。討人厭，沒人要。我的腳啪嗟啪嗟踩過水窪，繞過馬糞，每一步都痛苦不堪。從頭到腳布滿憂懼的冷汗，在襯衣底下沉澱出鹽的結晶摩擦得我發疼。

我有件斗篷——穿起來太短，但仍然堪用——便用來遮蔽上衣，我不想讓媽看到上頭的腳印和破裂處。即使如此，卻無法掩飾跛腳。每當折斷的束腰骨架戳刺我的皮膚，我也會忍不住用力倒吸一口氣。至於軟帽，則靠著斷掉的繩帶拖在後面。

要是不偷偷摸摸進屋上樓，就得向父母全盤托出。那要比再挨一頓打更痛苦。

我們家很簡陋，就是河邊那一整排低低矮矮、外觀一模一樣的屋子其中一間。樓上三間房，樓下兩間，屋後有一間灰坑茅房。許多人家的情況更慘。當我推開沒有上漆又破舊的門跨進屋內，空氣雖然冷冽但清新。媽坐在窗口，吸取最後的幾道陽光。

我媽總是獨自被困在布料海中：廉價麻布、麻紗、一捆捆的印花布。有時我會想像那些布吸走了她的氣色，使她的黑髮又多出一絲灰白，她的藍色眼眸又多蒙上一層陰影。

我悄悄走向樓梯。

她沒聽見我進門。她正聚精會神盯著縫線針眼。我看著她舔舔線頭，流暢無阻地便將它穿過那細小孔洞。

我踩上最底層的階梯，吱嘎一聲。

媽嚇了一跳。「露絲？」她姿勢僵硬地站起來，越過我們之間那一大片白棉布定睛凝視。

「妳的軟帽是怎麼回事？」

現在跑太遲了吧？我又跨上一階，但她已經急著在布料當中轉來轉去，推開布堆騰出路來走向我。

「沒事，什麼事也沒有。」我連忙說道。

「看起來不像沒事啊！妳的軟帽都壓壞了！我叮嚀過妳要小心，我們沒錢再買一頂。」

她何必在乎軟帽？需要縫合的人是我。

她抓起我的斗篷褶邊，將我往後拉向她。「妳怎麼能這麼粗心大意？繩帶沒得替換了，更何況我也沒時間……妳只能這樣將就著戴，讓自己一副蠢樣。也許這樣妳才學得會愛惜好東西。」

太過分了。我全身疼痛不說，媽還罵我！我眼睛開始刺刺痛痛，就好像從媽的針插拔起每根珠針戳過瞳孔似的。「我永遠不會有好東西。永遠不會！」

「這是什麼意思，露絲？這是最好的……」

「才不是！」我大吼道：「只要是我穿戴的，只要是我的東西——都很醜！」

停頓了一下。

「很醜！」一個母親憤怒的恐懼，尖聲發出。但我的反應比她快——我看見了。我看見她臉色轉變前的那一剎那。在她邊眶泛紅、布滿血絲的眼中，露出了羞恥。她知道，她一直都知道。

「妳怎麼會有這麼要不得的念頭？」

我淚水奪眶而出。我當下哭了起來。

「露絲啊！」她將我擁入懷裡。那幾根可恨的束腰骨架像利爪似的摳抓我瘀傷的地方。除此，加上她身上熟悉的麻布與褪色玫瑰花瓣的氣味，惹我哭得更厲害了。「對不起。我沒想到……是其他女孩吧？是她們做的嗎？」

當然了，這種事絕不會發生在媽身上：嬌小優雅的媽。我讓她失望了。我眼睛分得太開，下巴太鈍，都讓她失望。

我啜泣不止。

「我可憐的女兒。」她掏出手帕——角落繡著花押字的那條，也是舊日僅剩的一條——輕擦我的臉。「妳坐下來，哭個痛快。我去替妳弄點吃的。」她將我的頭髮撥順塞到耳後。「不用擔心，我的露絲。我會替妳把軟帽修補好。我們會想出辦法的。」

她把我安置到一張接縫磨得發光、椅背套被蛀蟲咬破的椅子上：這是家裡最好的一張椅子。但我坐起來不舒服，因為身上有瘀青，還穿著破損的束腰。她將手帕放在我腿上後，便消失在廚房裡。

鍋子匡噹作響。我試著放慢呼吸，同時拿起手帕，撫摸上頭的花押字。老式、親切的線腳，已磨損變鬆。J．T．潔麥瑪．特魯索。昔日的媽，在她還沒遇見爸之前，她手指還沒長滿繭之前。我闔上雙眼，摩搓著那兩個字母，祈禱它能設法將我變成那個年輕淑女。

「我可以把邊縫合得像新的一樣。」她從廚房喊道：「繩帶得換掉，不過我的女紅盒裡一定可以找到點什麼的。」又是一陣匡啷聲。「帽子沒有壓得很扁，把它拉一拉，也許就可以恢復原狀。」

等她看到我斗篷底下的衣裙變成什麼樣再說吧。即使是慈祥的媽看到那個，恐怕也很難露出好臉色。

她再次出現時，一手用盤子端了一片麵包邊塊和一塊冒著水珠的三角形乾酪，另一手拿著一只杯子。「喝茶。妳會覺得好過些。」

「太浪費了。」我立刻回答。

「就這麼一次。」她巧妙地將我纏在指間的手帕抽出，然後連同燉燙的杯子又放回我手上。那熱度刺激了我的手心，但痛得舒服，令人滿足。

我們可不像妳都喝高級茶，小姐。雜貨店老闆逮到機會就會騙人：把茶葉染色啦，加麥粒增重啦。但對我來說，仍然是一種享受。

「妳知道嗎？」媽在我旁邊坐下說道：「這都怪我。是我叫爸送妳去一間……比較有錢人家的姑娘念的學堂。她們都是年輕的淑女，和以前的我一樣。我早該想到她們會嘲笑妳。」她噘起嘴唇，那表情就像在處理一個棘手的針腳。「對不起，露絲。不過妳別理會她們。她們就是一群傻丫頭，很快就會厭倦了。然後就會再找其他人凌遲。」

我小啜一口茶，閉上疼痛的眼睛。「她們討厭死我了。」

「她們不是討厭妳。我記得我自己上學時候的情形，我知道那是怎麼回事。老是有一些小吵小鬧的。姑娘家喜愛擁戴的對象變得很快，等她們見識到妳精巧的針線活再瞧瞧！到時還怕妳不是最受歡迎的一個嗎？」

我沒有應聲，只是將身上的斗篷裹得更緊。

「好了，我們來瞧瞧這頂軟帽該怎麼辦。」

我吃不下晚餐。當光線悄悄從房間溜走之際，我呆坐怔怔望著盤子，想到食物、想到我自己，便噁心欲嘔。那些殘酷、自大的女孩，也正坐著用餐嗎？我想像羅莎琳．歐戴克坐在一張鋪著潔淨亞麻桌巾、點了一對蠟燭的餐桌前，光澤亮麗的金色捲髮塞到耳後，將鮭魚切成小塊，一口一口優雅地吃著。要是我也能像她傷害我一樣傷害她就好了。好希望可以拿起其中一只銀燭台，往那口白牙砸去。那麼她就會知道被其他女孩嘲笑、為自己的容貌感到羞恥是何感覺了。

「別這樣，媽。」我將盤子放到地上，盤中食物絲毫未動，乾酪宛如迷你月亮般發著光。「妳要是修補我的帽子，妳的活兒會趕不完。」

媽彷彿靈機一動，啣滿珠針的嘴微微一笑。「也許梅亞爾家的活兒妳可以幫忙做一點。」她吐出珠針插到椅子的扶手上。「妳願意嗎？」

她被陰影籠罩，我分辨不出她是不是認真的。「萬一我做壞了呢？」

「妳不會的，我相信妳。」

她起身走到客廳另一頭。我的胃擰了起來。梅亞爾家的活兒！最最神聖的工作，全是不能做記號的高級布料。梅亞爾太太要媽事先把她從店裡拿的布錢全部付清。假如延遲交付或是搞砸了，就得繳罰款。

「瞧瞧這個。能做這麼一件高級的針線活兒，可是我們天大的福分。給新娘戴的手套。」她謹慎而恭敬地將那閃光綢攤放在我腿上，彷彿交付一個熟睡的嬰兒。白色經紗，藍色緯紗。一道光澤順著拇指指根而下，好美。戴上之後，指尖會閃爍著月光。媽已經開始用銀蔥線在左手上繡橙花與香桃木的圖樣。「那圖樣是我自己想的，妳看得出來嗎？妳只要照著做就行了。」

我嚥了口唾液。嘴巴好乾。我很想把東西給砸壞，但在我內心肆虐的風暴卻找到另一條出路：創作。

「我先去洗個手。」我聲音沙啞地說。

她至今從未讓我碰過梅亞爾家的活兒。我知道她是冒著風險將重要的活兒交給我，只為了讓我心裡好過些。我要是拒絕或犯錯，以後就再無機會了。

上樓後，我脫去斗篷，卸下被扯壞的衣服時，身子痛得這兒一抖那兒一縮。我忍著劇痛連連咒罵，好不容易才換上乾淨的連身裙與長外衣——長袖、高領以便掩飾瘀傷。我回來的時候，媽已經點了油脂蠟燭。

「露絲，繡綢緞的時候布可能會滑來滑去。銀蔥線粗粗的，如果不小心點就會卡線。」

「我會小心。」

我將手套攏在手裡，準備開始刺繡。只是輕輕一碰，我就能感覺到纖維的粗細，就能摸到我即將戳出的針孔。我們是相識的，那雙手套和我。

我已經哭得兩眼發疼，現在被燭煙扎得更痛。銀蔥線在火光中劇烈閃爍。我眼睛愈瞇愈小，最後只能看見我的繡針尖。接下來，我的兩隻手便自己動起來了。

我刺繡時，淚水湧上眼眶。我回想著今天發生的事，那一幕幕又重新浮現腦海：被嘲諷的每一句、被踢中的每一腳、頭髮被拉扯的每一下。

我想到將戴上這雙手套的新娘：身穿一襲白紗，還有個男人準備要許諾對她獻上一生的愛。那是我永遠得不到的。我會縫製手套，這手套或許會受到人們熱切的渴望，但他們絕不會想要我。我會站在針線行內，手裡握著冰冷的錢，看著美麗女子戴上我做的手套，翩然走出店門舞進她們的人生。

對於未來，我只有三個想望：一張不讓我羞愧的容貌；一個愛我的丈夫；能夠縫製並穿上華麗衣裳。這應該不算過分吧。但早在十二歲的年紀，我便知道那些願望永遠不會成真。永遠不可能成真。那麼我這輩子還有什麼盼頭呢？

「露絲？」

我嚇一跳，刺到手指。我出於本能立刻縮手，比起自己的皮膚，我更在意布料。

「蠟燭會噴油，妳坐遠一點，不然會弄髒絲綢。」媽走過來拿起手套遠離燭火。她的眼珠子飛快地轉動檢視布料，接著慢慢地定住不動。

「我是不是做錯了？」我煩惱不已。「對不起，我可以把它拆掉……」

「露絲，」她喊了一聲。

「求求妳原諒我，媽，我……」

「露絲，妳是怎麼做的？」

她定定凝視著手套。我的繡針從尚未剪斷的線端垂了下來，在燭光中閃閃爍爍忽隱忽現。

我甩了甩抽筋的手，在椅子上彎下身子，等著挨罵。我怎麼會這樣胡思亂想呢？我應該更專心地幹活兒，應該要小心才對。

「妳這是在哪看到的？」

這一個多小時以來，我頭一回認真端詳自己繡的銀色花樣，登時愣住。我沒有照媽的圖案繡，而是把它變得更豐富。橙花上方有蝴蝶飛繞，香桃木則是多了漿果還有花與花苞。我所呈現的葉子的樣態、那長長的雄蕊，都顯得栩栩如生。左手套上媽起初繡的花樣，恐怕有待改善。和我的一比較，她的繡花圖案看似平淡無奇。

「妳是放學回家的路上在哪家店的櫥窗看到這花樣的嗎？」

我猶豫起來。也許是吧。但願是這樣。我當然不可能看都沒看過就繡出這種東西來，對吧？

「對，」我支支吾吾地說：「我……是在一家店裡看到的。」

她終於將目光從手套上移開。只見那雙眼睛閃著光，不再像平日那樣疲憊無神、布滿血絲。

「這繡得太好了呀，露絲，太出色了！我就說吧，妳是做得到的。來，我們去讓爸瞧瞧。」

她搭著我的肩膀拉我起身，推著我走出客廳。我嘆一口氣。她老是企圖把爸拉進這些女人活兒裡。他並不活在我們的世界；他置身於充滿色彩與揮灑畫筆的國度。有時候我覺得他眼裡能看見的只有他的那方畫布。

媽說過，他曾經有一度很善於畫肖像。他使畫中人的眼神炯然生輝，還會特別留意衣服上極其微小的細節，十分受到時髦淑女們的喜愛。

如今卻沒人找他畫了。

因此媽才會從梅亞爾太太那兒接一些按件計酬的繡花活兒：以免我們被債務滅頂。爸總愛用這個字眼：滅頂。而我覺得爸的確漂浮著——他把頭高高探出水面，畫他的畫。媽則在水面下，在泥土與蘆葦間蹚水前進。

我們敲敲他的門，等他簡短地喊一聲「進來」之後才進去。一道亮晃晃的光線撲面而來，爸用的不是嗆鼻冒煙的油脂蠟燭，而是覆著玻璃罩的油燈。

一幅又一幅的畫交疊靠在牆邊。面向我們的那幅油畫裡是一隻等身的西班牙獵犬，正以陰鬱的眼神看著我。我小心地走過油彩斑斑的地板。畫架擺在房間正中央，父親就站在畫架後面：一個長相英俊、邋邋遢遢、穿著隨便並圍著一條皮圍裙的男人。他的背心老是染成暗黃色，領帶也老是鬆鬆地掛著。

他從畫布側邊探頭一看。「啊！來跟我說晚安，是嗎？我以為妳早就上床了。」他嘴上的小鬍子長得整整齊齊，頭髮可就不是這麼回事了。我這一頭蓬鬆亂髮就是遺傳自他。爸那不受控的捲毛一路長到下巴，即使在我們買得起髮油的日子，他的髮鬢依然會亂翹。

「露絲有東西想讓你瞧瞧。」媽強顏歡笑地說，每次提到我，她就會特別用這種語氣說話。「今天晚上她很努力做活兒。」

我一臉可憐樣，從媽手中接過手套，拖著腳步走到爸身邊。我將手套高舉起來，特別留意不去靠近他那支滑溜、危險的畫筆。

「噢，那是妳繡的呀？了不起，美極了。」他的目光隨即又飄回他的畫。現在我看到了，那是一座入夜的城市，河裡有煤氣燈的倒影。「我喜歡……那些蝴蝶。」

媽清清喉嚨。「我從來沒見過這麼精緻的繡工，更何況還是她這個年紀的姑娘。」

「而且才上了淑女學堂——多久呢？」

媽用手肘撞一下我的肩膀。很痛，但我沒出聲。

「其實呀，今天露絲在學堂裡遇上一點麻煩事。」

我感覺到雙頰發燙。那是我和媽私下的祕密，我不想讓爸知道。

「麻煩事？」他心不在焉地說：「什麼樣的麻煩事？」

「有幾個女孩滿嘴胡說八道，讓她心煩。她們取笑她的外表。我猜想她們的穿著一定十分華麗，不是我們買得起的。」

「妳聽好嘍，女兒。」他將畫筆指向我。我連忙彎身護住手套，將它們貼在胸前。「那些死腦筋的黃毛丫頭根本不知道自己在說些什麼。妳有很傑出的優點，那些女孩永遠學不會的優點。」

「譬如有好心腸。」媽插嘴道。

那個我也沒有，只是媽不會知道。

「要讓她們看見妳，露絲。看見妳的價值。妳做針黹的才華，那是藝術啊。而妳真正的自我就在那個藝術裡，妳懂嗎？」他又再度朝手套比劃，灑出一波黑點嚇了我一大跳。我急忙後退，黑點紛紛滴落在我腳邊的地板上。「妳就是蝴蝶，就是花。妳內在擁有其他女孩所缺乏的一切。等她們發現到這一點，就不得不仰慕妳了。」

我沒有打斷他，但他的話與我知曉的全都背道而馳。學堂的情形並非如此。倘若有人發現其他人擁有她缺乏的優點，她就會想方設法凌遲那個人。

「看吧，露絲，那些丫頭淨說些蠢話。好啦，明天她們就會忘得一乾二淨。去親親爸，然後該上床了。我相信妳現在可以睡得安穩些了。」

我將手套交給她後走向爸。他將我摟入顏料斑駁、散發著威士忌酒味的懷中。那雙褐色眼眸上下打量著我，我想他終於發覺他的頭髮就是我的頭髮、他的下巴就是我的下巴——我的不幸是他造成的。男人臉上俊俏的五官，擺在女人臉上未必好看。女兒和父親有如一個模子刻出來的，不是什麼好事。

「告訴妳，」他小聲地說：「我的槍鎖在書桌抽屜裡。要是那些野丫頭再來找我女兒麻煩，要告訴我，知道嗎？看我不去找她們算帳。」他衝著我眨眨眼。

今晚，我頭一回露出微笑。

3 朵蘿西亞

走出監獄時，我決定對露絲．巴特漢案的細節一探究竟。

方才被我留在外面的女僕蒂妲，此時蓋著披肩縮著身子坐在馬車上。「我們可以回家了嗎，小姐？」我爬上車時她這麼問道。

「就快了。我吩咐葛瑞馬許順道進城一趟。」

「不要吧，小姐。」

我對她閃露一個燦爛的笑容。「春天就要來了，我好想去植物園看看——妳不想嗎？」

蒂妲和我一樣清楚，我們下一站要造訪的不是植物園。我們的車首先停靠在一條卵石街，這裡的霧靄帶著深香檳色。不遠處，警察廳外懸掛的燈散發著幽靈般的藍光。

「我最討厭進那兒去了，」蒂妲嘟噥抱怨。「裡面全是一些酒鬼和流氓。」

「只要一會兒工夫就好了。」她拉起層層的披肩圍巾包住肩膀。「瞧瞧那霧像濃湯似的！我哪找得到大門啊？」

「那盞藍燈就是妳的指路天使。」我揶揄道，她卻不覺得好笑，甚至用非常粗魯的表情瞪我一眼才跳下車，邊咒罵邊快步走進褐色霧中。

可憐的蒂妲，她會這樣當然是無可避免——因為她頭型的關係。站在她身後時，我注意到她後腦勺底部明顯突出。自尊、自愛，全是自私的感情。她天生就不適合服侍他人。

十分鐘後，她氣沖沖地回到馬車上，頭髮上沾了煤灰。

「如何？」

她故意慢條斯理地在座位上安坐下來，往雙手呵氣，將取暖用的熱磚拉到腳邊，然後才與我四目相交。

「植物園，」她終於開口說道：「半小時。」

我取出手錶看了看時間。「好極了。走吧，葛瑞馬許。」

我們將車停在植物園邊上的黑色鐵柵欄附近，這一帶的樹上全都妝點著含苞待放的花。周遭的一切清新帶露，全然不見城裡霧霾的蹤影。黃色番紅花已破土而出。我打開車窗深深吸氣。一片青綠。生氣盎然。

「我會得傷風。」蒂妲警告道。

「那麼蒂妲，我相信妳會善加利用的。」

年輕女子又再度壯起膽子出門了，只不過都是直接鑽進暖房。要看見保姆們陪同那些全身裹著毛毯的嬌弱千金來此，恐怕還要過幾個星期。我倒是很渴望能挽著大衛的手散散步……但不可能。時候還未到。

遠方響起整點的鐘聲時，他出現在道路的盡頭：高大的身影——戴上帽子後更顯高大——背著手走來。天空變得更加晴朗，空氣也更清新了些。

每一回他的到來總會喚起我們初次邂逅的回憶。當時看見那個身影飛快地朝那個搶奪我的手提袋的可恨惡棍追去，我真是大大鬆了口氣。我相信從那一刻起我便愛上了他，而當他返還我的物事，更加深了這份愛意。我最珍愛的媽媽的小畫像仍在袋子裡安然無恙，就好像——我知道這是荒誕的想法——他將一部分的她帶回我身邊。

我捏捏臉頰。「蒂妲，我的帽子，幫我把帽子扶正。」

等她整理好，大衛也差不多來到我們跟前了。我聽見他的靴子踩在步道上的響聲，不一會兒，他便出現在窗邊。

「我不能久待。」這是他開口說的第一句話。

可憐他一副憔悴樣：兩個黑眼圈、鬢鬚散亂，頭髮從帽子底下翹出來。想到自己這一上午過得如此悠閒，我十分慚愧。

「您真是太體貼了，警察大人。」我調侃道：「幸好我們不會佔用您太多時間。」

「廳裡忙得很，」他一面解釋一面玩弄著藍色外套的釦子。「我好不容易才找到理由離開。我要到今晚才能外出巡邏。」

「很抱歉打擾你了。只不過我今天見了一個新囚徒，是個小姑娘，名叫……」

「露絲・巴特漢。」他解開外套鈕釦，拿出一包東西從窗口塞進來。「我這不是已經備好複本了嗎？他們一逮到她，我就知道妳會來。」

我露出大大的微笑。這包裹感覺好溫暖、好貼心，我將它緊緊抱在懷裡。那上頭有他的味道：羊毛與雪松味。「你真是個大好人。」

他搖搖頭，卻難掩臉上的喜悅光彩。「我不能再做這種事了，朵朵。偷偷溜進檔案室、複製資料、出來見妳，我會被逮到的。」

「你不會，你比他們聰明多了。」

「他們是警察。」他扭動肩膀將外套穿好，重新扣上釦子。「天生就有抓人的本事。我知道像妳過著這種生活的人很難理解，可是朵朵，當妳需要賺取溫飽，就得有機靈的反應。」

他說著垂下眼簾，我便趁機偷偷欣賞他。

這正是真正男子漢的作為：身先士卒，努力使這個世界變得更好。倘若我生為男性，很希望自己也能做到這樣。但我知道，我那個成天無所事事，閒坐著抽菸看報的父親，定會厚著臉皮嘲笑大衛。

「這是最後一次了。」我信誓旦旦地說。

「妳老是這麼說。」

我笑道：「不然你要我說什麼？」

他覷了蒂妲一眼，她正假裝忙著打毛線。我看得出來她不專心——都漏掉三針了。

「妳知道吧，我希望妳定個日子。」

我胸口一緊。「你知道我會的。只不過，還不是時候。」

見到他俊俏的面容一沉，雙眼因失望而黯然，多教人難受呀。「都一年了。現在還有什麼阻礙？我可以請假結婚，上星期瓊斯才剛請過。我知道妳父親不會樂意，但他阻止不了妳，妳已經成年了。」

蒂妲的棒針撞到一塊兒，喀啦一聲。

「但還是會在社交圈引起軒然大波，恐怕連你的同袍聽了都會皺眉。親愛的，我們必須得搬離開這裡，如果不先存點錢怎麼辦得到呢？」

「我認為妳錯了。我們可以留在橡樹門。與妻子建立家庭會提升一個男人的地位。我的長官們十分看重一家之主，有時候還會給予升遷。他們已經給我一鎊的週薪，再加上妳自己的錢……」

「我有錢，」我解釋道：「但只有在世時能取用。法律文書中有諸多限制……我如果比爸爸更早離世，我的收入會歸他所有，而不是我的家屬。」

「那又怎麼樣？」他回頭一瞥，確認附近無人。「妳怎麼可能比妳父親早離世？」

我不得不轉移目光看著蒂妲的棒針。「當妻子的確實會死，而且比老姑娘更有可能。這是職務上的風險。」

蒂妲又漏了一針。

大衛恍然大悟，隨即跟著臉紅。「是啊，那可不。我沒想到這點。」他嘟噥著說：「不過誰知道上帝會不會賜給我們孩子呢？」

「我們得有所準備。我得存錢，到時萬一出了這樣的事，你和任何一個家人才能不虞匱乏。我真的很擔心，因為我失去了自己的母親。你能理解吧？」

他緩緩點頭。在那高聳警帽底下的頭型多麼完美啊！所有比例恰到好處：無論是主觀或客觀。這種樣本可不是每天都能遇上，何況還結合了俊美長相與開闊胸襟。我不能失去他，我永遠不可能再見著他這樣的人。

「我明白，只是……」他吁嘆一口氣。「我實在很難等這麼久。當我母親勸我和某個朋友的女兒出去走走，我也很難再推託。朵朵，有時候我擔心妳只是跟我玩玩，在吊我胃口。」

我聽了心如刀割。

男性的耐心何其微薄！士兵與水手總要家裡的女人天長地久地等候他們，可是一旦易地而處，他們就不耐煩了。

「我也擔心啊，」我回答時聲音微微顫抖。「我擔心你會厭倦，擔心到頭來事實證明娶我這種身分地位的女子太複雜，使得你另做選擇。」

他沒有否定這個可能性，只是輕按一下我的手，隨後退離窗邊。「我得回去了。」潮濕空氣湧了進來——車內立刻感覺變冷。「我站在這裡會惹人注意。」

「我很快會再來找你。」我承諾道。

他朝著我碰一下帽子，並對蒂妲點了點頭。「很快。」他重複我的話。

然後人就走了。

我藉口寫信將自己鎖在房裡。爸爸不會答應讓我閱讀案卷的。確實，閱讀這些東西好可怕。

在看完驗屍報告的駭人細節後，我不得不躺下來緩緩神。

死者——依照警察的說法，只有一名被害人——是與露絲相識多年的年輕女子。十分美貌，已婚，尚未有孩子。她的身體消瘦得驚人，五臟六腑卻絲毫無損，彷彿受到超自然力量的保護。

據說露絲在那個家裡很受信任，甚至負責照料這個病重垂危的女人，與此同時她心懷祕密，她的重要臟器間盤繞著一條黑蛇。沒錯，僕人的確會殺害主人。我經常在報上看到這類新聞，接下來幾天也會疑心地斜睨蒂妲。但這個……似乎太工於心計了。日復一日，堅定不移，一點一點地慢慢殺人。露絲若是直接一刀刺穿女主人的心，恐怕還比較令人感到安慰。

我承認，最令我心煩的是想起當時逐漸消瘦孱弱的媽媽，儘管原因截然不同。毛髮漸稀、身體長滿細毛等描述，我並不陌生。那是殘酷的死法。想到竟可能有人故意這麼做……而且還只是個孩子！

為什麼？

我很想自我安慰說露絲是清白的——她的主人其實是得了和我母親相似的病。但她自己已坦承不諱，複製的供詞就擺在我眼前。還有她在監獄裡說的話。她周遭的空氣，彷彿充斥著某種凶險、會刺人的東西。

我的金絲雀威奇開始啾啾叫。我用一隻手肘撐起身體，看著牠拍動翅膀。牠的籠子比露絲・巴特漢的美多了。

她現在在做什麼呢？沉思？那致人於死的雙手正忙著扯麻絮？

我納悶，像這樣的女孩真的能得到救贖嗎？上帝說可以。即便是死法與她的被害者相似的我母親，也會說可以。我有責任試著去帶引露絲懺悔。而且不止如此。她還能幫助印證我的顱相學理論。

自從手冊大量印製，中產階級開始研究頭顱後，道德主義者也開始變得焦躁易怒。他們認為我們的發現剝奪了個人責任的觀念。比方說，假如是天生整個「赤道區」都凸出的人，豈非從一出生就是壞人？那麼為了他們無能為力的事懲罰他們，豈有公理可言？

但我希望將我的信念與這門科學編織在一起。我相信幼兒的顱骨成長之際，會反映出隨著每一次抉擇而慢慢成形的靈魂。假如能及時察覺孩子性格的缺陷，為他另指一條明路，那麼頭的形狀以及心靈的特質都有可能改變。

只要能改造露絲並證明這一點，我便會更安心得多。我甚至可以將這些研究發現寫信告知愛丁堡顱相學會的康布先生。到時看見自己嘲笑的學理受到一位博學之士背書，爸爸會是什麼表情呀！

我想到當我告訴露絲說我探監並非為了自娛時，她不敢置信地喃喃自語。她懷疑我是有道理的。我的動機並非全然無私。

「說實話，」我對威奇說：「如果我真的在這些人的生活中發現某種魅力，如果與道德敗壞的人來往真能讓我感到興奮，這有什麼損失呢？對她們也同樣有好處啊。」

鳥兒看著我，兩顆眼珠閃耀得有如濕濕的小圓石，然後開始啼鳴。

我從床上起身，走到梳妝檯前梳理頭髮。「我要繼續去探視露絲・巴特漢，」我對著鏡中女孩說。或許露絲會讓我感到厭惡，想起媽媽的死也會讓我難以承受，但終將有所收穫。我能讓她得到救贖，而她可以……給我她的顱骨。

「別那樣看我。」我邊將髮飾固定在耳朵上方，邊對著鏡中蹦蹦跳跳的威奇申斥道。「你想想，要是我能證明這個理論，會有多少人得救！」

用餐的鑼聲響起，一陣深沉顫動傳遍屋宅。我靜坐片刻，感受著皮膚底下的震顫。威奇急急地跑到籠子底的砂紙上，全身羽毛豎起。

牠在害怕。

4 露絲

在那之後，我便不再和媽談學堂的事。她已經夠累了，整個人皺得像條舊床單，我不想把她扯破。於是我藏起破損的連身裙與束腰，身上的瘀傷也從未告訴她。我每天早上戴著破舊的帽子匆匆出門，晚上靜悄悄地溜回家，滿腹委屈幾乎讓我窒息。當我進門，她會抬起因為做活兒而淚眼迷濛的雙眼，問我這一天過得如何。

我會撒謊。

我只會對手套吐露實情。

我喜歡做手套刺繡。喜歡那涼涼的絲綢在手裡的感覺；喜歡拿針戳穿堅韌的絲布。然而幾週後的某天晚上，我們在昏暗中做著針線活時，媽忽然輕輕取走我腿上的活兒。即使沒有陽光照射，那絲線依然閃耀如淚。「這是藝術品呀，露絲。把線打結收尾吧，明天我一起帶去給梅亞爾太太。新娘很快就會來拿了。」

我巴不得一把搶回來，只是顧及布料的脆弱才忍住。那是我的。我的活兒，我的辛勞成果。一想到要讓另一個女人碰觸，就百般不情願。「還沒做好呢。」

「可以了，非常完美。」她的語氣中有一種我從未聽過的溫暖與驕傲。「我簡直迫不及待想瞧瞧梅亞爾太太看到這些會是什麼表情。說句公道話，這樣的成品，她應該多付我一先令才對。」

我從來沒見過梅亞爾太太，但我想像她是個打扮豔麗，總是斜眼看人的中年婦人。呵，我多想當著她的面把錢丟還給她，拿走我的手套，用來掩飾我自己長繭的手指與龜裂的指甲。變成另一個人。

可是當媽將手套重新放回我腿上，我便明白那是多麼不可能的事。像我這樣，穿著滿是補釘又髒兮兮的衣裙的女孩，永遠不可能戴這麼高級的手套。一如羅莎琳．歐戴克說的：我不是淑女。在她們眼裡，我就和牲畜沒有兩樣。我永遠無法得償所願。

媽坐在安樂椅的邊上，雙手交握，額頭上出現憂慮的皺紋。「妳……喜歡做手套刺繡吧？」她試探著問。

我將手套收攏一些。「喜歡。」

「那麼妳不反對多幫我做點刺繡嘍？」

天底下還有比這個更美好的安排嗎？我闔上眼睛，幻想著厚重的縮絨羊毛、閃爍的塔夫塔綢、鋪展開來的七彩棉線。那樣的色彩能讓一個姑娘家迷失其中。「不會。」

「那就好。因為我在想，妳跟著我做也許能多學點。像是學徒那樣。只不過會有一點……改變。」她的聲音忽然卡住，就像打結的線。「比方說，妳不能再去學堂了。」

我兩眼倏地睜開。剛剛看過華麗的布料，眼前的房間顯得好冷、好黑。「為什麼？」

「為了能專心工作，為了……」她開口欲言，但即便是媽也無法厚著臉皮把話說完。她吐了口氣，舉起手摸著前額。「要老實說的話，是因為我們需要妳賺一份工資。全時的。我們也沒有能力繼續付學費。真的很對不起，露絲。我也希望妳能有機會，能選擇自己的人生道路。不過妳如果白天跟我一起做針黹，我可以把我在妳這個年紀所學的教給妳。妳知道的，我學過法語，還有一點點歷史。我不會讓妳一無所知地長大。」

能遠離學堂和那些嘲笑我的女孩，我理應鬆一口氣。我的確是。只是一切來得太突然。「假如妳明知道付不起，當初又為什麼要送我去學堂？」

「我以為可以應付得來，誰知道……」

「事情有了變化。」

儘管光線很暗，她仍不願與我四目相對。「是的。發生了一件我萬萬料想不到的事，尤其都過這麼久了。」

「什麼事？」我問道。

「是寶寶，露絲。我又懷上寶寶了。」

寶寶。我運氣也太好了吧。一個愛哭、愛尖叫的寶寶來折騰我的閒暇時間。倒不是說我接下來的幾個月當中，還會有什麼閒暇時間。醒著的每分每秒都得用來縫製一些小小衣物。我壓根想不到我會想念學堂，但確實如此。如今做針線活不僅不是解脫，還成了噩夢。小寶寶都還沒出生，我就恨他入骨了。

縫製嬰兒衣物與梅亞爾委託的活兒不同；其中毫無創意可言。不管我做了什麼，也不管做得多麼精緻，我都知道將來會沾上口水和尿液。

在那些漫長而疲憊的時光裡，我無意中發現我可以把針穿過大拇指指腹的皮下而不會流血，這時我的拇指就像被串上烤架的豬。從外表看不出我的皮膚與針的交界。媽說這伎倆教人噁心，她看得頭都暈了。但我仍然照做不誤。

我的十三歲生日在篝火之夜的七彩煙花雨中到來又結束。爸買了一支煙火送我並點燃，因為我很愛煙火的味道。這是我放眼天際唯一能見到的一片光亮。接下來，天氣便在各種深淺不同的晦暗中循環不息。我和媽一樣坐在窗前，背都僵了，眼睛看著同一批落葉像破布似的，在街上隨風飄來飄去。

有時候，在呼嘯的風聲底下，我似乎聽到另一個聲響。一個費力的吱嘎聲。它會在夜裡吵醒我，整個白天也不斷煩擾我。媽和爸從未提起過。但當我閉眼傾聽，我知道我認得那聲音。那是我的束腰被羅莎琳踩斷骨架時，發出的呻吟。

也許媽讓我離開了學校，藉由幹活兒讓我分心，但我沒有忘記。

我永遠忘不了。

有一天，我獨自在樓下替寶寶做毯巾時，媽抱著一只箱子和一個牛皮紙包，踉踉蹌蹌地進屋。我以為即將當母親的人應該會燦笑如花，她卻是臃腫又氣喘吁吁，比起花朵倒更像隻青蛙。

「咻！材料好像一次比一次重了。」她將箱子交給我放到窗邊，自己則是一邊看著一邊伸展腰背。她的披肩上布滿雨珠。「謝謝妳，露絲。」

我俯身打開箱蓋，一陣粗糙嗆鼻的香味撲面而來。裡頭是一整疊耐用的麻紗與襯裡用的硬布——難怪箱子這麼重。

媽脫下軟帽，半跌半坐進安樂椅，頭斜靠著椅背套。

這個討厭的寶寶是什麼呀：水蛭？寄生蟲？長時間的針線活讓媽面無血色，但像這樣——根本就像死屍。我在她身旁蹲下，替她解開靴帶。

「我出門的時候，肉店老闆的兒子有沒有來過？」她問道。

「沒有，他還是沒來。都已經兩個星期了。」

我眼睛看著她的腳，卻能從她緩緩一聲嘆息感覺到她的表情。「唉，老天爺。我們一定又欠錢了。」

「那就應該付錢。我繡的手套沒有讓妳多拿一點錢嗎？」

「露絲啊，」她傷心地說：「本來應該要的。那繡工太出色了，新娘很高興。只是妳不了解梅亞爾太太。」

幸好我得轉身把媽的靴子放到一旁，才沒讓她看見我的臉突然抽搐，我無法掩飾心裡的怒氣。我的手套。依然是我的，只不過在妝點另一個人。

「對了，我今天聽到一些關於這個新娘的奇怪傳聞。凱特小姐——她是梅亞爾太太的女兒——碰巧是林賽家某個傭人的朋友，我再來問問她知不知道婚禮的情況如何。」媽歪著頭說：

「怎麼樣，妳覺得呢？結婚當天，新娘哭了一整天呢！」

「我還以為她會快樂得要命。」我嘟囔著說。

「沒有，這正是問題所在！之前選禮服布料和試穿的時候，她看起來十分快樂。可是結婚那天早上，她照著鏡子忽然哭了起來。真可憐，她哭個不停，說自己好醜，把漂亮的衣裳都糟蹋了！妳能想像嗎？整場婚禮，她哭到都要心碎了。也只有天曉得她丈夫作何感想！」

我暗自幸災樂禍地想像那個畫面：一個穿著華麗體面的富家千金，竟也和我為她繡手套時一樣，感受到滿心的沮喪。我們透過針腳有了短暫的聯繫。「太不知足了。想想這世上還有真正的老姑娘和很醜的老小姐，她有什麼可抱怨。她沒有資格那麼想。」

媽的臉頰垮下來。她看起來很不像她——脆弱、敏感。「露絲，每一個人都有權利有自己的感覺，哪怕不能自由地隨感覺行動。也許她無法敬重即將娶她的男人。也許這件事她沒得選擇。」

我轉頭重新拿起我的毯巾。大抵是完成了，但我故意使性子將線打結成像要絞殺人的繩環，再把線咬短。我不是傻瓜；我老早就知道媽會嫁給爸純粹是為了逃避家裡為她安排的婚事。但這個選擇果真是對的嗎？若是嫁給有錢人，當丈夫熱情冷卻時，至少還有鑽石綢緞能保她溫飽。而媽除了苦活兒，一無所有。她該得的遠遠不止如此。這讓我憤慨不已。

「小心點，露絲。妳怎麼不用剪刀？」

「反正差不多做完了。再來妳應該想要帽子吧？」

「這樣不好嗎？妳不是一直在抱怨這活兒太單調。至少妳可以在帽子上加一點漂亮的花樣。」

可以嗎？蕾絲太貴，凡是我想像得出來的裝飾，根本都只是奢望。我想，可以做一點白色刺繡，但那滿足不了我的野心。

「媽，」我突然說道：「生孩子的時候要怎麼做？」

「什麼意思？」

「我們要做什麼？請大夫嗎？」

「噢，」她闔上眼皮，躺靠在椅背上。「不，我們負擔不起。西蒙斯太太和溫特太太說會來幫忙。」

教會裡的西蒙斯太太和溫特太太人很好——好到可以和她們坐同一張長椅。但她們會接生嗎？沒有人跟我說過生產過程。我知道會見血。好像還要有熱水。我們的教會友人似乎太過端莊，不適合參與這樣的作業。

我挑掉留在針眼裡的一小截白線，任由它飄落在地。然後仔細地將針插回布包裡。

「妳不覺得爸也許能湊到錢？如果向他開口的話？上星期他賣掉了那張狗兒的畫。」

「不，不，別傻了。」她依然閉著眼。是故意的。鬢邊因緊繃而出現的皺紋透露出她眼皮底下隱藏了些什麼。「生第二個總會比較容易。」

「妳不怕嗎？」

「不會呀！」

我盯著她瞧，真希望我的目光能穿透她的眼皮。「真的嗎？」

「我都把妳生下來了。我一點也不擔心。」

她佯裝開朗的語氣讓我噁心欲嘔，於是喃喃編了個藉口，起身上樓。

媽的家事腰鍊鋪放在她床上。除了幾把鑰匙之外，其他全被鐵鏽包覆了。我繞著鑰匙圈將鑰匙一把一把推出來，直到看見我在找的那一把：爸畫室的鑰匙。

我喜歡在畫室裡獨處，因為我不能這麼做，因為我想看看爸稱之為他「真正自我」的那些畫。還因為那把槍。

我打開鎖將抽屜輕輕拉出，滿懷欣喜看著慢慢露出來的槍管。子彈、火藥和推彈桿放在後面。我對那些沒興趣。我拿起手槍本身，享受著它在我手中那冰涼的重量。接著我將它立在腿上，細細端詳小擊錘、側板鎖，與鑲嵌在玳瑁槍把上的銀葉。真美。不是破銅爛鐵。是個好東西，從前媽自己的父親可能也擁有過類似物件。

我認為爸應該把槍賣掉幫忙媽生小孩。但是當我將照門舉到眼前，便明白他為何不這麼做。這手槍能帶給人慰藉。牢固、沉重，還有它發出的氣味，帶有金屬與邪惡的氣息。

我想要知道它就在這裡，等著我。我想要關上抽屜時，聽到子彈滾動的聲音。

5 朵蘿西亞

今天，我的馬車駛進入口大門時，正好有一輛囚車緩緩來到監獄前面停下。我伸手打開車窗想叫葛瑞馬許放慢速度，但他已事先預料到。我們的馬從小跑步放慢成緩步前進。

警察的運輸工具難得美觀。在令人心蕩神馳的蔚藍晨空下，那輛黑色囚車與拉車的兩匹黑馬，看起來根本就像送葬隊伍。我留意到囚車車身有幾個被硬挖的孔洞與大大的刮痕，有可能是用指甲刮出來的。我試著想像那種瘋狂的暴力：一種壓抑不住的力量。

職員群集在監獄的階梯上，不只是女獄監，還有幾乎看不到脖子的彪形大漢。這不是個好惹的人。

警察拉開門栓。大衛不會出勤做這種跑腿差事，但我仍然在那群藍衣人當中尋找他的鬢鬚。他們拖著沒有臉、不成形的一團東西下車，那東西沒站穩，打了個踉蹌。只能從拖行在碎石地上的破損裙子猜測那是個女人。

我知道她會往前衝，果然不出我所料，就在監獄鐘響的時候。那只是白費力氣。大批警察與監獄職員已經準備好壓制她胡亂揮踢的手腳，她總不會真的打算逃跑吧。也許只是想趁自己還有能力，抓傷一些人？她的尖叫與咒罵伴隨著鐘聲展開一場可怕的晚禱。

「我想我就不去探視那個囚徒了。」我對蒂妲說：「至少暫時先不要。」

相較之下，當監獄長將我丟進露絲・巴特漢的牢房，那裡頭簡直有如平靜的避風港。病態黃光從圓形鐵窗的黃色玻璃投射進來，落在露絲一頭蓬鬆亂髮頂端。我瞇起眼睛，希望能看出那顆頭顱的輪廓，但她的頭髮太濃密看不透。

我進入時，女囚微微抬起下巴，我發現她不是在扯那可怕的麻絮，不由得鬆了口氣。只見她腿上擺著一本翻開的聖經。她的雙手雖然髒汙，卻靜定不動。

「早啊，露絲。真高興看到妳這麼用功。」

「噢，是妳啊，小姐。」她說話的語氣有點不冷不熱。

「是。我跟妳說過我會再來。」

監獄長匡噹一聲關上了門。我身體感覺到了。這回她沒有說會看著我們之類的話。我強壓下心裡不祥的感覺，坐了下來。

露絲用她深邃的眼眸細細打量我，上上下下地看，看到袖口、衣襬、腰身時都頓了一下。她母親是裁縫師，這是自然了——她當然會注意我衣服上的每個細節。

「告訴我妳今天讀了什麼，露絲？」

露絲嘆了口氣，輕輕闔上聖經。「大夥兒老是問我這個。因為我做了壞事，他們就以為我從來不讀聖經也不上教會。但這是我一直都在做的事。」

「那麼，會不會是妳從來沒有真正了解過福音書的內容？也許沒有人向妳做過正確的說明。」

她眉頭皺起來，使得她兩隻眼睛看起來分得更開了。「也許吧。但我知道的夠多了。我認為人們明知道是錯事，卻還是會去做，那是因為他們想這麼做。」

我在椅子上挪動了一下。「但露絲，假如真是如此，假如所有人都依著自己較卑劣的本能行事，我們應該全都進監獄了。」

「喔，小姐！」她的臉頰逐漸綻出一抹微笑。「妳該不是在說妳也有壞念頭吧？」

真是放肆無禮！我的臉頓時紅得像被滾水燙著。我回頭看看監獄長是否守在小窗口邊。觀察窗關著。「這世上沒有完人，露絲。以我來說，我是羅馬天主教會的信徒，我一旦興起什麼可恥的念頭，就會向神父告解，求他赦免我的罪。」

「我向巡查大人坦白啦，但我不認為他們會放過我，妳說呢？」

「但那是兩回事。妳應該明白吧？妳只是在狀子上畫押說妳殺了女主人，妳並沒有解釋當時妳內心的想法。」她掉轉過頭，典型的幼稚舉動。「還有，前幾天我們說話的時候，妳提到了其他人，妳意外殺害的人。那是怎麼回事？妳是認真的還是杜撰？」

她沒有應聲，而是闔上聖經，放在一隻手上，另一手的指尖敲打著封面。破皮、指甲髒黑，那些手指做了些什麼呢？

「妳可以跟我說。」我發出的聲音緊繃。「妳一開始提到妳和家人的家庭生活，何不再多吐露一點？也許妳會覺得一吐為快呢，露絲。」

「喔！原來妳是個長舌婦啊？難怪。」

「我才不是長舌婦！」我怒斥道，太大聲了。走廊上隨即響起監獄長的腳步聲，朝我們走來。

露絲閉上眼，抿著嘴。「妳想聽故事，想要有個話題可以在喝茶的時候和朋友們聊。哼，在我背後說閒話的人已經夠多了。」

「不管發生什麼事，大家都會聊起。報紙上也會報導……甚至可能編成歌謠傳唱。只有妳能揭露真相。」

她微微一笑。不是令人愉快的笑容。我打了個寒顫。「或許我會告訴妳，小姐。不過別假裝這是為我好，其實是為妳自己。」

我還來不及回答，門便呀然開啟。監獄長衝了進來，鑰匙叮叮噹噹宛如雨聲。「沒出什麼事吧，甄愛小姐？」

我起身，長裙底下竟有條腿微微打顫，教我又羞又窘。我實在不想在監獄長面前失態。

「沒事，多謝了，監獄長。一切都很好。我正打算前去探視珍妮．希爾。」我看著露絲。通常我會主動和她握手，但一想到那幾根手指碰到我的手套，我便不禁臉色發白。因此我只點點頭。「我下星期會再來的，露絲。到時我們可以多聊一會兒。」

她抬起下巴。「妳聽了不會喜歡的，小姐。」

她說的恐怕沒錯。

6 露絲

珠針與縫針別滿兩條腿的我，跪在地上四下裡快速移動，試著用粉土餅在在印花布上把線畫直。

「一開始畫圖案應該靠邊一點。」媽從窗邊高聲說道：「否則會浪費布料。」

我點點頭，但沒聽她的話。

「我們最近布料用得好兇。」

「對不起，媽，我還手生嘛。」

媽捏捏鼻梁，然後又繼續縫合長襪。「這我了解，親愛的。要是彎得下身，我會自己來，只不過……」

「我知道。寶寶太大了。」

每次都是寶寶。至少這次它幫了我的忙。

妳或許覺得故意浪費是卑鄙的伎倆，但梅亞爾太太和她的客人能穿上絲綢蕾絲，我總該有資格拿她店裡一小片印花布吧。用印花布做襯裡最合適不過了。

我做完記號，拍去手上的粉末。「好了。」

「很好。妳能把它剪下來嗎？」

我伸手去拿布剪時，拂掠到一樣光滑的東西。我轉頭去看。是一塊桃色棉緞，誘人地纏繞著剪刀。我的指尖開始發麻。那麼輕柔甜美的色澤。溫暖人心。猶如春天綻放的玫瑰。我想摸它，想成為它。我小心謹慎地將剪刀與棉緞一同拾起，貼近圍裙拿著。

「今天光線好暗。」媽嘆氣道：「妳父親在畫室應該不好過。對他來說，影子畫得對不對太重要了。」

我小心翼翼，再小心翼翼地，將布料偷偷塞進圍裙裡。光是有它在我身邊，我就覺得自己明亮了一點，漂亮了一點。

「妳要剪布看得清嗎，露絲？」

我只用剪刀尖銳的喀嚓聲來回答。

「親愛的，縫份要稍微留寬一點。」

「好的，媽。」

管他什麼縫份。我心裡盤算著更要緊的事。

剪布片是費時又費力的活兒，尤其在陰暗的光線下。剪刀愈來愈重，金屬刀柄咬進我手指的肌膚。我睜著疲累的眼睛，拚命想看清粉土餅畫的線，感覺瞳孔比羊皮紙還乾，而且撒滿沙子。

「我記得還有幾支燈芯草蠟燭，可是盒子裡是空的。」媽皺眉望向客廳這一頭。「妳知不知道火柴放哪去了？我在廚房裡找不到。」

「不知道。要不要我馬上去買？」我主動提議。

「好啊，也許應該去買。妳剪得太費勁了。」

媽放下長襪，全身摸找銅板。一個口袋翻過一個口袋，都是空的。忽然間，她停下動作抱住肚子。

「媽？怎麼了？」

她沒理會我，而是專注地在聽什麼，身體裡很深的地方。

「媽？」

她抖抖身子。「沒事。是寶寶在亂踢。親愛的，上樓去戴帽子。我會在妳下來以前找到一點錢的。」

我正想聽她這麼說。

爸在畫室。爬上最後幾階時，我豎耳傾聽，唯恐他忽然跑出來。畫室裡傳來金屬碰撞聲與一聲嘆息，隨後安靜無聲。我急忙奔進自己房間，反手關門上鎖。

鬆脫的地板在床底下，用夜壺遮住。我一陣扒抓後手指伸進木板條底下勾住，也同時被灰塵搔得打噴嚏。喏，在洞裡閃耀著的，正是我偷偷囤積的東西。

媽的火柴盒和一把燈心草蠟燭，就躺在偷來的布料堆成的窩裡。一片疊著一片的布：有柔軟光滑的，有絲綢有粗布，顏色五彩繽紛。我雙手貪婪地撫摸著。這是個大雜燴，是小丑的彩裝衣櫥，但它是我的。

任務很簡單：重做束腰。我自己動手。

每天晚上我悄悄做活兒，每天晚上這件衣服便又更添幾分真實。這件束腰的形狀與上一件不同，三角襯料較少，肩帶也較短。它像蛇一樣包覆我的上身，緊緊地。

束腰正面中央的支骨損毀了，我的收藏品中沒有一樣可以用來充當骨架，但我發現並不需要。可以利用繩股來強化束腰：用粗麻布、斜紋布和硬麻布等材料。它的強韌力量將來自於我，我的勞力、我的針法、我的鮮血。

我放好棉緞後，將木板置回原位。爬起身時，想起那天晚上羅莎琳·歐戴克的臉。我聽見莖稈骨架啪的一聲，也聽見我的自尊碎裂的聲音。*弄斷這個需要多久？*

這次不會了。

我，當時當下，就發誓要做出一件和我的怒氣一樣強大的東西。我要做的不只是束腰，不只是衣服。我會縫製出這世上沒有任何力量能弄斷的東西。

7 朵蘿西亞

我們打算宴請賓客為我過二十五歲生日！我想我理應感謝爸爸將宴會辦得如此熱鬧風光，還特地請來樂師演奏，但說實在話，當姑娘家到了一定年紀，會寧可不要聲張。他認為禮數上須得邀請的那些富裕人家，有泰半我都無意與之為伍，而我也不敢往自己臉上貼金，若非父親身故後財產將由我繼承，他們絲毫不會在意是否與我往來。除此之外，寫邀請帖與張羅足量的酒食等都交由我負責。總的來說，這就是件麻煩事。

今早，我坐在櫻桃木書桌前寫訂單細節，準備讓蒂妲送去給糕餅師傅——雖然家裡的廚子也算廚藝精湛，卻絕不可能做出宴會需要的蛋白霜裝飾與果凍塔——忽然有人敲門。

我在威奇的啁啾聲中回應道：「進來。」

爸爸走了進來，身上仍穿著夜間便袍。「對不住了，親愛的。我是不是打擾妳了？」

「是的，父親，不過這打擾來得正是時候。又是牛奶凍又是棉花糖的，我都快受不了了。」

他微笑看著我桌上的零碎雜物。「朵蘿西亞呀，看妳忙這些事我實在太欣慰了！妳說很累，我卻是寧可妳滿腦子想著甜點而不是……」他生硬地朝我那些被書本與研究顱相學用的瓷雕半身像壓得痛苦呻吟的書架點了個頭。他並不知道我書桌裡藏著真正的頭蓋骨。「這樣合適多了。比較得體。」

我雙肩緊繃起來。過了將近二十五年，我已十分清楚爸爸對於女性是否合乎體統的想法與我不同。他有極度敏感的羞恥心，社會的約束須得當成神旨一般遵守，絲毫馬虎不得。你會覺得這個世界彷彿有一雙巨眼在監視著他的一舉一動，無論我如何勸誘、解釋或理性爭辯，都無法改變他的心意。我只得另想他法轉移他的注意。

「哎喲，爸爸，」我用滑稽的表情翻著白眼。「別這麼老古板了！唸、唸、唸個不停。」所幸，他仰頭大笑，他心情不錯。「妳覺得妳能不能趕在宴會之前讓我開化一點？」

「我本來也想啊，可是你瞧瞧這個！」我往他的袖子彈指。「竟然在淑女面前穿一件老舊的夜間便袍！我還以為你不至於這麼不明事理。」

「妳說什麼，朵蘿？」

「是朵朵。」我糾正道。

一聽到這名字，他眼中的光芒倏地消失。「妳明知道我不能這麼喊妳。我以前都喊妳母親朵朵。」

我開始將桌上的紙張整理疊好。一小段回憶瞬間開啟：媽媽倚靠著層層枕墊，對著我咻咻喘氣，臉色有如牛油。即便在當時，她依然美麗。孩童往往會對生病的親人產生恐懼，我卻從未體驗過，我從無一刻害怕她。但爸爸會。每當我提起媽媽的名字，都能從空氣中的變化感受到。我能從他的沉默中聽見。

爸爸清清喉嚨。「我忘了問妳有沒有訂果乾布丁。」

「你忽然喜歡吃了嗎，父親？」

「妳明知道不是這樣。那是皮爾斯太太的最愛。」

我當然知道她會來——是我親手寫的請帖。無論如何，讓她的幽靈出現在我房中還是教人生氣：她那描畫的眉毛，那衝著我突出的寬闊下巴。很迷人，大家都這麼說。我卻見不到一絲美麗——只有傲慢。

「但願不會讓皮爾斯太太失望。」我針對我擬的菜單低聲說道：「尤其是在我的生日。」

「妳不該這麼想的，朵蘿。我知道妳不喜歡我有再婚的念頭，可是妳母親已經走了……」

「她不會是個好妻子，」我警告道：「儘管她在社交圈受人盛讚。她的顱骨掌管婚姻的部位有個很明顯的凹陷，我從來沒見過誰這麼不善於家事。」

他繼續接著說，好像我根本沒開口。「……很多年了。妳也不想想，妳很快就會嫁人，就剩我孤單一人。」

孤單。我讓這個字眼縈繞片刻。在囚室裡的露絲．巴特漢，在病榻上的媽媽——那才真叫孤單。爸爸的意思是說他看報時，將無人在一旁彈鋼琴。

威奇在砂紙上快步移動，響起爪子的刮擦聲。

「我很快就會嫁人？請告訴我要嫁給誰，因為我還是頭一回聽說。有哪位先生來提親嗎，爸爸？」

「沒有，當然沒有。」他口氣裡透著惱怒。「但妳非得選個追求者不可。再耽擱下去，妳就要變成名副其實的老小姐了。我可容不得這麼丟臉的事。」他略頓一下。「其實啊，有個人我希望妳能見一見。」

驀地一陣心慌。又來了。隨著一年一年過去，我愈來愈難拒絕。有國會議員、有地主，甚至還曾經有過一位伯爵。無論誰和我的大衛一比都矮上一截：他是扒手的剋星，是正義的使者，一個真正有用的好人。除了他，我從未對任何人動過心。可是一旦爸爸察覺到我的愛慕之心……

「哦？請繼續。」

「他叫湯瑪斯．畢格維茲爵士，」他說：「是個模範好男人，狩獵技巧卓越。他在地方上有些人脈，在格洛斯特郡有棟房子。」

我露出的笑臉就像用刀子刻出來的，但我繼續維持著。「格洛斯特郡。天哪，太遠了吧！我還要怎麼做慈善工作。」

「啐！格洛斯特難道沒有需要改善的監獄嗎？」

「我想應該有吧。」

他似乎突然想到什麼，臉色轉為嚴峻。「不過妳聽好了，朵蘿，宴會上不許提起妳那些監獄的蠢事。尤其不能對湯瑪斯爵士說。」

「他不贊成慈善之舉嗎，父親？」

「我是認真的。我不許妳大放厥詞，說一些罪犯啦、科學啦等等，一個年輕淑女應該一無所知的話題。我年輕時已經受夠了無聊的閒言閒語，現在我不會再讓人說我連女兒都管不好。」

我咬咬嘴唇。他覺得他什麼時候管過我？「親愛的爸爸，沒有人會說這種話。一個紳士讓自己的獨生女受教育，根本不值得大驚小怪吧？」

「我讓妳受的教育一點都不值得大驚小怪，問題在於妳買的這些書還有這些……這些人頭。」他雙頰泛紅。「我還記得去年聖誕節。我向妳保證，那件事所有人都記得。大夥兒至今都尚未淡忘。皮爾斯太太很不以為然。只能說我們很幸運，她大人大量不計較妳的行為，仍繼續這樣地關照妳。」

當時是一群喝了酒的年輕人要我替他們看顱相，說得好像是我的錯似的！我是順他們的意思。說真的，兩手在他們抹了熊油的髮絲間摸來摸去，完全稱不上樂事。

「對不起，爸爸。那只是好玩罷了。」

他目光灼灼地盯著我看，下巴上鬍碴底下的肌肉競相不自主地抽動。我噘起嘴，露出悔恨不已的表情，但他眼中似乎見到了兩名女子：一個是他深愛的，一個則是他畏懼的。

「妳不明白，朵蘿西亞……」他欲言又止，同時舉起一手輕捻鬍鬚。「妳母親去世的時候妳還很小，妳不會記得她……臨終前變得多奇怪。」

我什麼都記得：她臉上的每條皺紋，她說的每句話。我從不覺得她奇怪。

「那……唉，宗教狂熱。妳得了解當時是怎麼回事。」他靠坐在我的桌緣。「天主教徒解禁法還是許多年後的事，她卻忽然皈依了，毫無預兆地……我們就再也進不了上流社會。」

我將目光轉向菜單，因為我無法掩飾輕蔑的神情。他的意思好像是說媽媽應該重視上流社會更勝於自己靈魂的尊嚴！

「現在回想起來，我想她是因為發病了。她的行為……我實在不想跟妳說這個，朵蘿。那也許不是她的錯，但她讓我無地自容，當著大夥兒的面。當時有不少流言蜚語。」

出於保護心態，我胸中竄起一股怒火，但我強行壓下，決定冷靜地回答。「正如你所說，父親，那是很久以前的事了。你今日在上流社會中的地位不容懷疑。誰也不會因為你有個——怎麼說呢？——古怪的女兒就看輕你。」

當他開口出聲，那語氣強硬如鐵。「妳這麼說也無濟於事。妳說古怪，別人會說是血統不良。他們會說妳果然是妳母親的女兒。」

「要不然呢？」他猶豫著，我看穿了他的心思，一時情緒失控。「不要！我不在乎她是否接受你——總之我絕對、絕對不要當皮爾斯太太的女兒！」

「夠了，朵蘿西亞！」他驀地起身，我的書桌隨之晃動，一張紙飄飄落地。「我不是隨便說說。妳在宴會上要放規矩點，妳要順從、要端莊，還要跟湯瑪斯爵士聊一些得體的日常話題，聽懂了嗎？」

「好的，爸爸。只不過……」

他豎起食指逼近到我的鼻頭。「而且不管發生什麼事，不管別人對妳說什麼，一概不許妳提起頭。」

「可是爸爸，萬一……」

「妳要放規矩點！」他咆哮一聲後，大步走出房間，砰地關上房門，把可憐的威奇嚇壞了。

憤怒，憤怒。致命的七宗罪之一。雖然爸爸根本不會在乎。

我也生氣；我的心臟在胸腔內怦怦跳，舌頭也忍不住想怒斥他。但我花了點時間慢慢冷靜下來，恢復理性。

情緒較為平復後，我從最底層抽屜取出我的祕密顱骨。我雙手感覺到光滑的骨頭。少了皮肉，其實很輕。我將顱骨的額頭靠在自己的腦門上，那股壓力、那涼涼的觸感，似乎緩和了我躁動的神經。

昔日眼睛的部位，現在開著兩個黑黑、空空的大洞，裡頭有個白灰色洞穴。曾在其中迴響的思緒與恐懼都不在了。再也沒有騷動、衝突，只剩骨頭。說到底，這塵世的一切煩憂何其渺小啊。

小小驚嚇過去後，威奇又重新跳上牠的棲木，小心地啁啾兩聲。

「我知道，小傢伙。他不了解我。」我將頭骨放回抽屜後，拿出我的第二樣寶物。歲月撫平了紙張的摺痕，也消弭了大部分的印刷字體。角落裡有兩處淺淺的潑濺痕跡——我猜想必是她閱讀時濺出的茶水。我用指尖順著汙漬撫摸，強烈懷想著她。

媽媽去世後，我被委以整理遺物之責，這便是我在她成疊的紙張中第一個發現的東西。它用絲帶綁起，裡面夾放著她友人的來信與一些人物素描。那是一本關於顱相學的小冊子。

託媽媽的福我才學習了顱相學，倘若她能在這裡幫助我捍衛這門科學該有多好。也許我們可以一起研究宴會賓客。我真的好想和她一起比較對照研究結果。

我很想知道她是否也觀察了爸爸的頭骨，並看見了我所看見的。

8 露絲

午夜時分。屋外空蕩蕩的街道上空，掛著一彎眉月，月光不是白色或銀色，而是一種病態的、如痰一般的黃色。

我坐在窗邊冰冷的地板上，彎身靠近燈心草蠟燭。蠟燭散發油脂的嗆鼻味。我很怕燭油噴到繡花布，但又別無選擇。我需要看。

我的束腰靜靜躺在我腿上，張開了翅膀，等待我為它注入鮮血：也就是能將我的身體固定住的繩股。我知道，我打算穿引那麼強韌的繩股，有可能讓我付出血的代價。

那我也認了。

我將合股線繩壓平後，穿進粗粗鈍鈍的掛毯針針眼。在襯裡與外層中間，我縫了一條條狹窄管狀條帶，必須填得紮實。針尖一刺入，桃色棉緞的閃亮纖維隨即分裂開來。我開始用力拉扯。

感覺很像在拔牙。針頭慢慢、慢慢地在管條內往前進。我使盡吃奶的力氣拉，沿著線尾將布料拉平整。每次使勁拉，都只移動那麼一丁點。我的手腕痛得尖叫抗議。我多少知道這是創造魔法必要的一部分：假如不是痛苦萬分，便沒有價值。我咬住嘴唇繼續拉。撐住，撐住，撐住。

一個小時後，我裂開的指尖開始滴血，沾汙了我的織品。我想放棄，想哭。但我就是一直以來都這樣，當初束腰會弄壞也是因為這樣。我不能再繼續當那個女孩了。

撐住。我將繩股想像成套住羅莎琳．歐戴克頸子的繩圈。我緊緊地拉，愈拉愈緊。

接著聽見了尖叫聲。

我打了個哆嗦，重新回到現實中冰冷、空蕩的臥室。叫喊的不是羅莎琳，甚至不是我夢中的羅莎琳。這聲音更深沉、更原始。

我將手裡的活兒丟到床上，一把抓起燈心草燭，望出窗外。只見街上的霧縹緲虛無地游移。吶喊聲再度拔地而起。是從我們家裡傳出的。

我身子微微打顫，慢慢地打開房門，凝視外面的小小平台。爸媽的房門底下亮著光。我聽見爸的聲音，低而急促。媽沒有應聲。

我兩鬢的脈搏狂跳。不可能是……

媽再次尖叫。

我快速奔過平台，衝進他們房間。

「媽！」

爸站在床尾，背對著我。他濡濕的睡衣黏住了膝蓋窩，我一時犯蠢，還以為他尿床。不過他在和媽說話，語句中沒有羞赧、沒有歉意，只有恐懼。

「我怎麼辦？潔麥瑪，告訴我要做什麼。」

我看不見媽。

「拜託，爸，發生什麼事了？」

他轉過身來。蠟燭的火光劇烈震晃。剎那間，我看出將他睡衣黏在腿上的不是尿——而是布滿一條條血痕的液體。

「要來了嗎？寶寶？」

「對，寶寶要來了。」

我奔向床邊，但立刻畏縮後退。媽全身，還有沾滿那黃紅色液體的整條床單，都散發一種牲畜般的刺鼻味道。

「太早了。」她喘著氣對我說：「太早了。」

爸開始穿上外出長褲。「我去找—找—誰來著？」

「不行，三更半夜的！」

「她們既然答應要來，就一定知道可能會有這種情況！西蒙斯太太，是嗎？」

媽咬著牙根，痛得皺了一下臉才回答。「西蒙斯太太去多塞特找她女兒了。她以為還有好幾個禮拜……」

「那另外一個，那個很高的女士。」

「溫特太太。」

「她住哪？不，不要緊，我想起來了。拿著，拿著。」他將蠟燭塞進我顫抖的手裡。

我跟不上他們的對話。爸開始換上衣，我卻仍驚恐地看著媽。她看起來醜怪、猥褻，像個不該被看見的東西。她每呻吟一聲，睡衣底下那對腫脹的乳房便晃動一次。

「妳要乖乖地照顧媽，」爸說。這還用說。「我很快就回來。」

他用手梳一下凌亂的頭髮便走了。

無數聲音開始在我腦中唱和。

「別——別害怕，露絲。」媽喘息說道。她的話只是讓我更加害怕。說話時的她顯得面無血色。「我們會熬過去的，妳和我一起。我們以前就成功過，只是……生妳的時候沒這麼糟，露絲。那時感覺比較慢，陣痛之間有很長的空檔，可是現在……噢！」

我鼓起所有的勇氣，強行邁出腳步走向她。我跪在地板上，拉起她汗濕的手握住。她死命握著我的手，像老虎鉗似的。

我想不出該說什麼來安慰她，只能呆呆放空，看著她大口喘氣。她沒有和我說話。她吸進肺裡的空氣都馬上重新吐出，就好像想把疼痛吹走。時間彷彿拉長了一倍。我拿得手痠便將蠟燭丟進壁爐架內，它栽進一堆煤渣裡，要燒不燒的。

等到爸再度衝回房間，我的手已經沒有知覺，被媽的手指捏到血都流不過去。可是聽到他說：「她不能來。」這些根本都算不了什麼。

「什麼？」大喊的人是我，不是媽。

「她女兒出麻疹，她不能丟下她，也不能來這裡，對寶寶來說太危險了。」

「可是她非來不可啊。」

爸和我對看了許久——有史以來最久的一次。他看起來比我印象中還年輕；年輕又恐懼。

「不打緊，」他說著穿過房間，踢掉腳上的鞋。「小潔，不打緊。我們可以做到。生露絲的時候也沒需要誰幫忙，不是嗎？」

她肯定認得這語氣——他們正是用這種造作、愉快的口吻對待我。但她沒有回應。此時的她似乎與我們隔離開來，淹沒在痛苦的浪潮下。

「我來給妳瞧瞧。」爸吞口水時喉嚨上下一動。「我來瞧瞧孩子是不是要出來了。」

他扯開蓋在她腿上的床單，掀起她髒汙的睡衣。我瞥見發炎般的紫紅皮肉被一團畸形的東西緊緊撐開。

我試圖掙脫開來，但她不肯鬆開我的手。

「是頭。」爸鄭重地說，好像很高興看到這恐怖的一幕。「至少，寶寶的胎位是正的。」接著他想必是看見我臉色有多蒼白、有多想吐。「關於這一切我真的很抱歉，露絲。也許這不是妳這個年紀的女孩該面對的事，但是……我需要妳幫忙。」

「去請大夫。」我哀求他。「如果寶寶早產，有可能會出什麼差錯。」

「沒辦法。我也希望可以啊。」

「一定要！我保證，明天一早我就去把我所有的東西都典當了。你就救救媽吧！」

「我沒辦法，露絲。上星期，老巴柏醫生看見我和酒鋪老闆拉拉扯扯。他絕對不會讓我賒帳的，他知道我還不起。」

「我不知道怎麼做。」

他朝我揮了揮手。「去，快去燒點熱水。然後找找看有什麼能讓媽媽喝。如果還有葡萄酒就熱一點。我可能還有剩一些些威士忌。」

「我走不了。」

我們雙雙低頭看著我被媽抓得發青的手。她現在不叫了，雖然嘴唇在動，卻不成語句，只是喃喃地胡言亂語。

「換我來。」爸說著硬將我的手拉開。

我頭也不回，踉踉蹌蹌走出房間，膝蓋抖個不停。我沒信心能走樓梯，便轉進自己的房間，隨後整個人跌進床邊的布堆，往夜壺裡吐了起來。

吐完後，人覺得穩定了些。我急忙穿上那天晚上丟在一旁的長外衣，並隨手披上披肩。

一切都很不真實：無論是樓下空蕩、漆黑的房間，或是寂靜的街頭。連我，提著咿呀作響的水桶去打水的我，也不真實。我壓著壓桿，它對我發出嘰哩咕嚕的呻吟聲，一副剛睡醒的模樣。我提著水桶回來，小心翼翼留神著自己的腳步聲。我腳步蹣跚，水一路晃動潑灑，進屋後又吃力地提著水桶來到廚房。

重新備好爐灶、生火、燒水，不是一時半會兒就能做得好。我感到慶幸。有事情忙總比不斷胡思亂想好得多。我盡量不去想像樓上正在發生的事，並利用火焰的劈啪聲隔絕一切雜音。食櫥裡已經沒有葡萄酒，但我找到爸的威士忌，還剩四分之一瓶。我決定全部拿走。

上樓時，我兩條腿抖得更加厲害，肩膀也微微顫抖——不是因為冷，而是害怕即將看見的景象。

比我預期的還要糟：媽趴跪在地板中央低聲哀吟，有如市場上的牲畜。她的臉被糾結的頭髮覆蓋住，但我瞥見她沾滿了血的臀部，覺得噁心。

爸一把搶過我手上的酒瓶，咬掉軟木塞，喝一口含在嘴裡，然後湊上媽的嘴唇餵她。她試著要喝，酒卻噗嚕噗嚕溢出。我連忙將熱水放到地上。

「別光站在那兒。」爸高喊：「去拿床單來換，再找點東西來替媽媽洗洗身子。」

媽發出嚎叫。

他輕拍她的背，試探著去瞧瞧她張開的雙腿。他皺起臉。「露絲，妳離開了多久時間？」

「我不知道。一個小時嗎？」

「我覺得不止。寶寶卻沒有更出來。」

我邊換床單邊掉淚。沒有人在看我。我覺得哭完會好過些，可是頭好痛。也許我就是在那時候開始明白眼淚有多無濟於事。

天邊逐漸破曉，並未帶來亮光，只是讓天色由黑轉灰。房裡的一切都有種褪色、病態的樣貌。媽已不再像隻驚惶的牛。這並未令人感到寬慰，因為她轉而變得無精打采恍恍惚惚。我們很輕易便讓她躺回剛鋪好的床上；她像個布娃娃似的重重倒下，慘白的臉貼靠著枕頭。我摸摸她的額頭，好燙。

爸情緒失控。「她愈來愈虛弱了。再這樣下去，她根本沒力氣把寶寶生出來。」

我開窗通通風。穿黑西裝的職員快步從我們家門前走過，準備去上工。在河上討生活的人則往反方向走。

爸跳起身來。「這樣不行。我得把她割開。」

「割開她！」

「妳看，妳看。」他比著。我勉為其難地，再次瞅了瞅那一小片頭皮和媽被撐開來、飽受折磨的皮肉。「她張得不夠開。要讓寶寶出來，就只能割開她了。」

我兩側大腿緊緊貼在一起。「不行！」

「非這樣不可。」

「她會失血過多死掉的。」

他濕濕的雙手搭在我肩上。「露絲，」他用前所未有的嚴肅口吻說道：「露絲，妳必須非常勇敢。我把她割開拉出寶寶以後，妳得替她縫合。」

若非他抓著我的肩膀，我已經站不住。「縫她的皮？下面那裡！」

「對。只有這個辦法。」

「我做不到。爸，求求你，我做不到……」

「妳非做到不可。我們如果不馬上動手，媽和寶寶都會死。」

我恨他。我恨媽；恨她變得這麼血淋淋不成人形。

爸去他的畫室拿摺疊小刀，我回我的臥室。此時此刻，我的針包看起來令人憎惡，那就是個穿刺著一件件刑具的布包。我挑選最粗、最尖的一支，又拿起一捲棉線，我嘴裡充滿唾液，逼得我一想到自己非做不可的事就想吐。

我能做得到嗎？我眼皮沉重萬分，手也因為睡眠不足而顫抖。我長這麼大，頭一次對於完成一件工作感覺如此無力。而且這比梅亞爾家的活兒還糟。一失手意味的不是罰金，而是……我不知道是什麼。我不想知道。

我和爸回到媽身旁，各站在床的兩邊。我們就像即將犯下可怕罪行的人。房裡的光線不強，但照在刀刃上仍閃閃發亮。

「這些得消毒乾淨，」爸說：「先放到火上，然後浸泡威士忌。」

我看著他，模仿他的一舉一動。我的縫針閃爍、熔化片刻後，浸到爸的威士忌中立刻滋滋作響冒起煙來。那味道刺鼻，聞了頭暈。

「好了。」他將衣袖推得更高一些。他兩隻手臂都在發抖。「我先告訴妳我會怎麼做。」

我們一起朝著媽俯下身子。她仰臥著，見爸撩起她的睡衣捲高到胸部，卻不明所以。在她顏色鮮亮的肌肉映襯下，寶寶那猶如半月的頭皮也顯得紅潤。

「這裡。」他微顫的手指在外突處的上下側比劃。「先開上面，然後下面。我會伸手進去把寶寶拉出來。等我一離開，妳就要開始縫。到時會有很多血。而妳在縫的時候胎盤會掉出來。不必擔心那個。」

胎盤是什麼我毫無概念，但我不想問。

「萬一你割傷寶寶的頭怎麼辦？」

他瞬間臉色發白，好像之前沒想到。「不會的。」

我瞄向皮膚的皺褶，那當中有粗粗的血管在跳動。萬一他割到其中一條呢？我們該怎麼辦？我的針保留了火的熱度，我緊緊捏著捏到手指幾乎發出嘶嘶聲。

「準備好了嗎？」

爸準備動手之際，我看不見他臉上的表情。他全神貫注在刀尖，而刀子就懸在寶寶受擠壓的頭頂上。有一度，這情景顯得荒謬，我們竟然會想要做這種事。他不是真的要割開那繃緊的皮膚。但就在下一秒鐘，他的手腕快速一動，一切都太真實了。

媽放聲尖叫。

鮮血湧出，濺在刀上。比我想像的還要殷紅、鮮亮。手腕又一動，又一聲尖叫。幸好媽喊得這麼大聲——蓋過了她肌肉撕裂的噁心聲音。

爸將染血的刀子丟到房間另一頭，然後兩隻手各抱住嬰兒頭的兩側。那頭上沾了血塊，很滑。我不太明白自己看見的景象。一連串影像從眼前閃過：血流滿爸的婚戒；皮肉撐開；一些形體在滑動，十分急促。我尚未回神，爸已經抱著一包恐怖的東西從我身邊衝過去，一邊嚷嚷著：「現在，露絲！現在！」

我是怎麼靠上前去碰觸她的，我永遠不會知道。她發出惡臭又鮮熱的血潤滑了我的雙手。

別看，我告訴自己。不要看。

好多好多的液體。我的手指拚命抓住媽滑溜的表皮，捏在一起。我吸了一口氣。用手上的針刺穿皮肉。

皮又厚又韌，比穿繩股更難上十倍。拉著線要縫穿她的皮膚時，感覺重得可怕。

不要看。

我縫的那幾針非但沒有為她收拾善後，反而使得裂開的皮膚發皺，看似紅腫發炎。

當另一樣溫熱潮濕的東西開始跑出來，我知道那就是爸說的胎盤。

我沒有去看。我用意念強迫自己變盲目，拉下眼簾。我的手自主地動著，就像在繡絲綢手套那樣。看不見，看不見。爸在我身後瘋狂地動作，不知在搓什麼。

針很堅固，針穿過去了。它強硬地穿過皮膚，克服那可怕的摩擦力。

一聲刺耳的哭喊猛然將我從手邊的活兒拉了出來。各種物體倏地重新聚焦：我的雙手，又紅又亮；媽布滿交錯的針腳，表皮綻裂駭人，但已經縫在一起。我完成了不可能的任務。

爸站在對面，淚流滿面。「妹妹活下來了！她本來沒有呼吸，但我終於……」

嬰兒再次大聲啼哭，打斷了他。

妹妹。是個女孩。我伸長脖子以便看得仔細些。

我妹妹皺巴巴又紅紅的一團，像肉塊一樣。臉頰被黏液包覆。她朝我眨了眨呆滯的雙眼，然後張開嘴嚎啕大哭。

現在我不恨她了，一點也不恨了。

9 露絲

不是我噩夢中如報喪女妖似的哀號，而是一個嗚咽抽鼻子的聲音吵醒了我，讓我搖搖晃晃、睡眼惺忪地走向房間另一邊的嬰兒床。

雖然媽說過我不用為寶寶做任何事情，但她因失血體虛，漫長而乏力的夜裡總是睡得很沉。她真幸運！嬰兒床擺在我房裡，我大概每隔四小時就得起身，替那張濕答答、流著口水的嘴餵食幾匙麵包糊。即使沒有用水將黑麵包泡得軟爛餵她，我也會豎耳傾聽寶寶的每個聲響，每個呼吸。即使闔眼休憩，也脆弱得有如蘆葦，輕易就會斷裂。

在灰濛濛的黎明晨光中，我站在嬰兒床邊，低頭瞠目注視著爸取名為娜歐米的小女嬰。她脫離母胎後，整顆頭光禿禿，看起來又冷又不對勁。我將手掌貼在她的頭皮上，她舒服地依偎著。她不想吃東西，只想有人陪。

看到她躺在那裡，我胸口有股奇怪的感覺。她的臉就是我的臉。當然了，她的五官比較小，但卻有著同樣的鼻子、同樣的方下巴。頓時一股憐憫之情洶湧而至，我於是將她抱起緊緊摟在懷裡。我不是一直希望能有人理解我，並愛著真正的我嗎？也許娜歐米就是這個人。我有盟友了，終於。

「妳需要一頂帽子。」我對她說：「來吧。」

即便這個時辰，爸還是在他的畫室。我聽見玻璃的碰撞聲，知道他不知從哪又找到更多威士忌。他說這有助於他畫畫，但我知道他喝酒的真正理由。就跟我夜復一夜，在汗水淋漓中醒來是同樣原因。

媽的縫合處很明顯，但那天晚上還有其他傷口形成——肉眼看不見的傷口。我的傷口切得很深。

看不見。我為媽媽縫合時一再重複這句話，當時我以為有用。其實有一部分的我還是看見了，有一部分的我記住了每個細節。

我將嬰兒抱得更緊，隨後下樓。

「恐怕沒有蕾絲或白色刺繡，」我小聲地對她說：「就只是一頂簡單的帽子。」

就連這個，感覺都非我能力所及。

我將娜歐米放下，讓她躺在安樂椅上，自己則坐到媽平常坐的靠窗位子。所有的材料看起來都像洗碗水般的灰色。我往裡頭翻找幾天前用輕薄棉布裁剪的帽子版片。我以為寶寶晚一點才會出生，所以放著沒縫。我和大夥兒一樣，總以為還有時間。

「找到了。很快就好。」

娜歐米側轉頭，用她大大的深色眼眸看著我。她的眼白在晨光中閃閃發亮。

我坐定後開始縫製。刺入、穿出，刺入、穿出。白線，白棉紗。上上下下，縫針斜穿。白色襯白色。

紅色。

我眨眨眼。是幽微光線的戲弄。布面上根本沒有紅色。

娜歐米哼了幾聲。

我打起精神重新嘗試。

刺入、穿出。縫了三針後，我的手開始顫抖。血，好多血。

縫的動作喚醒了可怕的記憶。畫面鮮明地閃現，我無法控制：媽在尖叫，皮肉發出吧唧吧唧聲。

刺入、穿出。我滿腦子想的都是血，手卻以它們天生就會的語言動作著。

娜歐米哭了起來。

我騙了妹妹。我花了好長時間做她的簡單帽子。我的心思有如脫線的縫邊，隨時可能散開。有許多次，我不得不放下手上的活兒，定定地凝視針腳許久，直到它們恢復正常形狀。

幸好每隔一段時間，充滿我視線的紅潮便會消退。我想到爸的槍；我想像著將冰涼的金屬靠在鬢邊，那該是多令人安心的感覺。

就在某次幻想之際，我聽見樓梯上有動靜。我的神經驟然緊繃，回頭一看，只見媽腳步蹣跚地轉過樓梯角柱。她簡直不成人樣，雙頰凹陷，嘴唇則如表皮剝落的派餅。

「妳怎麼起來走動了？」我小聲地說：「妳應該躺著休息。」

「露絲，我需要妳幫忙。」她的聲音低到幾乎像是從地下墓穴傳上來。

「怎麼了，媽？妳病了嗎？」

「不，是梅亞爾家的活兒耽擱了，徹徹底底耽擱了。」她睡袍底下的身子微微發抖。

「妳怎麼還能想著做活兒？」我偷瞄娜歐米一眼，看看我們的聲音有沒有吵到她。她仍繼續睡著，抓著我替她做的毯巾貼在柔嫩的臉頰上，其中一角塞在唇間。「妳看看妳，媽，幾乎連站都站不住了。」

她的身體想必聽出我話中的真實性，因而癱軟靠在欄杆上。然而，她仍搖頭。「要是我們買不起麵包和煤，我會更不好。我必須要工作。」

我打完最後一個結，剪斷線頭，舉起娜歐米的帽子。透過薄薄的棉紗布，可以看到我手指的形狀。

「妳願意幫我嗎，露絲？拜託？我實在很不想開口，我知道這期限很趕，但我絕不可能按時交件，哪怕熬夜也不可能。」

娜歐米出生前那段時間，我萬般渴望挑戰梅亞爾家的活兒。而今，想來竟覺得像騎馬一樣令人發怵。那麼長的時間裡，那麼多可怕的紅色不斷閃現，結果只做出我手中這頂單薄小帽。我又怎麼有辦法幫媽？

我沒有回答，逕自走到娜歐米旁邊，抬起她柔軟的頭顱。我輕輕替她戴上帽子時，她的眼皮微動。

「好啦，這樣好多了。」

當我替她繫好下巴底下的帽帶，娜歐米突然睜開眼睛。驚愕圓睜的雙眼與我對望著。此時彷彿有一波浪打來席捲了我：屠宰場的紅色、鐵鏽與鹽巴；濃烈的血味。畫面又回來了，氣味又回來了。我被喉嚨裡的酸液嗆著。

「露絲？妳願意幫忙嗎？」

「等一下，等一下！」我厲聲說道。

視線幾乎全被幻象佔滿的我，將娜歐米拉靠到胸前。她微弱的心跳貼靠著我的心跳。不知怎地，總覺得只要牢牢依附她的體溫，只要聆聽她呼吸的吁吁聲，我也許就能熬過去。

「妳在做什麼？露絲？回來！」

我緊緊抱著娜歐米衝上樓，進我們的房間。

漸漸地，噩夢過去了，我恢復了視覺。我發現自己坐在床沿，娜歐米躺在我腿上。她還在盯著我看，眼睛睜得大大的。

這可憐的孩子真是不幸啊！一張醜陋的臉蛋，一個窮困的家，一個不用心的父親。她甚至沒有一個正常的母親；只有一種半乳母，由我和媽勉強湊合而成。我將被毯從她手裡強拉過來。看起來多普通呀。單調、平凡，配不上她。我需要處理一下。

將娜歐米放進嬰兒床安頓好後，我改替她蓋上我的舊披肩。

媽在樓下等我。我真能待在她身旁做活兒嗎？接近她，那些驚慌的剎那可能驀地再次湧現。

我要怎麼去承受？我要從哪找到力量？我能想到的只有一個地方。

我從床底下取出布包，打開摺起的印花布，滿心的期盼讓我微微顫抖。喏，我的作品毫髮無損地被保護著：褐色密織棉布拼接著鴨黃色棉布、桃色棉緞與米色密織斜紋布。我給繩股的管狀條帶繡上一種像李子的紫紅色。束腰的色澤不時會反映出我過勞的手指留下的血跡。

這不是件優雅的衣物。梅亞爾太太看了會嗤之以鼻。即便現在，仍陶醉在自豪得意中的我，也看出了它的缺點。上身太短，我沒有預留多一點布，因此加入充當骨架的繩股後，布就縮了。但這是我做的。

我將束腰穿在襯衣外面束緊，感覺到繩股將我的身體撐出新形狀。我罩上長外衣。現在只有我知道它在那兒，貼身支撐著我。我的護身符，我的祕密。

我看見媽在窗邊，用掌根揉眼睛。她很快地眨了幾次眼之後拿起針來。她沒法穿線，我眼看著她試了兩次、三次。每一次棉線都插岔了。

「我來替妳穿。」我從她手上接過針線，舔舔線頭，一次就穿過去。

「謝謝。」媽試著一笑置之。「才這麼短時間手就生了！」

我往安樂椅坐下，腰桿挺得出奇地直。之前沒穿束腰，我總像個懶散女人一樣彎腰駝背，但現在有種不一樣的、泰然優雅的感覺。我的椅子靠近客廳最深處，讓我和媽遙遙相隔。這樣有助於我專注精神。我不太需要借窗透光。春天的日光，在城裡也不過爾爾，幫助不大。媽曾經告訴我，說鄉下的春天清朗舒適，但對我而言，春天就是從水溫上升的河面飄來的臭味，以及在濕濕的鵝卵石地上彈跳的強光。

「妳先做絎縫襯裙好嗎？」媽說：「那是最急的。」

我深吸一口氣，開始動手縫。

或許是束腰的舒適感，也或許是事態緊急，總之我這回沒有那麼痛苦。紅色與皮膚的閃現時間愈來愈短，間隔也愈來愈長。我調整好自己的步調，無視媽，無視一切。

有一段時間，我逃脫了。

在黃昏前不久，媽起身點亮一根燈心草蠟燭。她未發一語，但我看見她眉頭微皺，面露困惑。通常總要天黑許久之後，她才會點蠟燭。

我趁她剪燭芯時，為娜歐米的被毯暗掖了一些銀線。我只能稍稍點綴——不能讓媽看出嬰兒床有異樣，而察覺我拿了梅亞爾太太的東西。

我使出渾身解數，用直線縫法在右下角繡了一尊小小的銀色天使，被燭光一照便發出很細微的閃爍。我暗自微笑。

「沒用。」媽重重放下針線活，嚇了我一跳。「太暗了。妳不覺得太暗嗎，露絲？」

我環視客廳一周。蠟燭發出深褐色光線。外頭，太陽顫巍巍地掛在天際邊緣。「好像……有點暗吧。」

「我看不見我縫的針腳。我幾乎什麼都看不見。」

「我們要不上樓去吧？爸的油燈會比較亮。」

她有些猶豫。我等著，針停住不動，好奇想看看她會怎麼做。

「顏料會毀了衣服。」

「我們坐遠一點就好了，再鋪一塊毯子在地上。」

「我想也只能這樣了，」她輕聲說道：「否則我怎麼也趕不出來。我相信爸不會介意的。」

我們收拾起針線籃，我吹熄燈心草蠟燭，留下燭煙在身後繚繞。平常我會跟在媽後面上樓，但她撞來撞去、步履蹣跚，我只好走前面。

她行動的模樣有點怪——像從墓穴裡爬出來的怪物。我決定不等她，便輕快地跳上樓梯頂端，進入畫室。

自從娜歐米出生前，我就沒再進來過。這房裡透個一股沮喪氣息。牆上濺了新的汙漬。油畫數量增多了，疊高到搖搖欲墜。我注意到有一支斷掉的筆被丟在桌上，任由它漏水，而旁邊是……

摺疊小刀。那把摺疊小刀。我看見它的閃光，聽見它切割的聲音。

爸是什麼樣的男人呢？削鵝毛筆的刀子就是他用來……我不禁兩腿發軟。

「哇，小心！」爸抓住我的肩膀。我好不容易站穩腳跟，但爸的抓握並不怎麼穩。酒氣從他身上升起，宛如降靈會上的鬼魂。「妳不舒服嗎？」

「刀子。」我低聲說。

他看向桌子。他的頭髮比平時更雜亂。「我只是……在寫信。」他聲音緊繃。那桌上有樣東西讓他心煩意亂，不過似乎不是那把刀。

「把它拿走，拜託，爸。」

確認我站穩了以後，他搖搖擺擺走到桌邊，將刀子、筆和一捲紙放進他的皮圍裙口袋。他的手指在發抖。

媽悄悄從我們身後走進畫室。「詹姆斯？對不起，親愛的。不知道能不能讓我們借用你的燈光做活兒？我在樓下沒法縫紉，光線太暗了。」

他茫然地打量她。他和我一樣都看得出來，現在幾乎還沒暗到需要點蠟燭或油燈。「這個……好啊，可以吧。不過妳們什麼都不能碰喔。」

媽抓著門把。「不會，當然不會。我們只會在角落裡鋪一條毯子。很抱歉，我不是故意打擾你工作，只是……」

「不打擾，」他回答得快了些。「我今晚要收工了。我就……去陪娜歐米吧。」

他太急著想離開，便從媽身邊擠過去。樓梯平台上響起他的腳步聲，但不是到對面我的房間——娜歐米正在那兒睡著——而是踩下樓梯，去了廚房，接著又是一陣玻璃碰撞聲。

「我們怎麼還有錢買威士忌？」我問道。

媽的表情轉為謹慎。「我認為他改喝琴酒了。」

我小心地親手鋪毯子，以確保所有的顏料和畫布都在安全距離之外。媽坐爸的椅子，我則席地而坐。我們自顧自忙著，沒怎麼說話，媽需要專注於她的回針縫，我得專注於呼吸。

刺入、穿出。刺入、穿出。每一次吐氣都會將我的肋骨推向束腰。我故意深深吸氣，去感受被包覆的舒適感。即使令人懼怕的畫面閃現，它就在那裡，是我的精神支柱。

我再次抬頭以前，黎明晨光已從天窗滲入。我的手腳發麻，脅邊發疼。我姿勢怪異地扭身跪起。媽仍然坐在油燈旁，火光並未映在她眼中。那雙眼珠看似黯淡無神，不像液體般清澈，反而像固體般密實。

「媽，妳做完了嗎？」

「快了。」

騙人。她完成後摺好堆起的活兒遠比我的薄。我看見她縫的針腳，歪七扭八、笨手笨腳的。

「我可以再拿……」

「妳去睡吧。」

我站起時，倦意襲將上來。瞬間我感覺到了縫製束腰的那些夜晚、受心神擾動而做的那些夢，以及哄娜歐米睡覺的那些時刻，所帶來的精疲力竭。我在累到彷彿處於半醉狀態下，拿起娜歐米的被毯，跌跌撞撞走回房間。

我房裡的爐火灰燼裡像是有紅寶石在閃爍。在那紅光旁邊，我看見爸彎身站在嬰兒床邊，一隻手上拿著一只玻璃瓶。是琴酒，不是牛奶。

看見他在那裡，對著寶寶吐出酒氣，我感到惱火。我內心仍有一部分恨他逼我對媽做那種事，而在她身體不適這段期間，他表現出來的行為也幾乎沒有為他贖罪。現在是誰去拿牛奶，誰跑出去買熱餡餅，誰因為試圖獨自洗衣而燙傷雙臂、手起水泡？不是爸。

「她有臭味嗎？需要換尿布了嗎？」

他聽到我的聲音嚇一大跳。我正是故意嚇他的。

「沒有。她整晚乖得跟什麼似的。完全沒醒。」

這很奇怪。我原以為我們忙活的時候，娜歐米就算不哭喊著要吃麵包糊，也會要喝母奶。但她睡得好熟，吵醒她好像太殘忍。於是我只為她小小的身體蓋上被毯。爸瞥見我繡的天使，微微一笑。至少我覺得他是想笑，只不過露出來卻成了苦相。

「她的確是天使，對吧？是我對不住她，徹徹底底對不住她。」

如今回想起來，真希望我當時能說句安慰的話，反駁他。可是我又累又惱，只希望他走。

「妳記得我費了多大的勁救活她嗎，露絲？我們倆都以為她死了，可是我不停地搓她、拍打她，硬是把她救了回來。」他就著瓶子喝了一口。「我不該那麼做的。應該就由她去了。」

我不記得他救活娜歐米的事，我正忙著在自己母親的血泊中奮戰。「你喝醉了。」我厲聲說道：「別再說些丟臉的話，讓寶寶睡吧。」

他轉過來面對我。這麼一動他頭暈起來，連忙用一手抓住嬰兒床。我以為會在他眼中看到怒火——我從未喝斥過他——不料那雙眼睛直穿透我，望向某個只有爸看得見的隱形地獄。

「是抄襲的。」他說。

「你在說什麼？」

「那幅狗的畫。是我抄襲的。我壓根沒想到原畫家會發現。」

我多少知道他正在告訴我一個天大的消息，但我的心思太過混沌，無法消化。

「你……惹上麻煩了嗎，爸？」

他舉起酒瓶，彷彿那就是答案。接著他摸摸我的頭便離開房間。

我實在累到無法更衣，便也懶得用布條紮起頭髮，只是脫下長外衣和褲襪，堆在地上。我的手指摸到束腰正面的鉤扣，準備解開時感覺到我的上身慢慢膨脹起來。

我鬆解不開。當我用指甲又拉又摳，金屬嵌進我的指尖，但就是無法打開扣鉤。

「搞什麼。」

我癱倒在床上，沒有完全卸下衣裝便睡著了。

10 露絲

那味道：餿掉的牛肉，腐敗的肉。我一面乾嘔一面快速跳開。沒有用——氣味愈來愈濃，直到我甚至能嚐得到。酸臭味。

從哪來的呢？我看不見，眼前除了令人窒息的黑，什麼也沒有。

吧唧一聲。我小心翼翼地，彎曲左手手指。指頭動作緩慢，被一種黏稠液體困住而難以動彈。液體滴落。濺起一抹緋紅，被黑色襯得鮮明。又一滴。又一滴。愈來愈快。

緋紅融合成大紅，然後成深紅。紫色加入，漸漸混合，猶如爸調色盤上的色彩。只不過這不是顏料，這不是顏料的溫度與濃度。這是另一種液體，我知道的液體。

它從我耳朵裡流到鼻子，又從我唇間流出。溫熱、嗆鼻。淹溺了我。

有人在敲前門。我猛地醒來，語無倫次地嘟嘟噥噥。房裡的東西化為實體，地板依舊滿是缺口，牆上發黑的壁紙也剝落了。床單沒有染血，我感覺到的液體只不過是汗水，汗珠從嘴唇上方冒出，還讓我的頭髮黏住頸背。

娜歐米也醒了。她用一種發自喉嚨深處的聲音尖叫，以前從來沒這樣過。那聲音彷彿穿透我的頭骨。

敲門聲又響起。

爸咚咚咚地重步下樓——不知是去開門或是從廚房逃跑。我沒聽見。我只顧忙著擺脫汗濕的床單並試著安撫娜歐米。

我在嬰兒床裡看見的不是她的嬰兒臉，而是一個怒火中燒的兇惡東西。她想必是餓壞了——這是唯一的解釋。她昨天一整夜加上今天大半個早上都沒喝奶也沒吃麵包糊。我一把將她抱起，聞聞她的屁股。

娜歐米沒在尿布裡拉屎，但味道不對。她的奶油霜味變酸了。嚎啕之際，額頭上迸出青筋。鼻孔冒著鼻涕泡泡，我拿毯子的一角去擦那流出來的發臭黏液。

媽還在睡。我盡力用一手抱著娜歐米，用另一手將她推醒。

「她得喝奶。」

「嗯？」

「娜歐米。妳得餵她了。」

「噢。」媽幾乎沒睜開眼，直接便摸索著睡衣的衣領。我把寶寶遞過去，然後別開臉。

娜歐米吸得唏哩呼嚕，像豬吃食。

「她餓壞了，可憐的小東西。」媽說：「我想我分泌的乳汁不夠她喝。妳還有餵她麵包糊嗎？」

「有，可是她吃得愈來愈少。媽，妳有沒有辦法多分泌一點乳汁？」

「只有吃營養一點。喝葡萄酒。」

全是我們無力做到的事。我思量片刻。「妳不能跟梅亞爾太太多接一點活兒嗎？我來做。那麼也許就能給妳買些像樣的食物，不必只吃攤販賣的烤馬鈴薯。」

媽還沒回答，娜歐米便發出嗶嗶噗噗聲還咳嗽。

不是普通的咳嗽，是來自喉嚨深處，更像是獵犬的吠叫聲。我回頭去看。

不太對勁。娜歐米看起來不對勁。我不由自主地伸出雙手，把她放到我的左肩頭，用力往她背上拍三下。吐出的奶順著我的衣袖流下。

「她沒事吧？」媽問道。

「應該只是嗆到。」我將娜歐米從肩膀放下來，凝視她的臉。她宛如玻璃珠似的眼睛與我對望，接著又咳起來。

我得去換掉襯衣，便將她交回給媽，我回房時，媽不停哄她卻只是徒勞。

即使在白天的光線下，我還是解不開束腰。鉤扣感覺動也不動，好像鏽進了金屬扣眼中。我扭轉身子，鬆開衣飾邊，花了好一會兒工夫，痛苦地將兩條手臂從襯衣衣袖硬扯出來，差點沒被襯衣勒死。現在束腰直接貼在皮膚上：和我一起呼吸、一起移動。

娜歐米哭得更響亮了。那聲音飽含著大雷雨的所有靜電能量，凝聚在我的鬢邊。

我一換好衣服，立刻回到娜歐米身邊。我抱的時候，她哭得沒那麼厲害，但仍不停咳嗽。而且有更多暗褐色黏液在她的小小鼻孔結成塊狀。

媽摸摸她的額頭。「她一定是染了風寒。妳摸摸看她有多熱。」

「我去找大夫。」

她抓住我的胳臂。「別緊張，露絲。只是風寒罷了。妳小時候也經常感染。」

「我可以為她做些什麼？」

「不太多。我們就給她喝一點葛福瑞糖漿，讓她保暖——對了，把毯子拉高塞到她下巴底下。要是明天沒有好轉，就用大黃和蓖麻油替她清清腸胃。」

但是第二天她並未好轉，情況反而更糟，發燒又煩躁。媽的大黃和蓖麻油促使她腸子蠕動了，卻沒讓她少吃點苦頭。我費力替她換上乾淨的尿布，擦拭她的眼睛、鼻子和嘴巴，往後一站細細打量她。

很不妙。起初我以為她是聳著肩膀，不料就近一看才發現她是脖子變粗，腫成原來的兩倍大。她嘴巴裡看起來灰灰的。我在她喉嚨的外皮看到一些小圓圈，很像手指壓印。我胸口有股令人不安的湧動。「妳能呼吸嗎，娜歐米？」

她對著我發出狗吠般的咳嗽。

我又餵她一點糖漿，滴三滴在她舌頭上。聞起來像糖蜜和黃樟。娜歐米無怨無悔地，喝下我這雙不可靠的手餵給她的東西，相信我會讓她好起來。

我們倆都沒料到這雙手已經做了什麼好事。

她不再哭泣。她只想睡覺。媽認為這是病情改善的預兆，但粗嘎的咳嗽聲仍未停歇，徹夜吵得我睡不著。

沒辦法做針線活。我每次一拿起針，就擔心得胃酸灼熱。媽就著爸的油燈的光，瞇著眼睛，獨自應付梅亞爾家的活兒。每隔幾個小時，我就抱著娜歐米來找她，試著再次餵哺母乳。

「她不肯吸。」媽告訴我：「情況一天比一天糟了。」

我注視著娜歐米瞳孔放大又乾癟的臉，暗暗祈禱她趕快喝奶。她卻只顧著咳嗽。

媽淚水盈眶。「她好瘦啊，露絲。我也不知道該怎麼辦。」

我的心怦怦跳得厲害。我知道，所有的孩子都知道，只要大人掉淚就表示沒希望了。

「我們得去找大夫。」我說。當時候我動不動就說這句話，因為我還相信醫學，相信自然哲學。

「去找西蒙斯太太。她先生是醫生，願他安息。西蒙斯太太會知道該怎麼做。」

我飛奔往返，猶如背後有地獄犬緊追不捨。西蒙斯太太欣然前來。她是個好人；體態端莊、身材豐滿，衣服裝飾著蕾絲領。

我們直奔爸的畫室。西蒙斯太太脫下手套，用指尖按著娜歐米的額頭，然後看看她嘴巴裡面。「老天哪。」

媽抓住西蒙斯太太的臂膀。「妳知道是什麼病嗎？」

「知道，我以前見過。」

一陣沉默。

我問了媽開不了口的問題。「是什麼病，西蒙斯太太？」

她沉吟不語。

「是什麼？」

「很抱歉，親愛的。那是……是扼殺天使。」

媽出聲尖叫。

「是……什麼？」

西蒙斯太太一手搭在我肩上，感覺重得難以承受。「扼殺天使找上妳妹妹了。」

不可能。對吧？

我衝出畫室，差點將上樓來的爸撞下樓梯。「怎麼了？」他喊道：「露絲，怎麼回事？」

我沒理會他，逕自跑進我的房間將門甩上。直到來到嬰兒床邊，我終於膝蓋發軟。娜歐米的被毯鋪在底下，那尊天使一閃一閃。我顫抖著手拿起被毯，然後開始撕扯。

那布料像水一樣一撕就裂，我愈撕愈快、愈撕愈快。縫邊散開，白色布條飛散在空中。我指甲裂了，但在每一塊碎片都毀屍滅跡之前，我停不下來。我必須挑開每個針腳。

「露絲！」媽的聲音在喊我。

我喘著氣，低頭看見自己做了什麼。嬰兒床像個雜亂的狗窩，滿是撕碎的棉布與扯斷的線。沒有銀色，天使也不復見。

「露絲，快來！」

我以為毀了被毯便能治好她。可是當我進到畫室，發現桌子已清空，娜歐米躺在桌上，幾個大人圍著她站。她嘴唇發黑，舌頭從唇間伸出，是驚人的粉紅色。

「對不起，娜歐米。對不起。」道歉的話語脫口而出。「我絕不是故意的……」

娜歐米的眼珠開始往上翻，睫毛底下只看見眼白。她咻咻喘氣了好一會兒，然後再無聲響。媽的哭泣聲劃破屋子。大人們在我身旁移動，在哭、在祈禱、在試著挽救生命，但他們都沒入背景裡。

我只能看見娜歐米的頸子側面，那些宛如指印的痕跡。顏色變了，變成沒有血色的灰。我顫巍巍地伸出手。

與我的指尖完全吻合。

11 朵蘿西亞

春意盛放！我愛極了這個時節，愛那溫柔、檸檬黃色的光線，並讓人覺得全世界正從噩夢中甦醒。冬季的雪泥不見了，夏季的沙塵則尚未到來。人們可以放心地散步，放心地呼吸。

我和蒂妲在植物園中漫步，走向我們慣坐的長椅時，粉紅花瓣紛紛落下。步徑兩旁不見雪花蓮與番紅花，而是一簇簇的水仙，一如華茲華斯先生形容的，隨風搖曳著。我敏捷地往下一伸手，從草地摘起一朵花，花瓣像奶油一樣。

「妳不可以這樣，小姐。」蒂妲嘖嘖斥道。

「噓。這不是給我自己的。」

我想到的是那群可憐的女子，被關在裡面，遠離大自然的粉嫩色調與啁啾鳥啼。不錯，她們是有個放風操場，但還得等上幾年，種在圍牆周邊的樹苗才會探出牆頭。目前那兒還是無止境的冬天。

我和蒂妲坐在白色鐵製長椅上。太陽完全沒將椅面烘暖，冰冷的鐵條隔著裙子緊壓我的腿。

「這樣對妳不好，小姐。」蒂妲用她一貫預知厄運的表情說道：「現在還不夠暖和，不應該在外頭久坐。」

她說得對——此時不再活動了，我的確感覺到空氣中的凜寒。太陽儘管耀眼，卻蒼白無力。

但面對蒂妲不能示弱，因此我只應了一句：「瞎說。」

有位保姆拉著三隻不同的西班牙獵犬從我們面前經過時，大衛終於上氣不接下氣地趕到。週日他不穿制服——但我明白，在倫敦，有些可憐的警察不得不穿。

「哈吉斯警官。真想不到能遇見你。」

他穿了一件暗褐色西裝，搭配紅綠線條的格紋背心。這身打扮讓他顯得容光煥發。頭上少了那頂高高的警帽，他看起來矮了幾分，也少了幾分嚴峻。

「甄愛小姐！」他將褐色的圓頂氈帽舉高，讓我得以一瞥帽子底下的頭髮；不像現代許多年輕男子那般一頭油膩，而是呈現自然微曲的波浪捲。髮色很普通——我會以樹籬鼠的毛色比擬——但與他的膚色相得益彰。「想想妳這麼一個年輕淑女，竟然在潮濕的春日裡閒坐在外！妳的侍女沒有為此斥責妳嗎？」

蒂妲倒是一副想要斥責他的表情。

「噢，她可沒少斥責我呢，先生。只怕是你錯過了。」我仰頭微笑看他。陽光輕觸他的臉龐，他站在那兒，頂著頭上盛開的花，俊美極了。我不介意這樣的相會：佯裝驚詫、虛構藉口，將我們擺在同一個場景。這讓我有時間能單純地看著他，感受到他比起其他男人有多優秀。存在我生命中的無數傑出人士，只有他能贏得我真心敬重。這是作為人夫最重要的一點。受一個我無法全心全意尊重的男人支配會有多麼痛苦，我再清楚不過。

「是嗎？那麼希望能冒昧地請妳恩准我和她一起斥責。瞧瞧那天空！看起來確實要變天了，淺藍色已經完全淡去，只留下像牛奶般的顏色。萬一妳感染風寒，教我如何是好？令尊大人絕不會原諒我的。」

蒂妲噗哧一聲，我則強忍住笑。染上風寒是最無須爸爸原諒的事。

我一手輕輕搭著大衛的胳臂，與他並肩走向植物園中央的大型玻璃建築，蒂妲尾隨在後。小徑的泥土弄髒了我新的印花棉質連身裙的裙襬。片片花瓣掉落在大衛的帽簷上。我們絲毫不在意。重要的是我掌心碰觸到的，他溫熱緊實的肌肉，以及我們搭配無間的步履，左右、左右，同樣的步幅，天生合拍的一對。

倘若現在讓我瞧見那個無賴，搶走我手提袋的那人，我會祝福他。若非他的犯行，我絕不可能邂逅我的愛。

暖房入口兩側的樹上，木蘭花苞微微顫動著。我敢打賭，太陽再露臉幾日，花就會綻放。花壇裡的紫色鬱金香依舊收攏緊閉——它們還得多哄一陣子。花壇背後便是光芒閃爍的暖房了，造型有如倒蓋的船身。它不是用木材與銅拼湊的；它使用的建材更輕，是大片玻璃與白鐵。由於窗玻璃霧濛濛，幾乎讓人覺得那是艘幽靈船。

大衛用另一隻空出來的手開門，蒸氣迎面撲來，比血肉還暖。

暖房內，一片被施了魔法般的青綠。棕櫚樹高聳，直達天花板的鐵拱架。我可以聞到它們潮濕又清新宜人的氣味。有些較矮的樹種蹲踞在陶盆中，顏色較深，樹幹呈現凹凸不平的奇怪外觀，讓我聯想到鳳梨。

約莫有六七對男女在我們的叢林裡打發時間：其中有年長女伴相陪的戀人，也有與友人談天的淑女。沒有我相識的人。我欣喜地發現，我們進入時沒有引起任何一人側目。這裡是我們的天地，遠離社交圈，一個溫暖祕密的地方。

我們往右邊的小徑走去，大大的葉子拂過肩膀，我想應該是芭蕉類植物。有一兩次，我聽到背後發出短促的吐氣聲，唯一能想像到的就是植物從我身上拂過後，直接打在蒂妲臉上。

「妳近來可好？」大衛問我：「上一次見到妳好像很久以前了。」

「確實很久了。而且不是什麼輝煌歲月。」

他的深藍眼眸流露擔憂。「有麻煩嗎？」

「說不上是麻煩。只是……苦惱。我去了監獄，但次數極少，研究上毫無進展。」

「真的嗎？我還以為那個女孩，那個巴特漢，夠讓妳忙上幾個月了。」

幾個月？天哪，我想我需要幾年的時間，才能理清她的靈魂到我滿意的程度。每當想起露絲，我的心思就有如我第一天見到她時，她在扯的焦油麻繩那麼粗、那麼糾結。「她的確令我感興趣，毫無疑問。只是我原本希望能見到一個比較不那麼……瘋的孩子。」

他笑起來。「是嗎？朵朵，依我看，要不是有點瘋的人無法犯下她那樣的罪行。」

「我倒沒想到這點。也許你說得對。但我曾仔細描繪過這類犯人的頭。史密斯太太、瑞恩太太……讀了你的卷宗資料以後，我以為能有機會測量一個真正……邪惡的人的顱骨。仍處於初期的邪惡。」

大衛吁出一口氣。「我說呢，妳沒能發現堪稱是老天保佑。」

「才不是！你想想，假如我們發明出一種系統，能以科學方式，確確實實地檢測出年輕人內在所有的邪惡傾向呢。我們可能跨出多大的一步，又能替你們省多少事。」

他陷入沉思。暖房深處不知什麼地方，有水在滴。「妳是了解我的，朵朵，我不相信自然哲學。我們的性格顯示在顱骨上的這個想法，我不喜歡。這好像剝奪了我們或許能有選擇的信念。」他清清喉嚨。「不過跟我說說，妳在那個姓巴特漢的女孩身上到底發現了什麼，如果不是邪惡的話？她真是瘋了嗎？」

也許說瘋並不公平。「是無知到無可救藥，」我糾正道：「你知道嗎？她跟我說她以扼殺天使殺害了她妹妹。」

他眨眨眼。「妳是說白喉？」

「對了！一種眾所周知的疾病。有很多嬰兒都因此不治。但露絲的鄰居以通俗的說法稱之為『扼殺天使』，而這個傻姑娘就以為——她是打心底相信——是她召喚了這個天使殺死她妹妹。」

我看得出他強忍笑意。「我的天哪。她是怎麼召喚的？唸咒嗎？」

「用針線。」

這下他再也忍俊不住，終究露齒而笑。「哇，也許妳根本應該送她去瘋人院。」

「如果我沒自己先住院的話！這個禮拜又要訂花又要訂桌布餐巾的，我根本是心不在焉。因為我們要宴客，替我慶生。」他抿起嘴唇。「噢，親愛的，別不開心。你也知道，你不在，我一點也高興不起來。」

「妳不會想讓我進妳家客廳的，」他輕聲說道：「和那些人在一起，我會顯得荒謬。」

「荒謬！恰恰相反，他們一個個打著蝴蝶領結、穿著絲質長褲，一身可笑的裝扮，是你會讓他們顯得愚蠢。你會讓這整件事暴露出它其實有多麼空洞俗麗。你也知道無論在哪裡，我總會盡可能避免社交活動。」

他敷衍地點了點頭。他當然不願想像我在那裡的情景：被帶著穿梭在可視為理想對象的男士群中，而他們則有如傀儡般受我父親操控。我也不願去想像，尤其是那個大名鼎鼎的湯瑪斯・畢格維茲爵士。我有預感，這一隻壁蝨會格外難以擺脫。

「不管怎麼說……能為妳辦個宴會不是很好嗎，朵朵？」

「我敢說，若非有某個女人也收到邀請，我的確能享受些許樂趣。」

「皮爾斯太太。」大衛的語氣充滿同情，彷彿給了我一個擁抱。

「我躲不掉。爸爸一定會請她來。」

「我可憐的朵朵。」他暫停片刻，手指輕輕拂過一株植物的葉子。「妳何不……」我也停下腳步，正視著他。「妳何不就拋下呢？這麼多年來，妳都是那個家的女主人，因此無法讓位給另一個女人。這我明白。即使妳父親挑了一個賢淑的典範也一樣。」

「我料想他不會。」

「那好啊！他想娶誰就讓他娶誰吧，祝他幸福。我們可以遠走高飛，建立自己的家，讓他們根本來不及出面阻止。錢的事不用擔心。我們會過得去。」

好個高尚的靈魂！他完全是我自許能成為的人。他無疑能做得到：忘卻並原諒一切發生過的事。但一想到那個討厭的女人住進我母親的房子成為女主人，我內心便興起無比苦澀且毫不仁慈的感覺，我確信無論我們去到何處，這些感覺都會使我們的生活變質。

「親愛的，我覺得這正是我父親想要的：把我趕出家門，讓他的情婦取代我。」我瞥見蒂妲亮晶晶的小眼珠盤桓在綠色莖稈之間。「萬一他們有了孩子，我就會被撤銷他財產的繼承權。」

「那又如何？那對我們有什麼影響？」

「不大吧，我想。但那教媽媽怎能安息？」此時一陣蒸氣煙霧升起，飄進頭頂上的濃密枝葉。我將它想像描繪成她遊蕩迷失的幽靈。「那是她的房子。爸爸的財產主要都是她的錢。你想想，那一切竟全部都要落進皮爾斯太太和她小孩的口袋！」

「妳母親會希望妳幸福的，朵朵。」我凝視他那誠摯、年輕，在暖氣中結滿汗珠的臉龐，登時發覺他永遠不會有我這些煩惱。那頭顱如此輪廓鮮明、值得尊敬。至於我自己……「我想妳母親會問妳，就像我經常問的一樣，妳究竟在等什麼。」

我吸一口氣張口欲言，卻無法訴諸言語。簡而言之，我在等一個奇蹟。希望能找到方法嫁給我自己選擇的男人，又無須放棄我與生俱有的社會地位所提供的一切舒適享受。希望能兼具大衛的妻子與媽媽的女兒兩個身分。逼我在心愛的人與與生俱來的權利之間做選擇，似乎並不公道。

「你說得對，」我坦承。「時間逐漸逼近了。我應該定個日期……」

蒂妲冷不防從植物後面走出來。她臉頰泛紅，卻不是愉快的模樣。看起來活像株大黃。

「對不起，小姐。我想妳該回家了。」

12 露絲

家裡陷入墓穴的氛圍中。窗簾隔絕了光線，時鐘停在娜歐米嚥下最後一口氣的時間。我哭不出來。整個人太過麻木，哭不出來。我的心似乎也完全不跳了。

此刻，夜裡，畫面的閃現更加密集。不只有娜歐米出生時的鮮血，還有她臨死前的可怕掙扎。我看見她窒息的臉，有時候會變成我自己的臉，有時候是我的手指掐在她脖子上，我哀泣哭求誰來阻止我。但即使我在睡夢中哭喊，父母親也沒有前來安撫。他們陪著屍體一起熬夜，深陷在自己的憂傷之中，留我一人獨自瞪著空空的嬰兒床。只有束腰擁抱著我，不願放開我。

家裡沒有餘錢辦喪事。我們原本擔心只能草草挖洞掩埋娜歐米，幸好最後西蒙斯太太發起募捐，讓她得以葬在教會墓園。「我好慚愧，」爸一再地說：「連自己的女兒都無力埋葬。」好像這是每個好父母的標記。

娜歐米下葬那天，殘酷的太陽毫不留情地照射。媽攙著爸的手臂踉蹌走出家門，她披著喪服頭紗，走路時長紗輕拂臀部。她每一步都走得費力。我卻有不同的感覺。我站在父母身邊，準備走向教會時，心是冷的。

小小手推車載著以屍布包裹的可憐的娜歐米，緩緩駛出，車輪滾過卵石時，發出惡毒的愉快聲響。

我們跟隨在後。暑熱籠罩著我們，夾帶著河水臭味與另一個從娜歐米的推車散發出的氣味：淡淡的難聞的味道，像腐敗的肉。

我在大太陽下穿著唯一一件完好的長外衣，我為了參加葬禮已把它染黑。長外衣底下的束腰束得很緊，讓我又多了一層熱氣包覆。我熱死活該，但可憐的娜歐米的葬禮不該如此寒酸，她的屍體在卵石路面顛簸著，車輪下還揚起塵土。慈善捐款要是能多募一點，買副棺材，該有多好！不過死亡是很花錢的，小姐，我相信妳很清楚。

在藍澄澄、亮晃晃的天空下，我們進入教會墓地。擺出各種姿勢的天使像與骷髏頭近在眼前，大半都被地衣吞噬了。園內長滿雜亂的蕨類、青苔與蕁麻。我們慢慢走向一個方形墓穴，剛挖好的，小得可憐，像個糞坑。

不久前，我們才聚集在禮拜堂替她施洗。此時，牧師神情難過，用沙啞的聲音說道：「我知道我的救贖主活著，末了必站立在地上。我這皮肉滅絕之後，我必在肉體之外得見神。」

媽一直面無表情，直到聽見娜歐米的身體接觸到土壤時，空洞的啪嗒一聲。爸攙扶著她，他的哭泣聲蓋過她的，而我真希望自己不管在哪裡、和誰在一起都好，就是不要身處在那個恐怖的景象中。

牧師緩慢而嚴肅地說出古老的話語。他提到神對孩童的仁慈。現在，我心想，現在將會有人看到我便知道我做了什麼。他們會聽見我的心怦怦跳。

然而沒有。神沒有毀滅我。土掉落在娜歐米身上，就連我自己也丟了一把下去，仍然什麼事都沒發生。牧師祝福我，一如祝福其他人，並囑咐我回家後要愛神、侍奉神。

從外頭進入後，屋內顯得陳舊灰暗：一個被淤泥埋沒的地方。陰影從椅子底下悄悄爬出，蔓過地板，朝廚房延伸。就在那兒，被我丟棄在盆裡的鹼液與髒尿布上空，有蒼蠅嗡嗡飛繞。

有碗盤要洗，衣服也是。我沒能應付得來。娜歐米死後，我來了初經——這是該隱的記號，我覺得——要洗的東西更多了。甜甜的血味、土味和油脂味混在一起；我們家沉浸在死亡的氣味中。

媽幫不上忙——她的眼睛愈來愈糟。我眼看她摸索著走過客廳，癱坐在安樂椅上。

爸直接走向我用來打包娜歐米的衣物的箱子。不知為何，當他俯身看著她的胸衣、睡袍和上衣，身子好像縮小了。他拿在手上翻轉的每樣東西，都讓他精疲力竭，都從他臉上奪走了一點什麼。他的實體幾乎消失殆盡，大概再過不久我就也能將他摺疊收拾起來了。

最後他看中我做的那頂素色帽子，內部還沾有她頭皮出的油。他將帽子塞進背心裡，貼著心窩，然後闔上箱子。

屋裡頭多麼安靜。沒有嬰兒哭鬧，沒有時鐘滴答響，只有蒼蠅嚶嚶嗡嗡、嚶嚶嗡嗡，腐敗的催眠曲。

爸抬起鬱鬱的雙眼看我，但我無以回報。他舔濕嘴唇。「我……我不知道現在該做些什麼。」

「你可以畫畫不是嗎？還是你再也不畫了？」媽語氣中的恨意讓我們倆都抖了一下。我從未聽過她這樣說話——但話說回來，我也從未見過她這副模樣：醜陋的模樣，憂傷扭曲了她美麗的五官。

「潔麥瑪，我怎麼可能還有心思工作？我們的小女兒……」

「我們還有一個女兒，」她厲聲回道：「我很希望保住這一個的命，如果不會造成你的不便的話。」

一轉眼，氣氛變了，從絕望轉為憤怒。爸怒視著她，胸膛在黑色背心底下起伏著。

「原來這就是妳的結論，是嗎？妳認定娜歐米的死是我害的？」

「別喊她的名字！」媽淒厲地喊道：「我不許你喊她的名字。」

沉默的責難以強取豪奪的態勢瀰漫在空氣中。我好想告訴爸媽真相，讓他們別再互相傷害，偏偏我的嘴唇不肯張開。

「就算是醫生也難保能救得了她，」爸過了大半晌才說道：「妳也聽到西蒙斯太太怎麼說她先生的。他看過許多孩子——」

「她原本會有機會的，」媽打斷他的話。「要是我們有錢好好餵養她，讓屋裡暖和點，娜歐米也不會這麼虛弱還生病。上天明鑑啊！只要想到她那骨瘦如柴的手臂，我就……！把她送進救濟院可能還仁慈一點！」

「老實說，如果我的畫室不要堆滿女人的雜物，我也許能畫出更好的畫。」

「我非得在那裡做針線活不可。」

「瞎說。」

「是真的，我別無選擇。」

「滿口胡言。妳到底為什麼非要入侵唯一能讓我創作的地方，在裡頭堆滿妳那些——」

「因為我看不見了！」她怒吼道：「我眼睛沒法做活兒了，就算在你的寶貝畫室裡也一樣。你逼著我在陰暗的樓下做活兒，眼睛被我虐待得太久，如今看不見了。看不見了，詹姆斯。」

令人心驚的停頓。

「妳是什麼意思？」他的口氣平板，不敢置信。

「我不能工作了，再也不能了。」淚水從她無神的雙眼湧出。「我完了。以後你得獨力養家。」

我的胃裡好像有個東西往下沉，宛如一片葉子沉落在池塘底。內心深處，我早已知曉。幾個星期前我便已知曉。

爸衝進廚房，猛地打開櫥櫃。玻璃碰撞到木頭，接著啵一聲拔掉瓶塞。

「是啊，這就對了！」媽苦澀地喊道：「喝點酒吧。這樣會有幫助，對吧？沒錢救娜歐米，卻老是有錢買琴酒。」

他拎著酒瓶又衝回客廳。媽朝他撲過去。她揮舞雙手，抓住琴酒，與他扭打起來。他們糾纏了好一會兒，脖子上青筋外凸，但緊接著酒瓶滑掉，從爸的手中飛向牆壁摔個粉碎。琴酒的氣味迸散開來，帶著批判。

「妳這該死的婆娘！我真後悔當初遇見妳的時候沒有丟下妳，讓妳爛在那個鄉下地方。」

「我也是！」

他用力甩開她，踩著重步上樓。我聽見他砰地關上畫室門，在裡頭亂摔東西。

媽忽然啜泣起來。

若是一個好女兒，會上前安慰她，也可能會去找父親，撫平他的情緒。但我悄悄走進蒼蠅飛繞的廚房，我的歸屬，反手將門關上。

我無意識地開始擰布巾。用來浸泡的冷水如今已變成綠褐色，壞疽的顏色。有兩三隻蒼蠅淹死了，漂浮在水面。

有事情做，哪怕是令人不快的事情，都是好的。很高興看到思緒轉向失控時，身體還能動。我將髒水倒到屋後的滲水坑裡，看著水晃蕩溢出，心裡覺得好奇怪，娜歐米都死了，我還在替她清理骯髒衣物。魂魄離開了，卻留下穢物；廢棄物是會存留的。

我用鍋子裝水放到爐灶上加熱，打開櫥櫃尋找洗潔膠，卻只發現老鼠和老鼠屎。有個櫃子門被爸拉壞了，上面的鉸鍊脫落。

毯子上的天使他看見了，為什麼不告訴我？不責怪我？也許他不相信那麼一片小小的刺繡便能召來扼殺天使。我自己也幾乎不敢相信。

鍋子上方開始有縷縷蒸氣繚繞。

但這想必是事實。因為有那位淑女可以作證，不是嗎？我為她繡手套的那位？她或多或少感染到我的憂傷。之後，我還做了一件牢固到脫不下來的束腰。

我的念頭，我的針腳。兩者之間有牢不可破的關聯。

慢慢地，水開始冒泡。

將來我得格外小心，媽的視力愈來愈差，梅亞爾家的活兒將會全部落到我肩上……

搗衣木棒從我手中掉落。媽。我也縫過她，不是嗎？她的皮肉中有我縫的針腳，可是我縫的時候想的不是力量，而是……

不要看。看不見。

如今應驗了。

水壺嗶嗶作響，我只隱約意識到。我僵在那裡，呆愣注視著空空的櫥櫃，我所做的事的嚴重性這才漸漸浮現腦海。

不可能是巧合。娜歐米也一樣。有一部分的我，或多或少，血染了那些針腳。最陰暗、怨念最深的那個部分。

廚房裡蒸氣瀰漫。五臟六腑不停翻攪的我擦了擦額頭。我還縫了些什麼？數以百計、不計其數，每一樣都有它自己的毒素。我無法在心裡加以區別，我不記得做過哪些。

唯獨一件衣物閃過眼前：娜歐米的帽子，襯著一片紅色背景。我記得我縫製帽子時內心的驚恐，那一波波的血。無數可怕的畫面，幸虧想起了槍才得以停止……

槍。

我急奔向門，猛然拉開。蒸氣隨我飛掠過門檻。媽倒抽了一口氣。

「露絲，妳這是怎麼……」

就在她說話時，手槍砰的一聲。槍聲響徹屋子，響徹我的靈魂。

「爸！」

我跑上樓，抱著一線希望，卻知道太遲了。煙從畫室門裊裊飄出，使我嘴裡充滿嗆辣的味道。火藥味。

上帝明鑑，我實在看夠了駭人的場面。我應該回頭的。但我反而哆嗦著身子往前走，來到門檻前，對著爸最後的傑作跪倒在地。

他並未如我所想，射自己的鬢邊，而是飲彈自盡。由於他頭往前傾，我能清楚看到他支離破碎的頭顱殘骸，以及沾滿血、糾結成團的他的頭髮，我的頭髮。

紅色漫上了牆壁，漫過他的畫架、媽的畫像——多年前他們初次邂逅時畫的。它夾帶著小塊小塊的可怕東西，滴落在梅亞爾太太的針線活上。

就在這一切的正中央，從他的背心掉出來了：一片布料一閃而過，在血淋淋當中顯得潔淨。是一頂素色軟帽，以無辜的白色針腳縫成。

我的針腳。

13 朵蘿西亞

說實話，我知道年輕人往往滿腦子幻想。對我來說，十六歲也不是那麼久遠以前的事，以至於讓我忘記自己的反覆無常與怪異行為。但即使記憶猶新，我仍然覺得露絲．巴特漢的說詞太強行轉進想像的領域。

我見過其他囚犯說一些不可思議的事，但相較於那些提及魔鬼與外星訪客，結果被送進精神病院的人，露絲似乎又不太一樣。在某些話題上，她神色自若，甚至會替他人設想。假如她接受過適當的教育，或許會具有卓越的對談能力。只不過她對這些針腳的偏執……

據這女孩說，混亂的生活毀了她的童年，我也只能假設她是在這混亂中失去了理智。悲傷是強烈的情緒，是一種酸液，會侵蝕我們最好的部分。喪親者痛苦萬分，很渴望找到可以怪罪的人，而萬一找不到罪魁禍首，他們的憤怒便會轉到自己身上。因此屢屢遭受打擊的露絲，便將一切歸咎於超自然的力量，希望能為自己的痛苦遭遇賦予某種意義。至少，這是我的理論。

今天，我決定讓自己休個假，拋下籌辦宴會那諸多煩人瑣事，進城一趟，進一步探究此事。我推斷，倘若能查證一些關於露絲家庭的細節，或許便能更了解她的性格，也能知道她對我說的話有幾分真。她妹妹娜歐米．巴特漢，除了出生與死亡之外，我不奢望能找到其他關於這個不幸的孩子的事實，不過她父親詹姆斯．巴特漢，也許會有更多有趣的訊息。

我想得沒錯。

最後得知，詹姆斯・巴特漢竟是貴族的庶子！

線索是我自己拼湊起來的。報紙向來寫得含糊不清，檔案的資料也不比隱晦的報導多多少。然而，在檔案室一位勤奮的小職員幫助下，我找到了足夠的內容確認有一位M爵士在地方上引發一陣風波，因為他解雇一名年屆八旬、已在他府上忠心做事三十年的門房，並提拔一個馬房工人遞補空缺。這個馬夫（不管他是做什麼的）立刻帶著他「守寡」的妹妹住進大門旁的房舍。在地方上誰也不記得那婦人死去的丈夫——這就奇怪了，因為從她隆起的肚子看來，他去世還不到九個月。更奇怪的是，她兒子詹姆斯出生後，他長相神似的人不是別人，正是地主本人。

想想這是多大的醜聞！此外還有自己也生了孩子的M夫人。她的日子想必十分難過，情敵就住在車道盡頭，每次進出大門，都會瞥見丈夫不忠的證據！然而，那個兒子始終沒有認祖歸宗，教育也從未合乎他此生的期望。他絕不可能和正室所出的兄弟姊妹一塊兒長大。

就此看來，若非從事畫肖像一行，詹姆斯・巴特漢應該會一生沒沒無聞。上流人士忍不住就會想委託這樣一個年輕人，偷偷打量他。再加上巴特漢也有些才華。要不是遇上那位女繼承人潔麥瑪・特魯索小姐，或許他終究能闖出一片天來。

這兩個門不當戶不對的年輕人私奔的消息，如野火燎原佔滿了舊上流社會的雜誌版面。文章裡說深受打擊的M爵士險些一命嗚呼，這無疑是誇大其辭，但他確實事後不久便辭世了。至於特魯索小姐，家裡原本已為她安排一門再理想不過的親事，她卻悔婚，因而被取消了繼承權。

原本我內心半希望這對年輕戀人能有幸福的結局。在藝術圈裡，名聲敗壞絕稱不上被判死刑；我以為顧客們或許會被他們的魅力與激情吸引。殊不知，M爵士、特魯索先生以及與這位年輕小姐訂親的男士，全都是世人的寵兒，容不得被冒犯。於是巴特漢夫婦墜落了，而且墜落得很快。

別再說什麼愛能征服一切了！我有意和我的大衛私奔，就得記取這個教訓。我們必須做好準備，必須有條不紊。

下一則提到詹姆斯．巴特漢的報導蒼涼到了極點：驗屍官陪審團判定他自盡，享年三十六歲。一個男人在女兒下葬當天，為了錢的問題煩惱又與妻子起口角，會舉槍尋短並不令人意外。別誤會我的意思——這項罪行不只冒犯神，也對不起活著的家人——只是他的動機會令人費解嗎？

陪審團宣稱巴特漢自殺時神智清楚，因此判定沒收他的財產。對另一個家庭而言，這或許是大災難，但死者的家產已被債務蠶食殆盡，甚至於本來有一名畫家打算告巴特漢侵犯著作權，也就此作罷。查封官取走了一切。

一場慈善募款使得娜歐米的遺體免於蒙羞，但這個情形不可能。自盡不可能。根據習俗，趁著月黑風高，詹姆斯．巴特漢的遺骸被丟進教會北邊（魔鬼之側）的一座無名塚內。無人弔唁，也沒有為他舉行葬禮。

雖然我已回到自己的房間，聽著威奇啼囀，也擦去了手指上的報紙油墨，卻仍忍不住回想方才讀到的人生經歷。我開始納悶，孩子是否真要為自己父親的罪過付出代價？M爵士名聲衰落，後來詹姆斯受苦，而如今露絲……

我將頭髮梳理整齊用篦子插好，一面努力地理智思考。露絲天馬行空的愚蠢念頭對我的控制，恐怕比我想的還要強烈。但我的發現儘管悲慘，卻是正面的；露絲並未被描繪成騙子或瘋子。她只是給自己一套說詞，以便處置她無法面對的哀傷。

我想所有人都能理解。

我在唇上輕抹一點油膏，看著鏡中的自己。鏡中影像並不令我滿意。

我必須回去找露絲。良心譴責我不該忽略其他女人：莉姿．卡特，我正在教她識字，還有需要人不斷鼓勵的珍妮．希爾。但她們還會在牢裡待許多年，我隨時都能去探訪她們。露絲則不然。

現在我們已經接近她故事的實質部分，也就是她與被害者第一次相遇的時刻。我特別想聽聽她怎麼說。

我的心噗通噗通跳著，兩眼發亮，我知道現身監獄聽露絲說話，會比出席我自己的慶生宴會更有利得多。

也許爸爸的擔憂不是沒有道理。

14 露絲

聽說醋能消除血跡。醋加冷水，應該可以。但有各種各樣的血來自內心深處，無法抹去。即使刷洗得兩臂痠痛，刷子冒出猩紅泡沫——它還是在。

梅亞爾家的活兒就是遭遇這種情形。我和媽合力連抱帶拖著幾匹布，盡可能不要踩到街上滿布的牡蠣殼或馬糞而滑倒。當時正值盛夏，蒼蠅成群飛舞。馬蹄行過處揚起大片濃密的白色塵土，染白了圍欄與暑熱中零星倖存的草地。現在要想避免弄髒布料，已經無益。整個布面都是乾涸血漬留下的褐色與黃色斑點，我曾經試著清洗。沾染那些衣物的看起來不像父親的生命力，而像是夜壺裡的東西。

妳會說我這麼想真是沒心肝。也許是吧：我的肋骨間，一度曾感覺到心跳的地方，開了一個洞。我們失去了所有的東西，所有的人。當我踉踉蹌蹌走在那條路上，同時大聲喊著要媽小心坑洞與車輛時，根本看不見眼前有什麼未來。

梅亞爾太太是我們最後一位債主。只因為她索賠，我們才能從查封官手中留下被毀的布料。與她交涉後，我們將流落街頭，無家可歸，經過這麼不光彩的事件後，也沒有朋友想和我們來往。

「我們不能去住妳父母家嗎，媽？」我哀哀哼哼地說：「我知道他們不喜歡爸，可是現在肯定——」

「不行，」她口氣嚴厲地回答。「妳出生以後，我寫過很多次信，試圖尋求和解。寫了那麼多卻只得到一次回覆！而且他們的措辭，關於妳父親……我永遠無法原諒。」她嘴唇微顫，再次開口時聲音變得沙啞。「雖然他們也許說對了。他們看得比我清楚。因為他的確拋棄我們了，不是嗎？丟下我們孤苦無依，就像我父母口中的無賴。他怎麼能這樣？」

「他腦子不清楚啊，媽。扣下那扳機的人不是爸。」

「要不然是誰，露絲？妳告訴我。」她瞪著混濁的眼珠子問我，儘管眼神已無法聚焦。「不然是誰毀了我們家？」

是我。

漸漸地，街道變寬了，腳下的鵝卵石也變成花崗岩板。雖然馬匹汗水淋漓的氣味仍在，路上卻已沒有太多運貨與載人的馬車。到了這裡，我將媽拉離的車道上行駛的是貼著色彩鮮豔的廣告的公共馬車，與漂亮時髦的出租馬車。在這一帶城區的小販，賣的不是牡蠣或醃蛾螺，而是咖啡與薑餅。就連瞠目盯著我們狼狽經過的行人，也是較高階層的人：淑女穿著色彩繽紛的細絨連身長裙，男士身上則懸掛金錶鍊。

我把頭垂得低低的，試圖躲在壓扁的軟帽帽簷底下。難怪羅莎琳．歐戴克會嘲笑我。這就是她的世界。說不定會有她的寵物狗蹦蹦跳跳過街，後頭跟著一個苦惱的侍女。

「這裡是十字街嗎？」媽問我。

「是。」

「那就在前面了。稍微再遠一點，左手邊。」

梅亞爾家的店面座落在一排店鋪最尾端，一間理髮店隔壁，外觀比其他競爭店家更大更高，與其說是營業場所，倒更像上流宅邸。我看見它的木板招牌，懸掛在熱氣中顯得有氣無力，木牌底下——是鑽石。當然，不是真的鑽石，而是大片的透明玻璃在太陽下閃閃爍爍。儘管塵土飛揚，梅亞爾家的凸窗仍是一塵不染，展示著一群無頭的人形。假人之間吊著鳥籠，絲質的花從鳥籠溢出垂下。架高的地板上鋪放著一條紅色方格布墊與一只野餐籃。

直到接近後，我才開始注意到那些長衣裙的精緻細節。遭遇了那麼多事情之後，我原以為再也沒有什麼能令我欣喜，可是當我凝視著那櫥窗內的扇形荷葉邊與水溶蕾絲，竟覺得自己似乎從未真正活過。多美的顏色！一件露肩晚禮服，粉紅色波紋壓光綢緞，透著冰一般的光澤。一件天藍色的乘車衣裙搭配主教袖。接著是薄荷綠的外套式連身裙，側面繫著一連串銀色蝴蝶結。淺黃色棉手套、提花披肩。我多渴望能摸一摸，能擁有，渴望到眼眶都泛出淚來。

「繞到後面去，露絲。」

從凸窗之間延伸下來，打掃得乾乾淨淨的寬闊階梯，不是讓我們走的。我們轉向側邊，推開一扇木門，鉸鍊隨之咿呀作響。門內是一塊寒傖的土地，四周環繞著圍牆與一管管煙囪。有棵殘敗的樹彎駝地立在一方泥地裡。樹前方約莫兩米處，有個圓形鐵盤嵌在地裡，附著一個鐵環可以拉開。

「他們在地底下放了什麼？」我問媽。「那個孔蓋下面？」

媽徒勞地望向我指的方向，不過她皺起眉頭沉吟片刻。「妳說的想必是煤洞。梅亞爾太太不想讓那些小夥子和他們的煤袋進店面，太多灰塵可能弄壞布料。」

其餘地面都是鋪設好的。有一座壓水井，布滿了橘燦燦的鐵鏽，我懷疑它還派得上用場。在顧客眼裡，梅亞爾布店裝潢得有如天堂，但在這商販進出的背光處，毫無一絲光彩。因為我們沒有付錢。

我走路走得滿頭大汗，汗水也滲過手套，在捲起的布匹上留下我的手印。現在，也沒什麼要緊了。

「讓我來說，露絲。」媽說：「妳做什麼都好，就是不要插嘴。」她手臂在發抖，整張臉只看到一雙混濁的眼睛睜得大大的。

「為什麼？妳要說什麼？」

「我……我得求她寬限，請她答應讓我們分期償還欠款。」

「如果她不肯呢？」

「不可能。都發生了那麼多事。她自己也守寡，一定會……」

聽她漸漸沒了聲音，一陣憂慮的刺痛感爬上我的背脊。媽還是想要相信這世上有好心人。我沒這麼傻。

媽怯怯地敲了門。門後傳來腳步與低語聲。我抓緊手上的布匹，想到即將有打扮時髦的女子來應門並冷笑看我，我就心驚不已。結果什麼動靜都沒有。媽又敲一次門。我們聽見一聲叫喊，接著是靴子快步踩踏的聲音。門悄悄開出一條縫，出現一個高大女孩，大大的眼睛透著戒慎。她的皮膚黑得有如胡椒子。

我傻傻地露出微笑。女孩並未以笑容回報。

「姑娘，我需要和你們家女主人談談。」媽說。我看不出來媽是認得那個女孩，或只是對著門的方向說話。「妳能不能去問問梅亞爾太太是不是能見我們一面？」

「她在店裡忙。」她的語氣不完全帶有敵意，但有點防備。好像我們對她造成某種威脅。

「能不能請妳還是去問問？我們願意等。」

女孩的鼻孔張開。不是傲氣發作，和我在學堂裡看見的那群年輕小姐不一樣，比較像是馬害怕時噴著鼻息。她猶豫了半晌才垂下頭說：「妳們還是進來吧。」

她沒有把門拉開一點，只是退開門邊，要我們跟著她走。

後門進去是一間鋪了地磚的粉牆小室，裡面有泥巴和靴子的味道。左側牆邊有一個大水槽，就像在洗碗間會看到的那種，但除此之外什麼也沒有。

我扶著媽步上台階。帶路人已經背轉向我們。她穿了一件焦糖色的長外衣，對她來說長度太短，肩膀處也太緊。

「請等一下。」我請求道。「我母親走路不方便。」

雖然女孩沒有回頭也沒有表示聽見我的話，卻放慢了腳步，並替我們拉開下一扇門。這增添了我對她的好感。

我們進到一間類似放雜物的房間。牆邊有成排的黃銅桿，上面披掛著碎布邊角料，可能是已經退了流行，或是要留待天氣轉冷。帽架上展示著一頂頂損壞的軟帽。女孩從一張破舊的椅子上搬移開一只裝滿棉線軸的柳條籃，我讓媽坐下來。

「在這裡等著。」女孩說。她打開另一扇門時，我瞥見她的右手，不禁打了個哆嗦。少了一根指頭：最小的那根。

門在她身後砰地關上。

雜物間很擁擠，但至少涼爽。我和媽將布匹丟在地上。能放下來總算輕鬆了些，雖然這些布感覺上並沒有我想像的重。我的胳臂似乎變得較強壯，能扛負較重的東西。

「我們把梅亞爾太太從店裡叫來，但願不會惹她生氣。」媽小聲地說：「我不想給她帶來更多麻煩。不過凱特小姐應該可以代為招呼客人，對吧？」

我實在不知該如何回答，因為梅亞爾太太並沒有從店裡被叫來：我從門底下仍能看見女孩的腳。她在那兒躊躇不前。顯然，梅亞爾太太是容不得打擾的人。

十五分鐘過去。我細細檢視那些碎布藉以自娛，一面想像要是能取得這些布料，要給自己做一件什麼樣的束腰。但媽只能坐著。她的臉色漸漸變得更蒼白、更惶恐。

終於，鈴聲叮噹響起，顯示顧客離開鋪子了。走廊上有了動靜。媽兩手緊緊攥在一起。我聽見有人猛然倒吸一口氣，接著是女孩的低語聲。

一個尖銳的聲音回答道：「什麼，在那裡面？」

不知道媽平常都在哪裡和梅亞爾太太說話，但我還來不及問，門便倏地打開，媽也急急忙忙起身。

梅亞爾太太。如果他們判我無罪，我又活到一百歲，我也不認為我能忘得了和她的第一次見面。我第一眼就不喜歡她，而且發自內心。她的臉方方正正，額頭與嘴邊都有很深的皺紋。一般人會形容她五官端正，但絕不會說漂亮，因為缺乏美麗所需的溫度。她的斑點絲質長裙有時髦的窄袖，賦予她軍人的英氣。日後我才得知，她這股氣勢是受到已故丈夫的感染，他生前是軍中上尉。

表面上，以五十多歲年紀的婦人而言，她夠有魅力了。可是我覺得——我知道我說這種話聽起來很奇怪——有時候妳就是能分辨得出一個人好或不好。妳會像動物一樣感覺到，同時豎起頸背的毛。

媽畏畏縮縮地行了個屈膝禮。「梅亞爾太太，請原諒我打擾妳。這是我女兒露絲。」

我低下頭。

「我知道妳會來。」梅亞爾太太漫不經心地說：「我在報上看到妳先生的新聞了。」

「是。」

「丟臉。」她的目光順著長鼻睨著我瞧。

「我先生的事我無話可說。」媽輕聲說道：「但至於我……」她鬆開雙手，比向地上的布匹。「我沒能完成妳的託付，特地來道歉。我……意外弄壞了這些活兒。」

當梅亞爾太太的惡毒目光投向布料，我看出了那在她眼中是個什麼光景。不只是一堆骯髒的布，而且還挑釁了她的店鋪與店鋪所象徵的美。

「那不是弄壞，妳這婆娘；那是血。看來那個禽獸開槍自殺，血全噴在妳的針線活上了，是不是？老天明鑑啊！他的自私還有沒有個限度？」

媽腿軟倒下。

終於來了：我那令我喘不過氣、靜默無聲的憤怒。我狠狠瞪著梅亞爾太太暗想，若能把那顆方頭從她肩上直接踹下來，該有多痛快。

「我沒辦法——」

「無所謂了，」梅亞爾太太打斷她。「妳也知道，這活兒的期限早就過了。我不得不再另外找人，代價可不小，不過至少訂單趕出來了。沒壞了我的名聲——這可不是拜妳所賜。」

「請接受我的道歉，梅亞爾太太。」

親眼看著自己的母親變回一個小女孩，感覺好嚇人。我從未見過她如此軟弱。媽年輕時，曾是潔麥瑪．杜魯索小姐，也曾賒帳向梅亞爾太太這樣的女人訂製過衣裳。如今竟淪落至此。

「我當然接受。現在就請妳行行好，把妳欠的錢還清然後走吧。我們生意上的關係就到此為止，這點想必不用我多說了吧。即使我能相信妳會準時交件……」她不屑地朝我們的布匹揮揮手，接著又說：「這些布是妳跟我買的，就留著吧。成了這副模樣，什麼也做不了。妳也許用得上。」

「那……那錢，」媽站起來說：「我暫時，沒辦法付清。」

「是嗎？那妳能付多少，巴特漢？」

「一分錢都不行。目前沒辦法。」

「天哪。」我從未聽過誰以更冷漠的語氣說這兩個字。「太不幸了。我想我只好通知有關單位了。」

「不要！」媽起步往前，卻被裙子絆倒。「求求妳。我會找到工作還錢的，梅亞爾太太，每分錢都會還清。我只求妳再給我一點時間就好。」

「妳，找到工作？別做夢了。妳眼睛不行了，巴特漢，刺繡也亂七八糟。別以為我沒發現，我只是不忍心說破。其實就算妳先生顧及面子活下來，我們終究也會走到這一步的。」

「我會找到一點事情做的！」媽揮動雙手想抓梅亞爾太太的手。這個布店老闆嫌惡地縮退。「錢我總會還的，我發誓，哪怕只是一點點。但如果妳把我送進債戶監獄，妳的錢就永遠拿不回來了。」

債戶監獄。那可不，就是這個讓媽那麼害怕。雜物間彷彿從四面八方朝著我縮小壓擠，一片片的布不斷逼近，再逼近。

「錢已經拿不回來了，巴特漢。很不幸地，我知道。好了，我也不是不講理。換作其他時候，我可能會讓妳留在這裡刺繡，直到妳把債還清。不過妳的那手活兒我拿不出去，即使做襯衣也一樣。妳看得出來，對吧？」

她偏偏挑了「看」這個字眼，我覺得很殘忍。

有一度媽好像就要崩潰，卻忽然眉眼大開，說道：「露絲。」

「什麼，她？這小姑娘會刺繡嗎？」

「會呀！她的刺繡功夫比誰都好，林賽家新娘的手套就是她繡的花。她可以代替我。」

我直勾勾瞪著媽，簡直嚇壞了。好像在做一個妳無能為力的噩夢；我只能搖著頭嘶喊：「不要。」

「嗯，她……多大了？」

「十一月滿十四歲。」

她們倆都沒看我。我簡直就像立在角落的帽架，只有那個黑女孩怯生生地瞄了我幾眼，卻又不願與我四目相交。

梅亞爾太太嘆氣道：「巴特漢呀，這可教我為難了。不瞞妳說——對我來說這是天大的麻煩。不過，出於好意，我可以幫妳一個忙。」媽憋住了氣。「我一直想再找個學徒。通常都是別人付錢拜託我，但是……我就把費用加進妳欠的錢，妳說怎麼樣？讓這孩子在這裡做活，扣她工資，直到她把債還清？」

單一個字掙扎著從我口中衝出。「媽！」

她不理會我。她決心已定，快如割破棉布的刀刃。「但露絲可以在這兒住，在這兒吃。她會得到溫飽吧？」

「餐宿費當然會先從工錢扣掉，然後才清妳的帳。不用說，她得花很長時間才能還清。不過妳女兒餓不著。」

「那非得這麼做不可了，露絲。」媽那雙玻璃珠似的眼睛終於轉向我。「這樣至少我知道妳過得好。」

我緊緊抓著她的手，使勁到骨頭都移位了。「不，妳不能……」各種藉口湧到了舌尖。我想告訴她，說想到要和梅亞爾太太同住，感覺比流落街頭還糟；說我已經失去所有心愛的人，不能再失去我媽。但我轉念想到另一個可能。

我們不可能流落街頭，對吧？這個賤人會讓我們被關進大牢。我想像媽在陰濕的牢房裡日漸消瘦。她沒有錢賄賂獄卒或買吃的。她一個毫無自衛能力的女人，監禁在汙穢的環境中，天曉得在她終於被死神帶走之前，要忍受多少慘事。

「別煩惱我，露絲，我自己可以的。」即便現在，還在撒謊。我童年時期她常用的那開朗、虛假的口吻又來了。「我一找到住的地方就會給妳寫信。」

寫信？就算她買得起紙筆，她也看不見，怎麼寫！

「妳要知道，只有這個辦法了。」梅亞爾太太說著，抬起一隻手端詳指甲。這顯示她對我們、對我們這卑微渺小的人生厭煩了。「妳不願意的話，妳母親就要入獄。」

「為了我，露絲。」媽哀求道：「就算是為我著想吧。」

內疚感猛然襲來。母親之所以眼盲守寡，這是誰的錯？

「就這麼說定了，」媽冷不防地說：「把紙給我，我就簽名。」

「好。相信妳不會忘記這份恩情，巴特漢。」

梅亞爾太太走進起居間去擬契約，不料異常快速便回來了，好像書桌抽屜裡已備有寫好的文書。我想起她剛才說媽的刺繡亂七八糟。我們多傻啊，之前竟沒發現。刺繡師傅的繡工就和抄寫員的筆跡一樣獨一無二。梅亞爾太太想必早就知道，過去幾個月有兩個人，而不是一個人在刺繡。她看過媽的針腳，還有我的，心知那家裡有個女兒。她一直在設法要得到我。

「那來呀，來做個見證。」梅亞爾太太衝著黑女孩大吼，女孩等在一旁，似乎已經預見這項責任。

女孩往前一步，用左手笨拙地握著筆，在女主人指的地方畫了個叉。

我沒有被要求簽名。我抓著黃銅桿作為支撐，一邊默默看著眼前上演的這一幕。束腰緊緊裹著我的上身，保護著。我感覺到它的陰暗力量在我體內爆發。我的針腳已經奪走兩條人命，如今它們將突襲橡樹門的淑女們。

我就不講述我母親的離開了。我做不到。有太多情景一團模糊，很不真實。我怎麼也不能相信她真的離開了，而且一再許下荒謬的承諾說她會寫信。

倘若我有時間多想想，我會告訴媽說我理解。因為我現在理解了。她以為她是在救我；她並不知道接下來會發生什麼事。而我也會把她抱得更緊一些，讓她皮膚的氣味與她的聲音刻印在我的記憶中。但後悔太遲了。

媽離開後，梅亞爾太太抓著我的肩膀，帶我離開雜物間。

「凱特！」她扯開嗓門高喊。「凱特，妳在哪？」

「我在捲緞帶，母親。」一個略帶鼻音的年輕女子回答道。我想起媽提過凱特小姐，這一家的女兒。

「掛上打烊的牌子。」梅亞爾太太喝令道。

我們走過一條走廊，爬上幾階樓梯。梅亞爾太太抓握的力道讓我無法轉頭，但我沒聽見後面有腳步聲，因此那女孩想必走了。

這裡沒有灰塵，牆壁剛上過漆，空氣比較暖和。感覺好像從地底鑽出地面。

我們很快就來到一扇門前，梅亞爾太太用她空出來的那隻手轉動黃銅門把，眼前出現商鋪的店面。

從街上往裡看，我便十分著迷，但比起現在從這扇門看到的景象，那根本不算什麼了。那空間是我舊學堂的兩倍大，以我的標準，就像宮殿一樣。一塊乳白色地毯往外延伸到三張圓桌底下，桌上鋪著蕾絲墊。上面擺著插在罐子裡的羽毛與緞布襯裡的盒子，全都反映在長身鏡中。牆面漆成鴨蛋藍色，到處都有壁凹展示帽子或各式各樣的手套與香水瓶。玻璃吊燈從純白的天花板垂掛下來。我的視線掃過一尊裁縫假人，再掃過一匹匹披掛在牆上的絲綢與天鵝絨，最後落在左手邊的玻璃櫃檯。檯子上擺放著形形色色的緞帶、飾帶與搭扣。後面站著一名年輕女子在捲捲軸。

說了妳恐怕不信，但看著她讓我內心感到雀躍。好像看見一隻鳥飛起，或是陽光照在屋頂上。她的兩隻耳邊各蓋著一簇深色髮捲，臉蛋呈心形，下巴略尖，小巧的鼻子鼻尖微微往上翹。最令我印象深刻的是她的膚色：毫無瑕疵又光滑，色澤有如我最心愛的那塊桃色棉緞。她的眼睛閃耀得有如縫在衣裙上的亮片。

凱特穿了一件黑白條紋的高領連身長裙。即使站這麼遠，我還是看得出她腰束得很緊，腰身頂多二十吋。

在那一刻，我們之間什麼都可能發生。我們的關係就像攤開來的一匹布，充滿無限可能性。樣式還沒畫上去。我有可能愛她。我有可能拿起剪刀，裁出友情、姊妹情的布片。但她先出手了。

「那是什麼？」那雙閃亮亮的眼眸盯上了我，神情並不友善。

「林賽家的手套。就告訴妳我會買到好價錢吧。」

咕噥一聲。我沒料到她這種身分的年輕女子會發出那種聲音。「從什麼時候開始？」

「現在。」

「好吧。」凱特將她手上那捲紅色緞帶放回玻璃櫃檯底下。我原以為女兒也會像母親一樣抓住我，但沒有，她直接從我身旁擠過門口，向右轉。

梅亞爾太太催著我走，同時關上通往店鋪的門。少了展示櫥窗的光線，走廊顯得陰暗。「好了，來吧。妳在磨蹭什麼？」

我們沒有步上鋪著酒紅色地毯、通往亮處的寬敞階梯。我回頭跟隨凱特的黑白色裙子。直覺告訴我，我不能走在她旁邊，而是得尾隨在後，看著她的衣裙布料窸窣作響和她的纖細腰肢款擺。表面看起來，她本質上與她母親不同，但從她的姿態、從她提起裙襬的模樣，看得出她是驕傲的。

在宅子裡的這一處，沒有乳白色走廊。牆上剝落的漆宛如乾燥皮膚脫皮。凱特從口袋掏出一把鑰匙，打開看似壁櫥的門。

一陣冷空氣穿過門口碰到我的腳踝，隨同一股密閉滯悶的陳年霉味。我往前探視，看見粗糙的灰色石牆。木梯往下張開口來。

「小心。」凱特說時，將雙色條紋裙又拉高一吋，然後往下走。

我小心翼翼跟在後面，腳踩在木板上發出吱吱嘎嘎聲。第三階已半腐朽，我猜這正是凱特警告的用意。我踉蹌了一下但沒跌倒，仍繼續慢慢地往下走，進入灰暗深處。在大熱天裡走過鎮上，如今進入這麼陰涼的地方，我理當覺得慶幸，但感覺一點都不舒服。我手臂上開始起雞皮疙瘩。對於這個地方，我的身體知道一些我的心不明白的事——還不明白。

濕氣從地板滲出來。在階梯最底下，長出了四朵菌菇。

「這是妳的。」凱特說。

她的聲音將我的注意力從菌菇移開。我抬起頭，看見靠牆鋪了乾草墊，胃立刻往下沉。不知哪裡，在滴水。

「睡……覺？」

她投向我的眼神足以令樹葉枯萎。她沒有回答，而是踢了踢左邊數來第二個草墊。「妳們共用。左邊是她，右邊是妳。」

草墊的右手邊放著一件摺得整整齊齊的睡衣，在期待等候著，像是知道我會來似的。

凱特兩手扠腰。那雙手很纖細，和她的其他部位一樣。「這裡由我作主，妳明白嗎？」

「明白。但是……」

「什麼？」

我絞著腦汁。「但我要做什麼？我會在店面工作還是……」

「不，今天不用。今天妳就睡覺。」

我瞪著她看。這話聽起來是善意的表示，但她臉上全無友善的神情。「睡覺？可現在才四點，梅亞爾太太說——」

「別管那個，我剛剛是怎麼說的？」

憤恨湧上我的胸口。她不讓我把話說完。她非得伸長腿，每一步都絆我一下。

「妳說……妳說由妳作主。」

「對了。我叫妳睡覺。」她用冰冷嚴厲的眼神注視著我。「相信我，妳會需要的。」

總的來說，這間囚室是舒適的。住進新橡樹門監獄讓我害怕的程度，還不及被鎖在那個可怕地牢的一半。

我平躺在乾草墊上。簡直像鋪了碎玻璃一樣。只能靠著束腰的強固，我的背才不至於被刮得皮破血流。在外頭某處，有另一人正睡在我的舊床墊上，被查封官拿走的那個床墊。我曾經哼哼唧唧地抱怨它，如今比較起來，那真有如天空上的雲。

我的新臥室也很吵。頭頂上傳來隱約模糊的聲響，有些在屋內，有些在街上；車輪轉動，用力踩踏的腳步。我頭上的牆面有一條細窄的玻璃，能透入一道鱗狀、病態的光線。透過玻璃，我看見外頭忙亂的動靜。沒有人能低頭看到我，除非他們趴在人行道上，肚子貼地。

我不牢靠的思緒試圖偷偷回到過去，但那有什麼用？過去都過去了。我為我們家的舊日生活縫製了壽衣，如今報應臨頭：濕冷的地窖與凱特小姐的攻訐。

寒冷徹骨。根本不是夏天該有的冷。我頭頂上，天空燦藍，行人在暑熱中揮汗。我卻在地底下冷得發抖。我血管裡的血變成冰，心也在它的牢籠裡生鏽，但我終究在這濕濕的臭草味中睡著了。

夜裡我只醒來一次。黑暗宛如一隻手壓在我臉上。我聽見拖行的腳步聲、嘆息聲，接著有一隻真實的手，伸進我肩膀下面，把我往右邊推。

我幾乎忘了，差點大聲喊媽。但隨著草墊吱嘎響並往下陷，我想起這可憐的一整天。衣裙、緞帶、媽在哭的畫面一一閃現。我聽見凱特咬字清晰的聲音。*左邊是她，右邊是妳。*我不是一個人睡。

與我同寢的女孩有她獨特的氣味——不是不好聞，但是陌生，是我不熟悉的肌膚。萬一我夜裡又被鮮血閃現的噩夢驚醒，不知她會怎麼樣。就我那天看到的一切，我不奢望得到絲毫同情。

漸漸地，空氣變暖了。女生的氣息，女生的鼾聲。也許，有六七個人？很難說。全都是沒有名字、沒有臉孔的女孩。在黑暗中，我能對她們有好的想法。

我旁邊的女孩沒有打鼾，似乎動也不動。我只聽到輕輕的喀喀聲，規律地重複，好像是她在睡夢中磨牙。

我小心地抬起肩膀，仰躺成一開始的姿勢。我用眼角斜覷，隱約看出她的輪廓，躺在那兒像尊雕像：雙手放在胸口，眼睛盯著天花板，眼白閃著光。

喀喀、喀喀。那是什麼？她幽暗的手指在動，一遍又一遍地轉著同一樣東西。不是銅板。即使在黑暗中，也看得出是白色。不是圓形。看不出形體，但我似乎認出了在她指間快速、靈巧地閃動的物質。

是骨頭。

15 朵蘿西亞

今天，我提前收到一份生日賀禮。和莎樂美一樣，我要求一顆盤上人頭——而且須得是露絲．巴特漢的人頭。

儘管令人惱火的寒意與胃部不適已困擾我多日，我仍裹著毛皮大衣造訪新橡樹門監獄。監獄外部在四月陽光照耀下，有如珍珠般潔淨。內部卻是另一回事：更明亮的光線把每條蜘蛛網和每隻塵蟎照得無所遁形。夏天以前，我會讓委員會重新打磨地板，重新給牆面刷上石灰水……但這只是順帶一提。

我到達時，女囚正在操場上活動，監獄長無暇他顧，因此在等露絲時，便由詹肯斯太太，一位獄吏，負責招呼我。這真是交了好運。獄吏向來是打聽小道消息的最佳對象，而詹肯斯太太更是不二人選。我認識監獄長至今，她向我透露的還不及我在這十五分鐘內聽到的，而且詹肯斯太太說得津津有味。

從她口中，我得知露絲答應讓監獄牧師來探訪。對於她靈魂的救贖，這是多麼充滿希望的消息！我自鳴得意地以為能有如此結果，我功不可沒。然而，我知道露絲這年紀的女孩對於長輩的介入十分敏感，見到她時便未提起，而是讓她照常繼續講述她過往的生活。我對她的故事愈來愈感興趣。她說到那惡名昭彰的梅亞爾家人，我特別喜歡她對她們的描述：冷酷、高高在上的母親與傲慢的女兒。其中有多少為真，目前還說不準。我不知道她的大腦沉迷於欺騙的部分有多少。

她說話時，我注視著她，渴望發現一些線索。她擁有面相學家稱之為「虎臉」的容貌：嘴大、眼開，但眼頭朝鼻子下斜。「老虎」被認為是盛氣凌人、報復心強，這與我所能看見露絲的頭部相吻合：寬闊，一如所有性格兇暴者。

深色眼睛與深色頭髮暗示著力量，但也意味著粗魯。從她頭皮迸出來的髮綹披露了那頭皮底下的情感特質：粗野無教養。我很好奇那頭髮摸起來是什麼感覺，會是硬還是軟，像烏鴉的羽毛。

一直到我起身準備離去，才大膽一問：「露絲，聽說妳和我們的牧師談過。情況還好嗎？」

她聳聳肩。「還好吧，小姐。他不……他不像妳。」

我胃裡一陣暖融融。其實我不該如此心胸狹隘，不該希望這孩子喜歡我勝過喜歡神職人員，但我確實如此。「妳說他不像我，這是什麼意思？」

「他不聽人說話，自己說個沒完。我想他對每個人都是說同樣的話。我們人這麼多，也許他厭煩了。」

「厭煩？但願不會吧！這是他的使命，是寶貴的責任，不是什麼世俗雜務。」這時我意識到被我忽略的那些女囚，如今我有了露絲，的確開始對她們感到厭倦。「牧師跟妳說了什麼？」

她皺起眉頭。「有一件事。關於恨意的事。」

「嗯？」

「他說……我必須放下。」

忽然間她看起來與她的年齡相當。我看到她臉上少了習慣性的皺眉是什麼模樣，那張臉顯得脆弱、失落。

「這樣啊，」我輕聲說：「妳不覺得他說得有理嗎？在這裡頭，妳憤怒有什麼用呢？」

「有時候妳擁抱憤怒，是因為……因為當妳周遭一切變冷的時候，它很溫暖。」

她的語氣令人同情。

「它是老朋友。」我猜測道。

「對。」

我們視線交會，這是七歲的我，失去媽媽一人孤零零，就跟露絲一樣。當然，我有爸爸和蒂妲；我沒有被關在囚室，但無論如何在那棟房子裡我就是一個人。沒有其他人目睹那些令人心碎的畫面，在我腦中不停不停地旋繞。沒有一張友善的面孔能和我談論媽媽臨終的時刻，沒有一個親密友人能讓我傾吐心聲。我整個人茫茫然。是上帝拯救了我，我很幸運地找到自己的信仰，但露絲找到的……卻是另一樣東西。她恐怕已被逼到失去理智。

「露絲，妳能不能容許我為妳做一件事？下次我來的時候？」

才一眨眼，她便提高戒心。「什麼事？」

「我想研究一下妳的頭顱。」

我發現，說頭顱會比較好。如果說頭骨，聽的人往往會變得奇怪。但我想錯了，露絲不是一般聽眾，只見她眉頭深鎖重複這兩個字。

「就是妳的頭，」我解釋道：「靈魂的宮殿。是這樣的，妳的大腦隔成很多個部分，每個部分都有它獨特的功能。有些人認為我們一生下來，這些便都發育成熟了，但我相信每個器官都會成長，端看妳使用的多少。」

我不太知道該如何描述她看我的表情，總之不是認同。

「我的意思是，」我連忙接著說，此時臉已紅了。「如果妳能和牧師合作改正妳的性格，我認為妳頭骨的形狀也會跟著改變。」

「那……要緊嗎？」

「對我來說是的。」

「為什麼？」

「因為假如我能證明這一點，將會幫助到其他許多人。做母親的將能夠在孩子身上留意到預警徵兆，引領他們走上另一條路。裁判官也只要摸一下，就會知道囚犯是否真的改過自新了。這就表示我們不再非得聽命於任性的軀體，而是能有所不同，能做出改變。」

我住口時氣喘不止。我的嗓門拉高了。露絲用那雙深色眼眸好奇地看著我，我微感羞愧。萬一被其他囚犯，或是監獄長聽見呢？她們會以為我歇斯底里，受到蠱惑。一個不自量力的女人，涉入只有男人才理應涉足的領域。也許她們想得沒錯。我內心深處意識到了，我尋求證明主要是為求心安。能讓全體人類獲益是再好不過的附帶結果——不是目的。

至於露絲，她沒有發表任何意見，只是轉動肩膀，發出喀嗒喀嗒聲。「妳想測量我的頭就請便吧。」她嘆氣道：「反正他們應該也會這麼做。」

「他們？」我重複她的話。

「大夫。」她偏著頭說，偏那個角度看起來很脆弱，僅懸於一線。「大夫把我剖開的時候就會這麼做。」

解剖。我都忘了，但露絲說得對：殺人犯被吊死後，屍體會交給外科醫生做醫學研究。孩子的屍骸不會讓他們卻步。事實上，他們會付更多錢。

「盡量別去想這些吧。」我打了個寒噤，雖然我其實也在心眼裡暗暗解剖她。我情不自禁。「我知道很難，但盡量不要去想像……那個。」

她注視著我。那深色眼眸中似乎亮起了什麼。「可我不用去想像呀，小姐。我親身經歷過。」一切顯現在她放大的瞳孔中：所有的血腥與驚恐。她曾經站在死神面前，曾經剝下那層皮看見了……什麼呢？我真的想知道嗎？

「我記得那聲音，」她接著說道，緩緩地，有如輕撫。「切割、鋸子。那個味道。妳忘了我是誰了，小姐。那一切我全都見過。」

儘管我絞盡腦汁，仍想不出該如何回應她。

16 露絲

事實上，雖然睡覺是被迫，我也確實需要。天快亮時，我的同伴們開始有動靜。我睜開眼看見她們掀開被子起身。

我也照做，一面揉著惺忪雙眼。四個女孩排成一列，準備爬上樓梯走出門口。她們和我一樣，穿著長袖高領的灰色粗呢睡衣。其中有兩人好像長得一模一樣，大概是我還沒睡醒吧。

我排到最後面，昨天在梅亞爾太太的契約上畫押的那個女孩，就站在我前面，和我睡同一張床，擁有那件用骨頭做的奇怪物事的人就是她。不知為何，得知這件事讓我很高興。

「妳叫什麼名字？」我輕聲問。

她沒有應聲。

「妳的名字？」

她回答得很小聲，低頭對著胸口說，我只聽到開頭是「ㄇ」的音。

「敏？」我猜著說。沒有回應，既沒有說是也沒說不是，因此從那時起我就當她是敏。

我打赤腳踩在地上很冷，不由得打哆嗦，但盡量不讓牙齒格格打顫。其他女孩似乎都沒有因為等候或是天冷感到困擾，她們只是顯得疲憊。

門鎖終於發出呻吟聲，接著凱特露臉。

「好了，來吧。」

我們走過我昨天來的那條路：經過走廊和雜物間。媽的幽靈好像還和那些被丟棄的布料逗留在那兒。

我們越過下一個門檻，來到一片鋪磚地面停下，旁邊就是那個灰白色水槽。今天，水槽裡有四只水桶。沒人吩咐，敏就自己拿起水桶，一手拿兩個，走到外面去。

看來又是炎熱的一天。荒蕪的花園裡，霧氣和露水都已經蒸發。敏走到壓水井旁，不斷按壓壓桿。雖然生鏽，水還是汩汩流出。

沒有人說話。凱特在雜物間裡走來走去，其他女孩則低頭站立，盯著自己的腳看。其中有兩人的確是一個樣。稀疏的褐色直髮，低低的眉毛，翹翹的薄唇，一定是雙胞胎。她們臉上的表情足以讓奶發酸凝結。

第三個女孩長得不一樣。從體型看來，她年紀較大。皮膚很白，布滿雀斑，好像蛋似的，有著桂皮色的頭髮。我看不透她在想什麼，她臉上毫無表情。

敏提著水桶回來了，一次一桶。所有水桶都排列好之後，她才發現四只桶子卻有五個人。她不知如何是好，卻聽凱特咆哮道：「雙胞胎共用。」

雙胞胎的其中一人（較高那個）把我擠開，隨後去站在她姊妹的對面。我想在我來以前，她都是自己用一桶水。

「動作快點。」凱特說。

她們脫得一絲不掛。我轉移目光，苦惱著該怎麼辦。束腰……我要怎麼脫下來？我裡面沒穿襯衣而是貼身穿著束腰，現在還穿著洗澡，肯定像個瘋子。絕望之餘，我把手伸進睡衣內，拉扯扣鉤。沒用。鉤子緊緊嵌在扣眼裡，活像牛頭犬一咬住便不鬆口。

我藉由睡衣掩蓋，盡可能地擦洗身子。我裹著束腰這麼多天，妳會以為我臭氣沖天，但沒有。布料上也沒有留下汗漬。那束腰和我剛穿上時毫無兩樣。

凱特從雜物間一個晾衣架上收集了衣服，丟給我們。桂皮色頭髮的女孩上前抓起第一件襯衣，她的腳踩過濕地磚發出吱嘎聲。拿衣服似乎是照順序來的，其他人都知道。我猜我的衣服會最後到，果然沒錯。

我們的穿著都一樣：素色棉質襯衣、單層襯裙，套上我前一天看見敏穿的焦糖色連身裙。沒有一件合身，但至少有個好處是乾淨。

凱特又咕噥一聲，走出雜物間。其他人列隊尾隨在後，只有敏除外，她要留下來清水桶。凱特的衣裙一搖一擺地，在前面帶路。今天早上，是藍色的。孔雀藍。羽毛、珠寶與山上瀑布的顏色。我可以嚐得到。

工作坊在閣樓上。我們走的不是我前一天瞥見鋪了地毯的階梯，而是另一座搖搖晃晃的樓梯，每踩一階都會發出呀呀哀鳴。樓梯通往一個天花板很高的空間，地上擺著兩張方桌和幾張凳子。到處都潔淨無瑕。

這裡沒有壁爐，也幾乎沒有空間可以搬動椅凳。後側牆邊有一排高及腰部的櫃子。頭上有天窗，但就跟太陽本身一樣又高又遠，無疑是因為光線太強會讓我們裁縫的布料褪色。在那個世界裡，布料最要緊。塔夫塔綢、稜紋絲、網紗：這些都是受到細心服侍的君主。活人反而不值錢。

所有女孩都坐到椅凳上——座位也是指定好的。凱特砰的一聲，在桌子一頭放了張新椅子，說道：「露絲。」

我沒想到她知道我的名字。她的發音聽起來怪怪的。

我坐下來。凱特站在我的椅凳後面。我可以感覺到她身體的熱度，也隱約聞到她身上的香氣：山谷百合。

「便宜貨，」她說：「妳從便宜貨開始。」

我張嘴正想問她是什麼意思，但下一秒她就丟了一堆縫製一半的襯衫、內衣和廉價的日間棉質長外衣在我面前。便宜貨，媽都說件工：就是成衣物件，不太需要什麼功夫。

即使在這裡，她們也不讓我碰高級的東西。

凱特打開桌子下方的抽屜鎖，拉開抽屜。許多針尖在我眼前閃閃發亮。迷你型的刺刀。沒有一根是安全的。

雙胞胎其中一人先拿了一根針，接著換另一人，然後是雀斑女孩。我殿後。我猶豫不前。

「露絲，針。」

武器。我在選一樣殺人武器。

「拿一根。」

我隨便抓了一根較小的針，重新坐下。

我捏著針轉動，胃抽了一下，我已經可以感覺到手裡有個力量在嗡嗡震顫。在誘惑人。這不是我自己的針，但它有生命、有知覺，能做出我不希望它做的事。

我嚥了口唾沫。

其他人已經動工。凱特瞪著我，怒氣衝天。

我別無選擇只能動手。

我發誓我努力過了。做針線活時，我試著放空心思，抹去自己，變得空空如也。沒有奏效。

當敏踩著重步上樓，坐到我旁邊的椅凳時，我已經滿腦子想著自己的背有多痛，想著媽會在哪裡。我從那堆半成品中拿起一件遞給敏，能暫停一下，哪怕只是一眨眼，都讓人鬆一口氣。

我和敏都是做便宜貨。雙胞胎負責改善，另一個年紀較大的女孩則似乎是副手。作主的當然是凱特。她在另外一張桌子做活兒，畫設計圖然後剪下紙樣。她有一把剪刀，用一截繩子綁在她的桌子。

誰都沒說話。我只聽到她們的呼吸聲：吸、吐，配合著凱特剪刀的喀嚓聲。我也一針一針跟著那個節奏。

偶爾我會壯起膽子抬頭看，一點一滴地將一切納入眼簾：工作房、女孩們。她們離得我好遠，就算說我是為了她們做這些針線活也不為過。沒有姓名、沒有特色的女人。我真的能在這裡度過下半輩子嗎？即使我真能控制住我那叛逆的針腳，成年後的我也無望嫁人，甚至沒有機會交到好友。

我在座位上動了動。束腰咬了我一下。它是唯一理解，唯一明白我的東西。

大約過了三小時，我被一個尖細、唉哼的聲音嚇一跳。

「梅亞爾小姐，」有個聲音說道：「能不能請妳到前鋪來一趟？」

凱特放下剪刀，走到角落，朝一個我原以為是瓦斯管的東西彎下身。「請稍等一下，我馬上下去。」她對著底下說。

我瞠目結舌。她透過管子說話的聲音與她平常的粗暴語氣截然不同。至於另一頭那個彬彬有禮的人——不可能是梅亞爾太太吧？我猜想，那管子必定是通往店鋪，客人們能聽得見。

凱特脫下圍裙，將孔雀藍連身裙撫順。所有女孩都停下來看著她。她則望向敏，下巴緊繃。

「茶。」她說。

女孩們將椅凳往後退發出刮擦聲，然後一一起身。凱特走出門口，敏跟在後面。這回下了不同的命令，要我們下樓。

我仍然殿後。

到了一樓，凱特脫隊走向前鋪，敏則帶領我們這些女工去廚房。梅亞爾家的宅子有如迷宮，永遠不知道下一個拐彎轉角會把妳帶到哪去。至少，我不知道。

廚房有個爐灶和一個冒出蒸氣就會嗶嗶叫的熱水鍋。和我們的寢室一樣，這裡的牆壁看起來很潮濕。洗後的衣物無疑全都晾在這裡。有一張滿是刀痕的長桌，兩邊各擺著長椅。雙胞胎立刻佔據其中一張，較年長的女孩則坐到她們對面。

我拿不定主意。我寧可再坐在敏旁邊，但她正空咚匡啷擺弄著鍋具。看來她既是女傭，也是便宜貨的針線女工。我遲疑地慢慢走過去，坐在較年長的女孩旁邊。

她往旁邊挪了一下，幾乎細不可查。是為了給我騰出空間，還是想離我遠一點？雙胞胎用相同的表情看我：好像耳朵往後貼的騾子。我在這裡，就跟在學堂一樣，不受歡迎。

雖然雀斑女孩年紀最大，似乎也是階級最高的裁縫，敏卻先服侍雙胞胎中較高的那個。其次是她的姊妹，再來是雀斑女孩，然後是我，最後才是她自己。這是她們自己建立的階級制度。

我不覺得驚訝：兩個的確強過一個。雙胞胎有一種只顧自己的傲慢神氣。她們並不美麗，卻也培養出和學堂那些時髦小姐一樣，一臉輕蔑和慵懶的態度。有這麼一個盟友，感覺一定很好。一個永遠不會拋下妳的姊妹。我想起娜歐米，想起她貼靠在我胸前的小臉頰。

束腰掐我一下。

幸好我低頭看著早餐，藏住了臉。凱特稱之為「茶」的液體，比媽平常泡的還不如：表面有一層髒髒的膜。茶水旁放了一片沒塗奶油的麵包。

「謝謝妳，敏。」我說。

雙胞胎竊笑。

「我們用餐時通常不會說話。」開口的是坐在我身旁的雀斑女孩。她不是斥責，但口氣也不友善。她的聲音也和臉上表情差不多：空空洞洞。

「為什麼？」

她咬著下唇。「很可能是習慣吧。在育嬰堂養成的。」

「妳待過橡樹門育嬰堂？」

「對。」語調往下降。交談到此結束。

我咬一口麵包，暗自沉吟。媽曾提起過一兩次，說梅亞爾太太在倫敦開過店。我以為她找學徒也會從大城市，而不是地方上的孤兒院。但梅亞爾太太卻找了沒有關係、沒有親人的女孩。為的是什麼樣的可怕目的，當時的我不可能知道。

「妳們叫什麼名字？」

較高的雙胞胎呻吟了一聲，聽她那誇張的聲調，妳會以為我叫她朗誦敘事史詩。「艾薇，」她尖著嗓子說，接著指向雙胞胎姊妹：「黛西，」最後說：「她叫奈兒。現在妳可以閉嘴了嗎？」

「她第一天，」奈兒平心靜氣地說：「別太苛求了。」

艾薇怒目圓瞪。

「我猜妳會想妳母親。」敏低聲對我說。

我力持鎮定才沒哭出來。「是啊。我想妳應該……妳有見過妳母親嗎？」

她的表情頓時變得柔和，好像燙過的亞麻布。「沒有，但我有她的一樣東西。在橡樹門育嬰堂，有時候母親會留一樣信物給寶寶，以便回來相認。我母親就留了一個骨頭做的籌碼魚。」

「才不是**有時候**呢，」艾薇譏諷道，顯然是在偷聽。「育嬰堂已經好久好久沒人留信物了。現在留的是收據。這大家都知道。」

「所以妳媽很笨，」黛西接著說：「而且還是個愛賭博的賤人。」

敏拿起盤子往桌上重重放下，盤子上裂出一條縫。她的手在發抖。「至少她關心。至少她留了東西給我。」

「說不定只是碰巧，」黛西咧嘴笑道：「其實她是想把妳放到賭桌上當賭注。」

艾薇臉上沒有笑容。「妳這下糟了，黑烏鴉。妳打破盤子。我的天哪。梅亞爾太太會怎麼說？但願不會有人告訴她。」

「閉上妳尖酸刻薄的嘴！」敏的怒吼讓我打了個寒顫。她其實並不內向或拘謹。在我心裡點燃的怒火也同樣在她心裡燃燒。

是這一條線，將我們緊緊繫在一起。

17 朵蘿西亞

當然了，這一天終究是要到來的。我年滿二十五歲了。媽媽離開人世時，也不過長我兩歲。多麼令人憂傷的反思。

儘管爸對於我的特立獨行有諸多不祥的預言，我在鄰里間似乎仍頗受喜愛——至少，我的錢是。一整天裡，門鈴響個不停，讓女傭們為了收禮奔來跑去。威奇並不開心。不過，今天一早送來了一束花，我讓蒂妲將花插入花瓶放到鳥籠旁，牠倒是頗感興趣，立刻跳上棲枝，偏著頭細看每一朵花。

「這份禮沒有字條，小姐。」蒂妲心知肚明地說。

「咦，太奇怪了吧。」

低垂的藍鈴花——象徵「堅貞」。黃色的金合歡代表「祕密的愛」。粉紅山茶花的花語是「渴望妳」。沒錯，我非常清楚這是誰送的。

我不禁好奇，倘若我此時是大衛的妻子，會如何慶生呢？會不會根本沒有閒情或財力來紀念這一天呢？我想我應該寧可圍繞在身旁的是警察與他們值得尊敬的妻子，而不是我宴會上的賓客。總覺得他們的影響能讓我有長進。大衛為我指點正確的方向，一如我幫助露絲。還真是個古怪可笑的念頭！

真心希望大衛沒有花太多錢買花送我。就我自己而言，我可是極盡可能地節省花費。爸爸給我一張銀行券買新禮服，但我只花了一小部分，其他的都為我和大衛的未來省下來了。裁縫師的功夫還不錯，利用一點小巧思，將水仙黃色的絲布，搭配尖腰身與彈帶褶裙製成禮服。露肩的袖子由五排蕾絲荷葉邊連結而成。我胸前別著一朵布花，正好搭配蒂妲會為我插在髮梢的鮮花。總而言之，我不會丟自己的臉，雖然賓客們可能會預期以我的財力，打扮起來不會只是如此。

我發現自己最近訂製衣裳總會想起露絲・巴特漢。想像著年輕女孩在狹仄的空間裡縫製我的宴會禮服，就覺得心裡不舒坦。當然，我並不相信露絲說她會將恨意縫入針腳中的這番荒唐言論，但我仍心存疑問：她們**真的**鄙視我嗎？這些女裁縫弓著背坐在椅凳上，埋首針線時，是否對這個讓她們手不能停的淑女滿懷怨恨呢？也許，窮苦女裁縫的困境是我接下來應該關注的事。爸爸沒得抱怨——至少這和服裝時尚**有關**。

今天的他坐立不安。他很樂於舉辦宴會炫耀我們家，但我感覺到他不停地瞄我，就像水果販子留意攤上的貨品一樣：急著想在它們變軟以前趕緊賣掉。沒有人想擔負著過熟的貨品。若是嫁個好歸宿，我還能為他博得一點好名聲，但假如再嫁不出去……就會讓他抬不起頭。會變成累贅。這是爸爸最厭惡的事。

這讓我感到傷心。我相信爸爸不是有意的，但他令人沮喪的評論彷彿暗暗地譴責我做的一切。他希望將我像蝴蝶一樣釘起來：成為美麗的展示品，堅守在自己的位子上。沒有生命。

我發現我無法盡女兒的本分去敬仰他。他輕視我的慈善行為，詆毀我的宗教信仰。我不認為他是壞人，不是出自內心的壞，只不過他太常表現出壞的一面，讓我很不自在。

日復一日，我期望看到他的顱骨有所改善，疼愛子女的器官能變大，激動、好鬥與破壞的區塊能減少。我期望他有所改變。

今年並沒有。

如今宴會結束了，我可以宣稱是圓滿落幕。整體而言，無可抱怨。我的禮服滾了蕾絲，頭髮也花了許多時間梳整。過去幾個星期，蒂妲一直在收集我梳子上的落髮做成假髮。她手很巧，在我耳朵下面捲了幾根辮子，還讓我後腦勺的髮髻多了許多披散而下的髮鬈。再加上黃花點綴，看起來時髦，也不可笑。

假使賓客也是如此就好了。

我才剛要下樓便聽見客廳傳來尖笑聲。我兩隻手臂頓時起了雞皮疙瘩，還不自主地哆嗦一下。那個姓皮爾斯的女人，**已經**來了。

她正端著一杯雞尾酒和我父親站在爐火前：他在壁爐這一頭，她在另一頭。迷人的畫面，若換作是另一對男女的話。

她一見到我，一對柳眉立刻揚得老高，微笑也僵在臉上。她將酒杯放到壁爐架上，張開雙手步上前來。

「甄愛小姐。我**最親愛**的。祝賀妳生日快樂！」

她雙手緊抱著我，又在我臉頰兩邊各親一下，我不得不忍耐。她的肌膚散發出一陣茉莉花香，嗆得我幾乎窒息——簡直像是咬到一塊肥皂。

「來，讓我瞧瞧。我說呀，妳都長這麼大了，而且一天比一天標緻。像極了妳父親。」

我費力地想說句讚美之詞作為回報，但說實話，真是難倒我了。約莫兩年前，皮爾斯太太剛來到橡樹門時，正是她為亡夫守喪的最後階段。她依照習俗，穿著淺淡。不料呀，自從脫去最後一件喪服後，她所表露出來對色彩的喜好竟如此鮮豔、如此**喧鬧**，惹得我頭疼。我不禁想像皮爾斯先生是因為長期暴露其中，而罹患了中風之類的疾病。

「太謝謝妳了。還有皮爾斯太太，妳這身衣裳是那麼地……橘黃。請告訴我，這顏色該怎麼稱呼來著？」

「南瓜橘。」她高興地拍拍上身。「我是打定主意要讓它**獨一無二**。跟隨流行沒什麼好處——妳得創造流行！」

「妳聽聽，妳聽聽。」爸爸舉起杯子。

我應該輕而易舉就能把她推進爐火中。哎呀，聽起來真是刻薄。也許我不是故意的，只不過一身俗麗的她近在眼前，實在太令人難熬。她始終保持著十多年前的髮型，因此那顆頭佔的空間大得不成比例。巨大的阿波羅結髮型，一把愛神之箭從中穿過，其餘部分都整成所謂的「中國風」。

有個這麼前衛的皮爾斯太太，爸爸怎能說是**我**害他在朋友與他們的女兒面前丟臉呢？不過她的與眾不同受到時尚報刊讚賞——差別就在這裡。

就在這時候門鈴響起，更多客人到了。爸爸堅持要親自去迎接他們，讓我們兩個淑女「扯扯淡」。這個粗俗字眼是他從皮爾斯太太那兒學來的。

「甄愛小姐，」她露出媚笑說道：「呵！我好喜歡喊妳的名字。太浪漫了，不是嗎？」見她將頭高高一甩，朝自尊的核心仰起，我便知道她在想像自己冠上這個姓氏的那一天。

「不過，」她壓低聲音，像在說什麼悄悄話似的接著說：「我可不是要妳拖延著不改換姓氏喔。有**一些**交易是讓人十分樂意的。」她揮著扇子。「比方說『畢格維茲夫人』……聽起來永遠是那麼悅耳。」

依我說呢，我覺得聽起來很像狄更斯《匹克威克外傳》裡人物的名字，但「哈吉斯太太」好像也好不到哪兒去。天哪。**哈吉斯太太**。平凡又乏味。我恐怕得慢慢適應。

謝天謝地，忽然湧來一群客人加上樂師也到了，需要我去招呼。我簡單道個歉，就此擺脫了皮爾斯太太整個晚上。

暮色漸漸降臨，蠟燭隨之點亮，映照得宴會廳裡的水晶吊燈熠熠生輝。來客主要都是女性：我舊時學堂的同學以及同住在這一區裡，爸爸希望我交往的幾位富家千金。她們走在上過蠟的地板，裙襬窸窣作響。我瞧見兩位密友，歐寧家的小姐，站在一個玫瑰花甕前，心想今晚或許還是能愉快度過。她二人都與我興趣相投。小菲是個熱心積極的改革者，而蘿絲學習的不是顱相學，而是面相學，她認為臉部輪廓透露出的答案比顱骨更多。

我已經許久未見她們，我們有很多話題可以討論。然而，我自由的時間並不長久。我正興致勃勃地與小菲．歐寧談論刑罰制度，爸爸卻碰碰我的手臂，打斷我們說：「朵蘿西亞，我來跟妳介紹一下，親愛的。」

我無須多所猜測便能確定我即將見到湯瑪斯．畢格維茲爵士了。

我和小菲行了屈膝禮，我則大膽地抬眼偷窺。湯瑪斯爵士並不如我預期的那樣愚蠢可笑。他穿著體面但不花俏，褐色天鵝絨衣領的樞機紅外套，底下的巧克力色背心很樸素，並無浮誇的圖案，儘管這似乎是時下年輕人追求的**時尚**。只可惜，我從這個角度看不見他的頭。

「湯瑪斯．畢格維茲爵士，容我向你介紹小女朵蘿西亞．甄愛。我知道你一直很想見見她。這位是她昔日的同窗，菲蘭西絲．歐寧。真高興能見到妳，親愛的菲蘭西絲。」爸爸得意地覷我一眼，彷彿在說**瞧瞧我為妳找到了什麼**。「朵蘿西亞，我應該提過吧？湯瑪斯爵士來自格洛斯特郡。」

「是的，你提過。」以此開啟的話題太過貧乏，我完全想不出有什麼關於格洛斯特郡的事能問這位準男爵。「那麼……你怎麼會到橡樹門來呢，湯瑪斯爵士？」

「家姊。原由有些曲折。」他忍住呵欠。「她過的就是那種日子。一個與世隔絕的寡婦。我要是想看點熱鬧，就得跳上馬背疾馳而來。」

我只能強裝鎮定。

湯瑪斯爵士是那種喜歡模仿自家小馬夫舉止的年輕人。我不必擔心他。我恐怕引不起他的絲毫興趣，更遑論正經的打算了。

「湯瑪斯爵士的姊姊，」爸爸低聲說：「是摩頓夫人。妳記得摩頓夫人嗎？」

他這麼一說，我確實看出兩人的相似之處，都有個秀氣的鼻子與一雙微斜的惺忪睡眼。我大感震驚。摩頓夫人是母親的友人，但我沒想到她還活著。最近幾年，她肯定都待在石楠地莊園足不出戶。

「噢！那麼務必請你代我問候夫人一聲，好嗎？」

「我會的。」湯瑪斯爵士說。

我幾乎是喜歡他的。畢竟他並不難看，他的沙色頭髮亂得極具特色，一如攝政王時期時尚繪板上的風格。他的兩鬢，司掌秩序的器官不大，表示他是個粗心大意的男人，想找的東西永遠找不到，處理的事務也始終處於混亂狀態。我眼前便有明證：他繫了領帶，卻打得鬆鬆的，而且與其餘的穿著也不太搭。

爸爸將頭一低，就好像湯瑪斯爵士給了我們莫大的讚美，他一邊說道：「看到你們終於互相認識，真是太好了。我親愛的朵蘿西亞，用餐時間就快到了。妳身為主要貴賓，當然得第一個進去。我想，湯瑪斯爵士正是妳男伴的適當人選。」

在我身側的小菲有些垂頭喪氣。可憐的小菲，她即使挽著僅有一半財富的男人的手，都會覺得飄飄然。要是能把我那些討厭的追求者全送給她就好了。

「這無疑是我的榮幸。只不過，爸爸，我以為帶領我進宴會廳的會是**你**呢。」

他不自然地笑起來，拍拍我的手說：「我？不，不。妳這樣的美人兒可不希望旁邊站著一個古板老頭。還是跟湯瑪斯爵士一塊兒進去吧，我會非常開心。」

「當然了，我十分樂意。」

湯瑪斯爵士只是欠了個身，但我想這已足以代表同意。

我挽起湯瑪斯爵士手臂時，所有人的目光都轉向我。我那奶油色絲質緊身上衣底下的胸口好像縮緊起來。皮爾斯太太用扇子遮住嘴，低聲和爸爸說話。小菲對我投以羨慕的眼光，而去年有意追求我的道林先生簡直一臉苦相。我知道，他們腦中都浮現一個畫面：上流社會婚禮，我與湯瑪斯爵士手挽著手走出教會。

他身上有胡椒與馬的味道，袖子底下的肌肉沒有大衛結實，肌肉線條也沒有大衛的清晰。有一刻我暗忖，嫁給他將會有多麼忘乎所以的自毀感覺。痛苦但令人欣喜若狂，就像跳下懸崖。

我們帶領著一對對賓客穿過舞廳進入餐廳。我很高興看到女僕們排列展示在邊櫃上的瓷器餐具，都能互相映襯相得益彰。食物方面，我小心下達的指令也獲得回報。雖然我們稱之為「晚餐」，餐點卻比大多數的晚宴更豐盛：果凍、水果塔、混合堅果、豬腳與杏仁膏都各就其位。唯一的疏失是皮爾斯太太的果乾布丁——遍尋不著。真是太可惜了。

「我發現你們準備了鳳梨。」湯瑪斯爵士說：「妙極。」

事實證明這是他製造話題的極限。就某個程度而言，他堪稱有君子風度，無須提醒便會主動為我拿取食物與酒飲，但他觀察的時間多於交談。我不時看見他的視線在我與爸爸之間轉移。在評價著。

可以預期的是，皮爾斯太太把握了機會挽著我父親的手入席。她宛如水蛭般緊黏著他不放，一隻頂著可笑髮型的橘色水蛭。說實話，我每次看到她，對她的頭型總會有新的、可悲的發現。那頭骨如此之寬、如此之圓——象徵了自私的特質，獸慾更是不在話下……

「湯瑪斯爵士，」我轉動著酒杯腳開口說道：「令姊摩頓夫人在石楠地莊園沒能好好招待你嗎？」

他噗哧一笑。「那可不。我敢打賭有些地下墓穴都還比她的莊園有生氣。」

「那你為何還與她同住？」

「唉！責任呀。雖然令人厭煩，但能怎麼辦呢？有這麼長遠的關係，總不能置之不理吧。」

我微微一笑。「我相信如此關心家人是你的一大優點。告訴我，摩頓夫人是否身體欠安，因此不輕易拋頭露面呢？我很確定，多年前她經常來探視家母。難道她忽然變得不喜與人來往？」

若換作他人可能會覺得受冒犯。湯瑪斯爵士卻只是啜一口酒，說道：「忽然嗎？甄愛小姐，看來妳是沒有兄弟姊妹。我是她弟弟，她長年來對我都是這般粗魯無禮。但別擔心喬治安娜忘了妳，她時常向我提起令堂。要不是得了蕁麻疹，我敢說她會上門拜訪的。」

「蕁麻疹？」

「很可怕的急性疹子。她身上出現大大的帶狀紅疹，好像被棍子打過似的。但妳可不是從我這兒聽說的喔。妳無法想像，萬一風聲在社交圈裡傳開，她會對我發多大的火。」

儘管他一副滿不在乎的樣子，我仍認為湯瑪斯．畢格維茲爵士是個通情達理的人。他頭顱的理智部分寬大，理想的核心也是，因此他在生活上會傾向於偏好直截了當的事。

「摩頓夫人太可憐了！不過，你別擔心，湯瑪斯爵士。我一定守口如瓶。」

「是嗎？妳可讓我失望了。我滿心以為向妳吐露這個祕密之後，也能得到同樣的回報呢。」

我略一停頓。他這番話似乎在餐廳裡釋放出某種危險信號。難道是在調情？

刀叉碰撞得叮噹響。空氣中有水果與香檳的清新氣味。我吸了口氣。

「只怕這整個晚上都要讓你失望了，湯瑪斯爵士。這種私人舞會到頭來想必都在極力討好你這種身分地位的紳士吧。」

他又啜飲一口，緩緩露出微笑。「我確實不明白妳的意思。」

「就是說呢，你是準男爵，年輕未婚。這整個晚上都有一堆媽媽將她們吃吃竊笑、扭捏作態的女兒推向你、纏著你，希望你能中意。這就如同魚鉤上的蟲餌，毫無樂趣可言。」

他張開下巴。我敢打賭，從來沒有哪個淑女敢這樣同他說話。如此甚好。我發現要拒絕一位紳士最穩當的做法就是有話直說。

「甄愛小姐，妳這麼說是根據妳對我的觀察，或者純粹是妳自己的想像？」

「經驗之談。哎，應該不需要我來告訴你我是家產繼承人吧。」皮爾斯太太發出她刺耳的笑聲。我感覺胃裡的食物發酸。「對於無窮無盡的追求者和滿滿的舞伴名單，我真有說不出的厭倦。」

此時他的確留意到我了，但看不出是感興趣或覺得受辱。「我在試圖了解，」他說道：「妳希望我如何反應。妳若不是想告訴我，用餐後妳完全無意和我一同起身，就是藉由暗示機會難得，在驅策我邀舞。在我看來最簡單的做法就是不置一詞。」

「那麼我也會這麼做，我們就好好享受沉默吧。」

他輕輕哼了一聲，似乎覺得有趣。「明白了，我也被歸入那個陣營了，是吧？無窮無盡覬覦妳財富的追求者？」

「我要是這麼想就太失禮了。」我明顯地瞄向父親與皮爾斯太太。她的手揪著他的袖子，插在她頭上的愛神之箭直指向他。「好吧，我**就**向你透露一事作為回報。是這樣的：為了獲得財富而追求我的人，恐怕會大出意外。」

「此話怎講？」

我壓低聲音，但仍是清晰可聞的程度。「沒錯，我的確有**一點**錢，是我去世的母親留下的。但你想必和我一樣清楚，我父親有意再婚。」

他凝視著皮爾斯太太，她正仰頭大笑。見他面帶嫌惡地撇了撇嘴，我暗自慶幸。「看起來確實如此。」

「假如他們生了一個女兒，我們就得平分我父親的財產。這是最有利的結果。但萬一他們生了幾個女兒或是一個兒子……」

「我明白了。」他臉上已無笑容。

「今晚你要是聽到有年輕人提起向我求婚的事，還請你委婉地讓他們明白。被人以為是另有所圖實在太難為情了。」

「說的也是。」他往後靠著椅背，若有所思。額頭上出現了皺紋。「確實如此。」

大功告成。始終表現得坦率、無所圖的我，果然誤導了他。**皮爾斯太太，妳想冠上這浪漫姓氏還得再等等。**

但湯瑪斯爵士尚未打退堂鼓。「恕我冒昧，甄愛小姐，但倘若真是如此，妳便應該接受大批熱烈追求者的其中一位才是明智，不是嗎？親事能提供保障，也能讓妳自己和甄愛先生都獲得圓滿結果，不是嗎？難道妳想扮演繼女？」他投向皮爾斯太太的眼神，暗示著只有傻子才會有此打算。

我雙頰漲熱。一想到他說的「扮演繼女」，我便怒火中燒，而湯瑪斯爵士的忠告也使這把火燒得更旺了。說到底，他憑什麼說我應該嫁人？他對我根本一無所知！但會有這些不愉快的感覺，除了我自己，怪不得別人。一開始我就不該毫無顧忌地與陌生人攀談，太魯莽了。「我暫時沒有結婚的打算。」我口氣僵硬地回答。

經過一陣尷尬的沉默後，他再次靠向我。「今晚若是結束在這個話題，我會很遺憾的，甄愛小姐。對消化有不良影響。來吧，我們開心點，說說其他的。」

我淺淺一笑。「樂意之至。我正好有個適當的提議。湯瑪斯爵士，請容我和你談談你的頭型吧。」

18 露絲

在家裡做針線活時，我想休息就能休息，在梅亞爾家卻不行。哪怕我只是動動腳，雙胞胎都會瞪我：一模一樣兇惡的眼睛，越過步調一致地往下插的縫針看著我。

我自己的眼睛則因為持續不斷地目不轉睛，整個乾透了。每一針看起來都有兩個影像。我開始擔心，會有更多女人在不知情的情況下買了我做的衣服，結果失明。

當樓下時鐘敲響八點，凱特終於猛地起身離開房間。其他女孩開始收尾打結。看來，八點是收工的時間。謝天謝地。就我估計，我們大概是從早上五六點一直工作到現在。

我的中指末端印了一個紅圈，戴頂針的緣故。我的手因為抽筋縮成爪子狀，我不敢去想這爪子會做出什麼事來。

大夥兒忙碌收拾之際，我壯膽和敏說幾句話。

「我們現在要做什麼？」

敏正要開口回答，樓梯忽然想起咚咚咚的巨大響聲，地板跟著晃動。奈兒、艾薇和黛西都轉頭朝我們這邊看。

敏的鼻孔又張開來，姿勢也變得僵硬。

「怎麼了？」

門回答了我，它砰的一聲撞到牆壁，好像被強風吹開似的。梅亞爾太太大步跨入門口，比我印象中還要高大壯碩。

「她在哪？那個弄壞我瓷器的壞蛋、野蠻人在哪？」

那不是瓷器——只是個陶盤——但沒有人敢這麼跟梅亞爾太太說。尤其當她嗓門尖銳的程度足以刮下皮來。

「妳以為可以藏得住，是不是？」她像一陣風似的掃過來，一把抓起敏的手腕。是她的右手腕，缺了根指頭的那手。「以為我不會發現？狡猾無恥的東西！」

「那是意外！」敏說道，但梅亞爾太太打斷了她。

「沒有什麼意外，丫頭，只有粗心。妳天生就粗心大意。」

我或許厭惡梅亞爾太太，咆哮尖叫，活像童話劇裡的巫婆。可是當我看到凱特，躲在門邊暗處——我才中斷了一次呼吸。

她顴骨高聳瞪著眼看，面無表情，讓人覺得毛骨悚然。此時，孔雀藍連身裙不再襯托她的美，而是顯得不協調，屬於另一個世界；對照凱特突然變得蒼白的膚色，那鮮豔色彩十分怪誕。

「得要我再教妳一遍嗎？」梅亞爾太太繼續說著：「需要把規矩再跟妳說清楚嗎？」

「不用。」敏說。不是哀求。這讓我欽佩。

凱特手裡不知抓著什麼：那東西在她腿邊前後晃動，緩慢地畫出小波浪狀。是撥火棍。從樓下壁爐邊拿來的撥火鐵棍。

「我來吧，母親。」

「很好。二十下。只有這樣才能讓她們學乖。」

凱特悠悠地走進工作坊，用空出來的手抓起敏的另一隻手腕，和我的距離近到幾乎觸手可及。山谷百合的氣味鑽進我的鼻孔，長驅直入我的咽喉。

「不要！」敏大喊。

她們將她拖出房間。

我半以為雙胞胎會笑。但她們沒有。即便在門當著我們的面關上，我們聽見敏的鞋子刮擦過遠處的地板，她們仍一臉嚴肅，直盯著牆看。

「她們不會打她吧？」我悄聲問道：「我是說，不會用那根撥火棍吧……」我的胸肋間扎了一下，一個幽靈般的感覺。我原以為羅莎琳．歐戴克的靴子已經夠痛了。

黛西將落在前額上的幾綹頭髮往後撥。「妳就不必煩惱了。那個黑妞不會覺得痛，她跟我們不一樣。」

我從未聽過這種蠢話。我將右手臂的焦糖色衣袖慢慢拉高，我的手依然像隻爪子——我硬把它握成拳頭。

「是妳們做的。妳和艾薇。所以敏才會……」

奈兒觸摸我的肩膀。「是她總比是妳好。」

我恨透她們每一個人。可以的話，我會搧她們耳光，但樓梯又再次傳來重重的踩踏聲。

梅亞爾太太再次出現。她臉頰漲紅，一雙小眼睛閃著光。

「勞煩妳了，梅亞爾太太，夫人。」奈兒說：「已經過了八點，能不能讓女孩們下工，或者還需要我們幫妳做什麼嗎？」

梅亞爾太太下巴的肌肉放鬆了，看起來比平常更加沉穩。「其實呢，奈麗，今天摩頓太太上門來了。那件黑色緞子和網紗得在這個週末以前趕出來。」

「這……比原來預定的時間還提早了兩個星期嗎？」奈兒臉上毫無表情，語氣毫無起伏。我暗想，在這個地方她還喪失了些什麼。

梅亞爾太太嘴角漾起微笑，下巴旁出現了皺紋。「正是。丫頭們，拿起妳們的繡花針吧。這一夜可長著呢。」

經過那次之後，我就不在乎我做針線活的時候想什麼了。梅亞爾太太的客人為什麼就不能看見鮮血閃現的畫面，或是染上天花？既然為她們做衣裳的女孩都被打得青一塊紫一塊了。可憐的敏。我從來沒看過誰用撥火棍打人，光是想像就覺得皮膚發疼。凱特會不會用燒熱的撥火棍燙她呢？我好奇的是，烙在那麼黑的皮膚上的烙印會不會有什麼不一樣？

我很快就知道了。

第二天的展開與前一天大同小異：清晨一早起床，等凱特來開門，空空的水桶。唯一不同的是我。我內心有樣東西碎了。我心軟，看不得敏受苦。

洗澡時我得幫她脫下衣服。她背上的傷口已經結痂，變乾後將粗呢睡衣黏在皮膚上。疤痕在她肩上縱橫交錯，呈銀白色。這不是頭一回。我還沒來的時候，是誰幫她？難道是她獨自掙扎著完成？

周遭的女孩沒有發出任何憐憫的聲響；沒有哆嗦也沒有哭泣。於是我第一次，大膽地正視她們，儘管她們全身赤裸。但我看見的景象在我心中拆掉了一針。

她們全都有自己的疤痕。

19 露絲

我們坐在廚房裡，就快吃完早餐了。我兩三口便囫圇吞下肚。還在家裡的時候，我以為我們很窮，但至少我們吃的麵包還比較厚。在梅亞爾家吃的分量大概可以用來餵麻雀，麻雀說不定還不屑一顧。

我才剛把喝光的杯子放到桌上，便傳來叩叩叩的急促敲門聲。奈兒猛地集中注意力。「是後門。」她說。

敏驚慌地蹙起眉頭。

「快點，米莉安。」艾薇拖長了聲音說：「妳該不會是想偷懶吧？」

「我去。」我說道。

還沒有人來得及攔我，我便跳下長椅。

磁磚地板還濕濕的，我小心地走過去，以免滑倒。我磨蹭著腳步和媽走進這個房間，聞到裡面的味道還皺起鼻子，竟好像已經是十年前的事了。

在門口等我的人……不會又是媽吧？回來說她犯了天大的錯誤？

我全心全意祈禱的同時，打開了門。

是比利．魯克。

我想妳在報上看過他的新聞，也許甚至看過木刻版畫。他其實說不上英俊，但有種粗獷的魅力。亂髮蓬鬆，有些還從帽子底下跑出來。一雙清澈的藍眼，那顏色美得不可思議，當妳看著他的臉，第一個會留意到的就是那雙眼睛。非常鋒利，幾乎像會割人。

「哈囉，」他面露微笑，下巴隨之出現一個小酒窩。「妳是新來的。」

「我叫露絲。」我傻傻地說。

「這樣啊。比利．魯克。」

他伸出手來。我握了他的手。我還記得那隻手包覆住我沒有血色的手指時，感覺有多溫暖。

「那妳可以幫我個忙嗎，露絲？」

「不知道……你想做什麼？」

他笑起來。輕鬆的，樂天的。我有多久沒聽到這種笑聲了。好像奇蹟一樣。

「她們沒跟妳說過我，是嗎？我是妳們的布商。應該說，老魯克才是。我把妳們要的布料都送來了。」

「噢。我不知道要放哪裡。梅亞爾太太和梅亞爾小姐現在在前鋪，不過我可以……」

他越過我肩膀一比。「沒問題，妳後面那間雜物間就很好了。來吧。」

他兩手插進外套口袋，轉身穿過院子走向木門。斷斷續續的旋律隨著夏日微風飄向我。他在吹口哨。

我不認為離開房子是明智之舉——尤其是在凱特那根撥火棍的威脅下。但眼看比利．魯克即將從眼前消失的那股難受勁，強烈到足以擊敗我的理智。失去他便有如失去這幾個月來呼吸到的唯一一口新鮮空氣。我非跟上去不可。

我踩在腳下的土很髒。我重新走上兩天前與媽走過的路，經過煤洞，走出破舊木門。比利站在路邊一輛馬車旁。一隻健壯的雜色母馬正在車把之間打盹。牠被繫在拴馬樁上。

「秋天的色彩，」比利告訴我：「真快呢。她們一點也不肯浪費時間，妳們那些時髦淑女。」

他打開後門時，我往街上掃了幾眼，抱著一線希望也許會看到媽。但只有擠奶女工和麵包販子。每當想到她孤單一人在這外頭，我的心便又枯萎了一小塊。梅亞爾家外面的世界，感覺已經比我記憶中更大也更吵雜。

「喏，」比利彎身進馬車內，拉出長長一捲用帆布包裹的東西。「這些就是布匹。妳搬那頭，我抓另一頭。」

帆布抓在手心裡會刮人。

布匹其實不重，只是體積龐大不好拿。我可以理解為什麼比利若要獨自將布搬進梅亞爾家會很吃力。他很有風度，自己倒退著走，讓我可以看見台階與木門。不過老實告訴妳，我沒法抬起臉來。順著那捲布盯著一個年輕男子看：感覺太親暱了。我整個人熱燙燙，脹大到身體已經無法承載。

我從未交過男性友人，也很少見到和我年紀差不多的男孩。忽然間，這個二十出頭，耀眼又那麼親切的人竟出現在眼前。我心裡升起新的、心慌的感覺。我的束腰好像束得更緊了。

但即使我臉紅，比利也沒注意到。他繼續對著我喋喋不休。「妳會喜歡這一匹。顏色好吸引人，是紅棕色，像馬栗的顏色，也許再深一點，像……凱特小姐的頭髮。」

「奈兒的頭髮是肉桂色。」我想也沒想就回答。我頓時雙頰發燙，真想咬掉自己的舌頭。

但比利似乎很高興。「哎呀！就是說啊。我從來沒這樣想過。肉桂色。那妳的頭髮呢？這要怎麼形容？」

「亂七八糟。」我說。

他笑了。「妳還好啦，露絲。」

我們從車上搬了六七匹布，堆放在雜物間的地板上。我肩膀發疼，但沒我預期的那麼糟。我力氣已經比以前大了。

我和比利並肩而站，喘口氣。他的帽子歪斜了。

「來吧，」他從口袋拿出一把刀。「想瞄一眼嗎？」

他熟練地蹲低身子，割開帆布。焦橙色、草綠色、赤褐色、紫紅色，還有紅棕色。就跟他說的一樣。

「妳看那天鵝絨！裁剪下來搭配貂皮，就是一件漂亮得不得了的披肩了。」

我伸手去摸。柔細得有如肌膚。我好想彎下身，將臉頰貼在這些布上。那樣會有差別嗎——如果我是撫摸而不是刺破這些布料？也許吧。但這輕柔、舒服的感覺很難持續，它熄滅的速度比恨意快多了。

「應該要付你錢對吧，」我勉強地離開天鵝絨，說道：「我不知道這要怎麼做。需要我去請梅亞爾太太來嗎？我進前鋪她可能會不高興……」

「不用。趁著還沒被兇婆子逮到，妳最好趕快回去做妳的針線活。」他眨眨眼。這讓我喉嚨裡產生一種奇怪的動靜。「我不會有事；凱特小姐準備好就會來找我。」

我失望地拖著腳步走出雜物間。比利將刀子收進口袋，隨我出來。現在換我走在前面，而不是跟在凱特和其他女孩後面，這種改變很不錯。可是當我正要進廚房（敏肯定還在裡頭忙著洗盤子），一轉頭，卻見比利起步就要爬上神聖的地毯階梯。妳可以說他是一派輕鬆自在，就好像這是全世界最自然的事！我停下來，滿心惶恐，不知該不該阻止他。他人已經不見了。

進廚房時，我的腳步變得不太穩。我讓他進來，會不會給自己惹上麻煩？萬一他偷了什麼東西呢？如果敏只因為弄破一個盤子就挨打，我的情況更嚴重。我想起那根少掉的手指……

不出我所料，敏果然在廚房，但其他女孩也都在。她們閒坐在餐桌旁，敏在洗碗。要是被凱特發現我們在偷懶，所有人都會受罰。不過奈兒看起來很輕鬆，沒有不安的神色，肩膀也不像平時拱得那麼高。就連艾薇也不再皺著眉頭。

「是他，對不對？」她問我：「魯克先生。」

「是啊，怎麼了？」

艾薇把頭往後一仰，吐了口氣。「謝天謝地，接下來這一整天她都會是好心情。」

我呆呆看著她們。「誰啊？妳在說什麼？」

艾薇不耐煩地揮揮手，好像跟我沒什麼好說的。

奈兒從桌邊站起來。「魯克先生是凱特小姐的未婚夫。他沒告訴妳嗎？」

羅莎琳．歐戴克的靴子：我只能這麼形容，我胸口裡頭有個東西陡然一沉。當然了，凱特，翹鼻子細柳腰的凱特，擁有一切。所以他才會拿天鵝絨比擬她的頭髮。

而我則只是個傻氣、癡心妄想的十三歲女孩。

「凱特都被他寵壞了，」黛西說：「幸運的賤人。我也希望有人會替我沖泡飲料、買戒指送我。妳沒看到嗎？她手上那顆藍寶石？肯定花了他一年的工資。妳可以用那個把人的眼睛挖出來。」

敏打了個冷顫，好像她再清楚不過了。

藍寶石是屬於凱特的寶石。又是一種深不可測的藍。而比利的眼睛，那較清澈、淺淡的色調也能與寶石匹敵。

「好啦，」奈兒走向櫥櫃說道：「既然魯克先生來了，我最好把可可片拿出來。」

我從來沒嚐過可可。我喝的都只是氣味：香甜、誘人還略帶一點胡椒味，從樓下房間一路飄上來。好像夢，也好像華麗的衣袍。妳可以感覺到那種質地。

女孩們說比利．魯克泡的可可是全國之冠，甚至比倫敦店鋪賣的還好喝。但我不確定怎麼會有人知道，因為他從來都只為凱特小姐沖泡。

那天她回到我們這兒來時，嘴唇上方有一點褐色汙漬。當她帶著微笑走來走去，自己哼著歌，絲毫未察，那汙點顯得有些色情，甚至近乎猥褻。比利沒有注意到，沒有把它親掉，我覺得未婚夫就應該做這類的事。

那天下午，沒有爭吵、沒有打人。但我以為比利到訪的放假心情會持久，是我錯了。

隔一星期，當我半睡半醒間踉踉蹌蹌爬上閣樓，忽然覺得有點不對勁。空氣受汙染了。這很不尋常。凱特總是將工作坊維持得一塵不染，以便保護布料；這裡沒有壁爐，不會產生煤煙，散布煙塵可以說跟咒罵人一樣惡劣。但就是有些什麼。一種味道。

凱特人在樓下，將新布匹陳列在展示櫥窗；否則她應該會注意到。但我實在太累，無心多想。

我看著奈兒打開抽屜——那天早上鑰匙交給她保管——取出我的針線。有三件做了一半的便宜貨，我得在一小時內完成，然後才跟其他人一起做當季舞會禮服的上身。

前一天晚上，我將我的活兒用針別住收放在一只柳條籃裡，並將整個籃子放進房間後側的一個空櫥櫃。其他人都不會把沒做完的活兒留過夜，但我猜想這是因為客人等不及，又怕凱特責罵。

我錯了。

籃子比我印象中來得重。很沉。我把它放到針線桌上時，發現雙胞胎在看著我。這也沒什麼奇怪——我覺得光是看我這張臉，對她們來說就是一種樂趣。所以我繼續動作，比起艾薇和黛西，我的注意力更集中在那怪味上，然後我將手伸到摺起的棉布底下，準備從籃裡拿出我的活兒來。

「噁！」我連忙縮手，將手指舉高。黏液。淡黃色，鹹鹹酸酸的。「這是……」

有人很快地倒吸氣。是黛西，在忍住笑。

「妳做了什麼？」我驚慌地將籃子倒蓋過來，翻弄著我縫製一半的棉布襯裙。全部都沾上那相同的、像痰一樣的東西。而夾藏在中央，有兩副骨頭。是昨晚吃剩的魚骨。

魚沒吃乾淨。灰色細條的魚皮掛在尖刺上，其中一條魚的頭上還留著鱗片和眼珠。牠直瞪著我看。

我氣憤到了極點。我原本可能會朝她撲過去，衝到桌子另一頭，扯斷繩子拿起剪刀。但就在這時候，地板被凱特踩得吱嘎響。

「這是怎麼回事？」她的表情就跟她拿著撥火棍那天晚上一樣：五官整個石化了。

我是膽小鬼，我承認。在她冰冷眼神的凝視下，我的滿腔怒火全都熄滅了。「我……」

此時，沒有笑聲。每個人都全神貫注，看著凱特的眼睛迅速地在被毀的襯裙與我之間來回溜轉。

她一定知道不是我做的。我**為什麼**要這麼做？敏和奈兒知道實情；她們會替我說出卡在我喉嚨裡的話。

對吧？

沉默開始令人感到疼痛。

最後凱特終於開口，她的聲音一出像開槍似的。「煤洞。」

我瞠目結舌看著她。

「煤洞。快。」

我還沒能回神，她已經走過房間，將我一條手臂扭到背後。她推著我，這回我走在前面，出了房間後下樓梯。

「又多了三件襯裙要賠。妳這輩子都離不開這裡了，露絲。」

「我沒有……」她踩到我長外衣的衣襬，我猛然往後倒。

我比她壯，也比較重。要不是我的手臂被她扭轉的角度太大，我也許可以掙脫。可是掙脫之後呢？在我攻擊她女兒的那一刻，梅亞爾太太就不會再仁慈了。出手攻擊就等於簽下媽被關進債戶監獄的逮捕令。

我們來到了一樓。**煤洞**。凱特是什麼意思？在某個神智不清的時刻，我以為她要帶我到外面去，把我塞進院子裡那個狹窄的滑槽。不料她猛地將我轉身，手指向廚房。

裡面的地上有個活板門，我之前沒注意到，敏忙進忙出時，我都只顧著囫圇吞我的寶貴餐點。現在我看到了那些可怕的木板條，以及從縫隙間透出的陰暗。我想，我還是寧可選擇滑槽。

凱特用另一隻手打開門栓，拉開活板門。

「這是……」

她推了我一把，很快地。

我跌倒了。

疼痛劃過我的手臂、膝蓋。我咳了起來。舌頭嚐到苦澀的硫磺，胸前沾上粉末。活板門再次咿呀作響，我的世界變得一片漆黑。

我看不見，也幾乎無法呼吸。驚慌之餘，我用擦破皮的雙手摸索著，想找到出路。

無處可逃，四下只有堅硬的、隱約呈圓形的形體。院子裡的滑槽就是通到這裡來，這是放煤的地方。有骯髒、煤黑色的石塊。還有我。

洞頂太低，無法站起來，我只好蜷曲身子躺在濕地板上。黑暗不斷擴散，吞噬了我。我欣然接受。也許我會在這底下，在煤炭間，窒息而死。

20
朵蘿西亞

「老爺要找妳說話。」

天哪。

我吸乾寫給小菲的信的墨水漬，同時趁機調整出滿不在乎的表情。「是嗎，蒂妲？他怎麼不自己來找我呢？」

她紅通通的臉探進半掩的門，往房裡覷，人一半在裡一半在外，看起來很滑稽。

「那可不關我的事。我只是依吩咐來找妳過去。」

我嘆氣說：「那好吧。他在哪裡？」

「書房。」

這不太妙。我無疑是要承擔與湯瑪斯．畢格維茲爵士那番談話的後果了。真希望能在我房裡，在我自己的地盤，面對接下來的爭執。但爸爸叫我去：肯定意味著他不高興。

收拾好寫字用具後，我對威奇吹吹口哨。牠吱吱喳喳回應，給了我些許勇氣。蒂妲就沒發揮什麼安慰作用。她閒閒站在門邊，等著親自陪我過去，好像不放心我一個人似的。和在新橡樹門監獄沒有太大不同！

我裝得滿懷自信大步下樓，不理會蒂妲。我敲敲書房的門。

「進來。」爸爸說。

書房是家裡頭較陽剛的房間之一，擺設了深色桃花心木家具，呈現一種深沉、陰暗的紅。跨入門口時，我心裡一凜，因為一進門左手邊的玻璃櫃裡有一隻狐狸標本，另外還有個鐘型罩罩著一隻渡鴉，反倒讓人無心欣賞以摩洛哥山羊皮裝訂的書脊上的美麗雕花。標本剝製師從來不會設法讓動物擺出宜人的姿態——一定總是瞪大眼睛或是齜牙咧嘴。

爸爸坐在書桌後面的皮椅上。陽光從窗戶灑入，照在他的黃銅檯燈上閃爍不定。他手裡拿著一封信。「朵蘿。快進來。坐下。」

我坐了下來，徹底做好了被申斥的準備。爸爸分秒都沒有浪費，立刻衝著我揮舞那張紙。

「朵蘿呀，妳成功了。我不知道妳對湯瑪斯爵士說了什麼，但這回妳的確成功了。」

我張開乾燥的嘴。我還能說什麼呢？

桌上平躺著一個信封，一角貼著紅便士郵票，寫上我們家地址的筆跡我不認得。看到之後我滿心困惑。難道我的行為讓湯瑪斯爵士深感受冒犯，以至於他竟寫信給爸爸？

「妳一定讓他留下很好的印象，」爸爸接著說：「因為我們受邀到石楠地莊園用餐！」

我冒汗的手心從椅子扶手上滑落。「你說什麼，父親？」

「是真的！」他露出燦爛笑容。「摩頓夫人鮮少宴客，這妳是知道的。這可是特別的禮遇啊，朵蘿。湯瑪斯爵士對妳肯定有莫大的好感。」

「我……我不相信。」

「瞧瞧這個，這是他親筆所寫！」

爸爸重重將信放到桌上。湯瑪斯爵士的字跡潦草，而且有點髒髒的，一如我所料。唉，我太笨了！我現在才想到擁有湯瑪斯爵士那種頭型的男人，不在乎外貌，對於裝模作樣也不為所動，**當然**會更喜歡坦率的說話方式。他會**喜歡**我展露我的學識並拒絕掩蓋關於我自身財富的真相。我之前怎麼就沒想到呢？

「哎呀，」我用了個空洞字眼填補沉默。「我……我得想想要穿什麼。」

爸爸笑起來。「乖女兒。我以妳為傲，朵蘿西亞。做得好。」不知怎地，他的讚美讓我自覺不潔。「我就知道妳遲早會做到的。」

我回到房間，噁心欲嘔。我幾乎覺得挨罵還比較好。

但話說回來，只是用餐罷了。也許湯瑪斯爵士坐困在姊姊家，便利用我來個無傷大雅的逢場作戲。我對他吐露了那些話，他不可能會有什麼**認真**的打算。這只是意味著他喜歡我，老實說，我也並不**討厭**他。

再說了，能踏足大名鼎鼎的石楠地莊園，見見我暗自以為已經去世的母親友人摩頓夫人，應該會很有趣。不知是湯瑪斯爵士在說笑，或者她真的得了蕁麻疹？說也奇怪，上次與露絲會面時，她竟也提到有一位摩頓夫人向梅亞爾家的時裝店訂製衣服。會是同一個人嗎？

說到這個，我忽然想起露絲在為摩頓的衣裳繡花時，心裡正擔心著米莉安和她被處罰的事。該不會……

湯瑪斯爵士是怎麼說來著？**大大的帶狀紅疹，好像被棍子打過似的**。

不，這太荒謬了！

說到露絲，我已經進一步探究過她編造給我聽的故事。我幾乎沒去見其他囚徒，這個女孩讓我太投入了！至少，關於時裝店，我手邊有了更多材料（這不是雙關語）。儘管看似可怕，但我認為她說的多半都是事實。

由於出了那件事，有關梅亞爾太太的訊息自然多不勝數。我自己也記得那個案子，雖然當時不像現在這麼積極參與監獄事務。那時我們還沒將舊的那棟龐然大物拆掉重建。現在想想，要是能早點對囚犯產生興趣就好了。

報紙圖片上顯示的那張臉正如露絲所描述：方方正正、令人生畏。從平面圖難以分辨，但我確信這位女士頭頂不大，這是十足邪惡野蠻的徵象。

梅亞爾太太雖然外表威武，卻沒有以軍眷身分隨軍生活。她寧可待在家裡，照顧製造女裝與女帽的獨門生意。

梅亞爾上尉命喪於一八二四年的恩薩曼高戰役。這名軍人的評價比妻子好不到哪去：性格嚴苛，喜歡嚴刑重罰。他想必知曉梅亞爾太太對手下女工的惡劣做法——或甚至他就是始作俑者。

結果落得死於非命的報應。

我承認，我不太關心戰爭。在我著手研究之前，根本不知道恩薩曼高戰役是怎麼回事。當時我們的戰士受到阿善提軍隊突襲，最後彈盡糧絕，潰不成軍。當時的總督查爾斯・麥卡錫爵士決定自盡，以免遭俘虜。阿善提軍為了報復，割下他的頭顱並**吃掉他的心**。迷人之舉啊，說真的！

麥卡錫與一名少尉的頭都被敵軍當成了戰利品。我抬頭看著擺在我書架上的瓷雕半身像，不由自主地打了個少有的冷顫。血肉不是那麼潔淨：會有爆裂的動脈、拖曳的靜脈。我可不敢自以為是地認為阿善提人對顱相學感興趣。

我無從得知梅亞爾上尉是否保住了頭和心，但我確實知道他身後留下一名稚女與寡妻，這想必就是凱特琳，或是「凱特小姐」。起初，我對這孩子抱持著憐憫之心：我們倆在同一年失去至親，而她又被丟給這樣一個母親！可是從露絲的敘述看來，似乎是有其母必有其女。事實上，聽露絲提到撥火棍，她好像比梅亞爾太太還可怕呢——這使得審判的案件呈現出不同的、更令人膽寒的一面。

等我下一次探監，無疑便能消弭所有的分歧之處。我的頭顱測量器已備妥，書也準備好了。管他的石楠地莊園——我另有安排，而且肯定更令人興奮許多。

明天，我要去測量露絲·巴特漢的頭。

21 露絲

在黑暗中，時間的逝去很奇怪。我不太可能被關在洞裡太久，她們經不起讓我整天不工作。這我知道。但感覺真的好久。我發誓，在那底下，我變老了。

妳相信煉獄對吧，小姐？我想那裡就像煉獄。像死亡一樣黑暗，但又不夠黑暗，不到我渴望的無知覺狀態。剩下的意識剛剛好足夠折磨我。

這是不是就是媽眼中的世界？無法看透的黑與寒冷？我躺在那煤灰裡的時候忽然想到，也許瞎了的人不是媽。她看到了事物真實的模樣：冰冷又沒有色彩。我們其他人是被幻想愚弄了。

我怎麼都想不通，艾薇和黛西為什麼要這樣捉弄我。羅莎琳·歐戴克至少還有理由。她鄙視我的貧窮，忌妒我的縫紉手藝，而且在其他女孩面前傷害我會讓她顯得強勢。但這次……我根本沒對她們倆做過什麼。她們沒有父母又一無所有，就跟我一樣。我們為什麼不能當朋友？

我本來很希望自己終於能從敏和奈兒找到一些朋友，能讓我覺得在這世上比較不那麼孤單，也比較不被詛咒所孤立。但凱特拖我走的時候，她們只是站在那邊不發一語。只要一口氣的時間，只要說三個字就能救我。「是艾薇。」她們連這個都不肯給我。

再繼續待在那裡，我會開始自怨自憐，說不定我自己也會變成煤炭。但正當我兩手緊抱胸前，感受著束腰的牢靠時，一絲微光從我眼前閃過。在氈合密實的黑暗中，亮得有如流星。接著又一閃。我眼前有一些小點在飄浮，這是眼睛適應陰暗後突然出現光線的結果。透過活板門的隙縫，我看見一盞燈閃爍著慢慢靠近。

我既鬆了口氣又覺得害怕。如果是凱特小姐回來，我可能還是會挨一頓打。不過聽起來不像凱特的腳步聲，太沉、太慢了。

門栓滑動，聲音響得惱人。門板咿咿呀呀地打開。我感覺到一陣風，接著是——光線。

我瞇起眼睛，手掩著臉，有個東西扭動著出現。上面，傳來聲音對我說話。親切、絲柔般的聲音。

「妳在下面還好嗎？」

我驚訝地放下雙手。光線依然刺眼，但我得勇敢對抗，才能確定我沒有聽錯。說話的是個男人。

他被燈光照得清晰的五官，我認不出來。緊接著我看到那雙眼睛：閃閃爍爍、明明滅滅的藍。

「魯克先生？是你嗎？」

他舉起食指放在唇上。「小聲點。試著站起來。慢慢地。」

我的麻痺一掃而空，取而代之的是一種甜蜜至極的喜悅。有人在乎我。有人在乎到願意來救我。

因為以同一個姿勢蜷縮了幾個小時，我的身體不願伸展，關節喀嗒喀嗒響，好像活板門打開的時候。我站直後，腿在顫抖，但束腰把我撐了起來。

「很好，好女孩。」他把燈放在廚房地上，手往下伸時，許多黑影在我們四周游移。「能把手給我嗎？」

我抓住他手肘的地方。兩相比較下，我的皮膚顯得髒兮兮。但以當下的狀況，我實在沒有心力為了這個，或是黏在頭髮上與沾滿臉上的煤灰感到難為情。

比利使勁一拉，我順勢爬上來。我趴跪在廚房地上，開始咳嗽。這還是原來的廚房，陰濕淒涼，但比起煤洞，它的空氣顯得純淨，硬是把我肺裡的煤灰給逼了出來。

「謝謝你。」我急促地說。比利用力拍我的背。我咳到眼淚都流出來了。

「瞧瞧妳這副模樣。」他用寬容的語氣說，像個語帶責備的慈愛家長。他從口袋掏出手帕，在上面吐了口唾沫，開始擦我的臉頰。

這讓我想起媽。我很慶幸咳嗽讓我流淚，這表示他看不出我在哭。

慢慢地我定下神來。除了他燈座底下一圈蜂蜜色的光線外，四下都是暗的。想必已經很晚了。

「好啦，現在總算看得見妳的臉。」

他將手帕丟在燈旁，那棉布上一條條又長又黑的汙漬。「你的手帕被我毀了。」我抱歉地說。

「算妳欠我一條新的。」比利眨眨眼說。他和我一樣清楚，我永遠買不起這種東西。

「你怎麼會來這裡，魯克先生？」

「請叫我比利。梅亞爾家人請我來吃飯。我剛剛正要回家。」

「那……你是怎麼發現我的？」

他身體靠著水槽爬起身來。「米莉安跟我說妳惹凱特生氣了。那可憐的女孩很擔心，她不知道妳在哪裡。」

原來敏**真的**有擔心我。她一定曾經就在這個空間裡替梅亞爾母女做飯，但我們倆都沒聽見對方的聲音。這麼一想令人不安，好像知道有個人從我墳上走過。

「我猜妳應該會在這裡。」比利接著說：「以前我也從煤洞救過奈麗幾次。」他說話的口氣讓我大感震驚。好像這是天天會有的事，不值得大驚小怪。

「她也把奈兒關在這裡？」

「是啊，有時候。」

煤灰的斑點彷彿逐漸形成凱特的影像，一道陰影盤旋在我們中間。比利拯救被困的學徒，看起來友善，甚至英勇。他會和凱特這樣的人訂親，一點也說不過去。男人會因為漂亮的臉蛋就忽視這麼明顯的道德瑕疵嗎？

「她不會很生氣嗎？」我小聲地問：「我是說梅亞爾小姐。萬一被她發現你放我出來……」

他再次伸出手，拉我起身。「別擔心，凱特就交給我。她其實是刀子嘴豆腐心。」

從敏背上的傷疤看來可不是這麼回事。

比利沒有放開我的手，反而是輕輕拉著我走向廚房門。奈兒正等在門外，還準備了一桶水和一條亞麻布巾。

「我想妳會需要洗一洗。」她解釋道：「太太小姐在樓上看書。凱特還要一個小時才會來裁縫間找我們。要不要我幫妳把水桶放到妳的床邊？那麼妳就可以悄悄地直接躲進被子裡，不會讓她看見。」

天曉得這是多麼微不足道的贈禮，我卻從來沒有對一個活人如此感激過。敏、奈兒和比利——他們三人，會為我的舒適著想。幾乎就像朋友。

「謝謝。」我說道。聽起來還不夠。

比利鬆開我的手。「奈麗會照看妳。她是個好女孩。」他面帶微笑又加上這麼一句。奈兒並未報以笑容。「現在我得趕緊回家了，我有個會擔心我的母親。」

我忍不住發出一聲小小的哽咽。奈兒怒狠狠地瞪他。

比利大吃一驚。「對不起，我不該這麼說的。妳是育嬰堂來的，是嗎？」

我搖頭。「不是。我媽媽以前在替梅亞爾太太做活兒。她……她不得不把我賣給她。」

一聲嘆息。「可憐的小姑娘。我敢說妳一定想她想得厲害。」

我除了點個頭，說不出話。

幸好他沒有再說什麼，也沒有試圖安慰我替我打氣。他點頭行禮後，拍一下奈兒的肩膀，隨即走向前鋪與通往自由的大門。

奈兒和我目送著他離開。

「他是個幸運的混帳。」她說道，語氣中並無怨恨。然而我看得出來，看見他自由自在，能像跳舞似的隨意進出我們的噩夢，還是令她感到痛苦。

「他救了我。現在他是這世上我最喜歡的人。」

奈兒勉強露出淺笑。「妳這個傻瓜蛋。走吧，趁著還沒被她們逮到，我們趕緊把這桶水提到地窖去。不然我們倆都會被關進洞裡。」

奈兒留下我獨自在地窖裡，藉由上方街道滲入的微弱光線，盡可能地清洗更衣。我髒得有如煙囪清潔工。我一次又一次用海綿擦拭雙臂，終於露出底下看似嶄新的皮膚。洗海綿時，我看見細條狀的煤灰旋繞進水裡，讓水變成煙灰色。

我拿起亞麻布巾，擦抹胸口。

這時忽然發生一件怪事。

我束腰的扣鉤脫開了。幾個月來，這件外殼頭一次滑落我的身體，掉在地上。

我光溜溜地站在那裡，瞪著它看，也瞪著我自己看。

我的上身有一條一條的痕跡，是繩股在皮膚上壓印出來的。我本該覺得鬆一口氣，但卻沒有。少了熟悉的壓迫感，我的胃覺得怪怪的，好像暴露在外。少了束腰的抓縛，感覺不是輕鬆，而是寂寞。

我急忙套上睡衣，拾起束腰，我親愛的同伴。沒有髒汙，只有滾邊上沾染些許煤灰，如此而已。我把它摺起來，塞到枕頭底下。

這有可能意味著什麼？

我躺了下來。

生活中最能讓妳珍惜好事的就是艱難困境。我原本深惡痛絕的草褥，現在變得舒服了。這比煤洞的地板要好得多。但我仍然睡不著。

大多數夜裡醒著的時候，我會細想自己失去了什麼。噩夢中則會出現娜歐米窒息的臉龐、爸噴濺的腦漿等等畫面，全是我做過且無法逃脫的壞事。但今晚我看到不一樣的影像：被燈光照得閃閃發亮的藍色眼睛。

比利。我暗暗輕呼他的名字，細細品嚐它在我嘴裡的感覺。我不認識其他任何年輕男子。他們是否也都跟他一樣親切爽朗？我不太相信。比利有一種不一樣、十分奇異的特質，雖然我說不出是什麼。我只知道有他在的這兩次，我覺得自己比平時更有活力。

我將耳朵重重壓著枕頭，傾聽我的束腰。此時沒有吱吱嘎嘎聲，它在安睡。

愧疚感搔得我心癢。束腰知道嗎？它拋棄我是不是因為我找到一些朋友了？

或許這樣也好。我心想，或許有這些人在身邊，我就不需要束腰來支撐我。我一個人也能應付得來。

結果，小姐，妳也看到事情發展成什麼樣了。

22 朵蘿西亞

「日子已經訂好了，妳知道吧。」

女監獄長坐在辦公桌前，露絲的性格記錄簿就攤開在面前。雖然我是倒著看，卻辨認出用鉛筆寫的「改善」二字。

「日子？」

「巡迴審判輪到我們這兒了。法官已經排定巴特漢的審判日期。」

她這些話在我心裡產生非常奇怪的感覺。就好像我被一條繩子繫著，而監獄長忽然往後猛拉。我就快沒時間做分析了。

「噢，那是當然。就巴特漢小姐的供詞看來，我認為她的審判不會拖太久。」

「他們為了起訴一直在集結證人，以免她翻供，」監獄長解釋道：「又或是她的律師可能會主張不該處死刑。」她剪得短短的指甲敲打著記錄簿。「我相信他有可能這麼做。」

「有何不可呢？她可以以年齡作為辯護。我很樂意見到她入獄服刑或是被流放到對蹠地❶去，而不是吊在繩圈上。」

❶ 澳洲，指地球另一端與其相對應之地。

監獄長抿著嘴唇。「我不會和妳爭辯的，甄愛小姐。」她話雖如此，表情卻分明就是在爭辯。「但依我的經驗，我會說豹紋是不會改變的。」

說起豹來了！好像她看管的是野獸，而不是有靈魂的人類。

「今天我很希望見見巴特漢小姐。妳能帶我上她的囚室嗎？」

監獄長闔上記錄簿。「她現在應該正在刷洗牢房。甄愛小姐，這是我們希望囚犯做的事，以提升勤勉的風氣。我還是帶妳去探訪室好嗎？」

我的胃往下沉。那可不行。我怎麼可能當著全室的囚犯與他們的律師，拿出量器測量露絲呢！但都已經準備這麼久，卻要放棄實驗……

「不行！」我高喊道：「我是說，不用了，謝謝妳為我設想，但我確信牢房對我來說不會太潮濕。就某方面而言，我寧可囚徒感覺自在一點。」

監獄長不以為然地揚起眉毛，卻並未反駁。

我從未帶著如此期待的心情走過石灰粉牆走廊。監獄長鑰匙的叮噹聲與我鞋底踩過沙子的吱嘎聲，形成一種音樂，在我聽來十分悅耳。陽光從舷窗灑落，曬暖了我提著毛氈提袋的手。我深信，我所有研究為的就是這一刻。露絲——性格奇特、急躁的露絲——終將證明我的理論是對的。

門上方的搪瓷名牌如今已用粗大字體寫上她的名字，但尚無判決結果。最令我欣喜的莫過於那處空白。還**有**時間，向來總是有時間，抹去我們的罪。未來仍有待書寫。

我拉下鐵板，眼睛湊到洞口。

一個邋遢的形體趴跪在地上移動。有那麼不理性的一刻，我想到監獄長提起的野獸：豹與其他有著大牙的貓類動物。但我隨即意識到自己的愚蠢。那當然只是露絲，趴跪在地上刷地板。

「小心點，露絲。」我喊道：「我們要進來了。」

我的聲音嚇了她一跳，但她看見我似乎很開心，便將刷子丟進裝水的桶子裡。她的臉紅通通，頭髮凌亂。「別滑倒了，小姐。地很濕。」

監獄長匡噹一聲打開門，露絲慢慢走向床邊。我小心地踩進去，裡面的空氣聞起來辛辣：是醋與肥皂味。

「我要是沒有踩到土就好了。」我尷尬地說。監獄長兩眼直勾勾地盯著我。「妳刷得非常辛苦。」

露絲聳聳肩，好像這沒什麼要緊——我想在她的生活中，的確如此。她往圍裙抹抹手，那雙手龜裂，看起來很痛。她桶子裡的水是褐色的，水面浮著一些病態的泡泡。

我坐下來，將毛氈提袋放在地上，貼在裙邊。袋子發出令人滿意的**砰咚**一聲。

監獄長玩弄著腰帶間的鑰匙。「甄愛小姐，如果還有什麼事請務必開口。」我聽不出這是不高興或是有不祥預感的口氣；我其實覺得可能兩者皆然。

門重重關上，監獄長的腳步聲啪噠啪噠，快速地沿另一條通道走去。

「露絲，妳覺得我今天打算對妳做什麼？」

「測量我的頭。就像妳要求的。」

「對了！」我站起身，抓起提袋。「這比刷洗地板好多了，不是嗎？」

「妳說是就是吧，小姐。」

露絲的矛盾心理並未持久。當我讓她看了我的書和閃亮的頭顱測量器，她立刻睜大眼睛。

「那是什麼？看起來好像外科醫生用的東西！」

「噢，那不會痛！」我笑著張開雙臂，將器具放在我頭的兩邊。「這就像卡尺或圓規。妳在學堂有沒有用過？」

她用奇怪的眼神看我。「我和妳上的應該不是同一種學堂，小姐。」

我讓露絲坐到搖擺不穩的椅子上，開始調整她的姿勢。「我發現，讓測量對象坐著比較容易操作。只不過妳得注意頭要挺直，和脊椎呈一直線。」我用手扶著她的下巴，輕輕地拉。她的背是彎曲的。

「妳要是在替我量身做束腰，」露絲說：「妳現在會讓我低下頭，然後妳會在我的脊椎發現一個最突出的地方，再從那裡量我的背長。」

「是嗎？那這個很不一樣。我用的是頭顱測量器不是布尺。而且我可能要在妳頭上到處摸，希望妳不反對。」

露絲又聳聳肩。這麼一動，把她的脖子往前拉，我只好再重新調正。

「好極了。我們就開始吧。」

我解開手套釦子時，臉頰逐漸泛紅，並覺得刺刺辣辣。在一個普通囚犯面前脫下手套為什麼會臉紅，我說不上來，但我確實如此。少了手套，我的手似乎和剝了殼的蝦子一樣赤裸。

「第一個器官，」我以開朗的語氣說道，以便掩飾緊張。「將是破壞區。」

我的食指往外伸，就懸在她的外側眼角旁。**一眨、一眨**，短短的睫毛在動著。我朝耳朵頂上畫一條線，停下。就是這裡，我的答案就在那幾綹黑色捲髮底下。

我屏住氣。

小心地張開其餘手指，觸摸露絲的頭髮。髮絲柔軟乾燥；儘管髮量豐厚，摸起來感覺卻很單薄，像蜘蛛網似的。

破壞區很大，正如我預期。在這個部位往上四分之三吋處的守密區，也是一樣。然而，愈往上頭型愈窄，表示後者的特徵較不明顯。測量器上的數據也印證了這一點。

老實說，露絲的大腦似乎有許多大的器官。我很懷疑她的頭沒有大到能容納所有區塊。我將指腹放在她耳後，接著往頭頂移動時，發現她的好鬥區十分突出。加上碩大的讚許區——亦即超越他人並受到尊敬的欲望——一切羞辱都會讓她大感憤慨。

在多數女性身上，自尊區都會明顯凹陷。但我並未如預期地找到這些凹槽。她的歡樂區、道德能力區——這些區塊都出乎我意外的大。

「妳說妳和牧師談話談多久了，露絲？」

「只見過他兩三次，」她的聲音在頭顱內震動。「當然了，還有做禮拜的時候。」

矯正有可能這麼快發生嗎？如此重大的矯正，連頭顱形狀都改變了……但她是個孩子，才十六歲。不能忘記這一點。孩子的成長與改變極為快速，也許他們的頭骨也一樣。

「我現在要移到妳的左眼。這會告訴我妳的針線活做得有多好。」

色彩區、靈巧區、創建區：露絲從事的行業需要的所有工具都寫在她的腦門上。也難怪她這麼擅長女紅。但有一異常之處使得我將手伸向測量器：她前額中央偏下方有一道彎曲。

露絲沒有眨眼。我看了一眼，吐了口氣，再看一眼時，她只是直視前方。

可能的結果：這裡是事實的記憶區塊，也就是對種種情況與過去發生的事件的記憶。通常孩子的這個器官會比成人大，但即便如此，露絲的似乎格外發達，顯示她有異於常人的絕佳記憶力。

這真教我始料未及。我原本認定她的記憶扭曲混淆：這與她情感熾烈的故事密切相關。我以為她內心受創，因而虛構出超自然力量的故事。但如果她記得所有導致她犯罪的事件……

她在對我撒謊。故意說假話。沒有其他解釋。

「好了。」我的聲音頗為生硬，想到她的背叛便不由得僵化了。我轉身背對她欺騙的眼眸，開始寫下我的觀察。都來探望這麼多趟了，我依然得不到她的信任。甚或更糟：她把我當成冤大頭了。編一些魔法針的故事來嘲弄一個愚蠢的老小姐。「妳現在可以動了，露絲。」

「我可以看妳的書嗎？」

「可以啊。」

無論露絲說了什麼謊言，她對我的書與書中彩色圖片的喜愛倒是真實無偽。我的鉛筆沙沙快寫之際，她將我的手冊攤開放在裙子上，翻頁瀏覽，時不時發出驚嘆。每當看見頭被剖成幾個區塊的圖，她便一手摸著自己的頭，感到不可思議。

「所以我們的大腦是像這樣縫在一起的？」她斜拿著一張圖片給我看。那是頭的側面，各個區塊分別塗上賞心悅目的黃色、橘色與紫色。「像拼被一樣嗎，小姐？」

「那張圖只是為了讓顱相學者更清楚區分每個器官。我想頭內部的大腦看起來是很不一樣的。」

她的嘴巴微微張開。「噢，真可惜。我還以為也許我們有一個部分是……美麗的。」

「靈魂。」我暗示道。

她的目光停留在書上。「身體裡面，大部分都很噁心。」

我選擇不再繼續這個話題，便又繼續寫我的。糟糕透頂！數字完全不符我的預期。

如果露絲的道德區塊已經成熟，我該如何畫出改善的線？要是再長得更大，那就真的太大了。但**非得**再成長不可，對吧？因為假如殺人犯的頭顱長這樣，那麼良知區與悔改區較小的人又意味著什麼？想必會被當成惡魔吧。

「要是我留在學堂，」露絲嘆息道：「也許會學到這個。我長這麼大一直好希望能有這樣一本書。那事情就會簡單多了。我只要看這個，就能馬上知道誰是好人誰是壞人。」

她的話讓我打了個哆嗦。「沒有這麼簡單的，露絲。在我看來，顱相學最主要的**目的**就是確認我們最常用的大腦器官，一有失調便加以修復。它會讓我們知道我們什麼地方需要改變。」

「改變我們頭骨突出的地方？」她的嘴角抽動著。「要怎麼做？用木槌嗎？」

平時我會笑出來。但在這間囚室，聞著嗆鼻的醋味又看著露絲用致命的手指摸我的書，我笑不出來。我的幽默感好像一絲不剩了。

「請不要開玩笑。這對我來說至關重要。」

她別開臉。

我從毛氈提袋裡掏出手套重新戴上時，鬆了多大的一口氣呀！這幾小片小羊皮，有如一種甲冑。我發現我暴露了太多，讓自己門戶洞開，置自己於險地。

早知道根本不該開口要求測量露絲的頭。

早知道根本就不該來探視她。

23
露絲

疲憊的時候做針線活，很難有善念。有時候我覺得只要我能多一點睡眠，就會徹頭徹尾是個善良一點的人。但旺季到了，所有的淑女們都希望備好衣裳帶上倫敦，而不想在首都花冤枉錢。身為淑女的她們卻直到出發前三天才想到有這麼回事，而且還無法理解為什麼她們的衣服不能隔天就出現。

我們必須**讓**它們出現。只花一半的時間。**要不然的話**，凱特這麼說。當時我並不真的知道**不然**會有多糟。

她始終沒有問我是怎麼從煤洞出來的。老實說，我覺得她是太忙了。店裡的鈴鐺整天響個不停，凱特幾乎隨時都需要待在前鋪。

我和敏負責做一件格子呢袍服的蓬裙。我們得縫上兩排荷葉邊——因為有硫磺色與薰衣草色的圖案，添加上去十分花俏。沒有凱特在旁監督，我們其實可以邊做活邊說話。我相信這樣肯定對所有人都好。我愈不去想我有多疲累，有多恨艾薇害我被丟進煤洞，注入活兒裡的傷害就會愈少。而且天曉得這件格子呢連身裙恐怕已經夠煩人的了。要穿上它須得愈多人幫忙愈好。

「前幾天我和魯克先生聊了一會兒。」敏說話時，眼睛仍盯著針看，我暗自慶幸，她沒看到我紅了臉。「他問我有沒有家人。」

「他人真好。」我小心地回答。「他很有風度，幾乎像個紳士。」

「而且他識字。」她補上一句。

我吃了一驚，一時縫得太大針。我嘖了一聲，放下縫針拆掉針腳。

從前我從未想過我比其他女孩受到更好的教育。我相信橡樹門育嬰堂教了院童他們受雇所需要的技能，但閱讀或許被認為有點過頭了。如果女孩會拿針也會煮羊肉，還需要什麼其他的呢？

敏壓低嗓門悄聲說道：「我一直都知道我媽媽留下的魚上面有刻字，就只在比較粗的那一面。我請魯克先生替我看，他說上面寫的是貝爾氏。」

那麼多個夜晚，她就躺在我身邊，一而再再而三地輕彈那隻魚。我老早就可以幫她看了。

我舔濕拇指腹，穿好線，重新繼續我的平針縫。「貝爾氏是什麼？」

「他說那是倫敦一家賭場。」

「如果妳媽把妳送到這裡的育嬰堂，應該不在倫敦附近。」我語調平平地說。不是我不在意，但我不想在縫紉間裡談我們的母親。穿這件格子呢衣裙的淑女會感覺到我的哀傷。

「可是她會回來，」敏接著說，聲音中暗暗流露出興奮。「如果她不是打算回來接我，就不會留下籌碼。現在是**我**可以去找**她**了。只要我能去到倫敦，去到貝爾氏，我就會找到我媽。」

「然後呢？」

「不知道。」她的針懸在半空中，雙眼凝視著天空，任由她的夢想展開來。「說不定我們會搭上一條船，航向……非洲。那個育嬰堂的院長，她常說我屬於那裡：非洲。」

顯然育嬰堂的院長們教育程度也不高。「太荒謬了。妳出生在英格蘭，妳屬於**這裡**。」

「噢，我知道。」敏無所謂地搖搖頭，換作是我，我無法有這麼大的度量。「她老是跟我說一些難聽話。不過我開始在想，聽說在非洲，一年到頭都有陽光。即使下雨，也很熱。那裡的人都穿顏色鮮豔的衣服，還吃我們這裡沒有的水果。也許不錯。非洲人對待我不可能比梅亞爾太太更惡劣。」

原來敏是這樣撐下去的：她為自己編了個白日夢，想像有一塊神奇的土地，那裡的人會很和善。我看得出她為何著迷。但那只是傳說。真實的非洲——如果敏和那個地方有任何關聯——想必是截然不同。不過我不忍心剝奪她的美夢。

「妳可以跟我們來。」敏小聲地說：「如果妳想要的話。」

我吐了一口氣。即使我真能離開這裡——誰曉得要到何年何月？——我也不想冒著生命危險渡海。在船上待六個月，媽絕對活不了。

「妳最好別帶上我，敏。我是不祥的人。」

她將手搭在我的胳臂上。「妳是我的朋友，我唯一的朋友。對我來說，妳一點都不是不祥的人。」

這些話我盼望了多久，如今聽到卻沒有帶來預期的喜悅，反而讓我覺得恐懼不安。我想到媽，失去雙眼、失去丈夫、失去她的小女兒。

「時候還沒到。」我說。

這時響起上樓的腳步聲。我們五人埋頭做活，手指動得飛快，這整天下來沒這麼快過。房間裡安安靜靜，當凱特一派優雅地進入時，氣氛完全是勤勉的最佳典範。

她臉頰緋紅，嘴巴張開，由於快步上樓而微喘。「露絲。」

倒楣的我。我要因為逃跑付出代價了嗎？

我抬起眼睛，但縫紉的手仍未停。手持續動作能穩定我的心神。「梅亞爾小姐？」

「把針放下，讓我看看妳的手臂。」

我和敏互看一眼。這要求很怪，但我不敢不從。只好勉為其難地放下針。

「快點。」

我將手肘擱在面前的格子呢布條堆上，手臂平放而下。

凱特疾走過來，抓住我的二頭肌，將我的手往外側拉。「他說得對。」她細瘦的手指開始捏我的肌肉。捏塑形狀，讓肉鼓脹，簡直把我當成牛排。「妳很壯。」

我的力量是不知不覺間凝聚起來的。八成是束腰的功勞。凱特的手臂，在抓住我的手臂兩相對照下，顯得很瘦弱。讓我覺得自己像個怪物。

「我……大概是吧。」

「那就非妳不可了。別搞砸了。」

我瞠目看著她。「我不……」

「凱特，結果怎麼樣？合適嗎，合我們用嗎？」連凱特都被梅亞爾太太的聲音嚇一跳。老婦已經像貓似的偷偷接近，站在門邊，眼神銳利地看著我們。

「是的，母親。就像比利說的，露絲的胳膊很粗壯。」

粗壯。他用這個字眼？我沒有看艾薇，但作用不大，我可以**感覺**到她臉上喜孜孜的表情。

「比米莉安結實嗎？」

「我想是的。」

「好，那就交給妳了，巴特漢，妳會做得好的。否則的話，妳母親很快就會知道。」

她提到媽刺激了我。萬一我在這個工作上犯了錯——我會害媽遭遇什麼災禍？「拜託，梅亞爾太太……」我開口道。

「什麼？」

「妳能不能告訴我要我做什麼？」

凱特哼了一聲說：「我們以前會替客人做鯨骨緊身褡。今天又有幾位淑女來訂製了。」

「可是我從來沒有用鯨骨做過。」我反駁道。

「比利有。我要他教人削鯨骨，但這人的力氣得要大。他說妳很結實。」

原來不是**粗壯**。「只有我嗎？我自己一個人做？」

「不是，是和比利一起。」

和比利．魯克一起做緊身褡：想著既覺得美好又不禁懼怕。要站在他身邊那麼長時間，我怎麼受得了？我的心會怦怦跳，就好像一整天都在樓梯上跑上跑下。

「不過妳得仔細好好學，」梅亞爾太太警告道：「他父親只能給他一點點時間。他教妳做完幾副以後，妳就要自己來了。」

學？老天哪，在他面前我頂多只能抱著一匹布。如果得做細活，我會笨手笨腳。而我每縫歪一針，媽就會受罰……

「前鋪旁邊有一小塊地方，」凱特說：「客人會進去那裡試穿已經做好的商品。我會替妳布置好。」

在布簾後面。和比利．魯克並肩而坐。他的微笑，他的笑聲，他的手牽引著我的手。

現在艾薇不再咧嘴笑了。她的臉色冷得足以凍傷人。

妳看過蕾絲編織燈嗎？就是一只三腳凳，上面有五根支柱：中間那根插著蠟燭，其他的在四周圍成一個方形，上面放著裝滿水的玻璃碗。我們晚上刺繡就用那個。水是為了加強火光。也許真的有用，但在梅亞爾家晚上長時間工作，我還是覺得很暗。

我們五人圍在燈旁，看起來好像女巫集會。一道黃光落在艾薇臉上，我真覺得那是個火圈。那一個晚上，是她起的頭。我顧著做自己的活兒，全神貫注在繡一個玫瑰圖案。金線縫在黑色絲布上，衣服與黑暗間沒有明顯的界線。我在縫補黑夜，用星塵縫補黑影。

不料忽然間燈光搖晃起來。

我覺得頭暈，眨了眨眼。一波波金黃從我腿上湧過。我抬起頭，那感覺更加強烈，彷彿淹溺在一個黃金池中。

「妳在做什麼？」

艾薇手裡拿著敏的活兒：是一件粉紅色短外套上身。敏使勁拉著拖曳的袖子，瞪大的眼睛宛如墨水瓶。燈座椅腳在地板上搖晃不穩。

「別這樣，」敏大喊：「放手！」

「妳們在吵什麼？」

艾薇沒有回答我的問題。但她朝我的方向瞄了一眼，臉頰上慢慢浮現狡詐的笑容。我早該想到的：這是處罰我被挑選上與比利・魯克一起工作。唉，艾薇不笨，她知道透過敏最能傷害我。

「**還我**！」

「小心哦！」艾薇拖著長音說，一面踢燈座凳。「妳最好別弄壞什麼東西。」

在我旁邊的奈兒大氣不敢喘一口。她將自己的活兒緊抓在胸前。「住手，艾薇。我說真的。妳會把這裡給燒了。」

「**會**嗎？那妳會怎麼說，奈麗；妳會去告訴梅亞爾太太說是可惡的艾薇做的嗎？妳也知道她最喜歡告密的人了。」

奈兒緊繃起下巴。「我什麼都不會告訴她。但我寧可不要被活活燒死，謝謝妳喔。」

艾薇放聲大笑。很歇斯底里：聽起來是這樣。也許她就是。也許她處於那種狀態太久了，根本不在乎被火燒死。

「把活兒還給敏，艾薇。」我要求道：「她沒做錯什麼。」

「不關妳的事。妳現在是跟魯克先生做活，不是我們。」艾薇拉扯著衣裳，距離燭火近得危險。「好細緻的手藝啊。要是出了什麼意外就太可惜了。」

「不要！」敏的雙手用盡力氣，狂亂地將布往回收。迸開了一針。「她會殺了我的，艾薇，她真的會殺了我。」

「不，她不會。她會鞭打妳打到妳想死，可是她不會做到底。」燭火在她的氣息底下搖曳著。空氣中充滿強烈的緞布氣味。「她心腸沒那麼好。」

我和奈兒都站了起來，求她住手。就連黛西也面露惶恐。但艾薇不理睬，她只是一直、一直死瞪著火焰。

又小小啵的一聲。又一針沒了。

「還……給……我！」

驀地，她鬆手了。

敏撞在自己的椅凳上，凳子受力隨即滑向地板另一頭，撞上櫃子。

黛西尖聲大叫。

「敏！」我跑了過去，她躺在地上，整個人驚呆了。她痛得臉揪成一團，但衣服安然無損被她緊緊抓著，她的指節因為過度使力都變白了。「敏，妳有沒有受傷？」

我想連艾薇自己都不知道接下來會發生什麼事。我不認為她是故意的。她只是順從一種邪惡的反射動作，伸出手抓住蠟燭——揮動起來。

有人發出尖叫。我不知道是誰。我兩眼直盯著舞動的蠟燭以慢得不可思議的速度，在房間裡劃過一道弧光。火焰嘶的一聲落在敏的粉紅緞布上。

我的手快如閃電，以至於不覺得痛。只見火光一閃，揚起臭味，接著我已經在拍打布料，我這輩子從來沒這麼用力打過什麼東西。

一片汙漬：留下的只有這個；邊緣深粉紅，靠中央褐色。沒有燒得精光，但衣服還是毀了。

「妳們這是在做**什麼**？」梅亞爾太太的喊聲在閣樓裡迴響著。她想必是被我們的騷動吵醒了。「露絲！米莉安！」

我們倆都倒在地上，手裡抓著緞布。敏在布底下，我在旁邊。情況看起來很糟。糟透了。

「給我說清楚！」

我不敢抬眼看梅亞爾太太。如果我當時這麼做，或許就不會開口。但我看著敏，看著她微顫的鼻孔，還沒意識到，話語便脫口而出。

「是我的錯，梅亞爾太太。是我打翻了一支蠟燭。和敏沒有關係。」

煤洞吧，我心想。沒那麼可怕，為了敏，我可以應付得了煤洞，而且說不定比利會再來救我。

梅亞爾太太重重踩踏過地板，一把抓住我的頭髮。她拖著我經過桌邊，離開房間下樓，我痛徹整個頭皮。

砰。砰。我咬著嘴唇，有血的味道。

黑暗盤旋在我眼周，我只看到她的臉一閃而過，上下顛倒。那臉有如死屍一般，眼睛亮得超乎自然。

當時我知道了，這回不是去煤洞。

那麼多日以來渴望著爬上地毯階梯的我，終於經由不同的路徑來到起居區。她拖著我往下，再往下，而我對地毯唯一的感覺就是我的臉頰被磨得發燙。

我覺得刺鼻，但同時也聞到一個氣味：山谷百合。還有不同調性的氣味：柴火和紫羅蘭。這是梅亞爾母女生活活動的地方，是放了好東西的地方。

我勉強睜開一眼，看見一塊白得發亮的踢腳板。它愈靠愈近，直到梅亞爾太太轉彎，我的頭便撞了上去。腦門正中央立刻一陣劇痛，之後有好一會兒我都看不見東西。

當然她就等著。她在等待時機，後來我嘟嘟噥噥醒轉，卻無法動彈。我是站著，背靠牆壁，兩手綁在一起高舉過頭。我放不下來。有個東西把它們高高固定著，可能是天花板上的掛鉤。

周圍是個我從未見過的房間。壁紙底色黯淡，上面有類似秋葉的圖案。我的腳下是褐色地毯。左手邊有爐火，爐架前面擺著一面扇形屏風，火焰就在屏風另一邊明明滅滅。

我的右手邊有一扇窗，但窗簾緊閉。光線全來自壁爐的火和一盞落地燈，燈罩邊緣有流蘇裝飾。房裡的家具以深色、沉重的木材製成：一個衣櫥和一面穿衣鏡。

然後還有……一個裁縫假人，像我們擺在櫥窗裡那種。只不過它穿的不是連身裙，而是白色稜紋深紅色外套和淺色長褲。肩膀上佩戴著金色肩章，但吸引我目光的不是肩章閃耀的微光，而是掛在腰間的劍鞘，上面有劍柄突出。

最上面本該是頭的部位，放了一頂黑色羽飾軍帽。

那一定是梅亞爾上尉的軍服，架起來當成一種祭壇。看著讓人覺得落寞，還有一絲不祥。好像上尉就站在角落裡直接消失不見：肉身逐漸萎縮凋零。

我移動雙腳。由於手綁得太高，我只能踮著腳尖站。姿勢很不舒服，但至少房裡很暖和。這裡比煤洞好或不好，我說不上來。

接下來我就知道了。

門慢慢打開，咿咿呀呀滑過地毯。門口出現一雙黑森長統靴，隨後飄進菸草的煙霧。

「立正！」粗聲粗氣。是男人的聲音。

他抽著雪茄悠哉地進來。此時穿的不是軍裝，而是鄉紳的套裝，有錢人可能會穿著去打獵的那種。花白的頭髮，整個往後梳得油亮。鬍鬚有點奇形怪狀。他將雪茄咬在唇間，關上身後的門。這時我看見了他另一手上拿著什麼：一條細細的皮鞭。

我發出呻吟，內心疑問連連。上尉，還活著？她們一直把他關在這裡？我無法思考，想不明白她們為何要這麼做。除非他從戰場上回來以後**變了**個人。神智不清。很危險。

我徒勞地拉扯束縛物。

「不服從。」他拉長腔調說。煙隨著他的話語飄來，嗆著了我。「這太可惡了，小兵。我不會容許。妳聽清楚了，我不會。」

我無法說話，甚至幾乎看不見，我太害怕了，牆壁看起來好像融化的蠟在我四周流動。

「妳讓全連弟兄身陷險境，整個連隊呀。」

他一面抽著雪茄一面上下打量我。雪茄末端亮起紅光。就男人而言，他身材不高，但我並未因此燃起希望。媽說矮小的男人最有必要證明自己的能力。

「我知道有個人受了絞刑。」他告訴我：「他就是不遵從命令才被吊死。不過我現在給妳一個機會，小兵。一個將功贖罪的機會。」

「求求你了，先生……」我聲音沙啞，手臂疼痛，肩膀好像快要脫臼。

「首先，我要脫掉妳的衣服。然後我要鞭打妳。然後……到時再說吧。到時看妳有沒有學到教訓。」

「不要！」我兩腳往外踢。沒有用。我每動一下，身體就開始旋轉，使得脖子像火燒般痛苦。「不要！」

煙裊裊接近。發自喉嚨深處的咯咯一笑。「啊，我喜歡有點活力的人。」

他摟住我的腰，臉慢慢靠上來，嘴裡還咬著雪茄。太靠近了。當他將還在燃燒的末端摁到我頸子上，我放聲尖叫。

就在這時候，在無盡的痛苦與恐懼中，我捕捉到一點零星片段：在煙霧底下，有其他東西。

一種粉味。一種女人味。

我睜開眼睛。

那不是死而復生的梅亞爾上尉。那根本不是男人。

是梅亞爾太太抓著我，呆滯的雙眼透著瘋狂。

「我們來瞧瞧妳的叫聲有沒有我老婆的響亮。」

之後我再也沒有代敏受罰過。

24 朵蘿西亞

今天早上我無法像平日一樣悠閒地散步。不是植物園的錯。那不滿的感覺恐怕源自我的內心。園丁正在花壇裡翻土，釋放出清新的土壤氣味。這裡那裡，到處都有粉紅蟲子。鳥兒等待著，已經決心飽餐一頓。

我實在不願將人類同胞想成全都和這些腐食動物一樣：貪婪、潛伏於暗處，伺機而動。但發生了那樣的事之後，我開始心存懷疑。在新橡樹門監獄，我們難道不是以最大的惻隱之心對待囚徒嗎？我們難道沒有盡力讓她們過得舒適並從事各種活動？然而她們仍然以行動背叛我們。

我深感憂鬱，不禁挽起蒂妲的胳臂，希望感覺到身旁另一個靈魂的溫度。她走得不快。跟隨她較緩慢的步伐漫步時，我留意到雲隨著風飄移，空氣也屬潮濕。應該要待在室內才對。

但不行。這麼一來就等於放棄看大衛一眼的機會，哪怕只是短暫瞬間。據我所知，今天他應該會外出巡邏，像上緊發條的手錶一樣準時穿越植物園。

親愛的大衛。**他**不會讓我失望的。其他人的心黑如深夜，就讓他們去吧，我知道**他的**心永遠不會變。當他停下來脫帽向我們致意，那張我鍾愛的臉上寫滿了關懷。

「甄愛小姐，恕我冒昧，但監獄發生的事我聽說了。請問妳還好嗎？」

我振作起來勉強露出微笑。「是的，我很好，謝謝你。其實暴動發生時，我不在醫務室。不過我們損失了一扇窗，還燒毀了不少床單被褥。所有委員都十分沮喪。」

「那是自然。妳受驚了，可要好好照顧自己。」也許他聽出自己的聲音無意中流露出溫柔，便連忙轉換話題。「那麼那些鬧事者會遭受什麼處罰呢？」

我在想會不會我也要負一部分責任。假如我繼續去探視醫務室的病人，而沒有為了與露絲談話怠忽職責，或許便會察覺愈來愈高漲的不滿情緒。

「帶頭的那群人要被關進黑牢一個星期。但只怕所有的囚犯都得付出代價。委員們認為我們太過寬容，還讓她們吃肉。食肉只會激發犯罪的心……從現在起，飲食會清淡許多。」

他揚起眉毛。「我認為她們會不高興。但也不能不說是她們罪有應得。可能會有人受重傷的。」

「謝天謝地，都只是輕微的割傷和瘀傷。我們的人員值得讚賞。」

「的確是。發生這種事，不由得發人省思。會讓你發覺人生不是永無止境。」他流露出懇求的眼神注視著我。「真正想做的事就不該拖延。」

蒂妲輕咳一聲。實在很不想承認，但她是對的。我們的巧遇交談已經中斷許久了。

大衛搔搔臉頰，一臉的稚氣、窘迫。「嗯，我恐怕得走了。日安，甄愛小姐。很高興見到妳安然無恙。」

「是啊，日安。」

我不明白我的腳到底是怎麼做到的：怎能轉身背對他走開而沒有絆跤。還有我的雙眼呀！明知**他**就在那裡，卻得看向別處，那是何等的痛苦。

儘管受過警察訓練，大衛的自制力仍不如我。我大步地漸走漸遠之際，總能感覺到他的目光盯得我肩背發熱。這樣很不小心，很不慎重。但我發現我也因此更愛他了。

真希望我也和他一樣：擁有「神經質—活力」的氣質（男性鮮少有這種頭型），不坦率但真摯熱誠。可惜我偏偏充滿欺騙。當我們走到他聽不見的地方，我對蒂妲說的第一件事就是：「受邀去石楠地莊園的事，我不想告訴哈吉斯警官。請妳留意別在他面前提起，否則只會讓他難過。」

「我，小姐？我什麼時候開口出聲過了？」

我想她說得沒錯。我發現自己心煩意亂，不知該不該信任周遭的人。想必是暴動之故，還有監獄長的來信。有時候很難知道該怎麼做才是最好。

日子一天天過去，露絲的審判日愈來愈近，而我的研究比起一開始仍毫無進展。

她的陳述多可怕！如此不堪入耳的事情……出自一個年僅十六歲的少女之口。我又再度面對同樣的問題：她說的是真的嗎？如今判讀過她的頭顱後，情況卻變得混沌不明。

除了在舞台上看到的「反串角色」之外，女人家打扮成男人，在我看來著實荒謬，但話說回來，梅亞爾太太分明不是個健康的人。精神病學家的研究結果讓我相信，腦部的病變要比我們至今所發現的還要多。從前，我們有個囚犯使用兩個名字。妳無從知道她會選哪個別名，但是她的聲音、她的神態、她的整個舉止動作，都會隨著她的選擇改變。我很想為她的兩個身分都測量頭顱，看看各個器官有無變化，可惜還沒找到機會她就被送進瘋人院了。

梅亞爾太太會不會是同樣情況？或許誠如露絲所說，這些可怕的事真的發生過——若是如此，我打從心底同情她——但也可能是她故意編的謊言。是她為了好玩，自己幻想出這個令人作嘔的故事，而什麼樣的人會捏造出這種故事呢？

如今這個答案更為重要了，因為我接獲監獄長的請求。醫務室裡的床單被褥全都付之一炬，因此縫紉室需要加倍的人手。到目前為止，監獄長都一再推遲，沒把露絲送過去——我們倆都不想強迫囚犯做會讓她們不舒服的活兒。但現在有需要了，而露絲也**確實**會縫紉。

我必須坦白說：我心裡有點害怕。不管露絲對於縫針的說詞有多愚蠢、多不像話，想到要讓她拿針，我仍感到遲疑。她可不可能真的造成傷害？

喏，瞧瞧，我在胡說什麼！我竟然讓她欺騙我，讓她說服我相信這種無稽之談！

我不會再聽信她的謊言。現在也該是時候採取更堅定的立場。露絲**必須**去縫紉室。就像俗話說的，我們要「揭開她的底牌」。

我現在就寫信給監獄長，趁著我尚未改變心意。

猜猜看我今天去了哪裡？我去了債戶監獄！

由於發生暴動，加上露絲的頭顱讓我略感心煩，我不太想回新橡樹門監獄去。但我得找事情做，因此當小菲·歐寧提起她要去探視被囚的欠債人，我便覺得有必要陪她一塊兒去。

要是沒去就好了。

第一個警訊是在我們出發前不久，小菲準備的籃子。她在裡面塞了一些火絨、一瓶葡萄酒、一些乾酪、麵包：全是為窮人準備的一般物品。接著她在上面放了一塊類似板子的東西，然後重新放入一些較小包的東西。

「那是什麼呀？」我問她。

「噢，籃子的底部暗格。」

「小菲！」我喊道：「妳不會是要**夾帶**東西進監獄吧？」

她對我露出苦笑，只簡單回了一句：「到時候妳就知道了。」

和橡樹門大多數的機構一樣，債戶監獄也是依照倫敦較大型但功能相同的建築設計的——只不過位於首都的王室內務法庭監獄，早在三十年前便有幸拆除重建了。我們這裡的窮人沒有得到相同待遇。你絕對沒見過比這裡更陰暗寒冷的地方：到處都嵌著鐵，像極了中世紀的城堡主樓。當我們走過殘破的卵石地面，一道頂端插滿鐵釘的高牆的影子籠罩下來，接著飄來一個宛如麝香的甜味，濃烈到我擔心自己會想吐。

「記得用手帕。」小菲說。

我聽從地舉起手帕掩住口鼻。來之前她要我用佛手柑浸泡手帕——對此我著實感激不盡！

大鐵門（或者我認為是吊閘門）邊站著一個渾身骯髒的人。他不懷好意地瞅著小菲。然而，她似乎知道他的伎倆，立刻便對他說：「你瞧，我又來了，柯林斯。」

「妳帶了什麼給我呀？」他直盯著掛在她手臂上的籃子裡看。

「噢，這是給債戶們的，柯林斯。我會跟平常一樣給你六便士。」

「妳要給我六便士和那一瓶。」他用命令的口氣說：「不然不能讓妳進去。」

小菲欣然做了交易，因為她放在上面的是一瓶廉價的琴酒。在我看來，這樁買賣太不合算了。花六便士，只為了進入一個比糞坑好不了多少，還有碩大如犬的老鼠奔來竄去的地方！

內院方方正正，四面圍著磚色黯淡的樓房。許多髒兮兮的臉蛋出現在窗口，看起來既悲慘又憔悴。

我們經過內院中央時，有一輛馬車正在那兒等著裝載。一個十歲左右的男童在逗著馬玩。

「他們用那個汙穢的運輸工具送吃的喝的進來嗎？」我驚駭地問小菲。

「是啊，」她哀傷地說：「也用它運屍體出去。」

這座監獄沒有男女之分：他們三三兩兩地聚在一起說話，並有衣衫襤褸的小孩在腿邊磨蹭著。當然，女性的睡鋪是分開來的，但卻——偏偏——位在釀酒室上方。

我們爬上去找她們的樓梯發黏還散發啤酒臭味。無論我將手帕壓得多緊，都隔絕不了那個味道。想想看，在新橡樹門監獄裡，等候審判的殺人犯、詐騙犯與竊賊，全都維持得乾乾淨淨，而這些人卻只因為犯了貧窮的罪而過著畜生般的生活！我為自己事先毫不知情感到愧赧。難怪露絲的母親如此害怕此地。

我們終於得以進入的「房間」，是個陰暗濕冷、狀似棺材的空間，幾乎連張床都放不下。不過地板中央還**真的**有一個被蟲蛀得殘缺不全的床架，上面睡著不下三個人，身上散發出汗臭味。她們全部是上了年紀的婦人，竟然能存活這麼久，令我感到不可思議。

她們像招呼老友似的招呼小菲。

「她真是個大好人。」一個骨瘦如柴、營養不良的女人對我說：「要是沒有她，我們可該怎麼辦才好。」

她接著開始劇烈地乾咳，咳了好久好久，把我給嚇著了。

開始取出籃子裡的東西時，我壯起膽子詢問，獄卒怎敢如此明目張膽地索取金錢還有酒。

「他們什麼東西都要收錢！」那個瘦得皮包骨的女人喊著說：「食物啦、煤炭啦。我們要付租金，還有這張床是瑪莎自己搬來的，也要付錢！」

「還有要是被他們發現有人送我們東西，像這個，」她的室友插嘴道：「他們也要分一杯羹！」

「太瘋狂了，」我低聲對小菲說：「她們就是因為還不出錢才被關進來，如果不給她們賺錢或存錢的機會，怎麼可能還得清債務？」

「她們**沒**辦法，」小菲直接了當地說：「很多人都只能躺在妳剛才看到的馬車上送出去。」

簡單詢問後，我得知蠟燭與煤炭等必需品的價格，其實是我在監獄外可以買到的價格的兩倍。這無異於勒索。

我們盡可能地幫助女囚們清潔房間，讓空氣流通。寢具都長蝨子了。設想一下，在如此不舒服的環境裡度過人生的寒冬，甚至得不到自由的鼓舞。流落街頭的窮人是很可憐，但至少他們可以隨心所欲到處遊蕩。

「妳就可以知道為什麼這些人要喝醉了。」小菲悄聲對我說：「不過他們會變得狂暴，已經不止一個女人受到攻擊。」

那位名叫瑪莎的老婦讓我看她頸子上的一道疤痕，是另一名囚犯忽然撲上來造成的。

金錢——這一切罪惡全都肇因於金錢！我聞到尿液汗水味中夾雜著銅臭味，我聽到外頭奔跑的腳步聲中混著錢幣的叮噹聲。就連瑪莎滿布皺紋的雙眼，在我看起來，都像是兩枚骯髒的便士。

大衛跟我說錢不重要，但——不！——它重要，它**很**重要。

25 露絲

原來這就是梅亞爾太太的祕密。不只殘忍，而且是徹底瘋了。一夕之間，娜歐米的出生與爸的死亡帶給我的痛苦，都有如落入大海中的雨滴。如今，我眼前閃現的畫面帶了刺，不再只是鮮血而已。

我不想談那個，但我要說的是，有了這次的經驗，我開始對這個地方多了一點了解。我明白了為什麼每個人都那麼冷酷又奇怪。上尉並未安息。

所以艾薇才會上演那些惡意的「事故」。所以奈兒才會低著頭，緊閉著嘴。上尉一直都很飢渴，四下徘徊著找尋犧牲品：每個女孩都得確保不會是自己。

三天後，我依然深深自我封閉：我的身體處處瘀傷，內心滿是沙粒。當凱特的聲音從通話管傳上來叫我下樓，我沒有感覺，一點感覺都沒有。

自從頭一天站在門口往裡瞧之後，我便沒有再靠近過前鋪。我把鞋子留在外面，打開門，只穿著襪子走進去。一切都和我記憶中一模一樣：鴨蛋藍色、吊燈、綢緞散發的一種溫暖粉味。大片光線從凸窗灑入，照得玻璃櫃檯閃閃爍爍，十分美麗。

我看了很想哭。

「她來了！」比利．魯克斜靠著牆，旁邊是一匹匹的布料，在這充滿女人味的環境中顯得很不協調。他已脫下帽子，露出一頭沒有抹油的亂髮。這世上唯有他的微笑能讓我稍微好過一些。

「削鯨骨，」凱特說：「妳沒忘記吧，露絲？」

「沒有。」

「好極了。」比利說：「我把所有東西都帶來了。等妳看到這些刀子就知道。」

凱特抖顫了一下。她連忙故作正經地撫順衣裙，作為掩飾。「那就去吧，跟著比利去。」

我尷尬扭捏地繞過櫃檯，尾隨比利走向店面左手邊一個凹進去的地方，外面用帶金穗的茄色布簾遮起來。我們推開厚重絨布，進到一個小房間。

「很棒的布置，對吧，露絲？」

這倒是真的，房間裡貼著白色與金色壁紙，賞心悅目。牆上掛著一面鏡子，地板也鋪了乳白色地毯，只不過上面蓋著一塊黑色油布。油布上擺了一張和店面一樣的小圓桌，桌上陳列著亮閃閃的刀子與一堆黃白色骨頭。另外有兩張椅子。

我重重地坐下來，實在累得站不住。

比利沒這麼急著坐下。這時候他的眉毛沒有挑高也不帶表情，卻是直直地揪在一起，活像衣服接縫的兩個針腳。「妳哪裡不舒服？」

他的聲音低低的很溫柔。我想要告訴他。我希望他能讓我好過一點，卻不知如何將我的痛苦經歷化為言語。「梅亞爾太太……」我囁嚅著說。

他只是點點頭。

我們默默靜坐片刻，倒也不覺得不自在。這沉默裹著一層細絨，像一件精美的外套。很柔軟。就好像可以透過比利的沉默無語，感覺到他同情的質地。

我想起了另一個時間與地點。我看見自己坐在福特街老家的安樂椅上，用斗篷隱藏身上的傷。當時媽忙東忙西，一面用開朗的口氣喋喋不休說著毫無意義的安慰話語。比利沒有像她那樣，這樣比較好。就只是**這麼**坐著，任由絕望在我周圍橫掃狂奔，直到喘不過氣為止。

「妳最近有妳媽媽的任何消息嗎？」過了好一會兒他才問道。

我搖搖頭。「我不知道她怎麼樣了。她連看都看不清楚，萬一……」我沒把話說完。媽的處境會比我還糟嗎？

比利沒有看我，而是一雙藍色眼睛直盯著桌上的刀子。「只怕妳永遠不會知道，露絲。這會讓妳很難熬。但妳一定要這麼想：她不是狠心拋棄妳，她之所以放棄是希望讓妳過更好的生活。結果不如所願，這不是她的錯。」

我萬萬沒想到他為我媽想了這麼多。有種感覺開始一點一滴滲入我的憂傷，一種溫暖甜蜜的感覺。「當然不是她的錯，但這樣更糟。這表示她根本白白犧牲了。」

比利繃起下巴。「所以這是妳欠她的，妳得活下去。」就只是短短的一剎那，隨後他臉上的陰霾似乎便消散了。他在椅子上挺直身子，蹺起腿來。「來吧，我來教妳怎麼削骨頭。我想妳會喜歡的，露絲。」

他說對了。刀尖閃著光芒，刀柄厚實，想到可以握住其中一把，我心神便安定下來，一如千百輩子前的我想著爸的槍。至於鯨骨，好迷人：半透明的板片，一條一條宛如觸角。一個天然而原始的東西，可任由我塑形。

「梅亞爾太太已經量好我們這次需要的尺寸。」他說著掏出一張紙來。「但凱特會教妳怎麼自己動手量。」他咧嘴一笑。「由我示範恐怕不太合適。」

我乾嚥一口，感覺到臉頰發熱。不由自主地想像起比利量我的胸圍、將布尺環繞我的腰身的畫面。「不過……你怎麼會做這些？布商通常不會做束腰。」

他挑高右邊眉毛，一面伸手拿起一塊骨。「這個嘛，我又不是一直都是布商，對吧？」

「你不是嗎？我還以為……那不是你父親自己開的店嗎？」

「是啊，可是魯克先生又不是一開始就是我父親。」

他這話是什麼意思？他母親再嫁嗎？但不對，孩子沒有保留親生父親的姓氏，這太不尋常了，尤其還是男孩。

他看出我一臉困惑。「妳猜得到嗎？」

「你是……被收養的？」

「對了。終於。我本來是個孤兒，就跟其他人一樣。」

我頓時明白了：他提起我媽時的模樣，奈兒喊他「幸運的混帳」時臉上的表情。他也曾經迷惘過，跟我一樣。我們有共通點。

我想像著一個藍眼嬰兒，包裹在襁褓中躺在橡樹門育嬰堂的階梯上。老天明鑑，什麼樣的女人會忍心拋棄他？

他開始用一把小刀從一條骨頭削下薄片。「魯克先生第一次見到我是在這間店裡，在幫客人攤開布料。他總會看著我做。有一天我在剪一匹很特別的布——是香檳色的錦緞，我永遠不會忘記——他說：『他的剪裁總是這麼俐落。這孩子很適合，我店裡就需要這種孩子。』緊接著，魯克太太就跑來看我了。願上帝保佑她，我第一眼看見她就愛上她了。他們不停地來回走動，和梅亞爾太太討價還價，幾個月後終於談成，就把我帶走了。」

「**什麼？**」這兩個字脫口而出，力道大得差點讓我從椅子上溜下來。我聽錯了，我不可能沒聽錯。比利，光芒耀眼、性情開朗的比利——在這裡？「不會的，你不可能……」

「是嗎？」

「你真的在**這裡**幹活兒？」

「是啊。」

「那麼你怎麼能……？」我及時打住，害怕自己說得太多。畢竟，凱特就在店裡。但這時門鈴叮噹響起，我聽見有客人上門，布簾另一邊有說話聲。我瞄了一眼。

比利壓低聲音，此時神情變得嚴肅了些。「啊，我懂了。妳是納悶我怎麼能和她們成為一家人，畢竟她們……」

我們倆目光交纏。我們之間產生某種交流，一種不必說出口的心領神會使得他的眼瞳燃燒起一股燦藍。

凱特的鼻音朝我們飄送過來，在推銷一匹午夜藍的綢緞。

「凱特從沒打過我。」他很輕很輕地說：「即使在那個時候，她也瘦得像條鞭子。我們年紀都差不多，有一段時間我們都是好朋友：凱特、奈兒和我。」

「奈兒？」我聽不懂。這一切實在太難理解。

「是啊，我們是一起從育嬰堂來的。雙胞胎和米莉安年紀比我小一點，她們來的時候我早已不在了。」

我最好奇的是，發生了這些事之後，奈兒見到他竟然還受得了。按理說，她應該會被忌妒心給生吞活剝了。想想看，和一個男孩當了朋友——而且還是像比利這樣的男孩——卻眼見他脫離了苦難，離開妳，過上更好的生活。然後，竟然還和折磨妳的罪魁禍首訂親！在我心裡她已經夠善良和包容了，但她想必更甚於此。**幸運的混帳**，她的措辭還真是溫和。

我選了一把刀和一塊鯨骨板片，開始模仿比利的動作，很自然地便上手了。輕輕地，輕輕地，小小的白色捲片從鯨骨上剝落。奶油捲片。

「很好。不過那是肩胛骨的部分，所以——來，我幫妳。要像這樣。」

他手心的熱度帶領著我。他的碰觸很溫柔也很有技巧，那我為什麼覺得這麼痛呢？

「我還是不敢相信你曾經在這裡做束腰。」我詫異地說：「要是我有辦法離開梅亞爾家，我絕對不會再回來。」

他繼續削骨，我們的手指幾乎碰在一起。「良善會勝利的，小露絲。我這麼相信。我在這裡受到虐待，我不會否認，但最後結果是好的。妳想……如果我放棄了，如果我悶悶不樂又心懷怨恨，魯克先生絕不會收養我。凱特也會是我的敵人。但我把他們都贏過來了。」

「你沒有贏，」我反駁道：「你仍然在靠梅亞爾太太賺錢，你仍然得見到她。」

「可是將來繼承她財產、她所有努力成果的人是誰？」

「應該是凱特吧。」

「而凱特擁有的東西會屬於誰？」

「你。」我坦承。

「還有梅亞爾太太在這世上最愛的人是誰？」

「凱特嗎？」這是猜測。我不敢說我曾目睹過她們母女情深。

「可是誰會擁有凱特所有的愛？」

我的手從他手裡抽出來。「她丈夫。」

「所以梅亞爾太太或許認為她比我強，其實沒有。我會帶著她女兒的愛一走了之，總有一天她的店也會是我的。我會打敗她的，露絲，我會報仇雪恨。而我甚至不必出拳。」

這不是我想要的復仇方式。我想要凌遲梅亞爾太太。

我想看著她受苦。

26 朵蘿西亞

除非是去造訪莊園大宅，否則不會有機會乘馬車遠赴石楠地。此地遠離橡樹門鎮，要爬上陡峭山坡，一路上泥濘不堪。由於這兩週來濕冷難耐，爸爸不禁擔心要讓馬兒走上濕滑道路，但很高興能分享這個好消息：他是庸人自擾。昨天雖然略受驚嚇，我們仍平安抵達了。

儘管路程十分不舒服，但結果證明是值得的。石楠地莊園美麗無比的傳聞並未誇張：灰色與灰棕色的石屋，設計上幾乎有如城堡，屋頂則裝飾以鮮豔明亮的紅瓦。這裡有大片的礫石地與一座六角湖，但這些是宏偉庭園僅見的景象。更遠處綿延起伏的田野與山谷自有其崎嶇風貌，席捲其上的粉紅與淡紫色石楠，便是莊園的名稱由來。大片石楠正開始抽芽：爸爸扶我下車時，我聞到了它們的香氣。

「這難道不是妳所見過最美的地方嗎？」他問道。

「是的！非常漂亮。」這不是謊言。

「而這一切，總有一天，都會歸湯瑪斯爵士所有。」

我們走過礫石地時，我只顧著壓住衣裙。都怪我愚蠢，挑了一件輕飄飄的裙子，這下吃到苦頭了。「湯瑪斯爵士？」我心不在焉地說：「怎麼可能？」

「是真的呀，摩頓夫人沒有子嗣。」

「可是宅子是她死去的丈夫留下的。我想一定有限定繼承之類的東西，以免家族財產外流。」

「我不確定是否**真的**有任何家人，朵蘿。畢竟並沒有人承襲爵位。」

又來了：我又開始胡思亂想起來。想像中的我成了畢格維茲夫人，石楠地莊園的女主人。我或許會坐在那座塔樓的窗邊，胸前綴滿鑽石，一面眺望丘陵一面懷想逝去的愛。浪漫的情景，卻愚蠢至極。我恐怕一個小時後就會覺得無聊。

上流社會中妻子的生活方式想必類似於站在沼澤中。那種緩慢下沉的感覺。我會一天一天地被往下拖，變得空虛，滿腦子無關痛癢的瑣事，就像我周遭的人。我會開始變得像爸爸或是——但願不會吧——皮爾斯太太。若是和大衛在一起，我至少可能會努力成為更好的人，務實並有助於人類同胞。

我們來到一扇鑲嵌鐵飾的拱門。還沒敲門，門就開了，裡面有一整排穿著紫色制服、戴著撲粉假髮的男僕。他們同時彎腰行禮後，其中最高的一人說道：「請這邊走，先生，小姐。」

與惡臭的債戶監獄兩相對照，我無法想像還有差異更大的地方。這邊又是鍍金又是栗木，那邊又有吊燈又有油畫肖像。身為繼承人的我，向來生活優渥，但石楠地又是另一回事：這是一個優雅且充滿幸福喜悅的地方。難怪摩頓夫人不願外出，有沒有蕁麻疹都一樣。

我們被領進一間蜂蜜色的會客廳，有鍍金的百葉窗與滾著美麗飾帶的天花板。湯瑪斯爵士與一位臉蛋圓胖的中年女子，分別從座位上起身相迎。

「請原諒家姊，」湯瑪斯爵士微微欠身說道：「她馬上就下來了。」

我轉向那名女子，只見她雙手交握眼神迴避，衣裳雖精緻卻已過時，應該是一兩年前的流行款式。

湯瑪斯爵士玩弄著他的懷錶。我清了清喉嚨。

「啊！」他才說道：「可不是嘛，還沒為你們介紹呢。雷吉納．甄愛先生，朵蘿西亞．甄愛小姐；賽爾瑪．波慈小姐。」

「請問妳和我們的好友是什麼關係呢？」爸爸親吻她的手，並問道。

女子的肥胖臉頰泛起紅暈。「噢！沒有關係。我是摩頓夫人的女伴。」

在此之後，爸爸對她便興致缺缺。

與大名鼎鼎的摩頓夫人見面前，能有機會和波慈小姐談談，我絲毫不感到遺憾。我能隱約看出她隱藏在蕾絲帽底下的「守密區」小得超乎尋常，可見她應該是理想的聊天對象。

爸爸和湯瑪斯爵士坐在一塊兒，談論著賽犬與令人厭倦的話題，我們兩個女人便移步到離火近一點的地方。我偶爾會容許自己往他們的方向偷覷一眼，但從無一次見到湯瑪斯爵士用他那雙惺忪睡眼在看我。可憐的爸爸——他一定會很失望！

「很抱歉，摩頓夫人還沒下來。」波慈小姐說：「實在不好意思，她太習慣於按著自己的節奏來，而且，的確，她打扮起來是要花一點時間……」她咬著嘴唇，彷彿害怕自己多嘴。

我往前傾身，慢慢地說道：「我完全明白，其實……湯瑪斯爵士提起過……好像與皮膚疾病有關是嗎？」

波慈小姐一手撫著咽喉處，緊張地笑了一聲。「天哪。沒錯。很高興妳有所準備了。我們所有人都為了她很不安。可憐的夫人想盡辦法撲粉掩蓋，但看了實在令人心痛。她這麼一個大美人！」

我記憶中的摩頓夫人並不美麗，只是非常富有，但我還是點點頭，彷彿可以理解此事何等悲慘。

「恕我冒昧一問，就是……難道不知道發病的原因嗎？沒有潛在的健康問題嗎？」

「據我們觀察並沒有。第一次發作前的幾個月間，她完全無病無痛。大夫們也想不通，只是稱之為『聖安東尼之火』，但他們開的藥水都無效。」

「我想該不會……或許聽起來愚蠢，但妳有沒有發現她在穿了某件衣服之後有任何變化？」

波慈小姐調整一下蕾絲帽。「沒有呀。我明白妳在想什麼……我們所有人也都想到過：她會不會是對某種布料或某種食物過敏。我們一一都測試過，就是找不到源頭。」

我自己都尚未意識到，下一個問題已脫口而出。「她不曾向梅亞爾家訂製衣服吧？」

我真是個輕信人言的大笨蛋！但念頭一旦成形，就不會放我甘休。

波慈小姐睜大眼睛。「事實上，她的確在那裡訂製過一兩次。我或許不該懷疑她們使用的布料是否在某個貧窮的女裁縫家裡被某種疾病汙染，不過那間店裡發生了那些可怕的事之後，我幾乎什麼都會相信。」

妳不知道的還多著呢，我暗想。

正當我們終於走向餐廳時，摩頓夫人才步下宏偉階梯迎接我們。原本陪伴波慈小姐的爸爸，立刻拋下她迎向她的女主人。

我無法一窺夫人的皮膚。只見她的頭在我眼前猛地一點：與湯瑪斯爵士相同的沙色，夾雜著零星的灰色髮絲。她的頭型與我相仿，只有一處例外。她的歡愛區顯示她渴望夫婦間的魚水之歡，愛家區則顯示出她對家的深深依戀。

「太令人遺憾了，」我不由自主地對湯瑪斯爵士說：「令姊竟然成為寡婦！從她的頭型看來，她無法獨自幸福度日。」

「而從她的臉蛋看來，」他笑著說：「她也無法再婚。」

殘酷——但他說得沒錯。眾人在桃花心木餐桌旁入座後，我轉了頗大角度才能看見坐在另一頭的夫人。她顯得蒼白又有病容。撲了粉的皮膚白白一層，但皮膚上的疙瘩仍清楚可見，一如湯瑪斯爵士所說，完全就像被棍子打過腫起的痕跡。她還穿著高領與長袖，看來病徵也蔓延到身體其他部位。

確實，她的五官或許曾一度美麗。她擁有與湯瑪斯爵士同樣的慵懶眼神與小巧鼻子。但病痛，也許加上寂寞，使她的眉眼之間籠罩著高傲神色。

「湯瑪斯並不常選擇請朋友到石楠地來。」她啜一口酒說道，嘴角厚厚的白粉上留下怵目紅漬。「換作是我，我會當成一種恭維。」

「當然了，」爸爸大聲說道：「否則還能怎麼看待你們的善意邀請呢？能見到夫人您，除了恭維更是榮幸。」

他有點過頭了，我暗忖。

摩頓夫人等僕人舀好湯之後才又重新開口。「你們似乎有好些年沒有享受這份榮幸了。甄愛小姐都長這麼大了。我印象中妳還是個孩子，是個年少淑女。告訴我，妳今年幾歲了？」

我猜她是想轉移眾人對她自身瑕疵的注意，但我認為她這麼問是失禮了。「二十五。」我回答時也試著效法湯瑪斯爵士那滿不在乎的態度。

「是嘛！」她美麗的眉毛幾乎完全消失在臉上的白粉底下，但看得出有肌肉的動作，似乎是揚高起來。「歲月不饒人哪。妳母親懷妳的時候還不到這歲數呢。令尊沒有替妳找到對象嗎，甄愛小姐？」

幸好我嘴裡正含著湯，父親不得不代為回應。他一笑置之，並以一種寵愛又疲憊的口吻說：「只怕朵蘿西亞和一般的年輕淑女不同，她只顧著忙自己的事而無暇考慮婚姻。她其實應該專心於履行其他責任，卻偏偏給自己設定了一長串的行善目標。」

「我想甄愛小姐這一點值得稱賞。」湯瑪斯爵士看著湯碗說道：「我認識的淑女多半滿腦子想的都是穿著打扮、哈巴狗等等無聊的玩意，她總比她們來得好。」

「我親愛的弟弟，說得好像你多了解似的！」摩頓夫人笑著說。她的笑聲令人不快，很刺耳。「你自己不也是滿腦子只想著艾斯科特領巾和獵犬的血統嗎？」

「被放逐到這荒郊僻野，能想的事情實在少之又少。」

「我敢說我從未見過更宜人的莊園了。」爸爸插嘴試圖緩和氣氛。「我應該會一輩子深深著迷。請問夫人，山谷的樹林裡是否有獵犬奔跑？」

「當然有。你和令嬡會打獵嗎，甄愛先生？我不記得……」

「我年輕時，根本離不開馬背。只可惜，」他遺憾地瞅我一眼，接著說：「朵蘿西亞始終都沒學會。她缺乏這項淑女該有的才華。」

「那麼她得來跟我們一起騎騎馬。我和湯瑪斯會教她。她可以騎波慈小姐的馬。」

「您太為我們著想了！真是感謝您的好意。朵蘿西亞會很樂意的。」

摩頓夫人又繼續喝湯。

我在椅子上坐立難安又不痛快。爸爸怎能用那種輕蔑的口吻說我？我這是陷入了什麼樣的處境啊，沒想到唯一替我說話的竟是那個無精打采的湯瑪斯爵士！

至於打獵……！與摩頓夫人一同追著狗群騎獵，我無法想像比這個更糟的情況。我不明白那怎麼會是適合我的活動——為什麼爸爸認為探監之舉粗俗，卻樂意讓我奔馳在泥濘中，目睹狐狸血淋淋的下場。

當僕人移走湯碗端上主菜，爸爸詢問湯瑪斯爵士在格洛斯特郡做何消遣。湯瑪斯爵士一邊玩弄著酒杯，一邊回答說他總是做做「這個或那個」的。摩頓夫人見他支支吾吾，逮到機會又再次突襲。

「甄愛先生，你不覺得那道湯特別美味嗎？那是我非常喜愛的一道菜。」

「的確讓人口齒留香，夫人。有什麼名頭來著？」

「那是白湯。你一定嚐得出來吧，那食譜是尊夫人給我的。」

餐桌上登時靜默無聲。

我抬頭看著摩頓夫人。我承認，就大致的性格而言，飲食喜好的比重並不大，但那終究還是個小細節。是一個已遭我遺忘，關於母親的私密細節。我迫切地等著她多說一點，再無胃口品嚐實際擺在眼前的食物。

摩頓夫人舉起撲粉的纖細玉手朝我揮了揮。「沒記在你們府上的食譜嗎，甄愛小姐？那就可惜了。我會叫管家謄一份給妳。妳母親出奇地喜愛這道湯品。想必是這樣沒錯，因為我經常能聞到她口氣中帶著杏仁味。」

「這個嘛，」爸爸明顯露出狼狽樣，說道：「她確實喜歡喝湯。」不曉得他記不記得——我也是突然想到——在她生前最後那段時日，也只嚥得下湯和肉汁。即使是這麼簡單的食物，當她虛弱的病體試圖消化時仍是痛苦不堪。

「其實呀，石楠地廚房裡的食譜大多都是我那位不幸逝世的友人給我的。」摩頓夫人繼續說道，但她的眼睛——那張白臉上唯一有生氣的部分——從我轉向爸爸，似乎將他釘在椅子上動彈不得。「我從未見過像她如此孜孜不倦的家庭主婦。若非可憐染上疾患，我會說她是無人可擋。」

爸爸喃喃說了些感謝之詞，並用餐巾抹抹嘴。

一陣抑鬱的、令人不自在的沉默緊隨而來。就連爸爸滔滔不絕的諂媚奉承也枯竭了。你或許會以為自身也守寡的摩頓夫人，應該更能體會他的感受，但卻不然。這個女人怎會與我母親相識呢？我想像不出還有比她二人更南轅北轍的性情了：一個是善良、優雅的化身，另一個則是傲慢，毫不圓融。

我的目光從面容醜陋的女主人轉移到幾乎隱身在座位上的波慈小姐。接著我看見了湯瑪斯爵士。

他放下叉子，疲憊的眼中閃露一絲憂慮，下巴有種緊繃的力道。我原以為他會瞪著口無遮攔的姊姊，透過眼神譴責她把氣氛弄得這麼僵。不料恰恰相反。

湯瑪斯爵士直勾勾看著的人是我。

27 露絲

雕塑人體有個優點。凡是鬆垮的肉都會被固定住，有所轉變。赤裸的女體是一片色彩各異的膠狀風景。但穿上了束腰，就會有力量，會成形，有如穿上甲冑。腹部有直條骨架，肋骨處呈對角。寬大的骨頭撐起上身，肩胛骨部位則用比較細的骨頭橫向縫起。穩穩地支撐著妳，將胡亂移動的部位固定住。這是一件獨一無二的衣物。

我知道，對一件衣服大加讚揚聽起來很奇怪。可是當妳連續幾個小時，一人獨坐削著鯨骨、回針縫著貼身胸衣、量著中心骨架，這些念頭就會不知不覺溜進妳的幻想中。

接下來的那一年我學了很多，但不完全是比利教的。娜歐米出生前，我曾經偷攢一兩樣東西做出我自己的束腰。我的心思經常飄往樓下的地窖寢室，與壓在我枕頭底下那件拙劣的創作物。我現在該能重做成什麼樣子！金屬孔眼，螺旋鋼絲骨架，羅緞絲帶做花邊，密織棉布做胸衣主體。但這得再等等。由於上尉一直潛伏於暗處，我不敢偷取用品。我只能做夢興嘆，有時候還能聽見我的束腰嘆息回應。

我這手藝是有需求的。淑女們說，全部在同一家店訂製輕鬆多了。對我的手指來說並不輕鬆，但我每星期卻能有幾天離開閣樓，所以應該還是要心懷感激。

閣樓不是冬天裡能待的地方。沒有爐火，沒有地毯。麻木的手指幾乎難以完成精細活兒。而唯一比麻木更糟的是當妳好不容易能下樓喝杯茶，恢復感覺的時候；有時奈兒還會痛到哭出來。

因此，十五歲那年冬天，我坐在布簾隔開的凹室內縫製最新一件束腰時，便盡可能費時地用刺繡棉線繡花固定鯨骨。一旦完成以後，就得爬上閣樓面對它的寒冷利爪。

我這邊加一朵花，那邊繡個渦卷，只要能多拖延一下都好。

就在那時候，門鈴叮噹響起。我沒有多想。反正凱特和梅亞爾太太在店裡，有客人來她們自會應付。

「我女兒要出嫁了，」一位女士說道，她的聲音聽起來成熟老練自鳴得意。「婚期就在來年，她十六歲生日當天。」

梅亞爾母女照例輕聲細語地連道恭喜。我將線打結後拉緊。又是嫁妝。我最討厭嫁妝了。

我逕自忙著收拾零碎雜物，沒去留意接下來的發展。但我無意間聽到一段話，讓我停下手邊的活兒，文風不動。

「我只要妳們最高級的布料。價錢不是問題。不是最好的就別拿出來。」

傲慢，被寵壞了——會用同樣語氣說話的年輕淑女恐怕不下十數人。那麼為何我的手臂上爬滿雞皮疙瘩？

布簾另一邊有人清了清喉嚨。「親愛的妳要知道，付錢的人是爸爸，不是格林先生……」

「那我會還他！妳也知道，我用第一季的零用錢就夠還了。」

「請妳們務必理解，我女兒的未婚夫家在社會上有頭有臉，而且家財萬貫。」母親解釋道。

「那當然了，」梅亞爾太太裝出同樣沾沾自喜的口吻說：「我很榮幸能為格林先生的第一位夫人製作衣服。」

我微微一笑。我並不常贊同梅亞爾太太，但不得不承認她這句話一針見血佔了上風。外頭這兩位客人的聲音，讓我有種說不清摸不著的感覺，讓我覺得噁心。尤其是那個女孩。我在哪裡**聽過**她的聲音呢？

「老格林太太穿著很隨便。」布料發出窸窣聲。年輕女孩顯然沒有被梅亞爾太太嚇退。「我打算搶盡她的鋒頭。不過我必須穿綠色，全身上下都是綠色。我要大家都記住我的姓氏。❷」

凱特一聽隨即開口。「我們有一些深淺不一，很美的綠色。我拿一匹謝勒綠的塔拉丹布給妳看看。」

兩位較年長的女人安靜了片刻，讓凱特將布料攤開。

「多美妙的想法呀，夫人。」梅亞爾太太說道：「令嫒會想到利用穿著配合丈夫的姓氏。我自己嫁了個軍人，許多年後我可都只穿深紅色呢。」

「可是深紅不襯膚色。」

「就是啊，歐戴克太太。」

黃金色牆壁慢慢向我靠近。羅莎琳．歐戴克。我在學堂裡的死對頭。

萬一她看見我呢？不幸地，幾乎和孤兒沒兩樣地，在賺取生計。三年前她已經對我不屑一顧，但**現在**……我寧可死也不想讓她看到我這副模樣。

「我女兒也快出嫁了，」梅亞爾太太說：「她和她未婚夫正在挑日子。」

梅亞爾太太簡直像是在傷口上撒鹽。但她自己恐怕並未意識到。現在不是輕易就能想像出那個畫面嗎：羅莎琳和凱特，兩個新嫁娘，都像皇后一樣穿得一身白，髮間裝飾著橙花。在嘲笑我。

「我想你們這樣的人應該很不一樣吧，」歐戴克太太拖長了音說道：「妳女兒的婚期得選在太太小姐們不要求她幫忙的時候。再說了，妳這家小店，少了個人手很麻煩的！我想妳一定會很想念她。」

梅亞爾太太異常謙遜有禮。「哎呀，其實我們都是一樣的，夫人。羅莎琳小姐離家後，妳也會同樣失落。」

「是啊。」她聽起來不太確定。

「媽媽，過來看這個。」

好會裝模作樣！**綠色，全身上下都是綠色**。我坐在椅子上，聽著羅莎琳一口氣列出的清單，愈聽愈生氣：綠色手套、綠色陽傘。碧綠、草綠、白色薄紗滾上薄荷綠邊。我真想讓她一次看個夠，我真想讓她淹沒在綠海中。

吱嘎。聲音來自我身體內，不是外面。我受損的束腰，被羅莎琳踢壞的束腰，發出復仇的吶

❷ 格林音同綠色。

喊。

綠色羽飾，綠色緞帶。

「妳應該明白，這會是很大一筆訂單。妳手下的丫頭恐怕得不眠不休地趕工。」

慢慢地，我嘴角浮現一抹微笑。每件衣裳都將會有我的針腳。我的棉布、我的網，會將整件衣服連結起來，羅莎琳．歐戴克就被釘在中央。

噢，我不眠不休沒關係。只要能有一次機會對她出手，趕工趕到暴斃我都情願。

「他們會記得妳的，羅莎琳。」我低聲說：「我保證。所有人都會記得格林太太。」

暗自盤算的不只有我一人。

那天晚上敏輾轉難眠，不停在我們的床上動來動去。她每翻一次身，乾草就會戳刺我的皮膚。

「靜靜躺著好嗎？我都不能睡了。」

「太冷了睡不著。」

她說得對。我的四肢凍得有如被火燒一般，腳趾也因為長凍瘡而發癢。外頭遠處傳來霧笛聲，就在蜿蜒流向我舊家的那條陰暗河水上。

我們的地窖裡也有霧：我們往凜寒的空氣裡吐氣凝結成的。黛西打呼時，從鼻子冒出縷縷煙霧，好像靈魂出竅似的。

「唉，雙胞胎竟然睡得著。」

「她們不會覺得冷，」敏壓低聲音尖刻地說：「因為她們的心是冷的。」我仰躺著不動，靜靜傾聽風聲。今晚的風格外猛烈，足以刮去人臉上一層皮。在河上那艘船上的人，想必艱苦萬分！

吱嘎，吱嘎。凹凸不平，枕在我頭下面的束腰唱著催眠曲。它呢喃唱著復仇與力量，唱著奪回掌控力。聽著聽著，我眼皮垂了下來，頭變得沉重。

「我要走了，很快。」

我倏地睜大眼睛。「什麼意思？」

「我要走了。我要離開這裡。一切都計畫好了，現在只等著適當時機。」

她一直在說她打算這麼做。有時候，我會想像她在一條銀色大船上，船身劃破水面航向非洲與沙漠國度。在夢裡，我感覺到一股勝利的喜悅。但現在不然。在現實中，在束腰靠著我頸背低聲呢喃的現實中，不然。

「為什麼？」

她的眼白在黑暗中一閃。「為什麼？妳真的能躺在這裡還問我**為什麼**？」

「不是……我是說，為什麼是現在？外面那麼冷又那麼濕。過年前會下雪，最好還是等到夏天。」

「不。到時候白天比較長，晚上外面會有很多人。冬天裡不會有人看妳，他們只會把領子拉得高高的快步走過去。」

「可是妳沒有領子。」我指出來。「連個可以當斗篷的東西都沒有。」

「沒關係。為了找到我媽，一點點冷我可以忍受。」

我光是想著就直打哆嗦。以前在我們學堂那條街上有個乞丐，兩條腿都殘了。同學們說他的腳是因為凍傷截掉的。那件事不斷盤旋在我腦中：虎視眈眈的寒冷，張著一口能撕裂人肉的利牙。那要比上尉的房間好還是不好？

「敏，」我小聲地說：「我希望妳再想想。我知道現在很難熬，可是再過幾年，妳就滿二十一歲了。成年了，不再是學徒。妳可以在大白天裡離開，誰也沒法攔妳。」

她苦澀地笑笑。「妳是這麼想的嗎？她會就這樣放我們走？算了吧，露絲，妳自己也不相信。她有放凱特走嗎？」

「那不一樣，她們是家人。可是妳……」我沒把話說完。我又知道什麼了？我只來了一年半，而且仔細想想，奈兒想必已經滿二十一了，她哪兒也去不了。

「跟我走吧。」敏說。

進入寒風的利爪中？儘管街上風聲呼號狂烈猛吹，我不得不承認，我很想為了敏去對抗它。她的勇氣感染了我。和真正的友人重新開始，這不正是我一直想要的嗎？

如果留在這裡，人生只會變得更加悲慘。沒錯，我還會有奈兒和比利陪伴，但他們不像敏。他們的眼界只局限於這間店、這座小鎮，而敏要去倫敦，也許還有非洲。

我和敏可以打造一個我們只需要對方的生活。

但我怎能違背媽簽下的合約，怎能拋棄她，自己在異國陽光下尋求新生活？還有束腰，在我的頭下面輕輕地吱嘎作響，提醒我即將來臨的喜事。我不能放棄這個傷害羅莎琳的機會。現在不行。

「妳明知道我不能走。我要是逃跑，那個老巫婆會把我媽送進債戶監獄。」

「那也得她找得到人！她還是沒寫信來，對不對？」

「沒有。」我不得不承認。

「那就對了。」

照常理說我媽很可能已經死了，但我內心百般不願接受這個想法。媽若是死了，會給我的生活帶來一種新的悲涼，一種呼天搶地的孤寂感，更甚於我到目前所承受過的一切。我必須抱著她還在世的希望。

「妳那麼堅定相信妳媽還在外面某個地方，在倫敦。」我的聲音有些顫抖。「妳為什麼就不能相信我媽也是？」

我聽見她呼出一口氣。她的手摸索著拉住我的手。「妳說得對，對不起，我只是……我寧可和妳一起走。」

「我知道。但妳想想，如果我在這裡，我可以幫忙，轉移她們的注意。今天，梅亞爾太太說起要給凱特的婚禮訂日子，到時一定會有機會，對吧？趁大夥兒都忙著慶祝的時候。」

敏捏捏我的手說：「對，沒錯，就挑那個時候。」

接下來我們沒有再說話。我睜著眼睛躺在草褥上，知道自己再不可能睡得著。凱特出嫁那天，我的人生將失去每一道微弱的光線。少了敏沖泡的難喝的茶、比利的口哨聲、凱特的孔雀藍連身裙，梅亞爾家會變成什麼樣子？

地窖的另一頭，奈兒在睡夢中叫喊著。我左耳緊壓枕頭，細細聆聽束腰吱吱嘎嘎響，以及在這聲音底下，敏的骨頭魚規律發出的喀嗒聲。

28 朵蘿西亞

我花了不少心思在摩頓夫人身上。依照禮數，應該回請她一次，雖然我幾乎不覺得她會來。想到那張骷髏臉，越過我家門口，在我的地毯上灑下一大片粉和皮屑！不行，我不想讓那個女人到家裡來，就像我不想讓那個擋都擋不住的皮爾斯夫人來一樣。

爸爸曾告訴我，母親一皈依天主教後，所有的好友都棄他而去。我向來總是以此解釋為何為我的教養擔憂的家庭友人鮮少上門，也因為這般悽慘的狀況，才導致父親眼光低到看上了皮爾斯太太。但如今，我有了懷疑。

提起媽媽時，摩頓夫人並未出言不遜。事實上，摩頓家族與天主教也有些淵源，她若是這麼做未免顯得虛偽。我愈是回想在石楠地莊園的那頓晚餐，以及餐後一起喝茶的時光，愈是認為摩頓夫人的嫌惡另有原因。她不再登門是因為她不喜歡爸爸。

媽媽和摩頓夫人是朋友。翻尋她的遺物時——剪紙與乾燥花、繡了一半的小手巾——我找到幾張她們寫給彼此的字條，上頭有摩頓夫人的署名寫著「妳最親愛的G.M.」。我仍記得摩頓夫人到家裡來的情景，因此她不可能像爸爸說的那樣離棄我們。可是自從媽媽死後，她再也不曾來過。

你不覺得奇怪嗎？撇開生病不說，偶爾也總該寫寫信吧。**有點消息吧**。一個女人——一個膝下無子的女人——不會眼看著摯友去世，留下獨生女兒，卻毫不關心這女孩過得好不好。除非有某種重大考量讓她保持距離。而我愈來愈相信，爸爸想必就是那個考量的所在。

爸爸對她可說是極其客氣禮貌，但我記得她提到媽媽「可憐染上疾患」時，臉上那諷刺的表情，好似在責怪他沒有好好照顧她。

昨晚，準備上床前，我決定測試一下蒂妲。我穿著睡衣坐著，前面的梳妝檯上擺著兩只燭台，各點了一根蠟燭。我的頭髮鬆散開來，披落在肩上。蒂妲拿著銀背梳替我梳理，準備編成辮子。

「蒂妲，」我透過鏡子看著她說：「我母親去世的時候，妳已經在我們家做事了，對不對？」往下梳的梳子忽然放慢速度。「是的，小姐。我那時在廚房。」

「可不是嘛，我想起來了。比我大不了幾歲。」

「我當時……應該是十四歲，小姐。」

十四歲，而我七歲。很多事小孩可能不會注意到，但十四歲的蒂妲應該有能力留意四周的情況。

「妳還記得多少，蒂妲？關於我母親的死？」

髮梢被拉扯了一下，頭皮一陣刺痛。「說不上記得很多。氣氛非常悲傷，那是當然。但我在樓下的洗滌間忙活，我敢說妳記得的比我多。」

我**記得**些什麼呢？嘔吐、血液循環很差。我常常將媽媽寶貝的手握在手裡摩搓，並用力吹氣，試圖焐熱她冰冷的手指。

「難就難在這裡。我當時雖然年紀小，但的確是我在照顧她。但即使到了現在，我仍然不明白她究竟死於什麼病。廚房裡的人是怎麼說的？」

「說是……消耗病吧，我想。」

蒂妲將我的頭髮纏在指間開始編起辮子，她兩眼專注地看著自己的手，並未在鏡中與我四目相交。

「但是什麼病名？我想應該沒有哪個下人看過死亡證明書寫了什麼吧？」

「噢，這我就不知道了。」

「沒有調查死因，沒有驗屍嗎？」

她把辮子拉得緊緊的。「沒有，阿姆斯壯大夫負責治療的，不是嗎？他一直都是老爺的朋友。可憐的太太生病以後，一路都是他在照料。」

我對阿姆斯壯醫師無甚好感。他看起來草率、漠不關心，好像看病對他是一大妨礙。我相信事實也是如此，因為他不止一次對爸爸說過，他很希望轉而去從軍。

會不會摩頓夫人的厭惡正是奠基於此？換作是她，她會請更好的大夫，但爸爸理所當然就直接求助自己信任的友人。

蒂妲**肯定**知道更多。僕人們會嚼舌根，這是他們的天性。

「妳知道嗎，我會擔心。」我轉換策略說道：「我就快到她那個年紀了。萬一那個病症會遺傳呢？我得知道有哪些症狀才能提防。」

在燭光中，我看見她一時失手，我的一綹髮絲迸了開來。「胡說，妳又健壯又活力充沛。」

「這想必是讚美之詞吧。」

「我的意思是，小姐……就是，妳母親。她有雙亮晶晶的大眼睛，臉頰又紅紅潤潤，這樣的淑女總是不長命啊。」

「所以妳覺得是肺癆？」

蒂妲的手指恢復了正常節奏。「也許。我可不是大夫，對吧？」

「沒有咳嗽啊。」我回想過去，喃喃地說：「倒是比較像急性胃炎。」

「妳說是就是了，小姐。」

我們沉默了好一會兒。我看著自己鏡中的倒影被燭火照映得閃閃爍爍，試著從我的臉龐勾勒出媽媽的輪廓。但無論是臉或是頭顱，都極少留有她的影子。我們倆相似的是**性情**。老是忙忙碌碌，老是積極活躍，直到……

「也許我應該請爸爸去看一看死亡證明。」

「要是我就不會這麼做，小姐。」蒂妲連忙說。

她說得沒錯。這麼做只會惹他煩心。爸爸不是個勇敢的人，一提起疾病與死亡，他就萬分反感。媽媽日漸衰弱那段期間，我每天睡在她房裡，而他卻是在門口徘徊，遠遠看著，小心翼翼。

這可能是令摩頓夫人輕蔑的另一個原因。若非像我如此了解爸爸，會覺得那是懦弱，甚至於無情的舉動。

此時，我的鬢邊開始隱隱作痛。「夠了，蒂妲，妳拉得太緊了。」

「對不起，小姐。」她將睡帽遞給我。「還需要什麼嗎？」

「不用了。晚安。」

她急急地行了個屈膝禮，隨即退下。

毫無疑問，蒂妲知道的比她告訴我的還多。她「守密區」的器官相當發達，這可逃不過我的法眼。但也怪不得她。隱瞞真相的人不見得一定是出於卑鄙的動機；也許她是擔心談論我母親的死會讓我沮喪。而假如摩頓夫人和我父親**確實**起過爭執，蒂妲也不太可能告訴我。

然而，我依然心神不寧。即便只是揣測，我也不願認為摩頓夫人將媽媽的死怪罪於爸爸。但我往往發現，悲傷的情緒會產生奇怪的扭曲效果，讓人在面對不管多光怪陸離的事，都會信以為真。

瞧瞧露絲．巴特漢。她的故事愈編愈瘋狂離譜，幾乎就要失控。她幻想要懲罰童年時折磨她的人。即使對一個十六歲女孩而言，那念頭也近乎幼稚。

露絲想以這種方式自娛，就儘管去吧，反正我只要能測量她的頭，什麼都無所謂。她把我當成耳根子軟的笨蛋——這點我原諒她了。不過到頭來，受苦的人畢竟不是我。

是她需要坦白並懺悔。

隨著審判日逐漸接近，此時不該逃避上帝的恩典。時日已經不多。在露絲最後上絞刑台之前，必須以牛膝草潔淨她的罪，為她塗抹祭牲的血。

一個人究竟能自欺欺人多久呢？

29

露絲

歐戴克的嫁妝全部由凱特負責量身，記下許許多多訂單後再由我們來完成。這麼久以來，這是第一件讓我真正樂在其中的工作。

束腰呢，羅莎琳選了一個十分搶眼、讓人看了很不舒服的顏色。換作是我，也挑不出更適合的了。

我雙手懸在我做好的布片上方。它們似乎發出細微的嗡嗡聲，逐漸發熱，好像被晾在廚房的爐火前似的。我知道我得做什麼，一針都還沒縫之前我就知道了。

桌上，已完成一半的束腰右側，躺著我親手縫製的寶貝：許久許久以前，羅莎琳弄壞的那件衣物。她說它不堪一擊，但現在它很強大，和我對她的恨意同樣強大。

我懷著滿滿的愛將它攤開來。看起來好小一件。自從繩股將我牢牢包覆的那段時日以來，我的身體成長了許多。如今該讓繩股去攀附另一個人，去拖垮她了。

我裁下的方塊不大，就那麼一片褐色密織棉布，曾經被我藏在床下的木地板底下。我順著布片邊緣畫圈，感受著纖維的輕撫，接著舉高到嘴邊，在中心處輕輕一吻。然後我把它塞進羅莎琳的束腰，夾在綠色布料與襯裡之間。位在正中心一個腐朽的祕密。

加入後，那件未完成的衣物彷彿活了過來。也許是因為色彩豔麗的關係，那些布片似乎在桌上規律地跳動著。吸氣，吐氣。

「她在哪？那丫頭在哪？」茄色布簾嘩地往後拉開，嚇了我一跳，梅亞爾太太魁梧的身形隨之出現。「我去趟廁所，巴特漢。妳來看店。」

「可是——」

「別回嘴。」她吼道。

我嘆了口氣，將黃綠色的布片摺起放到一旁。正好可以讓眼睛休息一會兒。

梅亞爾太太消失了，我猶疑不定地走出來，踩上乳白色地毯。儘管是冬日，店鋪裡卻光輝耀眼。我站在亮晶晶的玻璃櫃檯後面，吊燈底下，主宰著一切。羽飾、扇子、香水瓶、牆上一匹匹絲布：全都屬於我一人。

也或許不是。

比利在窗邊徘徊。他正在重新戴上帽子，底下的頭髮看起來比平常扁塌，好像是他用手梳了好多次。我見到他心就噗通噗通地跳。

「早啊，露絲，妳……應該都聽到了吧？」

我將手伸進櫃檯下面，開始整理擺放的商品，試圖掩飾我的驚訝。「聽到什麼？」

「梅亞爾太太和我正在商量，關於婚禮的事。經過這麼久，真的就要實現了。下星期日就會宣布第一次預告。」

幸好我的手藏在櫃檯下，沒讓他看見它們在發抖。

比利一直都在外面，和我的距離就連說悄悄話也能聽到，而我竟一心沉浸在對羅莎琳・歐戴克的憎恨中，完全沒聽見他的聲音。將來，也許再也聽不到了。結婚以後，他到店裡來的機會會少得多。他會在家陪凱特與他們的藍眼子女，而不會為了將我和奈兒救出煤洞四下奔走。我，又失去了一個朋友。

「怎麼樣？妳不打算說點什麼嗎？」那雙藍眼直勾勾盯著我看。

「我……」用這個字開頭就錯了。現在最不該提起的就是我自己。我得把焦點轉回到他身上。「我想你們倆應該都大大鬆了口氣，你覺得呢？」

他噗哧一笑。「唉，我不騙妳，我很緊張啊，露絲，當然緊張了。可是非常快樂。」

我不想再聽下去。

或許他內心深處是知道的，也或許我的表情洩露了心聲，總之他很快地換了話題。

「妳一定是在埋頭苦幹，連我進來都沒聽見。又是束腰，是嗎？大家都說妳手藝很好，我根本沒得比。我能不能進去看一眼？」

我不禁開心地紅了臉。「不……還沒做好呢。」

「慢工才能出細活嘛。分叉支骨嗎？」

「噢，不，這位小姐不是。她不想穿不用靠女僕幫忙的束腰。我用的是很堅固的十二吋木支骨，外面包覆軟皮革，我覺得看起來很笨重。等女僕拉緊綁繩的時候，她會大吃一驚。她的腹部會直接被壓扁到和背脊貼在一起。」

事。

多美妙的畫面：羅莎琳被壓扁，羅莎琳被熨斗給燙平。但即使如此都比不上我為她盤算的事。

「這些時髦的東西，」比利眨眨眼說：「我敢說她也希望能放很多撐條進去吧？」

「她的束腰，」我老實地說：「就像墳場。」

他笑起來。他要是知道實情，也許就不會笑了。

我往通話管瞄了一眼。我們站得夠遠，樓上聽不到。

「會很奇怪，」我輕輕地說：「下個月的這個時候……我沒法想像。」

「什麼，沒法想像我娶凱特？」

噢，為了安定自己的心，**那個**我可會想像了。但偏偏腦子裡全是擁抱親吻的畫面，不是日常生活，惹得我心煩。我很努力地去想他們會如何和諧度日。

「你們……很不一樣。」

「是啊，」他附和道：「成婚就得這樣。妳要知道，露絲……凱特不是她母親。有時候我覺得妳把她想得太壞。」

我非常仔細留意著緞帶卡片。我想告訴他關於撥火棍的事，話都已經到了嘴邊，但那有什麼用呢？他都已經立下誓約了。

「也許我會替她做一件束腰，」我喃喃說道：「當作送別的小禮物。」

「好呀！她會喜歡的。」

上帝保佑，他以為我是認真的。我忍不住露出微笑。

不，比利，她不會喜歡我做的束腰，一點也不會。

30 朵蘿西亞

我有必要講述一個非常令人震驚的情況。

今天下午，當我的馬車軋軋來到新橡樹門監獄，竟然沒有看門的獄吏來開門。葛瑞馬許只好下車，留下馬匹，去找人幫忙。幸運的是今天天氣乾燥，每當太陽從流雲間露出臉來，也讓人覺得暖和。拉車的兩匹紅棕色母馬便知足地低頭晃尾等候著。

最後終於有個人和葛瑞馬許一塊兒回來：一個鷹勾鼻、頭型扁平的男人。他風風火火地開了門，似乎馬上又要消失不見，我連忙拉下玻璃窗出聲喚他。

「大門隨時都得有人看著呀！你們是在忙些什麼？」

「抱歉，小姐。」那個討厭的男人回答道。他看起來一點也不覺得抱歉，只顯得厭煩。他的額頭低窄，使得他缺乏說理能力與道德力量。

「把話說清楚，」我挺直身子喝令道：「我是監獄的委員，你有責任向我報告。」

「好吧。那麼也許妳能想想辦法。」

直到我來到入口，才真正了解他打的啞謎。

監獄裡一團混亂。沒有沙子在腳下窸窣作響，沒有囚犯在操場活動，就連窗檻也蒙了一層白霜般的灰塵。

醋與另一種像有東西在燃燒的臭味，堵得空氣滯悶；一種燒灼的氣味。有一刻，我擔憂又發生暴動了。但我的記憶中隨即有一顆小小種子破土而出，冒出芽來。**樟腦油**。對了，就是這個：媽媽那間通風不良的悶閉病房，就瀰漫著這種濃烈氣味。

「甄愛小姐！」獄吏詹肯斯太太疾步朝我走來，臉上煥發出興奮之情。「妳絕對猜不到出了什麼事！爆發疫病了。」

「**疫病**？」

她滿懷盼望地點頭。「皮膚長紅斑、瀉肚子。可憐那班女人全都一個個倒下了。」

恐懼伸出冰冷的手指包住我的肩膀。我急忙從手提袋中掏出浸過佛手柑香油的手帕摀住鼻子。「沒有人死吧？」

「沒有。」她勉強坦承，透著一絲失望。「不是所有人都感染。妳那個露絲．巴特漢就好得很。」

不知怎地，我就知道會是這樣。

「我可以讓妳去看她，甄愛小姐，但其他人恐怕不行。可不能讓妳這樣的淑女得病。」

我們走過走廊時我有點喘不過氣，肋骨下方隱隱作痛揮之不去。幸好詹肯斯太太沒有要我開口，只想自己說個不停。

疫情似乎是從洗衣間開始的，有個女囚在做活的時候昏倒。獄方不甚在意，因為洗衣間向來蒸氣瀰漫又悶熱，隨著天氣逐漸轉熱，有一兩個人昏厥也是在所難免。可是那名囚犯甦醒後仍是有氣無力，甚至昏昏欲睡。監獄長發現她的皮膚出現怪異的斑點，那個時候，已經又有三人倒下了。

「這下真的是全員出動，」詹肯斯太太語氣興奮地說：「要洗的衣物增加了一倍，卻只有一半的囚犯能洗。謝天謝地，監獄人員都沒有染病！」

我抓住她的胳膊。「只有囚犯生病？真的嗎？妳們沒有因為這些瘴氣而身體不適？」

「沒有，」她說：「怪就怪在這裡。」

我們來到了露絲的囚室。搪瓷名牌微微晃動，雖然沒有一點風。

我打起精神，進入後發現露絲又在扯那討厭的麻絮，那纖維的霉味只是讓原本已受汙染的空氣更加敗壞。連我浸過佛手柑香油的手帕都抵擋不住。

我咳嗽起來。

露絲抬頭看我。「小姐，現在到處有人生病，我沒想到妳會來。」

「我事先不知道。把那條繩子放下吧，露絲，我真的很討厭那玩意。監獄長不是讓妳去縫紉室了嗎？」

露絲聳聳肩，丟下那堆麻絮，拍掉手上的粉屑。她四周立刻揚起黑色微塵，宛如煤煙。「是啊，說要待到把床單被褥都做完。可是現在我們不能混在工作坊裡，可能會染病。」

是我的想像嗎？還是她的嘴角果真有那麼些微的上揚？她說到「染病」時難道不是帶著一點輕蔑，好像她早已知道……

唉，我變得太神經質了，老是想一些駭人聽聞的事！

「妳覺得怎麼樣？」我與她維持著接觸不到的距離，問道：「再一次做針線活？據我了解，妳已經無意做那份工作了。」

「即使不想做，我也習慣了。對我來說其實都一樣。」

她兩手交握。骯髒、黑汙、指甲斷裂。她述說過的字句重新湧現；我想起她提到羅莎琳·歐戴克時的恨意。她可不可能也對獄友們懷抱類似的怨恨？她可不可能試圖……

我這個容易相信人的傻女孩，不知不覺地便吐出這番話來：「妳在縫製床單被褥的時候在想些什麼？但願是有教化作用的念頭。」

她的頭一偏，捲髮落下蓋住脖子。「妳認為呢？」

震顫一路竄下我的背脊。傻朵朵，又上當了！想當然耳，這正是她的意圖。她對我撒謊就是為了這份刺激，為了想看我天真到相信她的話時臉上的表情。如果輕易就被她的說詞愚弄，我做那麼多學問又有何用？

「我完全不知道。我只是出於好奇問問。坐到椅子上好嗎，露絲？我想再替妳測量一下。」

她耐著性子忍受我的雙手與測量器。繩索纖維糾纏著她的髮絲，開始之前還得先清一清。

我因為擔心生病的囚犯加上煙塵刺眼而恍恍惚惚，眼睛有些迷濛，但仍然看得夠清楚了：數據沒有改變。分寸未改。

無論多小，總該有點變化吧？即便假設露絲見牧師完全是個假象，她畢竟日復一日地對我撒謊。我以為會看到較底部的器官因過度使用而變大，道德功能的部分則縮小。

除非我的理論是錯誤的，一直以來都錯了……

「妳好安靜，」她說：「我今天凸起的地方不夠多嗎？」

我將測量器闔起。「不，不，一切都沒問題。妳自己覺得還好嗎？我很擔心監獄裡這場疫病，實在不希望妳也被感染。」

「妳真好，小姐。但我不擔心。對我來說，忽然就那麼走了說不定比較好。好過被吊死。」

「這病不會致命，露絲。我們的囚犯都沒有人病死。」我指出。

她低頭看著弄髒的雙手。「嗯，還沒有。」

31

露絲

那幾天在閣樓的感覺很奇怪。我們是在一種壓抑著興奮的氣氛中做針線活，一面試著去捕捉即將到來的新世界的暗示與預兆。經常會聽見梅亞爾太太小聲地在說冷肉的事，或是跟凱特說「得由丫頭們來做，只要讓她們見得了人就好」。她滿臉笑容底下藏著一根帶有敵意的刺。她不是真的為凱特即將出嫁歡喜，而是感到憎恨。

凱特自己變得焦躁不安，剪裁變快，下指令也變得漫不經心。但我覺得她還有其他改變。她變得比較漂亮，比較有人性。

我恨她。

第一次預告前一個禮拜，只要梅亞爾太太在樓下前鋪，我們就能偶爾小聲聊天不會挨罰。我和敏會坐在桌子另一頭，離其他三人遠遠的，一面處理扎手的馬毛襯裙一面交頭接耳。

「她們要舉辦一場晚宴。」我眼睛看著凱特，對她說道：「下禮拜天，上完教會以後。」

「梅亞爾太太都沒提。」

「是啊，但她會的。我一直在偷聽。她們要把所有的朋友都請來，讓我們負責服侍。」

敏縫紉的手慢慢停了下來。是右手，少了根指頭的那隻。「她們會……很忙。」

「會分心。」我附和道。

「那就沒法一直盯著我們。沒法盯一整夜。」

「對。」

我中指的一個膿瘡裂開，我將手指舉到嘴邊想吸走痛楚，但一聞到味道就打住了。敏丟了一塊布給我，我將流膿的傷口包起來，卻無法驅散心裡的不安。我長這麼大從來沒看過自己的手這麼粗糙，指甲周圍經常生瘡化膿。我還不時會頭痛，記不清到底是什麼時候開始的，但好像大約是我開始做羅莎琳的嫁妝那時候。

我對她的厭惡腫脹成可怕的膿包，非得切開不可。會不會是那股力量讓我慢慢病了？

「我要離開。」敏撫順馬毛襯裙，嘴唇緊繃，顯示出她的決心。「就在請客那天晚上。」

又是一刺，但這回不是在手上。敏說得沒錯——那是逃跑的最佳機會。可是沒有了她……我會像衣裙上掉了一顆珠子以後留下的線頭。

我重新拿起針來。「別太相信雙胞胎。要是艾薇看到妳逃跑，她會告密。」

「我得趁著三更半夜。客人正要離開的時候。」

「也許我們應該告訴魯克先生。」我的聲音帶著些許疑慮。他幫我逃出過煤洞，但上尉的房間從來沒有過。我真能說服他在他們自己的喜宴上矇騙未婚妻嗎？「或是奈兒……」

敏狂搖頭。「不行，不能對其他任何人吐露一個字。我只相信妳。」

「我發誓。」

她很快地對我笑了笑。我想起第一次見面那天，她是那麼戰戰兢兢、猶豫不決，假裝說要去前鋪請梅亞爾太太來。我殘缺不全的心在肋骨後面猛抽了一下。

我想說我愛她，她是我這一生最好的朋友。我想說我原諒她在契約上畫押，把我和梅亞爾太太綁在一起。但就在這時候凱特抬起頭來。

「米莉安！露絲！別再磨蹭了！別逼我去找我母親上來。」

這便足以讓我們接下來一整天不再開口。

自從來到新橡樹門監獄，我想了很多關於死亡的事。我說的是死亡的經驗，不是死後的來生。我做了那種事，八成會被吊死。吊死並不是我所見過最慘的死法。

有時候我會好奇，那天早上醒來，知道今天是自己的死期，會是什麼感覺。也許我會哭吧。但是我愈想就愈覺得應該跟那個星期天的感覺一樣，結婚預告和敏逃跑的那一天。

黎明的到來明晃晃又冷冰冰。我們梳洗時，樹上有隻知更鳥啼叫個不停。有新衣可穿，因為我們要上教會當作展示，晚上還要服侍客人。其實沒什麼好興奮的，衣服很廉價，顏色像泥巴。但在緊身褡外面套上不熟悉的衣裙還是讓我心神不定，好像穿上戲服一般。

出門前，我去上了三次廁所。無論是在屋裡或是上了街，驚恐之情都緊跟在後。卵石之間有白色晶體連結成的花邊，連枯葉和馬糞堆也都撒上一層霜。在我看來，這一切都太刺眼、太強烈，鳥鳴聲也充滿惡意。

我和敏和奈兒走在一塊兒，無法說話。雙胞胎走在前面，梅亞爾太太和凱特悠閒地跟在後面，手挽著手，一如往常。禮拜天她們得讓我們上教會——否則會顯得很奇怪——但一星期把我們借給上帝一次，她們是不情願的。她們總是緊跟在一旁，監視著我們，以免我們忽然逃跑。

這正是敏打算做的事：逃跑。再過不到二十四小時，就會在這裡，在這些卵石上頭，看到她獨自在逃命。

我又想去上廁所了。

教會裡人很多，充滿濕羊毛的味道。我們慢慢走向一張長椅，擠著坐在一起，我頭一回感到慶幸，因為身子慢慢變暖了。

等候做禮拜時，會眾嘰嘰喳喳地聊天，只有我們這夥人安靜得不自然。凱特坐在最旁邊，因為走了路而容光煥發。她臉上洋溢著光彩，好像彩繪玻璃上的聖母。只不過我注意到她的下唇在顫抖。

我也在顫抖。敏緊貼在我身旁，但我無法看著她太久。她拉下了軟帽的面紗，我每次看見，就會想到裹屍布。

終於開始做禮拜了。讀經、唱聖詩與緩慢、熟悉的吟誦，包覆住我焦躁的神經。我的心跳慢了下來。我原本可能徹底平靜下來的，偏偏牧師選在這個時候說：「我現在預告本教區的未婚女子凱特琳・瑪麗亞・梅亞爾與水邊聖路加教區的未婚男子比利・魯克即將成婚。這是第一次詢問。如果有人知道這兩人依法有什麼理由不能結婚，請現在提出來。」

沒有人知道我坐在那張長椅上內心有多麼煎熬。好吧，也許上帝知道，但祂什麼也沒做。

對我們來說，禮拜日從來不是休息的日子。從教會一回來就要馬上做活，今天只是稍有不同。我們不是冒冷爬上閣樓，而是匆匆進到廚房。奈兒生火，敏開始掃地，我們其他人拍打地毯。

「圍裙。」梅亞爾太太抱著一團白布大步走進來，宣布道：「還有軟帽——等妳**做完了**髒活兒才能穿戴上，米莉安！一定要讓客人覺得看起來乾淨。」

她以快速、果斷的動作將那些堆放在桌上，方正的下巴咬得緊緊的，更加深嘴巴周圍的皺紋。而那雙平常又小又亮的眼睛往外凸，我不知在哪看過同樣的神情。對了，我想到了：就是駕乾草貨車的男孩，他的馬受到驚嚇的時候。一個馬鞭從手上滑落，以太快的速度在路上狂奔的人，臉上的表情。

凱特不見人影。我猜她正在把自己擠進某一件二十吋腰的連身裙。我們不知道她會穿什麼；她是向鎮上另一間時裝店訂購的，惹得她母親很不開心。

不久，屋裡便瀰漫著烹煮食物的溫熱香氣。不是我們被迫湊合著吃的那種，客人們吃的是培根、白麵包、裹麵包屑與香芹的馬鈴薯、野味餡餅和種子蛋糕。

白天並不長。我們還忙得暈頭轉向，太陽便開始在一片藍色與粉紅色的粉狀瀑布中西下，還伴隨著一條條鱗片般的雲彩。黑影逐漸拉伸延長。前鋪的旅行時鐘響了，該是我們戴上軟帽的時候。

我們的頭髮被蓋住，露出頸子映照著火光，看起來好奇怪、好不真實。一列被判處絞刑的少女。拿托盤時，敏來到我身旁停下，伸出一隻手，替我將一綹掉落的髮絲塞到耳後。

我知道這是在道別。

終於，我獲准爬上鋪地毯的階梯來到起居區。氣味重新湧現：山谷百合、紫羅蘭、木柴與煤炭，我手中的托盤微微搖晃起來。那已不再是怡人的香氣，它們給我上了鐐銬，讓我置身於上尉的房間，儘管那扇門關著並上了鎖。

食物飲料要端到客廳。我從未到過如此精美的地方。蜂蠟蠟燭在壁凹裡燃燒著，鏡子與桃花心木壁爐架上火光閃閃。牆上貼著小狗圖案的暖色壁紙。大理石面餐桌在等著上菜，四下到處有沙發可以讓客人坐下。凱特在花瓶裡插滿溫室花朵。一切都很完美：一個已準備好，只等演員登場的舞台。

我站在牆邊，看著舞台側翼，拉動幕簾。

等候著一名演員離去。

32 露絲

「其實我們曾經一度領受過恩典，很久以前，但那可憐的孩子被天使們帶回去了。唉，真是傷心事。不過我第一眼看到比利啊！上帝保佑，我對魯克先生說，他的神韻和我們亞弗瑞還真像呢。」

比利的養母和我想的不一樣。她是愛爾蘭人——我這才想到比利雖然沒有口音，但措辭的確不盡相同，說話的樣子也像愛爾蘭人。魯克太太同樣是肥胖身材，蘋果般的紅臉頰，而她胸脯之大，要是轉身轉得太猛可能會讓人嚇破膽。她愉快地揮舞著手，與賓客聊個不停，而她丈夫——一個頭頂漸禿、戴著眼鏡的瘦小男人——則是面帶溫柔笑容在一旁看著。

「那是當然啦，這對年輕人忽然決定要結婚，我們也很驚訝。但有何不可呢？他在各方面都不比女方差，而且……」她壓低了聲音，「還略勝一籌呢，妳可別告訴別人。」

我活像件家具緊靠著牆壁，從我的角度看去，那就是個喜氣洋洋的宴會。大夥兒喝著香檳，有人微笑有人大笑。凱特置身中央，光芒四射，完全不是我白天在店裡看到的那個人。她的肌膚不再緊繃，鉛玻璃鑽石在她的頸項間閃爍，照亮她的雙眼。讓梅亞爾太太十分不滿的那件禮服終於登場，是布滿斑斑銀點的午夜藍色布料，更能襯托她此時以銀色緞帶綁起的深色捲髮，也使她的膚色顯現前所未有的光彩。她全身上下，從衣領上方露出的骨頭到踩著便鞋的腳趾，都完美無瑕。

我舊日的強烈渴望驀地燃燒起來。說「羨慕」，太輕描淡寫了。我不想要她擁有的，我想要**變成**她。如果可以將凱特的靈魂逐出她的身體，以我的取而代之，我一定二話不說立刻動手。

看凱特現在舉杯望著比利微笑的模樣，根本是天下無敵。什麼都動不了她。

與此同時，我由於不習慣久站，整個人垂頭喪氣，疼痛的腿也不停轉換重心。

時間已晚，但客人都沒有告辭的跡象。有個教會的小夥子用小提琴拉了首曲子，雖然沒有跳舞的空間，紳士們仍跟著腳踩拍子哼唱。

比利與我對上眼，又照常眨了眨眼。他站在那裡，看起來不像他。漿得硬挺的衣領尖靠在他的臉頰上。他穿著禮服大衣搭配素色絲絨背心，不是平日穿的條紋格紋衫。而我最喜歡看他散落下來的頭髮，此時也抹了油梳得服服貼貼。他依然迷人，但他不是比利。

艾薇一臉惱怒，從房間另一頭狠瞪著我。奈兒、黛西和敏下樓了幾次，去拿酒或是收盤子下去，留下我們兩個招呼客人。不過艾薇看得有多仔細呢？

她有沒有注意到敏的下巴那股堅定？敏最後一次從廚房上樓是多久以前的事了？若能得知艾薇的心思，付出多少我都情願。她眉眼之間有種說不出的感覺，讓我不禁打顫。

凌晨鐘敲響三點時，客人終於開始一一離去。誰想得到他們會留這麼晚？我和奈兒被叫去為客人準備一抱又一抱的披肩、圍巾和外套。回客廳的路上，我們和雙胞胎擦肩而過。艾薇看到我們便皺起眉頭，好像有什麼不對勁，但她沒有出聲。

我想我可能是病了。

樓下，靜悄悄的。敏不在廚房。她不在屋裡——我感覺得到。現在哭來不及了。我強打起精神，踩穩腳步，回去面對客人。沒有了提琴聲與碰杯聲，可以聽到街上風聲淒厲，撞得窗子匡啷作響。

她沒有披風。

我帶著一種驚慌警惕的心，將披肩遞給年輕淑女，然後收拾杯子。我暗忖，隨時了，現在隨時都可能有人問我她在哪裡。有人會大聲呼叫，然後他們會像一群狗一樣飛奔去追她。

可是當我離開客廳端杯子下樓，梅亞爾太太依然面帶笑容。

前往廚房的途中，我偷偷瞄一眼窗外。一輪滿月的月光從破碎灰雲的縫隙間灑落，星光熠熠，寒冷的天空宛如布滿針尖。地上鋪著細雪。

她只穿著薄底鞋子。

客人們一一離開。隨著時間一分一秒流逝，我顫抖得愈發厲害了。

終於，奈兒將一些盤子堆進水槽時問道：「妳有沒有看到米莉安？」

我搖頭。搖得太快了些。

前鋪傳來重重敲門聲時，我們甚至還沒上床。那不像一般人敲門，兩下兩下或三下三下地敲，而是用手掌持續穩定地拍門。

我感覺那一下一下都打在我身上。

「都這麼晚了會是誰？」奈兒問道，她兩隻手浸在泡沫裡深達手肘。

我因為缺乏休息，兩鬢砰砰跳動。「八成是喝醉酒的笨蛋。別管它，他們自己會走開。」

他們沒有走開。他們也沒有停手，反而愈打愈用力，直到我腦門好像就要裂開了。

「妳最好去看一下，露絲。」

我遲疑地走出廚房。這時凱特飛快地奔下樓，裙子撩高到小腿肚，原本用緞帶繫著的捲髮也散落開來。梅亞爾太太隨後跟著，她的步伐較慢也較為不祥，每一步都發出響亮回聲。比利與其他客人都走了。沒有人會看見我在黑暗中安靜地、偷偷地尾隨她們。

我站在那兒，就像第一天站在店門口往裡看那樣。如今店內不再是天堂般的明亮。那些人偶與裁縫假人在陰暗中若隱若現，陰氣森森。彩色羽飾都成了烏鴉羽毛。玻璃櫃檯微光閃爍，透著惡意。

凱特拉開門栓。

冷冽的風一股腦地吹進來。緞帶胡亂擺動，羽毛飄飛。接著我看見一個男人站在階梯上，以及一個不停扭動卻被他兩手使勁壓制住的人形。

「發現妳們家的一樣東西，梅亞爾太太。」他是替我們送牛奶的布朗先生：一個脖子粗短、臉色紅通通的人。「我心裡想，在驛馬車站旁邊那人是裁縫店的黑人沒錯。這一帶黑人並不多。」

敏的衣裙掛在她高大的骨架上，她全身破爛髒汙、挨寒受凍、臉頰流血——儘管如此，她從未如此美麗過。

「謝天謝地，」凱特急切地說道：「我還以為永遠找不到她了。我母親剛剛才發現……」

「笨女人跑不遠的，尤其是像今天晚上這種日子。」

被布朗先生抓著的敏扭動著身子，渴望掙脫。

「性子很烈哦？差點就被她給溜了。有沒有什麼東西可以把她綁起來，小姐？」

「我想……有，有繩子。」凱特移動時身子微微打顫，穿著晚禮服的她，肩膀仍裸露在外。「幫忙一下，母親。」

梅亞爾太太沒有說話，沒有動作。在風勢橫掃與敏拚命想掙脫的情況下，她竟然動也不動，教人震驚。

「小心，小姐，她會抓妳。」

布朗先生與凱特合力綁起敏的手腕。她被繩索緊縛處的皮膚都發白了。

「放開我！」敏尖叫道：「我不是妳們的！」

「我手上的合約可不是這麼寫的。」

這樣值得嗎？經歷這些恐懼痛苦，只換來一個小時的自由？我應該阻止她的。真正的朋友就該阻止她。

「真是太謝謝你了，先生。你是我的大恩人。」

我對敏的譏諷也有同感。這個王八蛋幹嘛多管閒事？他怎麼就不能假裝沒看見？

梅亞爾太太默默地移身到櫃檯後面，伸手去拿一樣東西。一個錢包。她打開來，取出一枚銅板交給送牛奶的人。

「您真是太慷慨了，夫人。我只是做我該做的。不過我可以拿這個去喝點蘭姆酒驅驅寒。」

「下回你送牛奶來的時候，可以順便在這裡吃早餐。」凱特承諾道：「要不是有你，米莉安恐怕會凍死或是被一些不顧死活的人攻擊。」

他笑著說：「她不會的，小姐。她會把他們都打跑。」

梅亞爾太太上前一步，與凱特分站兩邊抓住人質。

「再次謝謝你。」

直到送牛奶的人離去後大門關上，風聲也停歇了，梅亞爾太太才說出兩個字：

「叛逃。」

聲音來自龜裂的紅唇與被唇括起的嘴巴，但卻不是梅亞爾太太的聲音。而是更為低沉。

「應該讓妳站在牆邊處以槍決。」

她拖著敏走進外面街燈投下的一圈亮光內。我的胃揪了起來。

是**他**站在那裡，抓著敏。

上尉回來了。

33
露絲

首先，她們用掃帚打她。上尉抓住她的頭髮，由凱特來打。每揮一下，她的藍寶石戒指便閃一下。敏忍住不肯哭喊出聲。

當木頭空洞的拍擊聲漸漸淡去，我們奉命上床：雙胞胎、奈兒和我。少了敏，我的草褥感覺好大而且冷得要命。

「她在想什麼？」奈兒在黑暗中說道：「她肯定知道不會成功，尤其在這種大冷天。」

黛西清清喉嚨說：「我想黑人不會覺得冷，跟我們不一樣……」但聽得出來，這話連她惡毒的靈魂都不相信。

很快地，太陽會重新升起。我們誰也沒有假裝睡著。我們躺在那裡，呆呆瞪著發霉的天花板，好奇著頭頂上正在發生什麼事情。我豎耳傾聽屋裡的每一個細微聲響，但聽不到敏的聲音。這是好或不好的兆頭，我也說不準。

接下來的幾天，奈兒拋下閣樓去接手烹飪與打掃工作。她很拿手。要不是我胃裡除了膽汁之外空空如也，我會很喜歡她泡的較濃的茶和有煮熟的蛋。只不過現在每時每刻都只在提醒我敏不在了：不在縫紉間、不在廚房、不在我床上。

少了她，讓我們所有人都感到錯愕，連艾薇和黛西也變得沉默。我很懷念她們帶刺的眼神、刻薄的言詞，至少那會讓我覺得自己活著。

現在我只有羅莎琳的束腰可以懲罰，而且我做得很起勁——但是在樓上與其他人在一起的時候，而不是在樓下前鋪裡。當羅莎琳的嫁妝全部完成，我們的指甲都被碧綠色染劑給染黃了。

「所有的新娘我都討厭，」艾薇發火道：「但最討厭這一個。看看她把我害成什麼樣！希望那些衣服讓她的皮膚爛掉。」

我微微一笑。

大概是宴會過後一個星期吧，凱特把我們所有人帶到樓下前鋪，用盒子和薄棉紙包裝羅莎琳的禮服。她從來沒做過這種事。

她穿著她那件雙色條紋連身裙，站在店裡那些高級絲綢與陽傘之間，老實說，糟透了。她的鼻子似乎又翹得更高，好像塞滿了鼻屎似的。眼睛下方有灰色暗影，向來纖細的腰又縮小了。我一點也不同情她。

「來吧，」她大聲喊道：「艾薇負責摺，黛西——棉紙。露絲，妳蓋上蓋子。」

「綠色棉紙，」黛西嘟噥著說：「綠色緞帶。好個驚喜。」

凱特捏她一把。「動作快點。」

說句公道話，羅莎琳一向很有品味。剪裁的樣式是最新流行：緊身袖、上身加長、各式各樣繁複的皺褶與荷葉邊。艾薇忙著調整領口時，我暗自納悶比利看到歐戴克的嫁妝和我做的蛇綠色束腰會怎麼想。

為什麼自從宴會那晚過後，他就沒有送貨到店裡來了？如果真有我們需要他前來拯救的時候，就是現在了。他曾經在這個屋裡生活過，肯定知道上尉的房間有多恐怖。

我唯一能想到的原因，就是凱特寫信叫他別來。但他一定會疑心出了什麼事吧？我不願意去想他明知情況不對，卻受控於凱特，聽命於她，變成了她們的人，而不站在我們這邊。

我的手繼續忙著，一面想著比利。淺藍色盒子、橄欖綠緞帶。最後我將蓋子固定好，打上蝴蝶結。死命拉緊。

有一段時間四下十分平靜：只有布料與棉紙的窸窣聲，我的緞帶滑過盒子的聲音。旅行時鐘滴答滴答響。但忽然間內門打了開來，奈兒滿是雀斑的臉出現。

「她不動了。」

「什麼？」凱特驀地一驚。

「我去拿她的夜壺，裡面有黑黑的東西，而且……她不動了。」

所有人都停下手來。

凱特的臉出現奇特的變化。她此時的膚色不是桃紅與乳白，而像發酸的牛奶。

「我會**讓**她動的。」

她彷如一陣黑白旋風急速繞過玻璃櫃檯，擠過奈兒身邊，咚咚地爬上地毯階梯。我們上方有一扇門砰的一聲。

「誰啊，奈兒？」我問道：「誰不動了？」

她的喉嚨在高領底下動著。「米莉安。」

當然了，每天**肯定**會有人到樓上的起居區去清夜壺送食物。奈兒。自從逃跑事件後，奈兒固定會見到敏和梅亞爾太太——但她隻字未提。

「妳為什麼不告訴我妳看到她了？」我高喊道：「妳為什麼不幫忙傳個信？」

奈兒靠著半開的門動動身子。「妳知道為什麼。」

「因為妳是膽小鬼。」

她露出受傷的眼神。我隨即想起我逃出煤洞那一晚，她冒著多大的風險替我提來那桶水。「妳要這麼想隨便妳。可是露絲，如果是妳每天上去，看著那個女人穿上男人的衣服來回踱步，妳也不會吭一聲的。」

「她仍然打扮成上尉？」艾薇問道。

「一整個禮拜了。妳覺得她為什麼沒下樓來？她的狀態沒法招呼客人。她瘋掉了。」

「那敏呢？」我堅持問道：「她們把她怎麼樣了？」

奈兒眨了眨淺色睫毛。「天哪，真的很可怕。」她喃喃地說：「她們不讓我給她任何吃喝的東西。她被綁成那樣，沒法坐下來，但也幾乎不能站……」

我想打破她的腦袋，我想使勁搖晃她，搖到她那顆肉桂色的頭喀啦喀啦響。「她們不**讓**妳？所以呢，妳就乖乖聽話了？妳忍心看她那樣，都要餓死了，也不偷偷塞一杯水給她？」

「我**沒辦法**！」奈兒砰地關上門，吶喊道：「我每次進去，她就在那裡——那個**男的**就在那裡——拿著那柄要命的長劍……我什麼都做不了。」

我身後，黛西在擺弄棉紙發出沙沙聲。她繼續做她的活兒，好像不把敏當回事。

我回轉身子面對她。「我猜妳是想告訴我黑人不需要吃東西，對不對？他們不會覺得餓？」掛在店面那些亮燦燦的長衣裙，攤開在櫃檯上輕薄精緻的白紗，都讓我覺得噁心。難道沒人看得出來那每一針每一線底下隱藏的暴力？難道客人都不知道每道褶邊裡都潛伏著死亡？

黛西滿懷憎恨地瞅我一眼。「妳說話小心點。要是米莉安翹辮子，上尉就會找新的獵物下手。我現在就可以告訴妳，那不會是我。」

「也不會是我。」艾薇厲聲說道：「殿後的遭殃。」

奈兒將頭倚靠著門。她至少還有點人性，一副快哭出來的樣子。

「我們什麼都做不了，露絲。」她又重複一遍。

當然不是這樣。

梅亞爾太太在軍隊裡，凱特在前鋪。奈兒到處跑來跑去。沒有人負責鎖抽屜，一天工作結束時，我要是在袖子裡偷藏幾根針，也不會有人發現。我拿了三根。

太陽下山得早，一如冬天。天黑得有如煤洞，黑得有如敏的頭髮。我們在十一點收工，凱特出現在閣樓，在蕾絲編織燈火照耀下顯得憔悴。她帶我們下樓，回到陰暗潮濕又冷冰冰的床鋪。我穿著睡衣仰躺。

然後等著。

我等了好長時間，盲目地盯著一片漆黑。漸漸地，眼睛適應了。模糊的灰暗形體讓我知道階梯在哪裡，雙胞胎又睡在哪裡。

雨敲打著我頭上的窗玻璃。我聽見雨水潺潺流過外面的街道，潺潺流下我們的牆壁。

空氣感覺定在那兒，好像也跟我一起等待著。

最後，我在草褥上慢慢移動身子，下床起身。

鼾聲沒有停。

我小心翼翼地慢慢通過冰冷地板，特別留意避開夜壺。那幾根針藏在我的右手裡，被我的肉焐熱了；我用左手摸索著。

有東西刮過手心：是木梯。梯子沒有扶手，我要用爬的，以策安全。說得跟真的一樣：**安全**。我現在可是要直搗虎穴呢。

我將睡衣拉高到腰際，手膝並用，一步一步爬上階梯。第三階朽壞了——我得記住——但我沒仔細數。萬一跌落下去……

突然間我摸到了。吱嘎一聲，充滿凶兆。艾薇仍在睡夢中打鼾。

我整個人僵住不動，仔細傾聽。她肯定會聽見我的心臟在胸腔裡怦怦狂跳吧？

「妳要是被她逮到會沒命的。」奈兒。聲音輕如呢喃。

「我知道。」我悄聲說。

「妳沒法救她的。這跟煤洞不一樣。」

「我只是想給她一點吃的。」

我聽見她在草褥上翻身。「我知道。」她重複我的話。「我在廚房給妳留了一點。」

嘗試幾次後，好不容易用一根長針撬開了鎖。我輕手輕腳進到走廊，反手關上身後的門。

一切都籠罩在絲絨般的寂靜中。只有遠遠地，傳來旅行時鐘微弱的滴答聲。

我轉過頭。這不是我認識的地方：而是它的喪葬版，它的鬼魅版。熟悉的東西似乎都變了。我孤單單迷失在黑暗中。

是氣味引領我走向正確方向：烤焦的麵包與油脂味，穿過夜色觸及到我。跌跌撞撞進入廚房後，我聽見外面抑鬱的雨聲劈哩啪啦響與隨後而來嘆息的風聲。我的骨盆狠狠地撞上桌角，我咬緊牙根吐氣。睡衣好像濕濕的，不會是血吧？不是——是水。奈兒留了一塊圓形麵包和一杯水，就放在桌邊，好讓我可以拿得到。

拿起這份小餐點就用掉我兩隻手，現在甚至無法在黑暗中摸索。水杯的手把凍得我手指發燙。我顫顫巍巍地繞過樓梯柱，腳步踉蹌爬上地毯階梯。

水在杯子裡搖晃，**啪**、**啪**地撞擊陶土材質。我這輩子沒聽過這麼響的聲音。

我的手緊捏著麵包，捏到它都沒命了。壓扁了也絲毫無損營養，但萬一我在地毯上掉下碎屑……還是別想這個，最好什麼都別想。

我已經暗暗下定決心，就算是死也無所謂，我願意為敏冒任何危險。可是當我來到樓梯頂端，地板咿呀一聲，我的身體便不聽使喚了。我開始發抖，不只是微顫，而是強烈的、不受控的抖動，連牙齒都格格作響。

我在這裡做什麼？我瘋了嗎？

我想不起來上尉的房間在哪裡，只記得鞭子。是左轉還是右轉？會不會就在這時候，他聽見我腳下地板的響聲呢？會不會他已經在等著我了？

我牙一咬，忍住淚水，不顧一切地奔向前去。我想——我**想**——是在右邊。為什麼黑暗中一切看起來都如此相似？

水滴到地毯上。我太過慌張，也顧不得這許多。面前有兩扇門回瞪著我，空洞而詭祕，存在於門後的恐怖景象滴水不漏。沒有時間了：我必須做出選擇。

我選了右邊那扇。

門沒鎖，慢慢地、慢慢地，順著鉸鍊轉開。

我的視覺搖曳起來，畫面毫不連貫：一些龐大的形體；一堆火，在爐架內熊熊燃燒；一截繩子從天花板垂下；有個人形，靠牆垂吊著，兩手被綁，和我之前一樣。

「敏？」我聲音沙啞。

一聲嘆息。

是她。她的氣息我已聽過上千次：在我身旁做針線活時，睡在我們的床上時。

我鬆了口氣的同時也稍稍鬆開手裡的杯子。而此時有個東西動了。

一個陰暗細長的東西，在角落裡緩緩舒展開來。同時也傳來一股甜得令人作嘔的強烈氣味，劃破充滿上尉的菸草味的汙濁空氣。

山谷百合。

「出去。」

「凱特？」

「出去，聽到沒有？」

聽到了，但只是隱隱約約；她的聲音在我耳中發出爆裂聲。我拚命想站穩、站直。「妳把敏怎麼了？」

凱特朝我上前一步，我看見她了，籠罩在閃爍搖晃的橘光中。煙灰從逐漸轉弱的火中飄出，飛進她的頭髮。現在不是披散的捲髮，而是編成粗粗的辮子垂在背上。她好似墜入火焰的天使。

「出去，」她低吼道：「還是妳想要我去叫我母親來？」

她的手伸向壁爐，伸向撥火棍。

上帝原諒我，我無法不退縮。

我丟下麵包和水，跑走了。

34
露絲

妳來找我不是為了想聽圓滿結局。想當然，她死了。但上尉說死亡不是我們所可能遭遇到最慘的事，我相信他的話。因為接下來降臨在我身上的事，更糟、更糟得多。

她們一直等到星期天，店鋪關門的日子。這段期間，對於我上樓的事與敏的遭遇隻字未提。奈兒說她們不許她進上尉的房間，她也沒聽她們提起敏。在那個星期天以前，我們全都渾然不知那個可憐的女孩已經死了。

當時我們正在測量舞會禮服裙身的彈帶褶。這是很費功夫的活兒，要一排一排對得整整齊齊，再全部收束在一起。外頭層層疊疊的雲往下壓得人氣悶。沒有什麼真實的光線。每當我的針頭從布底下再次穿出，都好像奇蹟一般：儘管我四周圍盡是黯淡無光的表面，針卻閃閃發亮。敏不在，奈兒又要上別處去忙，使得我們的工作時間更長了。有一次，連續長達二十五個小時。

當我聽見沉重的腳步聲踏進工作坊，幾乎覺得鬆了口氣，可以趁機歇手，讓眼睛休息一下。但我抬起頭，看見凱特，那乍然生出的輕鬆感也同樣快速地消失了。

她腋下夾著一個捲起的布包，裡面是我再熟悉不過的東西：比利帶來給我做束腰的刀子和那把小鋸子。是**我的**東西。看見那些東西在她手上，我有種被侵犯的感覺，好像被她搶劫了裡褲。

「我需要妳，露絲。跟我來。」

我將凳子往後退，椅腳刮過地板。「有人要做束腰嗎？」

「跟我**來！**」

有太多活兒要做實在走不開，但我不敢和她爭辯——經過那一夜後就不敢了。我心裡清清楚楚記得凱特眼神狂亂、籠罩在金黃火光中的模樣。她沒有處罰我偷溜上樓。

還沒有。

我在雙胞胎惡狠狠的注視下，隨凱特走出閣樓，下樓來到起居區。白天看起來差太多了。明亮、富麗的裝潢——只是邪惡的感覺並未稍減。空氣中有個怪味。不是我原先預期的那種粉嫩花香。那些香味不見了，潛到這另一種氣味底下。不，不是氣味，是**臭味**。

臭味愈來愈濃烈，最後我們來到上尉的房間門口停下。在這裡，我的舌頭被那味道整個包覆住，有說不出的強烈。

「敏。」我喃喃喊道。

凱特轉動鑰匙的手在發抖。纖細的骨頭表面浮出青筋。事後，我有理由記得那一幕，記得當有東西在裡頭流動時，血管看起來有多麼不同。

門呀然一聲打開。

我永遠忘不了從那房裡撲面而來的衝擊：熟爛的惡臭。它有種紮實感。我和凱特都被嗆到。

「時候差不多了！進來，進來。快步走。」

凱特推我走在前面，進入臭氣的魔爪當中。她隨後跟上，接著反手關門重新上鎖。

直到這時候我才開始看見。

上尉在爐火前彎著身子，跳躍的火焰賦予他一種怪誕、狂喜的神情。黏在他臉上的假髮被熱氣烘得萎縮了。

「火會帶走一切，」他啞著嗓子說：「火會保守祕密。」

太過了：熱氣、味道與恐懼。我承受不住跪了下來。

「起來，起來！」凱特拉扯我的袖子，將我拖行過地毯。我不在乎皮膚被摩擦得多痛。與其目睹房間另一頭的景象，我寧可被丟進火裡。

敏在衣櫥裡頭。

皺縮成一團，腹部四周腫脹，頭上一根頭髮都不剩。那兩個惡魔的其中之一，拿了剃刀剃光她的頭。不必去摸，我就知道她死了，而且至少已經一天的時間。死後的僵硬狀態已經緩解，取而代之是一種濕濕水水、熟到快爛掉的外表。我美麗的敏，變成這副模樣。

「妳們做了什麼好事？」我哀號道：「妳們做了什麼好事？」

我很希望能哭出來。

我身邊砰咚一聲。凱特把我的工具丟到地上。

「妳是她朋友，」她結結巴巴地說：「妳更有權利去碰她。」

即使那個時候，我也猜不透她病態、扭曲的心思，只是茫然注視著刀子和鋸子，那彷彿是前世的記憶。

「切掉！」上尉命令道：「我們得把它火化。少了那根指頭，屍體太容易辨識了。」他抓著撥火棍攪動，火頓時燒得更旺。

我耳中充滿柴火猛烈的劈啪聲。一切似乎都發生在與我自身隔離開來的現實中。「切……？」

「妳要用妳的骨鋸把她的右手切下來。」凱特解釋道，彷彿在教我如何縫紉。「我們要把它燒了。」

這番話在我體內往下沉，拖著我一起，胃裡就像壓著重石。我這一生或許做過可怕的事，但這未免太離譜了。她們要我肢解我唯一的朋友。

「我不要！」我尖叫道：「妳們不能逼我！」

上尉那怪異的鬍鬚底下，露出了微笑。

凱特語氣平淡地說：「妳非做不可。如果屍骨被發現的時候那隻手還在，很快就會被認出是米莉安，並追蹤到我們。這事非做不可。妳是唯一能做的人。」

「我不要。我不在乎我會怎樣！」

「可是妳卻在乎妳母親會怎樣，不是嗎？」

這話頓時讓我喘不過氣。在我心眼裡看見了可憐的媽，和敏一樣氣絕身亡。「但是……妳根本不知道我媽媽在哪。」我支支吾吾地說。

上尉斜眼看我。他的氣息爆出濃濃的菸草味。「不，我知道。我一直盯著那個該死的女人，我一定會讓她付出代價。不是說她曾經是個美女嗎？哼！現在根本是個醜八怪。她去賣了頭髮，再來就換牙齒了。」

她們拖我站起來。強有力的手，各抓住我的一條胳臂。

我能怎麼辦？

我心思轉得飛快，淨想一些絕望之餘的計畫。要不抓起我的刀子捅她們？有辦法把她們倆都殺死嗎？那也無法讓敏死而復生，說不定反而會害了媽。可是上帝啊，親愛的上帝，我有多想讓她們受懲罰。

說也奇怪，我記得最清楚的是一些美的點滴。細緻的血管網路。敏的手心內側，曾經被棕褐色皮膚襯得那麼粉紅，如今像是灰色大理石。她現在的美，羅莎琳和凱特永遠比不上。即使死後的她也讓她們黯然失色。

我結束後，上尉將敏的斷手送入火焰的熾烈懷抱。橘色火舌舔舐著五根手指，將它們燒成灰，釋放出味道可怕至極的煙。

我癱倒在地，吐得凱特的裙襬滿是穢物。

君子報仇，十年不晚。俗話是這麼說的，不是嗎？我努力地保持冷靜，低伏在地板上。努力地思考，讓所有的恨像蛆一樣深深鑽入內心裡。

我有辦法施加懲罰，有我自己獨特的辦法。當初我不正是為了這個才落到如此地步嗎？也許現在這會成為我的救贖。助我逃脫。

沒有人會起疑。倘若我一氣之下輕率行事，揮刀殺出梅亞爾家，最後可能會被送上絞刑台。

媽可能會死。但假如我等待時機……就能懲罰她們。我會不留一絲痕跡地懲罰她們。

凱特慢慢變成像羅莎琳．歐戴克的嫁妝那種綠色。「我們沒法全部燒掉。那煙，那氣味……會把所有鄰居都引來。得設法把她放到其他地方去。」

「真是該死，妳說得沒錯。」上尉凝視著大火，用撥火棍將敏的手推得更深。有個東西爆出火花滋滋作響。

「不能搬去河邊，我們絕不可能到得了那麼遠。而且萬一有船發現她……一下就會發現她不是淹死的。」

我憤怒地暗想，這些全是凱特殺死敏之前就該想到的事。

「能不能把她埋了？」凱特繼續發愁。「院子的地不夠大。但如果……」她忽然定住，直盯著我看。「對了！煤洞。上尉，你覺得煤洞夠深嗎？我們可以把她放在那裡，撒一點生石灰，只要等到肉腐爛就能把骨頭埋了。放在煤洞裡，鄰居還能聞得到嗎？」

對她們而言，敏無非只是一個需要掩蓋的氣味。生命終了，沒有資格安息在教會墓園或是在大理石骨灰甕底，而是得在蜘蛛四處爬竄的陰暗煤洞裡腐爛。她比埋葬在教會的魔鬼之側的爸還不如，至少他的無名塚偶爾還能曬到陽光。

「這是我們唯一能利用的防禦陣地了。」上尉拋下撥火棍，任由它匡啷一聲撞在壁爐上。「我打前鋒，妳殿後。」

他將紅色外套的衣尾一甩，抓住敏的左臂與右手殘肢。我在那隻殘肢上纏了一條紗布，但仍有液體滲出，像是在指控他。

「我們不會逼妳跟著來。」凱特強忍住厭惡，抬起敏浮腫的雙腿時，對我說道。好像在施恩似的。好像這樣我就不必明知朋友正在腳下潰爛，卻還得坐在廚房裡用餐似的。

「妳的年輕小夥子不來幫妳抬嗎？」我不屑地說。

出乎我意外的是凱特畏縮了一下。「這事不能讓比利知道。妳聽到了嗎？就快舉行婚禮了，不行。」

我嗤之以鼻。

看到自己送我的工具做此用途，他**會**怎麼想呢？他會躲避那個因為捲起沾染血漬的鋸子而遭玷汙的布包嗎？他真會在乎嗎？

在那一刻，我鄙視他。我鄙視他明知凱特是什麼樣的人，卻還答應娶她。

「我想比利知道這裡是怎麼回事。」

凱特雙頰的肌肉顫抖起來。「這個他不知道，露絲。以前，從來沒有死過人。」

她們吃力地將敏可憐的屍體搬出房間，由於屍體沉重而腳步踉蹌。我很高興她讓她們作嘔。以死屍唯一能做到的方式報復她們。

她們應得的報應遠遠不止如此。

我又再次在上尉的房間裡落單。如今對皮鞭與繩索的懼怕，似乎微不足道了。褐色地毯上留下一片一片的血跡與嘔吐物，那是敏曾經活著的唯一跡象。

梅亞爾母女奪走了我的一切。沒有一樣紀念物，沒有什麼可依附。娜歐米死的時候，媽剪下了她的一撮胎毛。我也很想對朋友做同樣的事，卻連這個也做不到。她遺留在這裡的就只有一塊濕地毯。火裡的那隻手，比起皮肉已經更像木炭。

那隻手……我幾乎沒見過它空著。即使夜裡，它也會拿著她母親留給她的骨頭魚籌碼不停轉動。

魚到哪去了？

我焦急地搜遍衣櫥。她逃跑時一定帶上了魚，絕不可能丟下它。但會不會是被布朗先生抓住後，掙扎之際弄掉了？或者還塞在此時正要前往充滿硫磺的煤洞深處那具屍體的口袋裡？我拚命地找，就好像命繫於此。我心想，很奇怪地，它確實是我命之所繫。

有了。一小片白白的，在角落深處。我手伸進去，恭恭敬敬地將魚捧在手裡。有一片尾鰭折斷了。想必有濺到血，血漬滲入雕刻縫隙。如今貝爾氏三個字變成醒目的褐色，凸顯出來。

「我向妳發誓，」我低聲對著敏僅餘的部分說道：「她們會為她們所做的事付出代價。等我整治了她們，妳所經歷的一切就不算什麼了──**真的不算什麼！**」

35 朵蘿西亞

我內心的煩亂不安超乎言語所能形容。聽完這樣的敘述，怎可能不如此呢？那個可憐的女孩。

印刷文字如此令人遠離事實，豈不奇怪？閱讀報紙的報導，感覺就像看小說，看一則虛構的故事。**裁縫店主殺害學徒**。很好。下一頁多半會出現**武士屠龍**。

但米莉安確實曾經活著，但也死了。死得悽慘。感謝老天，後來她的遺體已歷經正式的基督教葬禮入土為安！

我試著推掉腦中不愉快的影像，做實用的日常家務，例如替威奇換水碟並吹掉餵食碗裡的種子殼。但無論做什麼動作，我都會意識到自己的雙手，到了一種可怕的地步。我會看見米莉安的手，在火中融化。我會看見露絲的手指，握著鋸子。

我不也曾經懷疑過，那雙扯著焦油麻繩、弄得髒兮兮的手，有可能做出什麼事來嗎？事實卻沉重得讓我承擔不起，甚至於更糟得多，因為我發現這一次我相信她。

不見得是所有細節。關於梅亞爾太太是否如此迷戀丈夫或受丈夫百般虐待，以至於企圖假扮成他，我都只聽到她的一面之詞。這有可能是出於一個受到過度刺激的女孩的想像。但那死法，以及對屍體的破壞……這些我知道是真的。

真希望縈繞在腦海的只有露絲那個陰森恐怖的故事，偏偏大衛滿口說著另一個剛剛從普特尼地區傳來的消息。據說在某個丹尼爾・古德先生家的馬廄裡，發現一具女性**軀幹**，沒有四肢和頭。男子本人仍未落網，使得急於逮捕他的六個警察分局亂成一鍋粥。此事已經夠嚇人了，但真正困擾**我**的，是它在大衛心裡點燃的熱忱。

「它暴露出了體制裡的缺失，朵朵。」他眼裡閃著堅毅的光芒對我說：「我們首都的警察，太狼狽了！真是丟臉。毫無組織紀律。他們需要更多人手，需要優秀、勤奮的人來讓一切井然有序。」

我還沒開口問他這是什麼意思，他便告訴我他已經採取行動，請調到「可以讓一個男人揚名立萬的」倫敦。

是我的錯。不就是我告訴他，我們須得搬離開這裡才能結婚嗎？說我們需要更多收入。是我逼他付諸行動，如今換我被迫要拋下母親的屋宅、好友小菲、露絲，也許甚至還有威奇……但我無須苦惱。暫時還不需要。說不定到頭來問題會迎刃而解。假如首都圈的警察真如他說的那麼無能，他們有可能犯錯，拒絕他的申請。

我會不會太自私呢？我希望他們拒絕他，希望出現奇蹟（我也不知道怎麼樣才可能）讓我得以同時保住這個男人和我的宅子。這樣的要求應該不算**太**過分吧。但話說回來，米莉安也只是想搭上驛馬車去見見母親罷了。我從這些文件資料看得出她受到什麼樣的對待。

我披上披肩，拿著紙張漫步走進花園。園裡有座陰涼的小鞦韆。群蜂戲弄著花苞初開的玫瑰與向日葵，草地上升起一股乾燥溫熱的氣味，我想在這外頭會很舒服。老吉姆在後面的籬笆邊忙活，光天化日下不會有什麼顯得可怕的事物。

我錯了。

這幾個星期以來我一直在納悶，為什麼我好像對露絲故事裡的「格林太太」隱隱約約有點印象？這是十分常見的姓氏，沒有道理讓我念念不忘。但果然，我記得的是那個**顏色**，在那年發生的事——小菲、蘿絲和我都發誓絕不再穿碧綠色的衣服。

我們發現製造綠色染劑的過程中加了砷。有些染劑只是製成液體溶液刷到衣服上，沒有做固色處理。汗水活化了這混合物，使得衣物褪色沾染到皮膚，萬一皮膚脫皮起水泡（這十分有可能），砷便會進入血液中。太可怕了！像隻中毒的老鼠般死去！

謝天謝地，我認識的人都未曾遭遇此事。我們的裁縫師傅用的是高級染料，絕對不會傷害我們。

但事情卻發生在羅莎琳．格林身上。

她迷戀綠色：臥室與她的起居間都貼上綠色壁紙，她所有的衣著也都以綠色縫製，一如露絲所說。她意欲藉此向丈夫致意，感謝他帶給她的財富。人人都說她是個美人，與那個顏色相稱極了。

直到問題開始出現。

一開始是眼睛、鼻孔與嘴唇周圍出現一些乾燥部位：只是脫皮，她也沒多想。但接著開始冒出水泡，破裂後並留下凹洞。她的指甲變質破損。

請來大夫的時候，她吐出了綠水還排出綠色糞便。你相信嗎？甚至聽說那個可憐女孩連眼睛都變綠，到最後她哀號著說她看到的一切都帶著淡淡的綠。

無比痛苦的死狀，鉅細靡遺地呈現在我面前。抽搐——噢，我記得我可憐的媽媽也是這樣！——還有泡沫。綠色泡沫從嘴巴、鼻子和**眼睛**冒出來。幾乎就像是……

露絲肯定知道這些。

她看過報紙；這又是她的一項詭計，故意設計來嚇我的。可不是嘛，她自己都承認了，染劑在她的指甲與手指上留下了痕跡！這個叫羅莎琳的女孩是被毒死的，純粹科學現象。作其他想像是瘋狂之舉。

但為什麼我頸背的寒毛直豎呢？

羅莎琳．格林是被自己的狂熱所害而不幸犧牲。經常有人注意到床蝨會離棄貼上鮮綠色壁紙的房間，此外，這類壁紙與牆壁之間會發霉，釋出難聞的氣體。有毒壁紙加上致命的衣裳，時復一時、日復一日，羅莎琳不幸喪命幾乎並不令人訝異。她無疑是慘死，而滿懷怨怒、一心想報復的露絲，想必很開心。但不是她**造成**的。

天哪，這個案子！我到底為什麼要深究？這對我研究學問的進展與心靈都毫無助益！事實擺在眼前，那名囚徒心性扭曲而固執，誰也無力救贖。她的頭型並無改變。

我開始擔心弊害恐怕無可避免。

也許我現在就該和大衛私奔，趁著一切尚未太遲。

屋內的鈴鐺響起。我才剛把紙張收藏好，便有一名男僕穿過草坪走來，手上端著銀托盤。

「有妳的信，甄愛小姐。」

有兩封。其一是邊角微微翹起的廉價信封，我認得那上頭是監獄長的筆跡。另一個信封是薰衣草色，散發香氣。吸過墨水的字跡筆力遒勁。

「謝謝。」我說著揮揮手遣走男僕，指節忽然一陣刺痛。「討厭！」我揮中一隻嗡嗡飛舞的黃蜂——這要命的傢伙螫了我一下。

「妳還好嗎，甄愛小姐？要我幫妳拿什麼來嗎？」

「不用，不用。我沒事。」

我忙著拆信，堅決不去理會腫起的皮膚。那兒癢得有如上千支細針在扎著。

先看監獄長的來信。也許是關於即將到來的審判的消息，或是監獄又收了一名殺人犯？我撕開信封，讀起了寥寥幾行的內容。

陽光刺眼，我不得不眨眨眼再重看一遍。

「很遺憾要向妳告知，新橡樹門監獄出現首位死者了。今晨六點，經獄方極力搶救無效，珍妮．希爾去世了。已經傳喚醫師前來，以免這神祕的疾病奪走更多人命。」

珍妮！

我畫了個十字，為她禱告。話說在嘴裡像漿糊一樣。為了進行我自私的研究，我是如何背叛她、離棄她，如今再也沒有機會見她一面了。可憐的女人。她死去時也像活著的時候那麼孤單嗎？她是因為企圖自殺入獄的，怎料被救活的她竟只是以這種方式去了另一個世界。

我怪自己。

我怪露絲。

我過了大半晌才擦乾眼淚，放下個人的傷心情緒。直到此時，才得以認真思考這對監獄意味著什麼。的確，熱病在監獄裡已是司空見慣，但我們原本希望在注重清潔、增添新設施後，能避免這種令人遺憾的不幸事故。但它似乎終究還是找上門了。

至少醫師將能指點我們最好的做法。那和床單不會有關係。

不是露絲。

第二封信。是啊，但願這能讓我開心一點。我要看一看，只希望自己能打起精神，然後就得趕緊進屋去給這隻手敷些冷水。天哪，還真癢！

信紙經過加熱壓平，拿起來很厚。我的目光立即飄向底部的署名，看看這草率的字跡出於誰之手。

湯瑪斯．畢格維茲爵士。

四周圍的花園登時向後退去。

鳥不再啼叫。連蜂螫的疼痛也變得模糊，彷彿與我不相干。

紳士膽敢寫信給淑女，原因只有一個。

他寫道，他已經與我父親談過。

他提出求婚了。

36
露絲

我選擇藍色。孔雀藍。難道我真能挑其他顏色嗎？

它掛在雜物間靠最裡邊，無人聞問，幾乎被精紡毛料布與豔麗的印花棉布給遮掩住。但它吸引了我的目光，在召喚我。當我雙手撫過布的紋理，感覺就像拂掠自己的皮膚。

也許它一直都在那裡，在我最後一次見到媽的房間裡等著我。當我一波一波攤開那耀眼的藍，媽就在我心裡。它輕易便屈服於我的剪刀，刀刃一到，線與纖維隨即讓路。很順從。不像皮肉。

我是不是瘋了？也許吧。但至少我不再害怕。恐懼以一種奇怪的方式放我自由：因為知道自己已到達深淵谷底。

我將這藍綠色的布摺成波浪狀掛在臂彎上，堅定地大步穿過前鋪進入我的凹室。

「那是什麼？」梅亞爾太太大聲地問。是梅亞爾太太**沒錯**，此時已除去臉上的鬍鬚，之前做過什麼似乎也不復記憶。「妳過來！丫頭！」她用力拉開布簾。「妳這是在做什麼？」

「做活。」我逕自在桌邊坐下，攤開我放刀子的布包。刀刃上仍留有暗色硬痂。我心想，從家裡那個放針的小布包到現在，我走了多遠啊。

「樓上有一堆活兒等著妳做。婚禮還有那麼多事情要準備，妳以為我會讓妳在這裡閒晃嗎？」

我抓起一把刀。「妳非要殺死幫手，又不是我的錯。」

這時候她的表情起了變化：上尉倏然掠過，掙扎要重新出現。她控制了他，把他壓下去。若非凱特怒氣沖沖的口氣阻止了她，我不知道她接下來會做出什麼事來。

「母親，我需要妳。快來。」

她冷冷地瞪了我好一會兒，然後才離開。

該開始了。

這件不做肩帶。前扣式、分叉支骨、少量支架，頂端與底部滾邊。然後我在胸前與腰身處，繡了褐色、紫色與綠色的孔雀羽。精美傑作。就像爸說的，象徵真正的我的藝術：美麗而致命。

我目測就能知道尺寸。那二十吋的腰身。何不做成十八吋？十六吋？將邪惡擠壓出來，消滅它，直到只剩下我所縫製的裹屍布緊緊纏繞。

藍色。我眼前無止無盡的藍。原本可能是敏要航行穿越的大海。要不是凱特，她可能已經安全而幸福。一定要讓凱特感受她的痛苦。凱特會感受到那一切，而敏會幫忙。

因為那件束腰裡不只有鯨魚骨，我還加了一些細長條。我從敏的骨頭魚刮下小碎片，以她現在唯一能做到的方式反擊欺負她的人。舊束腰的布片，沾滿我自己的血。我們倆，一起對抗凱特。

長時間做活之際，我的手沒有顫抖。一次都沒有。我的眼睛也不覺得疲倦。我不肯與其他女孩一塊兒用餐，只有在四下靜悄悄時，才偷偷溜進廚房搜刮一點麵包皮、喝口水。明知那底下隱藏著什麼，我怎麼可能在那個地方進食？

「妳都在幹嘛呀？」上床時，艾薇會奚落我。「現在了不起了，不屑跟我們一塊兒做活，是嗎？」

我對著她的臉大笑。

「她瘋了。」黛西說著慢慢移開身子。

「最好還是別管她。」奈兒如此決定。

她們一次也沒問過那天凱特拿著我的工具找我做什麼。她們吃飯的時候，一次也沒聽見敏可憐的鮮血，在呼喊著誰來為她主持正義。

不知道她們是否和我一樣，能聽見夜裡響起的吱嘎聲。

有可能是我枕頭底下那件舊束腰。

也有可能是我內心裡的朽木。

37 朵蘿西亞

我是不是太勞累了？我想不出最近身體欠安還會有什麼其他原因。過去這幾天，我苦惱不已心思混沌。我開始擔心自己愈來愈神經質——我以前從未有過這種少女般的傻氣抱怨。

可是今天和蒂妲搭乘馬車時，我無法專心欣賞飛掠而過的宜人美景或悅耳的鳥鳴。我的目光轉向自己內心，毫不在意眼前看見了什麼。

我手撫著胸口，湯瑪斯．畢格維茲爵士的信就藏在裡頭。別以為我動了情，想把它貼著心口放！只不過蒂妲有時很敏銳，我發現有祕密最好藏在身上，以免被她發現。

可憐的湯瑪斯爵士。他文筆確實很好，我萬萬沒想到他這樣的人竟如此能言善道。他的愛慕之情不可能有任何紮實的根基。我們總共也才見了兩次面！但我不想輕侮他這個人。我心裡有一部分很想對他傾吐關於大衛的事，亦即我無法接受他求婚的真正原因；不知為何，我覺得湯瑪斯爵士會理解我的處境。但那麼做當然太草率。我不能冒險讓爸爸聽到風聲。假如大衛申請到倫敦的職位，我可能下個月之內就會遠走高飛。

愧疚像蛀牙一般煩擾著我。我多想當個乖女兒，討爸爸歡心。任哪個女孩都會感激父親為她找到一個像湯瑪斯爵士這樣的乘龍快婿！他又不是給我找了個兇殘怪物。我幾乎希望他是，那麼拒絕信就能信手拈來了。

快到新橡樹門監獄的鐵柵欄時，我驚見男子監舍那側的鷹架已經移除。潔白、新砌的石牆在春天日光下閃閃發亮。工人們正搬著食糧用品穿越草地。不等我們的馬車停下，柵門便打開了。

「我已經好長時間沒見到如此繁忙的景象了，」我對蒂妲說：「妳覺得發生了什麼事？」

蒂妲從她那不對稱的方形編織物抬起頭來。「我怎麼會知道呢，小姐。」

就好像咒語被解除了，連空氣都帶著淡淡的石灰味，不再那麼刺鼻。

有可能嗎？疫病結束了嗎？

我滿懷期望飛奔向監獄長的辦公室。正坐在桌前寫性格記錄簿的她，點點頭起身——我感覺，似乎有點不情願——相迎。

「醫生來了嗎？」我忙不迭地問，字句交混成一團。「他怎麼說？」

「他昨天來過了，甄愛小姐。我正打算寫信告訴妳，結果妳就來了。又來了。很高興能當面告知。」

我熱切地點頭。

「是壞血病，甄愛小姐。」

我急促地吐出一口氣。「壞血病？」

「是的。妳想必還記得，暴動過後囚犯們的餐點做了一些改變。新的飲食不夠營養。今天我們發了柳橙，並向委員會提出請求，希望能重新供應肉。我相信從現在起就不會有事了。可憐的希爾沒能等到問題解決就死去，真的很不幸。」

我原本可能開懷大笑，只不過一提起珍妮．希爾讓我冷靜了下來。「壞血病！當然是壞血病了。我們怎麼沒早點想到？」

監獄長低垂雙眉，好奇地打量我。我敢說我表現得太過激動了，但我實在控制不住，安心酒太過強烈。我一時心急胡思亂想，竟以為……

算了，沒什麼。

「這就難怪監獄的人員都沒有感染了。」監獄長附和道：「不過也有些囚犯夠健壯，沒有受到疾病侵襲。比方說，妳那個巴特漢就安然無恙。」

我臉上的笑容倏地消失。

「妳應該會想見見巴特漢吧？」監獄長摸著腰間的鑰匙。

「不！」這個字脫口而出，那力道把我嚇著了。「暫時不要。我只是來問問醫生有何發現。謝謝老天，他帶來這天大的好消息。」

「壞血病恐怕稱不上好消息，甄愛小姐，但至少能治癒。比熱病來得好。」

也比詛咒來得好。

38 露絲

羅莎琳的束腰在我身上留下了記號：一根生瘡的手指、頭痛、指甲發黃。連我皮膚的螺紋也變成綠色圖案。可是凱特的束腰，沒有絲毫痕跡。本來應該染紅的手心，乾乾淨淨。也許就是長了點繭。

我把它留在前鋪，陳列在一個打開的盒子裡。在淺矢車菊藍色綢緞襯裡的襯托下，它顯得何其優美。孔雀羽的眼斑中縫上一點金線，當妳從旁經過，它們就像在眨眼。

我用拿針比拿筆更習慣的手，笨拙地在卡片上寫道：**祝福魯克太太的未來**。如此而已。

梅亞爾太太命令我們全都要出席婚禮：不是出於慷慨之心，而是為了面子。

「我不去，」我對女孩們說：「我不在乎她把我怎麼樣。」

奈兒蹙起赤褐色眉毛。「我也寧可不去。可是我們非去不可，露絲。我們沒得選擇。別讓梅亞爾太太有藉口傷害妳。」

艾薇嘲笑我們，罵我們蠢貨，竟然不想休息一天。

「真希望我能有勇氣，」黛西說：「在她走過通道的時候，伸出腳絆倒她。」

婚禮當天，我們較晚醒來。太陽並沒有為凱特和比利露出微笑。朦朧的雨幕遮蔽了天空，風吹個不停。

那天早上，除了來替我們打開臥室的門鎖之外，梅亞爾母女幾乎沒怎麼注意我們。女孩們在無人監視下自行梳洗，拿取自己的衣服。總之奈兒是這麼說的：我不知道，我不在。

我繼續躺在草褥上，睜著眼睛，怔怔地瞪著牆壁。歷經了那麼多憤怒與痛苦，我已經什麼都感覺不到了。我無法打起精神起身下床，甚至不害怕待著不動會有何下場。我體內的每一分活力都注入到束腰裡去了。

我始終沒看到穿上新娘服的凱特。我沒有見到那個身影，那是多年前，縫製林賽家的手套時，我便想像過的影像。我不確定凱特會與我想像中的美麗新嫁娘相符。過去這幾個星期，她的膚色有點過於灰暗，臉頰則因壓力而緊繃。那細腰瘦得太過明顯，看起來讓人覺得不舒服。而原本光輝閃耀的眼眸，也開始閃現某種暴戾之氣。

「巴特漢丫頭呢？」梅亞爾太太終於高喊道。

她話聲方落，艾薇就開口了。「她還在睡懶覺呢！」

我頭上的地板響起重重的腳步聲。隨時都會到來了：恐懼之情。不是嗎？我聽到梅亞爾太太愈來愈接近，我聽見她咆哮喊著我的名字。我仍然毫無感覺。我在某個安全的地方，在自己的軀殼之外，看著。

「馬上給我起床！別等我下去以後……」

「母親，母親！」凱特出聲哀求道：「沒時間了！」

「她以為她可以違抗我嗎？我得——」

前鋪的敲門聲打斷了她。正是時候。她的聲調正在往下降，逐漸變得低沉，進入上尉的領域。

「魯克家的人來了。」奈兒喊道。

停頓了一下。她們想必已經在地窖門口，瞪著樓梯下方的我，母女倆一塊兒。我沒有轉身看她們。

我轉而想像著比利站在店門外的階梯上。等候他的新娘。我曾以為他是我的朋友，但在我最需要他的時候，他不在這裡。他已經選邊了。如今，他是凱特的一部分。再也沒有人會從那個活板門與那堆煤炭中救出敏來。

「快一點，母親。別管她了。」

「萬一她跑走呢？又或是，」她小小聲地說：「萬一她去找警察呢？」

我的腿在被子底一個抽動。

「每扇窗子都上了栓，她出不去的。快！這是我的**婚禮**啊，母親！」

梅亞爾太太嘟噥了幾聲。

門砰地關上。

而我終於知道自己該做什麼了。

梅亞爾太太沒有鎖上地窖。我可以一路進到前鋪。來到前門。

我**能**撬得開鎖嗎？我曾經用針撬開過地窖的門，不過那只是粗製濫造的小鎖。現在我需要較大的工具，譬如匕首或尖細的刀子。像是我做束腰用的工具。

等我一出去，就一五一十地全告訴巡查大人，帶他們找到敏的屍體，好好將她安葬。梅亞爾太太根本還來不及告發我母親就要鋃鐺入獄了。

我敢嗎？

我哆哆嗦嗦地勉強著下床，開始更衣。我的舊束腰，我創造的產物，對一個十五歲少女來說已經太小，但我無法捨棄。我用它來包一塊麵包皮和敏的骨頭魚的剩餘部分，當成包袱帶著。

瘋了。我肯定是瘋了才會冒這種險，但我看著自己這麼做：我看見自己顫巍巍地走到隔著布簾的凹室，取出我骯髒的工具。那柄用途特殊的刀刃上，還凝著敏的血塊；敏的血會幫助我。如果這能行得通，我們倆都會逃出去。

我顫抖著重新進到前鋪，心跳快到頭都痛了。

這時候我看見了。

凱特拿走了盒子裡的束腰。在我體內深處，那顆黑色的心得意地歡呼起來。

我從未獲准從前鋪大門進來，但我打算從這扇門出去。我選了一把又長又薄的刀，將刀尖插入門鎖。這鎖的設計較精細，是為了確保不讓竊賊闖進大門，不同於地窖那個生鏽的舊鎖。金屬發出吱吱嘎嘎的摩擦聲，聽不出來是否有進展。

我的手很滑。刀柄一再扭歪、扭歪……

刀子不慎掉落。

幸好沒戳中我的腳。筆直插著的刀刃微微晃動，襯著地毯閃爍不定。

這回我選了一把細刃匕首，就是我用來鑽束腰孔眼的工具，然後再試一次。我汗流浹背。此時回頭太晚了。假如梅亞爾太太回家後發現鎖被刮成這副德行，她就會知道我本來想做什麼……

匡啷。

門打開了一條縫。冷風湧入碰觸到我的臉頰。街道就在外面，被風吹著又空蕩蕩的街道，正在等我。比我印象中還要寬大得多。

我的氣息變得粗嘎不順。儘管發生了那麼多事，我仍然害怕離開。

但我不得不。媽在外面。

當我跨過門檻，門鈴叮噹響，慶祝我獲得自由。細雨斜飛，街上朦朦朧朧。貨車轆轆，從寥寥幾個勇敢的路人身旁駛過。上帝保佑，送牛奶的布朗先生可別忽然跑來逮到我。

我開始起步，渾身發顫，不知該往哪走。很難像個普通人，像個外出做自己份內工作的清白女孩一樣行動。街上每有一扇門關閉，每有一匹馬低聲嘶鳴，都會把我嚇一跳。

我朝教會的反方向走，那些全是我從未走過的街路。遠離河道和福特街的老家，遠離學堂。住在橡樹門這麼多年，我從來不知道警察廳在哪裡。我只能不斷地找，不斷地走到腳流血為止。

過了大約一哩路，鋪設的道路忽然在一個交叉路口中斷。掃路的男孩沒出來。我若想過到對街，就得踩過泥巴和馬糞。那也沒辦法。

我踩上路面，鞋子隨即陷入泥濘中。我迷了路、身子又凍，而且開始慢慢失去感覺。但無論如何還是愉快極了。我是自由地跨出腳步走向另一邊，那是自由的水分在淨化我仰望的臉。就連迴響在卵石路面的馬蹄聲，也是一種音樂。

不協調、不成調的音樂。

愈來愈狂野。

一聲嘶鳴。

我猛地回頭，望向街道遠處，只見一輛雙輪小馬車朝我疾馳而來。

馬身上冒著汗。馬蹄下泥塊飛濺，漸漸逼近。我連忙跳離道路，暗自慶幸還沒被壓扁就先看到馬車來了。

我還在謝天謝地之際，馬鞭忽然啪地一甩。

一陣疼痛。我臉上又紅又熱。我一個踉蹌，摔倒了。束腰脫手掉落。

隱約中，我聽見車輪剎住停下。馬蹄急亂地踩踏，車門打開。有人說話。

「是她！就是她，該死的丫頭！」

一雙手粗魯地拉我站起來。透過我自己的血，有張臉迷迷濛濛地浮現。

「剛好趕上了，」梅亞爾太太沾沾自喜地說：「這不識好歹的賤人想逃跑呢。」

39
朵蘿西亞

我必須克服這些迷信的奇思怪想！但即使現在已回到家裡，文件攤開在書桌上，威奇也爬上了籠內棲枝，我驚懼的感覺仍在。

墨跡斑斑之下，我不斷劃去給湯瑪斯爵士的答覆。我不得不一而再、再而三，丟棄草稿重新寫起。幾乎難得會有比這個更令人沮喪的差事了。若不是我已心屬大衛，很可能就會接受他的求婚。毫無疑問地，媽媽見到我與她好友的弟弟結為連理，必然歡欣。

我不知道媽媽自己是否曾見過湯瑪斯爵士。他住在格洛斯特郡，應該不太可能。但我寫著寫著，有些事實似乎愈想愈奇怪。為什麼在這麼多年後，他忽然與我父親熱絡起來？如果母親在世時，摩頓夫人不認為有必要將弟弟叫到石楠地來，現在為什麼這麼做？

疑問啃齧著我，耳語說道求婚一事是摩頓夫人在背後左右。也許她缺錢，希望弟弟能娶個富家女？但我**分明**向他吐露了關於皮爾斯太太的事，以及他們成親後若有子嗣，我的財富將會產生變化。除非湯瑪斯爵士認為，他身為爸爸的女婿，會有能力阻止這樁婚事？

這封婉拒信我怎麼寫都不滿意。用詞笨拙又不圓滑，無法依需求駕馭。於是我將眼下企圖要做的事先擱置一旁，轉而想起露絲的事來。

我從資料檔案中成功獲取了與她的下一段故事相關的許多文章。由於是令人震驚的醜聞，消息從地方報紙擴及到一些全國性的報紙。我不得不說，警察終於在接獲民眾密告後迅速抵達梅亞爾家，似乎是再幸運不過的情況。否則我真不敢想像露絲會變成什麼樣。

她是否真的試圖逃脫過，我無法證明，但她被發現時的確是被鎖在房子二樓的一個房間內，奄奄一息。她的狀況閱讀起來很不舒服，有壞疽與嚴重脫水之虞。

露絲在人格發展期間，從酗酒的父親的照護下轉入梅亞爾母女的凌遲魔爪中，也難怪她會長成這麼不正常的孩子。一個與殺人者同住的孩子，不可能不受到影響。邪念有如火中的煤灰在屋裡到處飄蕩，它們會落下斑點、汙染弄髒，它們會找到入侵的路徑。

殺過一次人就會再殺一次。

但可不可能避免呢？**這**是我必須問自己的問題：會殺人是自然天生的個性，或者是因為教養不足而導致道德敗壞？假如露絲是在我家度過年少時期，有著我的信仰，她還會犯下如此暴行嗎？

我打開書桌最下層抽屜，拿出那個頭骨抱著。它不再能安慰我了。在我指尖底下的骨頭，感覺動也不動，意志堅定不移。今天，我頭一次思考著一個可能性：也許每顆頭都是天生注定好的，就像猶大注定要背叛我們的主。我們被困在裡面，有如被困在罐中的蒼蠅。有些頭顱具有無法動搖的邪惡意志，而且不達目的絕不罷休。

譬如梅亞爾太太。

她不像露絲逗留著等候自己的命運。她被捕時正巧遇上巡迴審判，幾乎立刻就被判刑了。時間太短，不足以讓她悔改——如果真能達到此目的的話。或許聽起來不像信徒說的話，但我不太相信這個女人能得到救贖。比起血肉之軀的人，她似乎更像鬼怪。不過我可能是受到露絲的敘述所影響。我手邊的文件中沒有精神病醫師的紀錄，我完全無從得知她是否真的假扮過「上尉」——我倒是懷疑這是露絲年少幻想的渲染結果。所有證據都顯示原來的那個男人是個令人厭惡的人，而不是妳會希望他死而復生的那種丈夫與父親。但有**某種原因**驅使她殺人、驅使她虐待那些女孩……

是耳朵上方有兩處突出嗎？

不知她當時關在舊橡樹門監獄的何處，她那顆邪惡的頭顱又置於哪間牢房？

我會去探視她嗎？我會去摸她的頭嗎，如果有機會的話？

40 露絲

我記得的不多。我很希望自己能醒著看到警察湧進屋裡，能聽到他們鬧哄哄地放我們自由的吵雜聲，只不過我的情況很悲慘。

沒有人告訴過我，但我猜是教會的人去告發的。敏不再去做禮拜，接著我又失蹤，自然會開始顯得可疑。

我算幸運的，這個案子引起廣大的注意。善心人士得知了我的慘況，立刻投票表決把我送進私人慈善醫院。當時，我對這一切都毫不知情。

逮捕行動過後，我第一個清晰的記憶就是躺在一個空空洞洞的白色房間裡，旁邊緊鄰著兩張鐵架床。我以為我可能是死後上了天堂。但隨即想到自己殺了那麼多人，又注意到床單粗粗刺刺的還有汙漬——天堂用的肯定會比較好吧。

另外我也開始感覺到痛。我的左腳在抽痛。我伸長脖子，試著想往下看，但身子太虛弱。角落裡有個人在乾嘔。

跌跌撞撞朝我走來的護士身上有酒臭味，我聞到了，其中還混著其他噁心的味道。「該換藥了。」她大聲地說。

她的手很粗。

背上四十道鞭痕加上少了一隻小趾。本來也許還會悽慘得多。雖然那間醫院再怎麼想也不是個好地方，總是好過睡在梅亞爾家的地窖。那裡有光線有食物，床也比較舒服，最好的是他們會給我鴉片酊止痛。

那種痛會把妳整個人都佔據。它咬齧著妳，剝下妳骨頭上的皮。我的心並未理解到我終於自由了，也沒細想我是怎麼離開上尉的房間。我也還沒開始有條理地思考自己的未來與周遭的世界，直到奈兒來看我。

她穿了一件棕土色長外衣，戴著一頂草帽，還披了一條破舊的灰色披肩。紅銅色的頭髮上有一點一點的煤灰。她捏著探病條子的手上戴了手套，不過手套縫邊有點脫線了。

「奈兒！」穿著二手衣而不是工作服的她，與這裡看起來很不搭調。顯得有生氣許多。見到她的熟悉面容讓我想哭。

「妳還好嗎？」她體貼地關心我，替我蓋好毯子。

「我……還活著。」

「這可不是梅亞爾太太的功勞。」她臉上刻劃著關懷之情。「不過妳就快能報仇了，露絲。我就是來告訴妳這個的。她要被吊死了。」

彷彿有一刀，深深刺入我的胃。一種像是滿足的感覺。但梅亞爾太太被吊死不是因為她對**我**做的事情。我需要知道他們有沒有找到敏，有沒有終於放她出來。

「什麼罪名？」我問道。

奈兒焦慮地看著我，尋找我是否知情的蛛絲馬跡。「她的罪名是……殺人。殺害米莉安。」不知為何，聽到她這些話加深了我的憂傷，使得敏的死亡比我親眼見到屍體時感覺更真實。

「很好，」我聲音粗啞。「她們倆都應該為她們對她做的事爛在牢裡。凱特就是帶我去那裡，她拿著我的工具來找我的那天。我們去了上尉的房間，敏的屍體在那裡。她們逼我……」我搖搖頭，無法說下去。

「妳應該告訴我們的，」奈兒輕聲說：「妳不應該一個人承擔那個重擔。」說得好像艾薇或黛西會有那麼一點在乎似的！至於奈兒，她也沒幫上一點忙，不是嗎？如果敏在世時她們都不關心了，我覺得她們不配知道她的死訊。但我無法向奈兒解釋這些，尤其她還特地帶了這麼個好消息來看我。

想想看，梅亞爾太太掛在繩子上搖搖晃晃！那就像鴉片一樣，舒緩了我的疼痛——但還不夠。少了點什麼。

「那凱特呢？」我問道。

奈兒哼了一聲。「她怎樣？」

「她不會一起被吊死嗎？」

「不會。沒有證據。」

「妳就不能說點什麼嗎？」我大喊：「妳要是不說，我拚了這條命也會說的！」

「誰會相信妳？」她厲聲反駁道：「在陪審團眼裡，她是個尊貴的已婚婦女。她甚至還出面指證她母親的惡行。妳真該聽聽她是怎麼說的。好像她完完全全都是無辜的。妳會以為她一輩子都沒拿棍子打過我們。」

我咬牙切齒。我在醫院待得太久了，沒看到敏的屍體被抬出煤洞，沒看到審判。我要是再錯過其他什麼就真該死了。

「我想去看，」我對奈兒說：「我想去看那個賤人被吊死。」

「我也是。我們一起去。我相信妳很快就會出院了。那些慈善捐助從來不長久，他們失去興趣以後，就會再去找其他目標了。」

「我**一定**要離開。我得去找我媽。」

我們倆都沉默下來，思考著這句話的嚴重性。生活，真實的生活，正在這幾面牆的外頭等著。

我對面的病患咳嗽起來。

「這是真的嗎，奈兒？我們真的擺脫她了？」

「是的。」她抓著我的手。「沒有人要雇用我。這段日子我一直住在很便宜簡陋的旅館。但我告訴妳，我從來沒過過這麼好的生活。我從來沒有這麼快樂過，露絲。我自由了。我們可以一起自由。」

我露出微笑。「我們去找護士談。我相信只要看到梅亞爾太太被吊起來，我馬上就會痊癒。」

沒想到，醫院人員是巴不得把我轉交給奈兒。我的住院單上六週的期限已過，當初投票支持送我入院的捐助者，誰也不想再負責。正如奈兒說的：他們轉向下一個目標了。這次是發生在一間工廠的災難，有數十人受傷，皮膚沾染了黑油，棉花纖維還嵌進傷口裡。相較之下，我少掉的那根腳趾就不那麼有意思了。

我不是故意說一些不知感恩的話，小姐。我的命是像妳這樣的好心人救的，但我只希望他們能多想一想，性命安全以後的我該怎麼辦。我的老家是命案現場，我的工作也沒了。我除了企圖逃跑時穿的那件破破爛爛又沾了血的連身裙以外，沒有其他衣服；在上尉的房間那麼多天裡，我一直穿著那件連身裙，裡頭滲滿了汗水和恐懼。

奈兒也沒好到哪去。幾天後，她來接我的那個早上，還是穿著同一件長外衣，戴著同一雙脫線的手套。她頸子上布滿紅點，是蝨子咬的。

不過，她依然一臉欣喜地挽著我的手說：「準備好了嗎？」好像我們正要出遊似的。

「我也不知道。應該吧。感覺實在好……奇怪。」

她拍拍我的手。「不，露絲。妳到目前為止的人生：那才叫奇怪。」

我們一塊兒慢慢地通過幾扇門，來到外面的街道。我感覺好像被大砲擊中。白天的光線從未這麼亮過，空氣從未這麼冷過。醫院入口約莫有二十個人在排隊，各有各的慘狀：有個男人嘴巴流血；有個掛著兩隻黑眼圈的年輕母親在哄哭鬧的嬰兒；有個年老婦人咳嗽咳到幾乎站不住。每個人都祈禱著能有機會被收治。

我看著他們，一時沒站穩打了個踉蹌。

奈兒扶住了我。「小心點！我想這一切都有點太過了吧，」她強調著說：「比起那裡面。」這話說得太含蓄了。我撬開鎖逃離梅亞爾家時的那份興高采烈，早已消失無蹤。現在的我不覺得自由，而是脆弱。走起路來出乎我意外地費力。少了小趾之後，腳就不能再像原來那樣平衡了。

而且好多人啊。我彷彿竭盡全力地抓著奈兒，沒有她的話，我肯定一步也踏不出去。我們經過一間舊貨商店和一個磨刀的男人。直到此時我才忽然想到，我根本不知道我們要上哪去。

「要走很遠嗎？對不起，我走得這麼慢。」

「恐怕還有好一段路呢。我沒錢住在城裡這麼高級的地方。」

忽然間一隻老鼠從我腳邊竄過，我搖晃了一下，重新站直時感到一陣刺痛。如果在這麼體面的城區都得躲避害蟲，我不願去想我們即將前往的地區。

在這外頭，我真能活下來嗎？我是好些了，卻幾乎仍無法工作。我原本打算白天裡，挨家挨戶到每間廉價旅館和欠債人拘留所尋找媽的蹤跡。但我哪來的氣力呢？

「我真的可以和妳一起住嗎，奈兒？我不想給妳添麻煩。我沒有錢可以給妳……」我漸漸沒了聲音，心想萬一她拒絕，我到底該怎麼辦。

但奈兒捏捏我的手臂。「現在我們是同一條船上的人了，梅亞爾家的倖存者。」

「那妳有錢嗎？」

「有一點點，」她略帶謹慎地回答。「撐不了很久，我們得盡快找到工作。」

「可是妳的錢是哪來的？」

她忽然對我們腳下的路面深感興趣。「妳不用管。」

我就怕這樣。像奈兒這樣身材姣好的女孩，又有一頭美麗的頭髮。我不怪她。只是想到她去賣身，我的心就像在抽搐一般。她受的苦還不夠嗎？我真的要靠這種辛苦錢過活嗎？

接下來我們默默地走著，兩人都覺得尷尬。慢慢地，街頭變得黯淡。磚牆上沾了煤灰，而且處處缺角。建築物似乎變得雜亂無章，高低不平的屋頂連成一片遮蔽了天空。偶爾會有一扇窗打開，夜壺裡的東西隨即潑灑到路上來。我們沒有被潑到，但感覺實在不舒服。路上處處危險，腳根本沒地方踩。

街頭的頑童互相丟擲石頭，有幾個衝著我喊叫，罵我「跛腳的」。我強忍住一波暈眩。我的胃已經開始餓得咕嚕咕嚕叫了。

媽離開我以後，就一直過著這樣的生活嗎？

奈兒拉拉我的手肘說「就是這裡」的時候，我也差不多要倒下了。這一帶看起來不太好：彎彎曲曲的狹窄街道宛如迷宮，路中央還有一條開放的排水溝。不過，我還是往她指的方向一跛一跛走去，期待能坐下來，也許還能有點東西喝。

我錯了。

我們往裡面走不到兩步，就有一個粗壯的男人從暗處冒出來，破裂的血管將他的皮膚染成紫色。

「一個人三便士。」他猛地伸出一隻滿是泥土的手。

奈兒摸找一陣，掏出幾個已經變色的銅板。他一把抓過去，快如閃電，簡直像在變戲法。他每個銅板都咬一咬，而且從頭到尾都用警惕的眼光瞧著我們。「就一晚。左手邊第一間。」

後來我才知道這裡有四間出租房，每間每晚收容二十來個人。可是在那個當下，我累到無力去關心整棟房子的狀況，只是跟著奈兒走。

窗戶上卡著一層汙垢，不太能看到什麼。也因為這樣，雖然中午才剛過不久，裡面卻暗得像晚上了。但還是足以讓我看出，一個人在這兒過夜要收三便士，根本是搶劫。這地方用來養豬更恰當。

我們慢慢走到最裡面的角落，那裡沒人。我們的確坐下來了，但不是坐在什麼椅子上，而是只有硬地板和一堆摸起來且聞起來潮濕的被褥。我得把傷腿往前伸直。不斷有東西從天花板滴到我頭上，像是雨水。我抬頭去看，可是太暗了，看不出屋頂有沒有破洞。

「妳這陣子都住在這裡嗎？」我不敢置信地問奈兒。

她聳聳肩。「我已經習慣了。」

這種骯髒汙穢，我不認為凡人**能**習慣得了。整個空間好像毒氣瀰漫讓人窒息。房間另一頭，有兩個留著可怕的大鬍子的老人開始吵嘴。我聽到一記重捶，一聲咒罵。坐在他們附近的人紛紛移開。

說句實話，我還寧可待在梅亞爾家的煤洞裡。

「廁所在哪？」

「房間中央有個桶子。」奈兒指著說：「妳看到了嗎？」

我直瞪著她。「一只桶子，這麼多人用？妳就……當著所有人的面？」

她很快地露出一個哀傷的微笑。「我就跟妳說我們得找到工作。」

一陣微弱的哭號在黑暗中迴響。是個嬰兒。住在這裡。老天哪，我還以為娜歐米的人生很悲慘呢。

我細細環視那一張張孤獨、憔悴的臉，即使此刻也希望能在那髒兮兮的表面下認出媽的五官。經歷一年多貧窮困頓的生活，她的面容可能已經不一樣了。一想到我可能走遍橡樹門的出租房，看遍每個窮人，卻認不出她來，內心便驚慌不已。

嬰兒依然還在哭著。

我的手臂發癢，伸手去抓。只有天曉得這種地方住了哪種蝨子。「所以妳有試著去找工作了嗎？」我問奈兒。

「當然有！」她怒喊道：「這座城裡的每間裁縫店和女帽店我幾乎都去問過了。他們不要我，說我的針上有梅亞爾家的汙點，還說會讓他們的店不好看。」

我胸中綻放出惶恐之情。我會不會也被同樣的麻煩纏身？本來還寄望能靠刺繡賺取生計奉養媽。除了針線活，我根本沒有其他謀生技能。

「妳為什麼要告訴他們妳在梅亞爾家做過？妳大可以假裝是從外地來的。」

「在這座城裡行不通。他們會去查。再說，我實在很難隱瞞事實。記者把我們的名字都寫在報紙上了。」

我沒想到這點。正當我自以為已經擺脫梅亞爾太太，瞧瞧她，竟像烙鐵一樣在我皮膚烙下印記。「捏造個名字？」我提議道。

奈兒嘆一口氣，閉上眼睛，好像在跟小孩說理似的。「他們還是會要個證明的，露絲。要有介紹信。妳以前沒找過工作嗎？」

當然沒有。奈兒的話讓我覺得自己天真到無可救藥。我曾經想像過的世界彷彿縮小到僅剩我周遭的一點空間，比這個可怕的鼠窩大不了多少。「也許我們最好搬到其他城鎮去。」這回我有點怯怯地說：「一個沒有人知道我們名字的地方。敏本來要去倫敦。」

奈兒嗤之以鼻。「不，她沒有。對不起，露絲，我不是故意要說她壞話，但她就是愛做白日夢。她沒錢搭驛馬車，也許是想徒步流浪，可是沒得吃沒得喝，她永遠也走不到。」她意有所指地對著我伸直的腿點了點頭。「我很懷疑**妳**能走得到隔壁鎮。就算可以，妳到時一副慘兮兮的樣子，不會有人想雇用妳的。等妳走到那裡，應該就是個乞丐樣了。」

我痛苦地嚥了口唾沫。這的確是事實。對一個從一出生就被拋棄，知道人世艱難，誰也不會對她伸出援手的女孩而言，無情而冰冷的事實。在奈兒面前，我說話就跟媽一樣，還希望人們會有好心腸。

「那我們怎麼辦？」聽到自己提問時像在抽噎，我覺得很丟臉。「我現在看起來已經很破爛，再在這裡過上幾個晚上，我會——」

「活著，」奈兒用堅決的口氣接著說：「而且自由。這才是最重要的。好了，休息一下吧。妳身子還很虛弱。明天一切看起來都會變好的。」

我不太相信。有嬰兒哭號、害蟲咬人和那兩個老人嘟嘟囔囔，我絕對睡不著。「怎麼會？」我賭氣說道：「明天怎麼可能會變好？」

「因為明天啊，」奈兒咧嘴一笑。「梅亞爾太太要被吊死了。」

41
朵蘿西亞

一個歡欣的日子竟能在眨眼之間變得如此、如此憂傷！

清晨的驟雨停歇了，留下銀光閃閃的小路與甜美潮濕的露水。葛瑞馬許備好了馬車，我們便前往郵務局，好讓我瞞著爸爸寄出給湯瑪斯・畢格維茲爵士的信。當我將信封從櫃檯推向年長的女局長時，彷彿卸下了肩上一份重擔一般。局長將眼鏡推上鼻梁，讀著我寫的封文。

「就這樣嗎，**小姐**？」她別具意味地說出句末的稱呼，無疑是想攪亂我的心。一個未婚淑女，竟寫信給男人！她晶亮的小眼睛在說**妳想做什麼我一清二楚**，但我沒有讓自己陷入驚慌。

「沒有別的了，謝謝。」我說著遞出銅板後便即離開。

空氣湧入我的肺部，我嚐到自由的味道。知道事情告一段落，也婉拒了湯瑪斯爵士，多麼令人高興！我不僅是以同情的心加以婉拒，字裡行間更充滿慎重與感激之詞。儘管他得不到我的心，卻無疑是令我敬重的人。如此體貼周到地回覆她朋友的親人，媽媽想必不會怪罪。然而，爸爸……希望在被他發現之前，我和大衛已經安全抵達倫敦。

我們從郵務局前往植物園，園裡已開始展露大自然的美。潮濕的蜘蛛網掛在樹籬上宛如閃閃發亮的鍊子，背後隱藏著紫羅蘭與報春花。草地上點綴著片片花瓣，就像灑落白色與粉紅色碎紙，但枝頭卻一朵不剩。嫩芽已裂開長成葉子，球莖也已昂首遠離地面，再也沒有什麼掩埋於土中。

我與大衛只短暫交談，但也足夠教人滿足了。我們在一起的分分秒秒都像是懸掛在樹枝上的雨滴。關於倫敦的職位，他尚未收到任何消息，但我頭一次感覺到未來真真切切觸手可及。可以感覺得到，我們以夫妻身分展開新生活是肯定會發生的事，而且就快了。

「妳今天看起來十分開朗呀，甄愛小姐。」他微笑道。

那可不！真希望我能在那兒待一整個下午，聞著微風中他外套散發出的濕羊毛味，而蒂妲則跟在後面不停咂舌。但我回家了。

然後所有事情都出了岔。

還沒到家，我大老遠就瞧見那輛馬車。我認出那兩匹相配的灰馬，心不由得往下沉。**她**到我家來做什麼？現在不是我接待客人的時間，她應該知道我出門辦事了才對。

但我雙頰立刻泛紅發熱。也許**正是**因為她知道。我從玻璃窗窺探，發現馬車內空無一人。下人們應該在門口就告訴她我不在了，她卻還是跨越了門檻。

進到屋裡與爸爸獨處。

「妳好像有訪客，小姐。」蒂妲說道，口氣聽起來並不特別驚訝。

我們默默地從前門走進客廳。一切看起來都很不真實，像個娃娃屋，而不是我心愛的家。蒂妲取走我的帽子與手套時，一陣尖銳刺耳的笑聲傳過走廊，直接滲入我的臼齒內。

「我回房去了。」我說道。

可惜幸運之神並未眷顧我。他們想必聽見馬車駛進馬廄，或是我走過地板的腳步聲，爸爸的聲音從關閉的書房門後轟然響起。

「朵蘿？朵蘿，是妳嗎？」

我停在樓梯底端，進退兩難。我的直覺要我別理他，盡快跑回房間關上房門，像個小女孩一樣。可是蒂妲在那兒看著我，還有一名男僕站在樓梯平台上。我怎能當著他們的面違逆爸爸？

書房裡砰的一聲。「過來，朵蘿西亞。我有話跟妳說。」

我舉步維艱，彷彿走在碎玻璃上。我想起露絲，想起她述說自己如何獨自在黑暗中，渾身打顫走向上尉的房間。那正是我現在的感覺。

我打開門。

紅色窗簾拉起閉合。裝著渡鴉與齜牙咧嘴的狐狸的玻璃櫃，蒸氣迷濛。

爸爸和皮爾斯太太站在書桌後面，兩人緊握著手。

「我親愛的朵蘿西亞！」她露出燦爛笑容。

她那有如提燈般的方下巴、她那芥末綠色長袍，還有她那歪歪斜斜掉落在頭上的可笑髮型雕塑：這一切都在在令我不快。可是聽到她喊著我的名字，我母親的名字——更是刺痛我的心。

我極盡所能地壓抑自持，好不容易快速地行了個屈膝禮並向她問安。

「我有好消息要告訴妳，親愛的。」爸爸說。他衣領的釦子沒扣好，額頭上泛著一片油光。

「準備好迎接這個天大好事吧。」

我知道他要說什麼。我內心半渴望著急奔過去，摀住他的嘴，求他千萬、千萬別說出那些可怕的話。但我卻只能像現在這樣面對爸爸。那不是他。我看到的是另一個男人，一種基礎生物，與我毫無關係。

「我很高興能在此宣布，皮爾斯太太已經答應嫁給我了。我是這世上最幸福的男人。」

她吃吃地笑。「哎呀，雷吉納。」

回想起來挺奇怪的。最令我震驚的是我的疏離。我感到冷靜、淡漠、遠離現場，而這些人都是陌生人。只有我的嘴唇，嫌惡地往上噘，洩露出些許情緒。「噢，真想不到。」

爸爸的眼眸變得更灰暗了些。

「妳不向我們道賀嗎？」他拉拉外套，問道：「妳不親親妳的……」我們倆四目相交。

說啊，我邪惡的一部分暗暗驅策著他。**說出來，說出你真正想說的話。**

不料卻是皮爾斯太太大手大腳地走上前來，用力散放出瀰漫她周身、令人作嘔的茉莉花香。

「過來親親妳的新媽媽。」

42 露絲

妳去過絞刑現場嗎？說也奇怪，氣氛十分歡樂。那天有許多人圍觀，滿臉紅斑喝醉酒的人，一個個擠著找最好的位置。孩子們蹦蹦跳跳，拍著手高聲唱著：

蠟燭來了，照亮你的床，
斧頭來了，剁下你的頭。
剁呀，剁呀，最後一個人——死翹翹！

柴煙與肉味溫暖了空氣。我現在聞到總覺得想吐，因為想起敏被火燒的手。

奈兒沒有受到我的記憶困擾。「要是能買點栗子就好了。」她瞪大一雙鹿眼看著小販，嘴裡嘟噥著說。

我還是覺得頭暈，因為痛也因為餓，便將她的手臂挽得更緊一些。有人粗魯地從我身邊擠過去。我無論往哪邊轉，都看見快速晃動的頭和外露的牙齒。我覺得我可能會昏倒。

刑台就在我們面前等著，垂下的繩圈像在預告著即將呈上來的饗宴。有三個。除了梅亞爾太太還有誰呢？

應該是凱特。

應該是我。為娜歐米、爸、羅莎琳和其他穿過我做的衣服的人伸張正義。

當時我想像著麻繩套在我自己脖子上的重量，感到一股奇怪的悸動。被吊死會像切斷腳趾那麼痛嗎？我希望是更痛得多。

就在車輪喀啦喀啦駛過卵石路面時，陽光偷偷從雲層背後溜出來。

一陣鼓譟聲。

「她在哪？妳有看到嗎？」奈兒喊道。

我看不見。我只聽見那死囚車無情地駛向死亡的聲音。

許多身影聚集到囚車四周，又是吐口水又是揮抓。有個男人高喊：「親一個，寶貝！」笑聲、歡呼聲揚起。看起來像是嬉戲的場面，不像即將踏入墳墓的序曲。

「那一定是她們！」奈兒尖聲叫道，睜得大大的眼睛像瘋子一樣。「趁現在大家不注意，我們往刑台靠近一點。」

我由著她往前拖行。她選了一個攤販的位置，近到可以聽見繩索在風中扭動著。

「太好了。」奈兒滿臉期盼地仰望著，頭髮在陽光下發亮。「妳都不知道我等這天等多久了，露絲。」

比我還久。難怪她這麼著急。

最後，囚車終於笨重而緩慢地移動到目的地。放出囚車後的犯人被群眾弄亂了頭髮，拉來扯去的。梅亞爾太太站在最後面，兩手綁在一起像在祈禱。雖然瘦了，她依然是同樣身形，同樣抬頭挺胸的姿態。

「她在那裡！」奈兒的指甲深深嵌入我的手臂。「但願她嚇得屁滾尿流！」

令人失望的是，她似乎並不害怕。也許有點無精打采，也面露疲憊，但不像另外兩人。其中一人是個手活像火腿般的肥胖女人，不但大聲咒罵還和守衛扭打。另一人是個比我年紀稍大的女孩，也許十八歲吧，她淚流滿面。但梅亞爾太太從群眾間大步走過，頭抬得高高的，五官凝聚成一副可怕的兇樣。我認得。她是上尉，正面對著敵人的槍火。

她不肯戴頭罩。另外兩名犯人頭上蓋著布袋，她卻堅不就範，套索緊貼著她脖子的皮膚繫住。

「我們運氣不錯，」我小聲地對奈兒說：「可以看著她受苦。」

她點點頭。我們倆都同樣殘忍。

牧師高聲祈禱，但幾乎一個字也聽不到。嘈嘈雜雜的「阿門」聲從群眾間回傳出來。匡噹一聲，迴盪在我的胸肋之間，活板門突然傾斜打開。三雙腳掉了下去。

許多年前的某個時間，我讀過一則報導，說絞刑的繩索繫得太長，直接把犯人的頭給扯斷。我有點希望同樣情形能發生在梅亞爾太太身上，可是沒有。她和另外兩人一樣扭來扭去上下晃動。

我的視線始終沒有離開過她的臉。我看到皮膚轉為深褐色，五官腫大，眼睛的血管爆裂。群眾高聲歡呼。

上尉。梅亞爾太太。又是上尉。兩個人格在扭曲膨脹的臉上忽忽變換。最後，她嘴角冒泡，腳也失去了勁頭。

在她兩側，戴著頭罩的女人身子疲軟下垂，看起來很像稻草人。動作一頓一頓地慢慢停止，從踢動放慢成抽搐。

接著完全靜止不動。

轉動的繩索吱吱嘎嘎響。

現在吊在那裡的東西不是梅亞爾太太。甚至也不是上尉。那只是一塊肉，等著烏鴉啄食。

離開刑台的速度很慢。方才那麼快速湧進廣場的群眾，要散去卻得花兩倍時間。

「我得坐下來。」我啞著嗓子對奈兒說：「我頭暈。」

她伸手摟著我的腰。

該死的梅亞爾太太。她打的地方依然會痛，即使她已經死了。看著她窒息固然好，但還不夠。永遠都不夠。想到她已經離開這個世界，不會再受到傷害，對我來說是一種侮辱。

「還要好一會兒呢。」奈兒越過一片帽子海，看著廣場邊上擠滿受驚的馬匹。「要是讓妳在這裡坐下，妳會被踩死的。妳就靠在我身上吧。」

被殺人場景餵飽後，每個人都懶洋洋的，腳步拖拖拉拉，有個人不停地踩到我的裙腳。

「繼續走，露絲。」

謝天謝地有奈兒。仔細想想，她沒有理由對我好，幫助我離開街頭還替我付房錢。也許我終於找到我一直想要的：自由和朋友。

但願我也能找到食物和工作。

我們終於來到廣場南側邊緣，許多馬車在這兒等候。有錢人太過尊貴，不能在街上看絞刑，非得坐在馬車內透過窗子去看。結果馬糞成了需要克服的新阻礙，尤其我腿腳又不方便。我低著頭專心看著路面，所以沒發現奈兒為什麼忽然僵住不動。

「怎麼了？」她把我的長外衣抓得好緊，我還擔心會撕破。「妳弄痛我了，奈兒！」

但就在我喊出她的名字時，聽到另一個聲音也喊出來。一個我非常熟悉的聲音。

「奈兒！露絲！這邊！」

比利在他的載貨馬車上揮著手，距離我們大約三十公尺。

我的心好像被放進軋布機輾壓過似的。

「我們要……」我住了嘴，不知該怎麼說下去。

他不是妳的朋友，我試著提醒自己。那個一臉老實、帽子斜戴在凌亂頭髮上的男人，是凱特的丈夫。是叛徒。他親吻了打死敏的那雙手。我恨他。

可是我當然不。不盡然。他的笑容依然給我那種獲救的感覺，那種呼吸到清新空氣的感覺。我還記得他送布匹來到後門，從煤洞救我出來，還教我做束腰。

「我們過去。」奈兒眼中帶著警戒說道：「他也許會讓妳坐一下馬車。」

我們正好及時到達。我顫抖的腿再也撐不住，我便抓著馬車倚靠。

「穩著點，露絲！上來吧。」他兩手在我腰上停留的時間太短，我還來不及細細體會，幾秒鐘後我已經被抱上馬車，坐在他旁邊了。

現在凱特會坐這裡嗎？她的惡毒有沒有滲進木頭裡？這個念頭讓我無法放鬆，無法恢復體力。

奈兒想必是看穿了我的心思，便兩手扠腰說道：「看來，太太沒有來送自己的媽媽一程嘍？別跟我說她沒這個膽子。」

比利在我旁邊動了動身子。「不是。她……她終究是不想看。」

「好笑。看她在審判法庭上那個樣子，我還以為她很迫不及待想看到老太太被吊死呢。」

「這個嘛，」比利只說了這麼一句。他的母馬換腳休息。

路人嘈雜的說話聲忽然停頓下來。我坐在那裡並未覺得好一些，反而更加焦躁。夾在一個受委屈的朋友和我（天可憐見）依然懷有一絲柔情的男人之間，氣氛實在緊繃得教人受不了。

「我現在沒事了。」我撒謊道，同時試著爬下車。「最好還是趕緊走吧，我今天得找到我媽。」

比利伸出溫暖的手來。「欸！再休息一會兒，好嗎？看妳要上哪，我可以載妳過去。」

「我不**知道**我應該去哪裡，」我坦承。「奈兒也一樣。我們無處可去。」

我這時才頭一次發現，在出租房待了那麼多個晚上的奈兒，看起來有多寒酸。她的帽子軟趴趴的像包心菜葉，我看起來肯定更慘。我們沒地方洗身子，也沒衣服可換，渾身發臭。想到比利會怎麼看我們，我不禁臉頰發紅；我們這兩個邋遢鬼對比他的妻子。

「妳們找不到活兒做的。」比利猜測道，並垂下眼睛注視著手上的韁繩。「我早該想到才對。凱特也是一樣，她不能到我父親店裡幫忙，就得等到一切……風頭稍微過去以後。」

「那請她幫我們寫封介紹信，可以嗎？」奈兒的手放了下來。「我沒有什麼證明可以拿給雇主看。至少凱特寫的信上面會有不同的姓氏，也許能幫幫我們。」

比利沉吟片刻。「我有更好的辦法，奈麗。**我**來雇用妳們。」

「什麼？」她語帶嘲弄地說。

「我們現在自己住，就在我父母家對面。我們會需要幾個女僕。」

此時一陣風起，吹亂了馬鬃。我和奈兒交換一個迷惑的眼神。他是認真的嗎？有個東西在我心裡細細篩過。若能每天見到他的臉，能有一個開朗和善的主人，會是什麼樣？但不行。這樣我也得見到凱特，聽她使喚。她都已經把我關進過煤洞還逼我切下敏的手了，接下來還會要我做什麼？

「你比誰都清楚那個女人讓我吃過多少苦頭。」奈兒氣得雙頰漲紅。「你真的要我再去她手下做事嗎，比利？」

「是在**我**手下。只是一小段時間，直到妳們能找到其他事做。」他舔舔嘴唇。「我們認識這麼久了，奈兒，妳也知道我絕不會讓她在我的屋簷下傷害妳。」

奈兒咬咬嘴唇。

「我還是得找到我媽。」我感覺她有些心軟了，連忙說道：「在找到她以前，我沒法去想工作的事。」

「為什麼？」比利問道：「我可以每星期給妳一個下午的時間，到時妳就可以去找人。而且如果妳口袋裡有錢，也許會比較容易問出點眉目。」

這點他說得沒錯。但還是……我能忍受得了嗎？和凱特一起生活？看著他們以夫妻身分相處？甚至不能保證我的安全。如果比利．魯克太太打定主意要殺我，像她殺死敏一樣，她丈夫有能力阻止她嗎？

我飛快地瞟他一眼，看見那雙藍色眼眸流露關懷。我的心揪了起來，它想要信任他。

「艾薇和黛西呢？」奈兒問道，仍是惱怒的口氣。「你也雇用了她們，是嗎？那就是在老魯克家大團圓嘍。」

「噢，妳沒聽說呀？」比利露出他迷人的笑容。「黛西交上了一個警察，還把他迷得七葷八素，連艾薇都給安置好了，在那警察的兄弟開的酒吧工作。」

至少這件事足以讓我們全都笑了。想到老是一副高高在上的艾薇替工人倒酒，幾乎就跟看著梅亞爾太太被吊死一樣痛快。

我八成是笑得太厲害，背痛得我畏縮了一下。

「瞧瞧妳，」比利柔聲說道：「才剛出院呢。妳肯定不適合到處跑來跑去。跟我回去吧，妳們兩個，去吃點東西。」

是非道德、自尊心——這些都非常好。可是當妳又冷又餓，妳料想不到自己有多快就會想拿它們去交換。雲飄過來遮住太陽，氣溫也隨之降低。廣場的鐘敲響四點。我們已經整天沒吃東西。想到要回那個臭烘烘的出租房，還不如進大牢。

或許我不該笑艾薇。至少她穿得暖吃得飽。

「請我們上你家之前，你不覺得最好先問問你**老婆**嗎？」奈兒刻意強調那兩個字，像在按壓一處瘀傷似的。

「我說過了，我才是一家之主。而且我覺得她會很高興見到妳們。」比利面轉向我，從他下巴的鬍碴可以隱約看到酒窩。「她有提到妳呢，露絲，和妳的好手藝。妳送她的那件束腰太美了！她每天都穿。」

我的胃逐漸熱起來。我怎麼忘了？孔雀藍，支骨束腰：我最致命的創造物。

梅亞爾太太受苦的時間太短了。可是凱特……我可以好好享受她的痛苦。想起那天晚上我偷溜上樓，看見她傷害敏，就讓她的痛苦慢慢醞釀吧，她必須付出代價。呵，她要付的代價可大了。

「她真的穿了嗎？」

「是啊。那是她最愛的一件。來，上車吧，奈麗。要是妳們改變心意，也可以不必住我家。」

我看向奈兒。「妳說呢？」

她聳聳肩。動作快速而煩躁。「那就走吧。只是去喝杯茶。」

比利的房子鄰近泥濘的河岸，一棟灰磚砌成、外表樸素的兩層樓排屋，我的福特街老家就在河對岸。窗戶掛著布簾，台階掃得乾乾淨淨。不令人驚訝，有凱特這個女主人嘛。我想起她如何將工作坊保持得一塵不染，不禁打了個哆嗦。我能想像自己在她的監督下當女僕嗎？

水邊的風吹得猛烈。比利那匹雜色母馬揚起頭噴著鼻息。在平滑的河岸邊坡上，有一群孩子在土裡撿破爛，還有船夫在補破網。水鳥在上空盤旋著，發出悲涼的啼聲。

「到了。」比利說：「下車，我帶妳們進去，然後我最好還是把馬夫人送回馬廄去。」

我和奈兒肩並著肩尋求慰藉，一面跟他進屋。

房子很簡樸，但住過醫院和出租房後，就覺得這裡像皇宮。房間裡瀰漫著可可和溫熱燕麥的味道。我們倆的胃一齊發出咕嚕響聲。這棟房子比我在河對岸的老家大；凱特和比利各有一間臥室、一個有食物儲藏室的廚房、兩個客廳和一間女僕用的小房間。那天，我並沒有看到這些，我們只是尾隨比利來到前面的客廳，凱特和她婆婆正握著彼此的手，坐在老舊的織錦沙發上。

「這不是來了。」魯克太太拉長了聲音說，好像比利的進門回答了凱特剛剛問的問題。

我低垂著眼皮，偷偷瞄凱特一眼。再次看到她感覺很奇怪，好像醒著在做噩夢。不過我必須勇敢地正眼去看。我得看看我的詛咒有沒有生效。

她有變瘦嗎？不太看得出來。在魯克太太旁邊，任誰都會顯得瘦小。她拱著肩，穿著那件黑白條紋的連身裙，把她的膚色都吸走了。她嚥口水時，我看見她喉嚨的肌腱。嗯，也許她是瘦了**一點點**，但可能只是審判的壓力造成的。

「成了嗎？」

比利兩手交叉在身前，下巴垂到胸口。

「那就好。」她說道，聲音卻略略顫抖。

「你帶回家這些人是誰啊，比利？」魯克太太高聲問道：「今天最好別找朋友，不是嗎？」

「不是的，媽咪，是凱特要我去找她們的。」他脫下帽子進到房間，暴露出畏畏縮縮站在他後面的我們倆。「這是奈兒，這是露絲。」

我們看著彼此，而不是看向魯克太太。凱特**叫**他去找我們？他打算什麼時候才告訴我們這件事？疑慮在我腹中翻滾著。凱特對我們不可能安什麼好心。

凱特揉揉眼睛。「是啊，當然了。很高興看到妳們，丫頭。」

我們無法回禮。

「比利說有茶可以喝。」奈兒用陰沉的口氣說。

「是，去吧……妳們自己來，別客氣。」凱特朝我們揮揮手。至少，她這個手勢是我們熟悉的。

我們彆扭地跟著比利去了廚房。這裡比梅亞爾家的廚房溫暖、明亮，不過可以聞到池塘水的臭味。窗台上躺著十來隻蒼蠅的乾屍。

「蒼蠅有點多，」比利發現我在看，便說道：「因為靠近水邊的關係。」

他要是知道我們睡在什麼樣的房間，就不會覺得有必要道歉了。

「也許這可以交給妳負責，奈兒，如果妳到這兒工作的話？妳可以到街角的雜貨店買些黏蠅紙。」他拉開一個櫃子，打開一個裝著茶葉的小盒子。「我在想也許可以讓妳待在廚房，妳對烹飪這些的很拿手。」

這整個場面感覺很瘋狂，好像我在醫院裡因為麻醉藥的作用所做的那些夢。我們真的考慮要自願替**凱特**工作嗎？

奈兒仔細地看著比利泡茶。「我還在想，也許你會拿你出名的熱可可招待我們呢。」

比利笑起來，放了一鍋水到火上。那不像他平時的笑聲；有些生硬。「是嗎？我服侍妳也只有這麼一次了，奈麗。如果是我付工錢，應該是妳要替**我**泡茶才對。」

「誰說我要替你工作了？我還在考慮。」

在他們倆身邊，我覺得不自在。水煮開時，比利和奈兒之間的氣氛似乎凝結住了。我想像著他們倆小時候一起待在橡樹門育嬰堂，然後像兄妹一樣手牽手來到梅亞爾家。難怪奈兒會煩躁。先是看到兒時玩伴愛上妳鄙視的女人，接著他又提議當妳的主人，那會是什麼感覺？

「那你要我做什麼？」我問道：「擦拭銀器嗎？」

這回他露出的便是從前那輕鬆的笑容了。「這裡沒有那種東西，露絲！我想妳就當凱特的貼身侍女吧。」

我頓時遲疑起來。他一定是在說笑吧。為了能再次有個整潔乾燥的地方睡覺，我願意付出許多，但這代價也太高了。

「看在妳修補縫紉的手藝那麼好的份上，」比利開心地自顧自說個不停，一面攪著茶。我的胃隨著湯匙轉啊轉，同樣旋轉的動作。「妳會是最適當的女僕了，不是嗎？當然，我是說等妳找到妳媽媽以後。」

他轉向我們，將溫熱的杯子塞進我們手裡。奈兒盯著自己的杯裡看，皺起眉頭。

在我看來這茶非常完美。我喉嚨乾得要命。我忽然不確定自己是否真的想拒絕他的提議。我的身體背叛了我，逕自想像一個可以每天喝茶吃好東西的日子。

「謝謝。」我對滿懷感激的自己感到丟臉。

「那好吧。」他將手拍乾淨。「我還是去看看那匹馬。我想凱特會跟妳們談談，等她……」他沒把話說完。說**傷心**也不對。那不然該怎麼說？經過了那天的恐怖事件後，凱特**會**有什麼感覺呢？顯然比利也不知道，所以話才會說一半。

他走了以後，廚房感覺又空又悶。我看著蒸氣從杯子往上冒。一隻被黏住的蒼蠅猛撞著窗戶。

「好啦，」奈兒說：「凱特小姐的侍女，那會是個好差事。」

我喝下一大口茶。我從沒喝過這麼好喝的東西，也因此更笑不出來，更無法責怪比利的主意。「妳能想像嗎？我會把針插在她的衣服裡，而妳很可能會在她的晚餐裡吐口水。」

奈兒無力地淺淺一笑。「不過……這總是個機會。」

我將重心從傷腿移到另一邊。茶、奈兒的話和比利的微笑：全都像個圈套一樣把我往裡拉。可是我**沒辦法**回到凱特身邊。都發生了那麼多事情了，我有辦法嗎？「也許我們應該去別人家當女傭，」我低低地說：「妳說衣裳店不肯雇妳，但我們還沒試過普通人家。」

她疑惑地看著自己緊緊捧著茶杯的雙手。手上有幾處破皮，破裂的指甲底下，髒汙深深吸入，月牙都變成黑色。妳不會想讓有這雙手的人進家門，更別說去碰布巾床單了。「我們根本沒有當女傭的經驗。他們早料想到了。」

我眼前又一扇門砰地關上。我這才發覺，離開梅亞爾家並未讓我自由，我只是落入新的陷阱，而這個陷阱叫做貧窮。不是我和爸媽同住時，辛苦熬過的那種溫和的貧窮。而是真正的絕望。

「我只是覺得……我不確定我做得到。」我坦白地說：「替她更衣，替她梳那一文不值的頭髮。」

奈兒與我對上眼。她的臉皺得有如縐紗。「對，我也是。我希望我能，可是……我不知道還能怎麼辦。」

我想像著奈兒為另一個男人打開雙腿，渾身打了一陣冷顫。我不能要她這麼做，我自己肯定也沒法靠那個賺多少錢。從小到大，大家都說我醜，我一晚賺的恐怕還不到奈兒的一半。

「我們跟比利說要再考慮一下吧。」我說：「那麼要是真的走投無路，也還有這個選擇。」

奈兒點點頭，試著堅強。

我不確定我們還**能**比現在更走投無路了。

43
露絲

我們沒有苦撐太久。

有位管家說她的洗滌室缺人手，要負責清洗鍋碗瓢盆和夜壺。她讓我們進屋、坐下，說要去請女主人來一起問我們話。說真的，她顯然很了解她的女主人。那位年輕貴婦衝下樓來到廚房，眼神興奮地高喊：「妳們真的是她們嗎？」

她不想知道我們會不會刷洗，或是誰能保證我們會老實。她的問題更索然無味。**跟我說說她什麼時候打過妳們。她有沒有……汙辱過妳們？妳們和那個黑人女孩熟嗎？她被埋在屋子底下，妳們沒聞到嗎？**

梅亞爾太太那些惡行，至少有患了瘋病當藉口，這位太太卻根本是沒心沒肝。

「我們來這裡不是想談這個。」我試探著回答。「我們想找地方住。」

可是這位太太只有在一個條件下才肯雇用我們：我們得隨時聽她傳喚上樓，去向她的客人說梅亞爾家的事，講述每一個血腥的細節。總而言之，貶低我們的人生、貶低對敏的記憶，以滿足這群上流人士的刺激快感。

奈兒用手撫著下巴，一度看似有意考慮。

「絕對不行，」我搖晃不穩地站起身，盡可能地保住尊嚴。「我們也許是窮，但我們還有一點骨氣。告辭了。走吧，奈兒。」

事後我便後悔了。因為我並沒有我口中的骨氣。每天都找不到媽的蹤影，最後還得向陌生人乞食。夜裡沒得睡覺，痛苦不堪。接著最悲慘的事發生了。

我們照舊漫無目的地遊蕩，到處敲門詢問店家缺不缺人。由奈兒帶路，因為這些街道她比我熟。那天早上，她帶路經過一個我從未見過的陰暗胡同。在我們左手邊矗立著一棟龐大的建築物，牆頭上裝了可怕的鐵柵。那給我一種奇怪而不安的感覺，好像在夢裡見過。

「那是什麼？」我問道。

奈兒放慢腳步，順著我的目光看去。「噢，那是債戶監獄。在那裡找不到工作的。」

我的牙齒開始打顫。也許只是因為早晨空氣冷，還沒被太陽曬暖。我又走了幾步，卻怎麼也無法移開目光。

妳有看過哪棟建築物好像會定定注視著妳嗎？我也說不上來它是怎麼個注視法，但那些鐵窗對著我一閃一閃的，帶著惡意，還有那些磚塊好像在低聲呢喃，引誘我分享它們的陰暗祕密。

我停了下來。「我們能不能去問問，奈兒？問問我媽的事？」

她嘆了口氣，回頭去看。「我們要是不快點找到工作的地方……」

「求求妳。」

我聲音中的痛苦讓她走不開。於是她勉強點了點頭。「好吧。對不起。妳也知道我媽丟下我跑了，我會忘記別人有多愛他們的媽媽。」

我們走近一道厚重的鐵門，我不由得緊張起來，敲門時指節在顫抖，敲擊聲卻被金屬吞沒了。當然了，會這麼緊張是我自己犯蠢，梅亞爾太太不是答應過不會向媽討債嗎？我都把自己賣掉了，所以她絕不會出現在這可怕的地方附近。可是……

一個鐵格打了開來，露出一隻充血的眼睛。「要幹嘛？」

「我……我想問點事情。」我聽起來好像年紀小得不得了。「能不能請問一下，裡面有沒有一個叫潔麥瑪．巴特漢的人？」

「也許可以喔。」

「求求你，」我哀求道：「這事很重要。她是我媽媽。」

他瞪著眼回看我，不為所動。「妳得付錢。」

「什麼，就只是問個名字？」奈兒把我推開，衝著男人大吼。「如果她不在裡面呢？我們又已經給錢了，那我們不是白費？」

「妳們會知道她不在這裡啊。」門後的男人不懷好意地斜眼覷著。

我瞄向奈兒，疑慮一點一點咬齧著我的心口。「要多少？」

「六便士。」

我差點摔倒在門邊。這筆錢等於是我們倆一晚的房錢！我低下頭，盡量不讓奈兒看見我的沮喪。我不能要求她放棄一晚的住宿。

「反正她很可能不在裡面。」我抽抽鼻子忍住情緒說：「梅亞爾太太說……」

但奈兒已經在口袋裡摸找，然後將幾枚硬幣放在手心推開來。她用焦慮的眼神定定看著我。

「我有六便士。不過……就是這些了。這是我們最後的一點錢，露絲。」

我的頭在抽痛。實在難以抉擇。是要放棄找我媽，或是讓我唯一的朋友一無所有？我需要找個地方坐下。我需要大聲尖叫。

但我無須要求。

「我可沒整天的時間跟妳耗。」男人從鐵格內咆哮道。

我走開一步。我不能對奈兒提出這種要求。尤其是她以那種方式賺來的錢。

她替我做了決定，一把將硬幣送進鐵格。「說吧。」她堅定地說。

媽死了。我猜妳已經知道。梅亞爾太太騙了她。她們倆都在契約上簽了名，敏也畫押作證了，但那文件上的金額不是媽全部的債務。

那個賤人嘴裡說得好聽，卻還是利用剩下的欠款把我可憐的媽媽丟進債戶監獄，讓她像條狗一樣死在裡頭。結果，我每分每秒吃的苦都是白搭。我大可以第一天晚上就離開梅亞爾家。

後來我和奈兒坐在河邊，默默無語，看著下面的爛泥。水鳥失魂落魄似的尖聲啼叫。我眼中無淚，傷心到哭不出來了。

這片泥巴地有排泄物和鐵的味道，但比起債戶監獄裡的臭味，卻有如花香。

我不願去想像可憐的媽在那個令人作嘔的監獄裡的慘狀，卻偏偏想個不停，自我凌遲。

潔麥瑪．特魯索小姐。任誰做夢都想不到，如此高貴的淑女竟會在監獄裡了結一生。她應該要安息在某個鄉間教會的家族墳塚中，但她沒有。監獄的獄吏說，他們會把無人認領的屍體燒掉，以免傳播疾病。

我美麗的媽只剩下骨灰，被丟棄在土丘上。

不知道媽的舊手帕哪去了，就是脫了線那條。我想將手帕拿在手裡想念她。我想用它勒死凱特。

我對上帝發誓，我會殺了她，不只因為她做過的事，也因為她母親的作為。我拚上這條命也一定要殺了她。

比利希望我去當她的侍女是嗎？替她縫補衣物？樂意之至。我會用紅絲線替她製造痛苦，用淡紫色棉線製造瘀青慘況。

我轉向奈兒。蚊子在她四周環繞成一團迷霧。貧窮折損了她。她的美麗秀髮變得黯淡無光，到處黏著土的皮膚顯得蒼白。我要是也讓她死去，我就真該死了。

「我們必須這麼做。」我的語氣強硬、堅決。「我們去為比利和凱特做活吧。沒有其他選擇了。」

她低下頭。「真不敢相信會走到這一步。我如果還剩一分錢，我會不屑答應，但是……天哪，我餓死了，露絲。」

「我知道。」

她拉起我的手。水鳥繼續哀啼著。「我可以熬得過去，我待在廚房裡沒有那麼難。可是當她的貼身侍女……妳**確定**嗎？妳真的確定能做得到嗎？」

我腦中浮現我做的束腰：鯨骨管條、以恨強固的三角襯料。又擠又壓，凱特的嘴唇，蒙上了孔雀藍。

「是啊，」我扭扭嘴巴。「我可以做得到。我想這是我天生注定要做的事。」

河上暮色轉濃時，我們站起身，心情悲戚地緩緩走向水廄屋區。船上燈火明明滅滅，在油黑的水面上投射出圈圈光暈。重新找到比利家並不困難，我們認出了那扇綠色門。怔怔看著門之際，氣溫下降了。

明知自己全身心都在抗拒，卻不得不採取行動，這是件可怕的事。我知道我必須通過那扇門進入**她的**家，就像我們每個人都必須步入死亡一樣。有那麼一刻，我似乎寧可選擇後者。就連奈兒也以奇怪的眼神端詳那綠色的漆，彷彿那背後隱藏著通向某個祕密地獄的入口。

「最好還是繞到後面敲廚房的門，」我提議道。「比較不可能是她來開門，妳不覺得嗎？」

她無言地點點頭。

我心想，這將是個奇怪的反轉，想當初都是我替比利開梅亞爾家的後門。

我錯了。

門打開時，露出各式各樣的小鍋子，底下燒著火。我們面前站了一個女人，高舉著湯勺，長外衣外面的圍裙上沾著斑斑汙漬。

是凱特。

看到她就像扎扎實實挨了一拳，胸口與喉嚨一陣劇痛。我本以為我能將一切擱置一旁，專心一意地懲罰她，不料那只是妄想。才剛剛得知母親的死訊，就立刻看到她的臉，在對著我笑！我當下實在沒有力氣掐死她，算她幸運。

「進來吧，丫頭們。」她從門邊退開，在我們冷冰冰的注視下，她的笑容變得有些飄忽。她額頭上有幾縷捲髮被汗水黏住，她便用空出來的手把頭髮往後撥。「進來。趕快把門關上，別讓蒼蠅又飛進來，牠們會被光線吸引。」

我們拖著腳步跨進門來。火的溫熱親吻著我們冰冷的臉頰。我不知道她在煮什麼，但聞起來好誘人。

凱特攪拌著鍋裡的食物，然後將其中一只鍋子舉離爐火。「妳們好髒。」她說道。

「還好我們從後面進來，」奈兒反駁道：「就是不想弄髒妳漂亮的家啊，魯克**太太**。」

凱特重新轉身面向爐火。「的確是。妳也知道我做事的方式，奈麗。如果妳們是來做活的，就得在離開廚房以前先洗個身子。」

噢，我們當然知道她做事的方式了。我生氣到無法回應，但奈兒替我開口了。

「我們得使勁刷才能把土洗掉，尤其是債戶監獄的味道。」

凱特在鍋子上方的臉頓時發白。她還沒能回答，走廊的門便打開來，比利出現了。

「我就好像聽到奈兒的聲音了！」他對我們露出大大的笑容。「能見到妳們倆真是太好了。妳們終於要來我們家當女傭了嗎？」

「她們終於吞下傲氣了。」凱特證實道。

從我們兩人動喉嚨的樣子看來，我不會說我們是吞下傲氣。我們是被哽住了。

「先讓她們吃點東西梳洗一下吧，凱特。她們幾乎什麼都不剩了。」

凱特將湯勺交給他，在圍裙上抹抹手。「等一下，我這裡有妳的一樣東西，露絲。我是在……我是在婚禮過後發現的。」

她是說，在她母親鞭打我又把我吊起來以後。

她打開一個櫥櫃，在裡面東摸西找。她拿出來的東西讓我起雞皮疙瘩，好像逆毛摸過天鵝絨布一樣。

是一件用褐色密織棉布和桃色棉緞做的衣物。底下被我剪下方塊的地方起了毛邊。頂端有個東西纏在蕾絲邊裡，正是敏那隻骨頭魚剩下的部分。

我以為這些都不見了，連同我的小趾一起。我不想看到凱特的手去碰我的寶貴物事，便一把搶過來緊抱在懷裡。

「我是在路上找到的。」她解釋道，沒有和我對上眼。

也許她期望我會感謝她。我不。做不到。靜默在我們之間延長。

「本來就應該把妳的束腰還給妳。」比利在火邊以愉快的口氣說：「特別是妳替凱特做了一件那麼美的。」

我心裡納悶，比利上她床的那些個晚上都看到了什麼？他有瞥見我做的成品，欣賞一番嗎？

「那是妳做過最好的一件了。」凱特附和道，神情仍有些尷尬。「妳真的很有才華，露絲。我很期待妳來當我的侍女。」

那是她有所不知。

44
露絲

那個夏天與秋天在魯克家當女傭，是奇怪的生活體驗。我和奈兒共用的房間很小，擠在一個三角牆下面，有一張鐵架床和一個洗臉架。相較於以前待的地方，不管是出租房或梅亞爾家，這裡都算奢侈了。沒有跳蚤，而且有許多東西吃，都是出自奈兒的好手藝。但還是有一道暗流，有一股散發著苦惱與不安的力量。似乎只有比利不受影響，偏偏他又難得在家。

多數日子凱特都坐在客廳裡扮貴婦，抱怨生活無聊。她滿心盼著魯克家人能讓她到店裡幫忙。但那似乎是她唯一的煩惱：我的束腰並未擊倒她。我不明白為什麼拖這麼久。我每天都慫恿她穿，到了晚上，我只要輕輕一碰，鉤扣與花邊總能輕易卸下。我感到失望，我原是希望它能牢牢裹住她，一如我自己那件：用力、死命地壓擠，讓她隨著它的迸裂尖叫吶喊。不料它還在等待時機。

我們剛到不久的某天傍晚，我私自進入她的房間。房裡留有她的一部分：山谷百合香味，悄悄滲入了布料的每個褶縫中；一罐罐冷霜放在她的梳妝檯上；纏有她深色髮絲的一把梳子。我聽見外頭燈夫正在點亮街燈。我反手將門關上。

我一定能做點什麼。窗邊隱約可見的陰暗衣櫃裡有件衣服需要重新縫補。也許我可以把她衣裙的腰身縮小個一吋，看她是不是真的瘦了。將我的憎恨縫進愈多衣物，詛咒就會愈快生效。

我小心翼翼地，呀然打開衣櫃門。迷迭香味撲鼻而來。在薄暮中，所有衣服看起來都是黑灰色調，一群列隊哀悼的幽靈。她從未要我為她穿上替梅亞爾太太服喪的衣服，也許她不敢。

這件想必是她的結婚禮服。顏色最淺淡，交織著蕾絲花邊，骨製袖釦。那天晚上，是比利解開釦子的嗎？

我推開其他衣服以便看個仔細。結婚禮服掛在這裡看起來不對勁，一個沒有身體的新娘。也很孤單。沒有伴娘，沒有人把凱特嫁出去。

我打開一個抽屜。一排又一排摺起的褲襪。每天穿上這些襪子，而不會感覺到本來該有小趾的地方空了一角，該有多好。我撫摸著一團團的襪子，忽然聽到一個沙沙聲。

湊近一看，發現抽屜底有一些圖樣，像是什麼紙片。我於是將襪子全部堆到一個角落，原來是墊了一疊剪報。

光線很暗，我便拿起紙張走到窗邊，借街燈一看。銅的味道在我舌頭上漫開來。

裁縫店主的駭人命案

地窖發現屍體

梅亞爾被判死刑

我沒有看到審判的報導。有什麼需要知道的呢？我見到了敏的屍體，吸入了它的腐敗味道。

但凱特留下了每一篇文章。

標題底下的字太小且油墨渲開，無法閱讀。紙上滴到了水，也許是眼淚。可是一幅幅插圖近逼在眼前，看得我心驚：通往煤洞的活板門、站在被告席上的梅亞爾太太。我的人生變成一部廉價的驚悚小說。

喀嗒一聲。

「露絲？」

我差點嚇得魂飛魄散。門口亮起淡淡的光，亮光背後的黑影勾勒出凱特的臉龐。

「我……」我臉上一陣熱一陣冷。「我只是在找……」

她進來後關上了門。

我的勇氣盡皆消散。昔日對她的恐懼又回來了。我想起那天晚上拿著撥火棍的她，兩眼閃爍如寶石。

「被妳發現了。」她口氣僵硬地說。

「這會讓妳的襪子染上油墨。」

「我知道。我不應該留下的。」一個黑影的尖端掠過她的喉嚨，看起來好像脖子被刀抵住。

「要我去丟嗎？**夫人**？」

她猶豫不決。「不，我……不要。」她快步走向我，搶走我手中的剪報。燭火在她的眼窩投下暗影。「妳別跟比利提起。」

不是請求。

「好的，夫人。」

樓下，門砰的一聲。比利高聲招呼。他從店裡回來了。

我連忙逃開。但走不到三步，就被凱特的話吸引住。

「我……我……我想念她。」

一個停頓。我胸口起伏不定。

我按捺不住。「妳想念的是毆打工人嗎，夫人？還是把人餓死？」

我暗忖，我這下厄運難逃了。現在就來瞧瞧她是不是她母親的女兒。我衝向房門。

「她是我母親呀。」凱特的哭喪語調讓我大吃一驚，不禁回頭瞪著她看。燭火在她的鼻息底下搖晃不定。站在那裡，被憂傷吞噬的她，看起來的確很瘦。「她是我的第一個記憶。不管她……變得……多卑劣……我都解不開這個結。」

「妳的**母親**，」我說道，特別強調這兩個字。「殺死了我母親。她把一個瞎了眼睛的女人丟進債戶監獄，讓她爛死在裡頭。」

她垂下頭。「我知道。」

「那妳就應該聽我的勸，把那堆紙丟進火裡，燒了它，就像她現在在地獄被火燒一樣。」

「妳竟敢……」

樓梯響起腳步聲。有人清了清喉嚨。

「打擾一下，夫人。」毫不知情的奈兒說道。她手裡端著一個托盤，蒸氣從一只杯子升起，味道甜得幾乎發臭。「我給妳端熱可可來了。」

十月來臨，事情奏效了。

我進去準備整理床鋪時，凱特已經穿著襯衣坐在梳妝檯前。映在鏡子裡的是從皮膚下面高高凸出的鎖骨，那對肩胛骨宛如發育不良的翅膀，從棉布底下透了出來。我的詛咒讓她瘦成皮包骨了。

比利已經穿戴整齊，準備出門去。

「我什麼時候可以跟你一起去店裡，比利？」

「再等等吧，親愛的。妳多休息。」他一手輕輕放在她頭上，她的頭髮顯得很稀薄。

我將床單鋪平，始終低垂著眼睛，特意顯現出專注在做自己的活兒。床鋪上留有比利身上那熱燕麥的味道，另外還有一股氣味，帶著汗味與野性，但我選擇不去多想。

「我一天到晚都在休息！我會瘋掉的。」

「媽咪今天好像不做活，妳何不過去陪她坐坐？」

我摺起凱特的睡衣。睡帽裡纏繞著幾縷深色髮絲，枕頭上也有頭髮。

凱特又發出呻吟。「我沒辦法，她看我的那個眼神……」

「怎麼了？」

「帶著猜疑。還有她問我的問題。發生那種事我知道嗎？有多久了？母親有沒有傷害過我兒子？我無法面對她，比利。我沒辦法。」

比利嘆了口氣，手從凱特頭上移到自己的後頸。「都是我害的。我一離開那裡就該去報警。我應該把梅亞爾家的情況告訴我爸媽。那麼妳就不用受這些苦了，說不定米莉安也不會……」

「不是你的錯。你當時只是個孩子。」

「我還是知道那是不對的。我應該把我受的苦告訴爸媽。但我不希望他們有……不一樣的想法。我是說對我。」

「我自己年紀也小，就算當時警察來了，我也會替她撒謊的。我知道我會。」

我重重捶了凱特的枕頭一下。

沒錯，敏的死比利的確要負一小部分責任。但即使他說出那間店裡發生的事，有誰會相信他呢？在煤洞出現屍體之前，根本沒有證據。何況主人打學徒不是合法的嗎？我不太相信警察會採取什麼行動。

「我得走了。父親需要我。」

我俯身拿起凱特的夜壺。裡面只有一條細細的深色液體在流動。

「你真幸運。要是也有人需要我就好了。跟奈兒說我要在樓上吃早餐。」凱特喊著對我說：「她可以用托盤端上來。」

我微微屈膝後，離開了房間。

我被憤怒推下樓來。凱特真覺得自己在受苦？整天無所事事閒坐，像個貴婦似的指使我和奈兒做這個做那個。我想到她婚禮過後，我被鎖在上尉房間的那段日子。老天明鑑。真恨不得我的束腰能快點殺死她。

要去屋後的廁所，得先經過廚房。窗台上放了一些藍色小碟，每個碟子裡都有一小方塊的黏蠅紙。大約有二十來隻蒼蠅翻躺在那裡，其中一隻在抽搐著。

奈兒彎身站在水槽前面，用力地刷洗鍋子。她臉頰已經泛紅，赤焰焰的紅掩蓋了她的雀斑。

「她想在樓上吃早餐。」我對她說。

奈兒翻了個白眼。「那還用說。」

我打開門時，一隻蒼蠅朝我飛上來，繞著凱特的夜壺打轉。

「運氣不好，」我笑著說：「沒多少可享用了，蒼蠅先生。」

「裡面有沒有一點……紅紅的？」

我回頭看奈兒。「紅紅的？什麼意思？」

「就是血啦。」

「沒有。」

她皺眉看著肥皂泡沫。「妳不覺得奇怪嗎？我們已經來好幾個月了，我連一條月事布都沒洗過。妳有嗎？」

「妳該不是以為……」我沒把話說完。沒說出口的話在廚房裡空隆匡啷地旋繞，讓我在門階上踉蹌了一下。我想到昨天早上，凱特抱怨說想吐。

「肯定是的，對吧？」她發起狠來猛刷鍋子。「希望比利別以為我也會照顧他的孩子。妳會無法想像嗎？一個哭哭啼啼的小鬼，身上還流著梅亞爾家的血。」

我答不出話。我任由身後的門晃開來，跌跌撞撞踩到外面的泥土地上，剛好趕在嘔吐感襲來時到達廁所。

嬰兒。

在我心裡，每個初生的幼兒都像娜歐米，那個我深愛著卻在無意中殺死的孩子。

母親是誰無所謂。比利的孩子，有著他陽光般的臉龐，會是個漂亮的小東西。無辜的生命。

我乾嘔起來。夜壺放在長椅上，凱特無色的尿液沉在壺底，像在指責我。又有一隻蒼蠅飛撲進去。

我的束腰起了作用。她在掉頭髮，她的骨頭突出來。

但是不是也同時在殺害比利的孩子？

45
露絲

又過了幾天後，我才鼓起勇氣問她。

我們在梳妝檯前，她坐在椅子上，我在後面替她梳頭。握在我手裡的頭髮感覺好脆弱，像棉花糖一樣。在梳子的**刷刷**聲中，我聽見她的呼吸。她有個奇怪的味道，不像山谷百合，倒更像是……大蒜。

「我看今天還是別穿束腰好了，夫人。」我說：「也許是束得太緊才讓妳頭暈頭痛。」

「不。只要綁鬆一點就好了。」

我遲疑地走向衣櫃，挑了她一件用密織棉布做的舊束腰。

「不要。」她對我擺擺手，手指上的藍寶石戒指晃得嘎嗒嘎嗒響。「妳做的那件。」

我捏著我做的束腰往外拉。現在摸到那藍色並不愉快，我可以感覺到上面的死亡氣息。

「我只是覺得……」我欲言又止。

「說呀！怎麼了？」

「我……我覺得妳有祕密，夫人。」

她的下巴抽動了一下。她回看我的眼神中閃動著深深的愧疚。「關於什麼？」

「關於……妳怎麼沒來經水？還有妳會吐又常跑廁所。我是妳的女僕，夫人。我會注意到這些事。」

一陣令人害怕的沉默降臨在我們之間，我只能聽見自己的心臟在喉底怦怦跳動。

凱特忽然哭起來。

這一幕讓我驚呆了，束腰掉在地上。我以為我想看到她心碎、痛苦，但這好可怕。她哭起來可不好看，整張臉變得水亮亮、滿是紅斑，一團亂七八糟。

「露絲啊，我該怎麼辦？」

「什麼**怎麼辦**，夫人？」

「我不想要！」

所以是真的了。我茫然驚慌地注視她，看著她的淚水撲簌簌落在梳妝檯上。腹部沒有萌芽的跡象，但這不代表裡面沒有種子在成長。

我必須保護它。

「我不想要孩子。」她又說一遍，這時候我才乍然明白她的意思：我比她更在乎比利的孩子。

我真想揍她一拳讓她清醒點。這世上任何一個女人都會因為懷上比利的孩子而驕傲。雖然……娜歐米的出生很可怕，不是嗎？媽叫得像母牛似的。那景象誰看了都會害怕。

「妳聽我說，」我盡可能輕聲細語地說：「我妹妹出生以前，我也是這麼想。我一點都不想要她。可是到頭來，其實沒那麼糟。她不會一直哭，真的。」

「不！不管它是不是天使，我就是不想要……任何孩子。不是孩子的關係，而是我。是它讓我變成了什麼。我不能……」

「什麼？」

「我不能當**母親**。」

她窄小的肩膀簌簌抖動。她從沒哭得這麼厲害過。但我故態復萌，從前的輕蔑又全部重新加溫。「那妳為什麼要結婚？妳沒想過可能會發生這種事嗎？」

「不，我……我不知道。」她雙手摀住臉，哭喊著說：「我只是希望只有我和比利兩個人。」

她怎麼能哭成這樣？一個嬰兒，有著比利的藍眼睛呀！誰不想要？

我開始收拾餐盤，讓她去哭個痛快。杯裡還有一半的可可已經冷掉，牛奶凝結後留下沉澱物。也許奈兒把奶瓶放在陽光下太久了。

「拜託，露絲，別告訴比利。先不要說。」

「這不是我該說的事，」我哼了一聲。「不過我不會讓妳穿那件束腰，懷了孩子不能穿。」

「我叫妳做什麼妳就做什麼！」她從椅凳上猛地轉身，有一瞬間，她看起來就像她母親。眼神狂亂，恐懼失控。「妳得聽我的。」

「不，這件事不行。」

我飛也似地奔出房間，兩手不住顫抖。

老天在上，我該怎麼辦呢？

沒有答案浮現。十月過渡到十一月了，家裡依然沒有傳出好消息。我不覺得凱特能瞞得了多久，但沒想到她其實挺擅長隱藏事情的。

我滿十六歲的隔天，正在刷樓下走廊地板時，忽然被比利的聲音吸引了注意。

「露絲！露絲！」

我感覺背上暖暖的，從刷子與肥皂水抬起頭後，看見他彎身站在我面前，手搭在我的脊背上。他的眼神是那麼熾烈，彷彿將我壓縮進一個小小的空間。

「什麼事？」

「妳能不能去陪凱特坐一會兒，露絲？我母親等一下就會過來接替妳了。」

「出什麼事了？」我問得太快了些。我還不如直接把**內疚**二字烙印在額頭上。

「她狀況不好。她牙齦流血，眼白也全都變黃。可能是黃疸吧。」

我慢慢挺起背來，把刷子丟進水桶裡。我也許能刷洗地板，卻永遠刷不掉內疚感。從前縫的線腳，永遠不可能拆掉。在我心裡，凱特懷的孩子是娜歐米的複製，只不過她是透過比利那雙令人讚嘆的眼睛看這個世界。我在殺她——重新又殺了她一次。

為了什麼呢？凱特的痛苦無法讓敏死而復生。也沒有讓我和媽團圓。我的復仇是空洞的，苦得像膽汁。

「你要去找大夫嗎？」

「也許吧。」他用手梳過頭髮。「凱特說不想讓醫生過來……」

他的臉。這是我唯一無法承受的痛。我以前從未見過他親愛的臉上充滿這麼強烈的情緒。我傷了他的心。

「你一定要去找大夫。」我衝口而出。「不管凱特說什麼，你都一定要馬上去求助。」他愣愣地看著我。我吸入一口氣說道：「她有身孕了，比利。」

我簡直像是用鐵棍狠狠打了他肚子一棍。

「我不知道，我不知道。」他驚嚇得語無倫次。「不然我不會……」

對，我也不會。

「妳確定嗎，露絲？」

「她好幾個月都沒來月事。」

「奈兒知道嗎？」

我頓了一下。好奇怪的問題。「我們兩個都不是確實**知道**。但如果她沒來月事又會吐……」

他接受了我說的話，點點頭，眼睛凝視著他處。

「先生？」

「欸，妳說得對。」他拍拍我的頭，好像我是隻受寵愛的狗，然後他便匆匆離去，門砰地關上。

怪物。這兩個字隨著我上樓。在上廚房間裡的梅亞爾太太，揮著皮鞭。我，躲在布簾後面縫紉，針吱吱嘎嘎地穿過布料。我們兩個都是怪物。

凱特躺在床罩上面，汗涔涔，被汗水浸濕的髮根顏色變深。

她穿著那件束腰。

它比凱特更加閃亮耀眼，無數的孔雀眼在看著我。我真傻，竟以為那是武器。束腰就是我：我的苦、我的痛。正如爸所說，是我真實的自己：未出生嬰兒的殺手。

「我的手，」她喘著氣說：「露絲，我的手好燙。」

我拿了一壺水和一塊布，回到她身邊，替她擦拭額頭與手心，只覺得濕濕黏黏的，一點也不燙。

藍寶石戒指從她手指滑落，喀啦一聲掉在地上。我拾了起來放到梳妝檯上，寶石阻斷了從外面流瀉進來的光線。

「我需要泡個澡。」她說。

這樣好嗎？也許我應該等醫生來。但如果讓她泡澡，至少可以馬上讓她脫下束腰……

「求求妳，露絲！」

「我去拿水。」

奈兒正在廚房裡做早餐。她在一只杯子裡慢慢攪動，眼睛直盯著裡面的液體。蒼蠅在上頭盤旋，掙扎於這個味道與黏紙的致命吸引力之間。

「她不會想喝那個，」我說：「她狀況很不好。大夫快來了。」

奈兒放開手中的湯匙。「大夫？真的嗎？」

我皺起臉來。「應該吧。我告訴比利孩子的事了……」

「妳不該這麼做的。」

「為什麼？」

她聳聳肩。「凱特會不高興。那個消息不該由妳去說。」

「我想現在再說這個也沒用了，奈兒。來幫我提水吧。」

我們倆合力將鐵浴缸注滿水。水只是微溫，不會讓凱特體溫上升。水面上有三個形體微微蕩漾，凱特、奈兒和我。破碎、晃動。還不如說是圍在鍋爐邊的三個女巫。

奈兒用袖口擦拭額頭。「我得回廚房去了。」

我不想要她離開。凱特現在皮膚那麼濕滑，嘴裡又不停地胡言亂語，我不想單獨和她在一起。認識凱特這麼久以來，我總是想像她在那身孔雀藍袍子底下的身體純潔無瑕。但現在我卻害怕看到脫去襯衣的她。沒有胸部撐起的白色亞麻布，掛在骨瘦如柴的肩膀上，樣子好難看。嘴唇上面凝聚了汗水的地方，我看到有一些細毛。

「謝謝妳，奈麗。」奈兒正要轉身出門時，凱特忽然抓住她的手，緊握在她骷髏般的手中。她的血管很貼近表皮，扭曲緊繃。

「**夫人**。」奈兒甩開她的手大步走開。

「奈麗不肯原諒我，她永遠不會原諒我。」凱特哀號道：「她不明白。」

這比照顧幼兒還難。「別管那個了。要不要我幫妳……」我話還沒說完，凱特便將一隻瘦巴巴的腿跨進浴缸，浸入水中。

她的頭髮漂散在水裡，襯衣漂浮在膝蓋周圍，鬼氣森森的。

「我出手傷害比較小。我總是自告奮勇去做。」

她歇斯底里了，我心想。腦子發熱了。她的髮尾稀稀疏疏，滴著水，牙齒開始打顫。至少這樣能讓她降溫吧。

「坐著別動，夫人。別把水潑得到處都是。我去把一些布巾弄熱……」

看她聽得一頭霧水的樣子，好像我在說外國話。她兩眼無神的東張西望，滿臉茫然。

「妳會原諒我吧，露絲？說妳會好嗎？」

真要命，我不能眼看著她陷入瘋狂。我跨離開浴缸一步，但她那隻濕爪子還在，緊抓著我，把我跟她繫在一起。

「我沒得選擇。原諒我！」

我怎麼可能做得到？我轉頭看著，只見她渾身發抖、可憐兮兮。掐住我手臂的指甲上有明顯的白色紋路。襯衣黏貼在她的身體，可以看到突出的肚臍眼和若隱若現的乳頭。

就在這時候我注意到了。

「那是什麼，夫人？在妳背上？」

我把她的頭往前壓，讓頭髮掉落在臉上。

許多條紋，有斜的、有參差不齊的，有些還交疊在一起。是我的束腰造成的嗎？不可能……

我拉開她濕黏的襯衣的領口，以便看個仔細。

頓時天搖地動起來。

她的脊椎上交錯著銀白色的痕跡。那是我們在梅亞爾家，每個人都會穿的制服。可是凱特的條痕比敏多上一倍。閃亮、燒焦的烙痕也是。

她發出可憐的笑聲。「奈兒來的時候，我好高興，高興死了！我心想，現在她有別人可以找了。」

不可能是真的。但……

「梅亞爾太太……也會打妳？」

碎片逐漸拼湊起來了，每拼上一片便會發出痛苦的喀嗒一聲。那天晚上，凱特拿著撥火棍搶在梅亞爾太太前面。她那麼急著把我推進煤洞裡，想趁她母親還沒上樓。晚上在上尉的房間裡，凱特蹲在敏身旁。

不是在傷害她。是試著想**幫忙**。

「不，」我闔上眼睛，但證明就燙印在眼皮背面。「不，我不相信。」

「我背叛了母親。」她在我的觸摸下扭動身子，冷得像條魚。「我現在要付出代價了。」房間旋轉起來。我想必是感染了她的熱病，因為我好熱，熱得滾燙。我用濕濕的雙手按壓鬢角，努力地保持鎮定。她瘋了，她在胡說八道，不可能是她告訴警察敏在哪裡。

「上尉……妳很幸運啊，露絲。妳從沒看過……他本人……」

門倏地打開。老魯克太太的胸脯跳了進來，緊接著是她的身子，她手裡抓著一瓶福勒藥水。她看了我們一眼，眼珠好像快要蹦出來似的。「我的天哪，凱丫頭！快把她扶出浴缸！」

我試了，但我的手在發抖。我該摸她哪裡？她肯定一碰就斷。

「我來，」魯克太太喝斥道，同時接替了我的位子。「妳去生火。去吧，快去！」

我呆呆地跌跌撞撞走出房間去拿煤炭。比利和奈兒站在樓梯平台上，小聲地在商量事情，他一手蓋住眼睛。

我整個胃猛地往外翻。

我做了什麼好事？

46 朵蘿西亞

監獄的禮拜堂是個單調樸素的房間，沒有教會的神聖感。沒有彩繪玻璃，沒有增添吸引力的聖像，就連聖壇上的十字架也是上漆的胡桃木，而不是純金製作。不過，這也不能太責怪他們。我發現坐在這樣的環境中，很難將思緒轉向上帝。凡事都帶著一股厭倦。制度化的宗教。在我們的世界之外沒有其他世界的火花，沒有什麼能讓身體內的心靈昇華。

每個星期天，我和爸爸會去聖海倫，這是一間聖公會禮拜堂。它自有其令人愉快的氛圍，與此處比起來大有改善。可是我的靈魂卻渴望著極其罕有的機會，讓我能溜進一間**道地的**教堂，裡面點了香，能聽見拉丁語的禱告，還能向神父告解懺悔。這種機會一年下來恐怕只能遇上兩次。

光是這樣的情況應該就足以成為離開橡樹門的誘因了。只要還待在爸爸的屋簷下，我就無法做自己，無法做我想做的女人。**他的**屋簷，房子卻是我母親的！很快也會變成**她的**了。

「妳不必擔心家裡會有任何改變。」爸爸每天都這麼告訴我。「妳耐著點性子的話，我相信妳也很快就會有好消息了。」說完還對我露出一種怪異、會心的微笑，我肋骨背後的器官彷彿全部崩解了。

一滴眼淚滑落我的臉頰，我沒有去擦拭，只是緊緊合掌，好像靠著擠壓掌心的力量就能讓上帝感知到。**請賜予我堅毅的勇氣承受這個試煉**，我不停地重複。監獄某處，門栓匡啷響起。

爸爸終究一定會發現真相。湯瑪斯爵士寫信給我之前，已事先徵詢過他的同意。他，或者是摩頓夫人，肯定會透露我已經拒絕這門婚事。到時會怎麼樣呢？我會像孩子一樣受罰嗎？或是我已經逃離自己的家，讓位給了爸爸的新妻子？

「妳不可以告訴爸爸，」昨晚我這麼求著蒂妲。「答應我，不管發生什麼事，妳都絕對不會告訴他求婚的事，或是大衛的事，或是——」

「朵蘿西亞小姐。」這小蹄子竟敢打斷我。「我服侍妳這麼多年來，妳應該也注意到一件事了：我口風很緊。不管妳是怎麼看我的梳頭或縫紉技巧，妳應該知道我至少可以做到**這一點**。」

她說得確實公道。但這個重點失焦了，實在不敢相信她又繼續給我提出忠告——一個下人，指點**我**！

「妳要小心點，小姐。我對妳父親並無怨言，他一直是個好主人。不過樓下每個人都知道，他不是能讓妳違逆超過一次的人。」

這個呆頭鵝在說些什麼？我向來都能靠一個微笑、一句得體的妙語，轉移爸爸的注意。我已經歡鬧地違抗他許多年了。不過等皮爾斯太太嫁給他之後……這或許會改變。也許那雙灰色眼眸看我的時候會蒙上陰影，一如我提起媽媽的時候。

唉，但願大衛的職位申請能趕緊通過！那麼我們就能在倫敦結婚並安家落戶……但我心裡知道媽媽的房子永遠會是我的**家**。假如這裡的情況沉淪至無以復加，我在首都也絕不可能安心。

我低下頭。我自己的生活就像個可怕的荊棘叢，我有多想把注意力集中到露絲身上。

我發覺在這個讓人意識清醒的環境裡，比平時更難相信她那些牽強的說詞。在這個地方，上帝與露絲似乎都離得很遠。難怪在監獄裡的她拚命地懺悔。我應該拚命地呼吸。

但她的故事裡帶著憂傷啊！她的悔恨似乎是真心實意。我也無法解釋。她**應該**知道是凱特琳．梅亞爾報案而逮捕她母親。報紙上滿滿的篇幅。凱特琳是主要證人，她母親之所以被判刑，主要還是根據她的供詞，而供詞內容在報導中記載得詳詳細細！的確，有一度凱特琳自己似乎也難逃被審判的命運。幾乎沒有人相信她未曾參與梅亞爾家發生的殘酷暴行。直到證明了凱特琳本身也受虐，才終止了對她的審問。

露絲是故意無視這些事實，來配合自己的敘述。這讓她成了什麼？騙子？妄想者？我不知道。這年頭的人的真實性情，我好像都無法了解。

門打開了。我嚇一跳，抬起頭來，看見牧師腋下夾著一本書走進來。他也和他的禮拜堂一樣無啥特色：近乎褐色的深色頭髮、一般身高、身材細瘦五官平庸。不過他的笑容顯得真誠。

「甄愛小姐，沒想到會在這裡見到妳。希望我沒有打擾妳？」

我嘆了口氣，緩緩起身。「牧師，我原是想來求問天主，你卻打擾了祂的沉默。」

他也以嘆氣回應我。這讓人覺得安慰，好像兩人握了手一般。「對我們凡人來說很困難。我們期望能立刻得到答覆，可是對神來說，千年如一日……別喪氣，祂遲早會給妳答案的。」

「我也這麼相信。只是我快沒有時間了。」

牧師坐到其中一張簡樸的椅子上。他嘴角的笑意微微淡去。「我只是個微不足道的替身，甄愛小姐，但如果妳願意……我很樂意傾聽並提出我的建議，如何？」

我猶豫著。他不是神父，無法赦免我的罪。可是我腦子裡湧出無數的念頭，胸口內的心更是怦怦跳個不停！這個人認識上帝，認識露絲，他至少能在了解情況下提出意見。

我微低著頭走向他，與他隔著一個座位坐下。我的動作在空蕩的室內引起可怕的回聲。「很感謝你的好意。抱歉，我忘了你貴姓。」

「桑默斯。」

「桑默斯先生，」我看著自己的手。這和露絲的手何其不同：雪白的膚色、指甲上潔淨純白的月牙。「桑默斯先生，我感到非常羞愧，因為我不信任父親的判斷。」

他呼出一口氣。「原來如此啊。其實我相信我不需要提醒妳關於孝敬父母的誡命。」

「的確不需要。」

「不過……甄愛小姐，恕我冒昧問個無禮的問題。能不能請問……妳能不能向我透露妳的芳齡？」

「二十五。」

他點點頭。在我眼裡，他似乎比這個歲數還年輕。「我向來覺得一個孩子會質疑周遭的人，這是自然的進程。這顯示了心靈的發育，證明他們正在準備自己做出判斷——這是我們每個人在某個階段都必須經歷的。因此妳可能也是這樣，甄愛小姐。這不是罪，而是成熟的預兆。妳的心自覺已準備好仰賴丈夫的判斷，而不是父親的判斷。」

天哪，沒錯。大衛的男子氣概是爸爸的十倍。雖然我不願想像自己服從任何人的指示，但有他這樣的模範，我想必能做得更好、更值得尊敬吧？「請告訴我，桑默斯先生，你認為人有可能改變嗎？真正的改變。罪犯變成聖人，好人變成惡棍？」

他將身子微微往後退。「妳覺得令尊改變了嗎？」

「不是。完全不是。他……可以說跟以前沒有兩樣。這是另一回事，是我自己感興趣的問題。」

「這個嘛，甄愛小姐，我想妳應該知道我的答案。如果我不相信人能改過自新，又怎麼會在監獄裡當牧師呢？」

「對，你不會。可是監獄對我來說是最大的問題：我們要到什麼程度才不必再仁慈，甚至變成傻子？我滿懷好意對待的人卻粗暴地欺負我，我一直相信她們會悔改，但現在……我不知道自己該怎麼做才好了。」

他指尖相抵撐起手來。今天，他沒有預料會碰上我和我的挑戰。「一切都可以原諒，甄愛小姐。但不是所有人都會選擇這條路。神賜予了恩惠，我們也必須朝那個方向走。可是有人會迷失，會走上他們自己選擇的路，這是無可避免的。」

我覺得自己好沒用，好無力。我所學的一切科學、一切神學，卻只得到如此結果：頭顱的形狀不會改變，神之道不見得會起作用。我拿在手裡揮舞的器具都折斷了。

我必須接受嗎？接受有些人天生就是壞，而且會一直壞下去？

「可是那些走上歧路的人該怎麼辦，桑默斯先生？」我的聲音聽起來很脆弱，又變成了小女孩。「我們無法引導回正軌的那些人，會怎麼樣呢？」

他眼神哀傷地看著我。「神恐怕也和監獄一樣，甄愛小姐。惡人必須受懲罰。」

47 露絲

愛。善良。我曾經擁有這些感覺，不是嗎？很久以前，在不復記憶的遙遠過去，曾經懂得原諒，還有一點點溫柔。

現在，我需要找回來。

我的針在印花棉布中挖鑿、尋找。針一次又一次重新冒出頭，卻毫無所獲。癒合。健康。一定就在裡頭的某處。

暮色從房間窗戶慢慢地移入。窗玻璃像個嘴巴張得開開的，沒有掩飾，因為我把窗簾卸下來了。只有外面幾盞燈閃爍不定，加上河上一些隨波起伏的搖槳人。

我怎麼可能知道？她老是那麼粗魯又尖刻。看她鼻子仰得那麼高，好像聞到什麼難聞的味道，而那味道就是我……我現在不能想那個。只能有快樂、善良的念頭；溫柔的針腳。

「露絲，妳在做什麼？我們需要妳。」比利打開門瞪著我說，那雙明亮的眼睛下面變得暗沉。他捲起了袖子，露出黝黑、長著稀疏毛髮的手臂。「凱特情況很糟。」

「我馬上過去。」

「媽咪要妳……等等，妳在做什麼？那是窗簾嗎？」

刺刺麻麻的羞愧感，竄遍我全身裡外。我該怎麼解釋？「我要做一件披肩，給凱……給女主人。」

「她有的是披肩，露絲。」

「她需要……她……」我搖搖頭。沒用的。沒有時間解釋了。「告訴我，先生，」我問道：「真的是她嗎？是凱特叫警察去梅亞爾家的？」

他瞪著雙眼看了我半晌，好像從未見過我似的。他嘴裡吐出一聲嘆息，然後低下頭走進來，反手帶上了門。

他斜靠著牆板，彷彿再也沒有力氣站著。「是，是她。我怎麼也沒想到能活著看到這一天！不過情況改變了，**她**改變了，就在米莉安……」

不管我做什麼，現在都不能想到敏，不能冒險讓她滲進這條披肩。「你一直都試著在告訴我，你說凱特跟她母親不一樣。」

他苦澀地倒抽一口氣——有可能是笑聲。「我有嗎？我都不知道自己信不信。我只是想……唉，不過妳明白的對不對？妳知道從梅亞爾太太手裡奪走點什麼的感覺有多好。」

我放下針。我們四目相交，那瞬間我看見的他想必就是當年的模樣：剛從育嬰堂出來，一個身形瘦長、心驚膽戰，還有著一雙哀戚藍眼的男孩。

「你有沒有愛過她？」我脫口而出。

「妳沒有資格問我這個問題！」

我垂下頭。他和我說話從未如此粗暴過。事實上，從我認識他以來，好像沒聽過他發脾氣。

「是的，先生，對不起。我實在不該……」

「不，是**我**對不起，露絲。我不是故意要吼妳，只是……」他將臉埋進手中。「天哪，真是一團糟。」

他是我的主人，我應該假裝沒看見他掉眼淚，但我卻走過去抱住他的腰，這是我一直很想做的事。他像個孩子一樣依靠著我。

「露絲！露絲，我都做了些什麼呀！我根本不該再回那裡去。我也不想啊！但我怎麼能丟下她一個？」

我的痛苦強烈到幾乎像是一種喜悅。他被淚水洗過的雙眼變得前所未有的燦藍。我絕對無法撩撥起一個男人的慾望、愛意，但我激發了這種情緒：我讓面帶微笑、吹著口哨的比利變成飽受折磨的靈魂。

但願我也能治好他。

「我們要怎麼辦？」他大喊道：「天哪，孩子！如果她和孩子死了，而大夫認為——」

「我不會讓他們死的！」我不顧後果地承諾。「我會解除掉。我向你發誓，我會想辦法解除掉一切。」

他眨著濡濕的睫毛看我。「解除？」他重複我的話，不是很確定。「妳要怎麼……」

很奇怪對吧？愛竟能讓人侃侃而談。這些話我從未說出口過，即使是對自己。但和比利站在那裡，當他淚濕我的頭髮、他的氣味附在我的皮膚上，我的枷鎖被解除了。我閉上眼睛，深吸一口氣。

「我有一種力量，比利。凱特的束腰……是我的錯，是我做的。我想讓她受苦。」

「妳在說什麼？」

「我以為她傷害敏！」我哭喊道：「所以我讓她生病，我讓束腰殺死她！」

當我睜開眼，比利的臉上流露出無比的迷惑，就好像我們從未見過面。「妳……做了什麼？」

我抓起正在做的針線活，像瘋子一樣朝他揮舞。「我們有那麼多客人生病，你難道都不覺得奇怪？原因就在我的針線活！你看！我可以傷害人，我可以讓她們瞎眼。」

話語傾瀉而出，輕鬆感源源流入取而代之。我一個人承擔過的每個重擔：娜歐米、爸、媽……我都送給了他。每坦白一件事，我就更輕鬆一分。最後說到凱特束腰內藏有敏的魚時，我幾乎就要輕飄飄地離地了。

比利從低垂的眉眼往上瞅著我，臉部肌肉文風不動。我試著解讀他的表情，不是懼怕——不，不是。是不敢置信，是警覺，是漸漸恍然大悟。

「妳不對勁，露絲。妳沒意識到這一切讓妳有多煩亂。」

「不！是真的。我會證明。當這件披肩做好，她就會好一點了。我就是得——」

他舉起一隻手。「我們把話說清楚。妳是老實地在告訴我妳本來想殺死我妻子？」

他是多麼專注地看著我，屏住了氣。我有個荒謬的感覺，好像他在用意志力驅使我說是。

我嚥了口唾液。「是真的，先生。對不起。我絕對不想傷害你……」

「我的天啊。」

他沒有再多說一句，便離開房間。門關上時的喀嗒聲直接將我切成兩半。

走了，走了，再也不會回來。

我把發疼的臉埋入披肩裡，試著想哭。

48 朵蘿西亞

在監獄裡，我經常聽到某個囚犯告訴另一人說她「腦子裡長蛆」，指的其實是一個奇怪想法或是一個執著的念頭。我這個階層的淑女們會稱之為奇思怪想，但我覺得這次的情形，以通俗的話表達更為清楚。感覺的的確確就是這樣：一隻蛆往深處不停地蠕動，咬齧著我健康的大腦。

馬車費力地爬上石楠地方向的山坡，由於顛簸得實在厲害，我不得不抓住皮繩以免摔下座位。風從窗邊咻咻吹過，並氣勢洶洶地掃過林間。雲飛快地流動，使得太陽忽隱忽現。在如此不穩定的天候下出門，或許不智，但**更加**不智的是我現在急匆匆地去赴這個約。但你知道的，我腦子裡長蛆了。若不去聽聽他想說什麼，我無法安心。

我必須承認，當湯瑪斯爵士的第二封信送達時，我心慌得無以言喻。光是信封本身便似乎在失望地顫動。我相信裡面來信的內容只可能是兩種形式之一：若非絕望的哀號，就是一頁又一頁的憤怒斥責。但我錯了。湯瑪斯爵士除了感謝我的恭維之詞，還請求與我私下會面，如果我不覺得太尷尬的話。他寫道，他不想讓我感到困窘，但他不得不以最清楚明白的態度請我務必與他一談。談話地點就在石楠地牧區教會的墓園。

對此我該作何感想？我已經安排與大衛的約會多年，卻從未突發奇想找上這麼陰森的地點。沒錯，這的確是任何二人都能夠到訪又不會引人懷疑的地方，但畢竟……也許我變得太敏感了。

以前的我總覺得憂鬱的特質迷人，但與露絲談話後卻讓我對任何與死亡相關的事物畏縮且憎惡。

眼前的道路終於平緩下來。我壯起膽子往窗外一瞥，看見一座灰色的尖石柱聳入雲霄，那尖端鋒利得有如露絲的針。

「我們就在這裡停車。」我敲敲車頂，命令葛瑞馬許放慢速度。我不想讓他看見湯瑪斯爵士。萬一這次見面的消息傳回爸爸耳裡，我將會後患無窮。馬蹄聲漸漸停止後，我轉向蒂妲。「妳待在車上。」

我用的是家裡女主人的口吻，不容爭辯，但擁有蒂妲那種頭顱的人，不可能毫無意見地放過任何論點。「這樣不妥，小姐。」她斥責道：「要是被人看見呢？妳身邊又沒有女伴。」

「看見我，在這裡？這裡除了綿延好幾哩的石楠之外，什麼也沒有。」

「那麼萬一湯瑪斯爵士有……不禮貌的行為呢？」

「在墓園裡，在教會旁邊？哎呀，妳真的很瞧不起這位紳士呢。」

「我只是想保護妳，小姐。」

這話打動我了。我花了大把大把的時間去留意蒂妲頭顱所顯現的固執與自負，以至於沒有去觀察她「友誼」的器官。此時那個部位隱藏在她的帽子下面，我卻覺得好像能讀出那上面寫了什麼。感情的展現不是經由頭部，而是眼睛。那眼睛知道某件事，不會說出來，卻也忘不了。

這個山崩地裂般的感覺殺得我措手不及。我用清脆的聲音加以掩飾。「這點我不懷疑，蒂妲。妳是個好人。好了，聽我的話，我們倆別爭吵。妳放心，一旦我需要妳就會高聲呼喊。」

馬車已停住不動。我沒有等葛瑞馬許便自行開門，很不優雅地下車。在這山上，風很大，不停將我往後吹，想阻止我朝教會跨前一步。我低著頭，逆著風，勇敢地往前走，但並非沒有疑慮。你幾乎可以把它想像成一個兆頭，預示我不該再往前。

隨著一步步接近，我發覺石楠地教會與其墓園雖然老舊，但十分整潔。雜草蔓生，卻都整理得短短的。小徑上爬滿矮柳，形成一片美麗宜人的地毯。墓碑七橫八豎，多半都覆蓋著青苔，從墓碑間吹過的風發出輕聲哀嘆。

我半以為會看見湯瑪斯爵士伏在一座墳前，傷心地嚎啕大哭。我讀了太多羅曼史了。湯瑪斯爵士當然是十分理性地站在教會的門拱下，厚外套的披肩在風中翻飛著，一頂高頂禮帽牢牢地嵌在頭上。

他見到我時，舉起手杖招呼，同時起步向我走來。我的胃揪成一團。我出於羞愧，不敢太仔細地觀察他。即使我大膽地定睛注視，其實也沒用：他性格的關鍵，他的頭，藏在那頂高帽底下，我無法看清。

他打開通往墓園、咿呀作響的小柵門，並扶著門讓我通過。我走過時，簡直尷尬到無地自容。假如我給了不一樣的答覆，在這裡見面，他可能會給我一個擁抱。我們甚至可能就在這個教會舉行婚禮。他想必也意識到這一點了。

他清清喉嚨。「非常謝謝妳來，甄愛小姐。我感激不盡。」

我走到一座布滿凹凸不平的地衣的墓碑，直到能有所憑靠之後才回答他。「你信上說事情緊急，爵士。」

「是的。」他咬咬嘴唇。此時，很難想像他會對任何話題感到熱切。他兩眼依舊疲憊而冷淡，步伐充滿威嚴。「有一些話我……若是不說出來，我無法原諒自己。」他一定是看見我的表情了，才又接著說：「別害怕。我來不是為了強行追求妳或是想激烈示愛。」他露出苦笑。「我幾乎希望自己可以這樣。」

「我知道你是個直率的人，湯瑪斯爵士。你不會支吾其詞。就請你行行好，趕緊說出來吧，好讓我們倆都不會對這次見面感到不必要的沮喪。」

他重重吐了口氣。這是他頭一次面露憂色，我也只好端詳起墓碑來；上頭字跡磨損，還有一塊塊白色與金色的痕跡。我並不認為他是真心喜歡我，但那聲嘆息……

「妳聽了**的確**會沮喪，甄愛小姐。這也無可奈何。這件事讓我萬分沮喪，而妳也知道我對什麼事都滿不在乎。但我相信妳有堅強的性情，可以承受這個打擊。等我說完之後，妳如果再也不想見到我……好吧，我敢說我會活得下來。」

儘管風聲呼嘯，他的聲音仍清晰可聞。我沒料到他會這麼說，狐疑地看著他。這不是愛情。但他的話語中，難道不是摻雜著某種善意嗎？有點像蒂妲眼中閃動的光：因為知道某個祕密而生出的溫柔。

湯瑪斯爵士將手杖換到另一手。「我並無意傷害妳的女性自尊，但妳應該注意到了──在那場晚宴後，我想妳**一定**注意到了，甄愛小姐──我是受到姊姊的一些壓力才打算成婚的。」

他說得沒錯：這的確有損我的自尊，儘管我早已有所懷疑。「你是聽命於姊姊才向我求婚的？」

「是的，」他慢慢地說：「我之所以來到這個地區，主動與令尊交好，都是應她所求。但妳千萬別以為我是個任由女人掌控的軟弱傻瓜。要不是我對妳有一定程度的欣賞，還有……要不是家姊有逼不得已的原因，我也不會就範。」

我原本已準備面對他的憤怒，不料擺起架子的人卻是我，說話夾槍帶棒的也是我。「她的原因是錢，對吧？也許是石楠地莊園需要整修一下？」

他沒有看我，而是看著教會，彷彿在向它尋求力量。「妳弄錯了，甄愛小姐。是不是請妳回憶一下，早在他們宣布訂婚之前，妳便已親口告訴我令尊有再婚的打算。的確，當初正是因為甄愛先生喜愛上皮爾斯太太，才讓家姊初次留意到妳未婚。」

他把我弄糊塗了。然而，我不舒坦的感覺依然還在。貪婪至少可以理解。「請原諒我的無知，爵士，但假如你不愛我也不是覬覦我的嫁妝，我實在不理解你求婚的動機。」

「我和家姊都是出於同樣的動機，」他輕輕比了一下教會。「我們想以我們的力量保護妳。」

墓園隨著時間移動、塌陷，因此我才會覺得腳下的土地不穩。耳邊有個奇怪的、淹蓋一切的歌聲——想必是風吧。「你們保護我？我不需要守護。你似乎在暗示我處於某種危險之中呢，湯瑪斯爵士。」

「家姊堅信妳**確實**身陷險境，甄愛小姐。非常的危險。」

「胡說。你也看到了，我安好無恙。」我盡可能用開朗的口氣，但我的聲音聽起來怪怪的，好像發自體外的某處。

「抱歉，妳並不好。妳一副就要昏厥的樣子。坐到這裡靠著石牆吧。」

我讓湯瑪斯爵士扶著我靠牆坐下，暗自覺得愚蠢至極。「我今天早上沒有進食，」我解釋道：「我需要一些點心。不過說到危險……」

他抓住我的胳膊。「我要說的話現在就得說，而且要盡快。請妳務必不要打斷我。」他的口氣果決，但不失善意。「這些事最好速戰速決，就像拔牙一樣。」

我點點頭，態度慎重。

「妳或許知道，家姊與令堂曾經是十分親密的好友，妳可能也知道令堂因為改信羅馬天主教而招致許多風言風語。令人欣慰的是，這段友情經得起考驗，家姊並未離棄甄愛太太。本來她還會繼續陪令堂上戲院、邀請她參加晚宴，只可惜令尊……中斷了妻子的社交活動。」吸一口氣。「最後甄愛太太還沒能在社交圈重新露面……如妳所知，她就去世了。」

他囑咐我不要打斷他，但話語就像瓶塞一般從我口中迸出。「爸爸說那是她發病的根源：改信天主教。他說在那之後，她的行為舉止就非常反覆無常，有可能是腦子染了熱病……」我忽地住口，因為意識到自己正一字不漏地複述爸爸的話，而且是我曾經不屑接受的話。

「妳並不認可那個診斷，妳肯定也不相信羅馬天主教引發了瘋病。」他按了按我的手，擠出了我眼中的淚。「家姊也一樣。」

我回想起那張骷髏般的臉，與那瞪視著爸爸的灼灼目光，不禁慶幸此時腿下有這道堅固的石牆支撐，否則我感覺自己可能會漂流入海。「看來摩頓夫人很有自己的看法，請告訴我，她到底**是**怎麼想的？」

「我就不客氣直說了。她認為令尊覺得丟臉，由於妻子的行為使他在社交圈受蔑視。家姊曾目睹他與妻子爭吵，並盡其所能地想控制她。但他無法遏制損害，於是……」他的聲音變得好輕，我還得傾身向前才能聽見。「於是他給她下了毒。」

「你竟敢！」我怒氣發作。

他連忙從我身邊跳開，高舉起雙手。我立刻就後悔了；沒有他在身邊，猛烈的強風隨時都可能把我吹倒。我搖晃不穩地勉強站起來，墓園在四周起伏波動。

「他給她下毒。」湯瑪斯爵士以令人害怕的嚴肅神情又說了一次。「他的朋友阿姆斯壯醫師掩護了他的罪行。」

「你太冒失……」

「妳得聽我說！家姊沒有將她的懷疑告知警察……」他皺起眉頭，彷彿並不認同她的做法。「她擔心令尊名譽掃地會影響妳的未來，而且她不太相信有哪個男人會傷害自己的獨生兒女。可是……如今她後悔了。她痛苦地發覺到情況愈來愈似曾相識。令尊控制不了**妳**。他無法把妳嫁出去。妳成了他自己的婚姻計畫的絆腳石，妳讓他沒面子。妳明白我的意思嗎？」

這根本是妄想，胡亂捏造——比露絲的瘋言瘋語還離譜。我怒急攻心，幾乎無法呼吸。我原本斷定湯瑪斯爵士是個好人，是個紳士。他欺騙了我。

「這是給我的懲罰嗎，湯瑪斯爵士？」我語氣尖刻。「拒絕你的求婚，傷了你的自尊，所以換來這巨大的羞辱？我無法愛你，但我**原本**是敬重你的。」

他傷心地搖搖頭。「我該說的都說了，我已經問心無愧。」

他真的在說良心？在捏造了這種謊言之後！但是……

爸爸頭上有那些突出的部位，象徵狡猾與迴避。蒂妲也不止一次說過她不想惹怒他。但那不一樣。嚴厲的主人是一回事，殺害自己的妻子又是另一回事！

「說真的，妳看起來很不舒服。我可不可以……」湯瑪斯爵士不自在地動了動身子。「能不能讓我陪妳走到馬車那兒去？」

「不，不行。你不能寫信給我，不能跟我說話，你對我的冒犯無可言喻。」我還保有些許尊嚴。我昂首闊步與他擦身而過，穿過不平整的墓地，走出柵門。我的手指笨拙不靈活，無法拴上門栓，沿路走去時，還聽見柵門被風吹得砰然作響。除了耳中的轟鳴聲外，我只聽見那個聲音。

我無法思考。我無法**容許**自己思考。我能做的就是專注於自己和馬車間的距離，憑著意志力踩穩蹣跚的腳步。我必須走完這段路，不能昏倒。哪怕只是一瞬間，我都不能讓湯瑪斯爵士以為我相信他的話。

因為我不信。

我堅決不信。

49 露絲

現在想來，那是條漂亮的披肩。我用它包住凱特瘦巴巴的肩膀，靠著汗水黏掛在皮膚上。即使洗完身子，她仍然散發濃重的大蒜味，就是我先前在她口氣中聞到的味道。

牆上燭台燒著蠟燭。魯克太太坐在凱特的安樂椅上使喚著奈兒，只有我俯身在床邊，凱特迷濛的雙眼試著聚焦在我身上，如今那雙眼中已無光彩。

閉合的房門外有男人喃喃的說話聲。大夫把了她的脈、看了她嘴巴裡面，皺起了眉頭。我想像他正與比利和魯克先生商量著，不知該如何解釋我的力量。

也許醫生會檢查**我**，讓我接受一些測試。我不在乎。只要披肩發揮作用，我想我永遠不會再在乎些什麼。

「我原諒妳了。」我湊近枕頭，靠在凱特的耳邊低聲說：「有時候，我們都會做一些身不由己的事。」

看不出凱特有沒有聽見。

「妳怎麼不擦她額頭了？妳沒看到這可憐的女孩，汗水都流進眼睛裡了？」

魯克太太的聲音讓我急忙離開床邊，再去拿一條布巾。奈兒將舊床單撕成一條一條擺放，等著吸取凱特的氣味。我摺起一條放在手裡，心想那天我的皮膚碰觸到多少布料。床單、我的女僕制服、一條臉巾、窗簾……我的四周到處都有布在游移。而人體不也只是布嗎？既然我能把它剪開，又怎麼不能再把它縫合呢？

砰。凱特一隻手臂撞到床柱，把我們全嚇一跳。她發出一聲低低的、痛苦的呻吟之後，身體隨即變得僵硬。

魯克太太站起來在胸前畫十字。

「幫幫我們！」奈兒喊道。

當大夫匆匆趕進來，凱特的背拱了起來，有一股無形的力量把她的腹部拉離開床面。那是個不聖潔的恐怖畫面，但我無法轉移我的視線。她雙手在身側屈撓彎折，抽搐著。一團一團的嘔吐物從她嘴裡嘔出。

「她抽風了，」大夫說：「讓開，快。」

「披肩，」我抽噎著說：「一定要讓她披著披肩。」但無人理睬我。所有人都看著凱特在被單底下痛苦而劇烈地扭動。

就好像她還沒吃足苦頭似的。

我的腿無力地彎曲跪下。現在我是站著或是躺下，永遠不會再動，好像都無關緊要了。

小時候，我曾經夢想能繡出精美的手套，做出美麗的東西。結果呢？我最後創造出來的就只是這個：呈現在床上的一幅苦難十字架像？

「按住她的頭，她會咬舌！」

那一天，她叫比利去找我們。她母親就要被吊死了，她還想到我，想給我活兒做。她從路上撿回我的束腰，因為她知道那對我有多重要。我沒法**喜歡**她，但她不是壞人。她不該是這種死法。

「露絲！露絲，快來幫忙！」

我沒有力氣起身。臭味彷彿一個個圈套在我四周交織：大蒜味、體味、嘔吐物的酸味。

「比利！誰去找我們比利。」

忽然間，凱特身子軟了下去。我能聽見她胸腔裡有喀啦喀啦的聲音，好像有顆小石子在瓶罐裡撞來撞去。魯克太太發出尖叫。

床邊呈現一幅詭異奇怪的畫面：大夫，手指按著凱特的頸子；魯克太太，兩手舉到臉頰上；奈兒微微往後站，一臉愕然，一條弄髒的布緊抓在胸前。

有一刻四下毫無動靜、毫無聲音。

「她走了。」大夫低下頭說。

是誰在慟哭，宛如落入陷阱的野獸一般？遠遠地，有人歇斯底里，捶著地板哭喊著：「是我殺了她，天哪，是我殺了她！」聲音悲痛至極。

重重的靴子聲踏入房裡。太遲了。比利與父親跑到床邊，看見攤在那裡的一團髒亂景象不由得畏縮。

「真的很遺憾，魯克先生。我已經盡力了。」大夫說。

我也做了所有我能做的事了。看來，我的影響力更大一些。

我以為比利會彎身親吻凱特的額頭，會握她的手。但他在說話——總之他的嘴唇在動。我什麼都聽不見，我沉在水裡，終於被我自己的邪惡激流困住了。

圍在床邊的臉一一轉向我，彷彿化成波浪後碎裂了。鼻子、眉毛、張大的嘴。每個碎片中我都看見凱特在回瞪著我。

冒出了一個泡泡，我的耳中啵的一聲。

「我去找警察。」老魯克先生說。

50
朵蘿西亞

露絲曾告訴我她失去了掉淚的能力，但現在的她在哭。豆大的淚珠如雨下，滑落她的臉頰。若非知道內情，我會以為她是個迷路的小孩。

但沒有一個小孩能虛構出這種故事。靜置、交握在她嗶嘰囚服腿上的，不是小孩的手。為了誘捕獵物，鱷魚不是也會哭泣嗎？

爸爸的訂婚與湯瑪斯爵士的指控讓我變得暴躁易怒。抽著鼻子的露絲通常會引發我的同情，此時卻只是讓我更躁動不安。我從吱嘎作響、不平穩的椅子站起來，開始在囚室裡踱步，彷彿我自己才是囚犯。

「妳的罪已經夠深重了，露絲。為什麼還要說謊，讓自己罪加一等呢？」

她用手掩住不成樣的臉。終於要悔改了嗎？也或許這是煙幕。或許她正在手指背後笑我。

「妳的童話故事時間結束了。明天妳就要受審了。明天呀！」這個房間怎麼這麼小。踱步毫無助益，只是更讓我覺得受拘束。「妳為何不救救自己？妳騙不了上帝的！趁現在還來得及，就老實承認妳做了什麼吧。」

「我說了，我說了！」她哀號道。

一個難聽的聲音從我喉嚨逸出，一個介於笑聲與呻吟之間的聲音。「噢，是啊！用神奇的束腰殺人。明天站上被告席，妳真的要在發誓後說出這些幻想的瘋話嗎？」

「我自己受審是不能作證的，小姐。」

她的話讓我更為氣惱，因為我理應知道這一點。「那也一樣。妳其他的那些過失就等於是作偽證。」

她隨著一聲啜泣身子往前彎。正對著我的是她那頭黑色捲髮，以及覆蓋其下所有的頭顱特徵。我一時間忘乎所以，未徵求她同意便伸手抓住她的頭髮，在她頭顱上到處摸索起來。

骨頭。在我指尖底下堅定不移，彷彿腦中的物質根本無法塑造它的形狀。「妳的頭顱不像是瘋子！也不像會說謊的人，或是殺人犯！妳**到底**是什麼？」

我自己的聲音從石灰粉牆彈了回來。我在大喊。慚愧又喘不過氣之餘，我重新坐下。露絲仍保持同樣姿勢，縮抱著身子。

我無法忍受。再也無法忍受。我有我自己的煩惱。

「妳為什麼不相信我？」露絲倒吸一口氣說：「比利就相信我。他看見我做了什麼，所以……」她抽抽搭搭。「他恨我。我好希望他別恨我。」

「妳殺死了他的妻子啊！」我的口氣出乎意外地嚴厲。「再說了，妳還讓事實顯得那麼荒謬！佯稱妳有無比強大的力量，勝過醫藥，能殺人於無形。不，露絲，是**有**形的。妳應該從來沒聽說過馬什檢測法吧。儘管妳自稱了解人體內部，妳卻不知道它是怎麼運作的。妳的女主人沒有懷孕！屍體解剖後沒有發現胎兒的跡象。她只是因為瘦得過頭，經水才會停止！」

她的手從臉上掉落下來，快得有如窗簾。臉頰上仍留有紅斑，但眼神變了，那麼地熱切、那麼地**真誠**，讓我震驚到喘不過氣來。

是希望。

「我沒有殺死比利的孩子？」

「沒有。他沒有孩子。」

更多的淚水落下，但卻滑落過一個帶淚的微笑。「噢，謝謝上帝！謝謝上帝啊！」她幾乎要笑了，但隨即鎮定下來。「可憐的凱特，她要是知道就好了，那她最後的時日，心裡頭就會好過一些。她想的跟我一樣，奈兒也是，我們不知道……」

當她話聲逐漸消失，我忽然像頓悟一般：一道亮光，照進隱藏的角落，揭發了暗昧的行為。鱗片從我眼睛上掉下來了。

她不知道。

我覺得我可能會窒息。沒有喜悅，一如聖經中所揭示；知曉此事是痛苦的，太過熾燙無法掌握。來探視了這麼多次，我竟從未懷疑過。我始終假設她知道凱特的死因。

外頭響起腳步聲，門栓滑動，鑰匙在鎖孔內轉動。太快了。

「露絲……」我喊了一聲。以她的背景與教育程度，當然不可能將所有的碎片準確地拼湊起來。可是我呢！我拿什麼當藉口？

「甄愛小姐，恐怕得請妳離開了。」監獄長矗立在門口，鑰匙串在腰際閃爍著。「巴特漢明天要受審，她的律師來了。」

「我必須和他談談。」即使起身時，我也聽得出自己的話語逐漸變得歇斯底里。「我必須……」

我又能說什麼呢？我能拿得出什麼證據給他看？已經沒有足夠時間為一個案子的辯護做準備，我為了研究我的科學理論，把時間都浪費掉了——結果連那些理論都是錯的。

監獄長將手搭在我的手臂上，引領我走向門口。「我想最好還是讓這位博學之士與他的當事人單獨談談，妳不覺得嗎？他們能相處的時間不太多。」

如今我彷彿看見一個沙漏，沙不停流瀉。「露絲！」我絕望地喊道：「妳有沒有把這件事告訴律師？牧師呢？」假如我能破解線索，或許他們也可以。

但露絲搖搖剪了短髮的頭。「我只相信妳。」

我幾乎就要發狂，我想要像那些激動的囚犯一樣用指甲摳抓著門框，拒絕離開，但門還是匡噹關上了。

「露絲！」我高喊著：「露絲，我相信妳！」

我不知道她有沒有聽見。我自己就像被羈押著帶離，走下走廊離她而去。

「朵蘿？妳在聽嗎？」我的目光倏地從盤子上的蛋往上抬，看見爸爸直盯著我，正要送往嘴巴的叉子懸在半空中。「我要妳待在家裡。妳看起來臉色非常不好。」

我感覺到了。嘔吐感與暈眩不時伴隨著我。過去這幾週情況一片混亂，我疏忽了自己的健康。所以我的胃才會痙攣，我才會不想吃東西，最近也才會覺得咖啡味道古怪。

一定是這樣。我不會接受其他任何可能性。

我手捧著杯子，凝視杯中幽暗的深處，而不去看爸爸的臉。在他臉上發現與我相似之處讓我感到厭惡。「一點也不。我有一個女囚今天要受審。」我盡可能漫不經心地說：「我只是替她緊張。」

「只是這樣？」

不只是這樣。皮爾斯太太已經像幽靈似的盤據我們的早餐桌，將媽媽安靜、溫柔的靈魂推到一旁去了。但我還是點點頭，試著再啜一口咖啡。一向都這麼苦嗎？

湯瑪斯爵士擔憂的面容擅自闖入我的腦海。我猛然將它關閉。

爸爸很明顯也想到了湯瑪斯爵士。「妳都沒有收到什麼信件嗎？令人沮喪的，或是……有趣的？」

我感覺到他的灰色眼眸在刺探，冰冷得有如鋼製解剖刀。他從來不是個細膩的人。「沒有，好像沒有。我明天得動動筆了，我還欠小菲一封信呢。」

他若有所思地咀嚼、吞嚥，接著又叉起一片火腿，說道：「前幾天，我好像看到有石楠地寄來的東西。」

我用餐巾抹抹嘴，以免被他發現我的嘴唇顫動。「天哪，不會的。摩頓夫人不會和我通信，爸爸。我對她來說可能不夠高雅。」

「那想必是我看錯了。」

「是的。」

「妳要知道，要是對那家人有絲毫怠慢，我絕不能容忍，尤其我們家現在好不容易才漸漸恢復應有的名聲。我可是費盡千辛萬苦設法結識了湯瑪斯爵士，要是做出什麼冒犯他的事……我想我無法容忍這種難堪，朵蘿。皮爾斯太太也一樣。」

我將椅子往後退離餐桌，艱難地使力站起身來。「我可以先告退嗎，爸爸？我得為這場審判做點準備。」

他怒哼一聲。「妳現在這副模樣不成。妳的手都在發抖了。我不允許。」

「為了這個女人，我真的必須出席。她一個朋友都沒有。」

他兩眼依然盯著我，一面拿起腿上的餐巾。「那好吧，我想我只好陪妳去了，以確保妳沒有失了淑女的分寸。」

我想不出理由拒絕。若非與爸爸同去，就是不能去，我的選擇很清楚。我必須去旁聽證詞，我的擔憂必須加以證實或是粉碎。

「我不敢說你會喜歡這場審判的性質，」我警告他：「你可能會覺得不自在。」

我無意間惹他發笑了。「朵蘿，妳如果承受得了，我當然也可以。妳當我是個愚蠢的老爸爸，老了不中用了？我可比妳想的有骨氣多了。」

他說得對。也許，就我這個當女兒的偏見，我遠遠小看他了。

51 朵蘿西亞

我們到達時，法院已是人山人海。葛瑞馬許不得不讓我們遠在三百米外就下車，他自己則去處理那一整列停滯不前、咒罵連連的出租馬車夫。穿過街上擁擠的人與馬匹時，幸好能扶著爸爸的手臂。很顯然，露絲的惡名已經遠播。一名女囚：一個窮凶極惡的殺人犯。

警察圍繞著入口，維持秩序。在那些面無表情，被高高的帽子直接往下壓的臉龐當中，有我一直在尋找的那一張。大衛與我四目相交。我好不容易壓制住自己的反應，只不過抓住爸爸外套的手微微地捏緊了些。然而，父親的目光銳利。

「妳認識那個年輕人嗎？」他吼著問道。

「哪個人，父親？」

「那個直盯著妳，眼睛好像就要冒出火來的年輕警察。」

「我不……噢！他看起來的確有點眼熟。也許在監獄裡曾經和他錯過身吧。」我把頭往後一甩，好像每一天都會有警察這樣看著我似的。

爸爸的視線始終沒有移開大衛，一直到被門擋住看不見為止。

我們的位子在旁聽席上，與其他旁觀者一起。熾熱、悶臭的空氣注滿我的肺部，混合著上千人的氣息。爸爸利用他的影響力盡可能讓我們坐得靠近前面一點。有一兩個男人注意到他的服裝品味，便自動讓開，但其他人依然兇惡野蠻。我越過旁聽席側面望向正在進行中的程序，隨即感到頭暈。我們遲到了。審判已經開始。

我錯過了起訴內容與開場陳述。法院此時傳的是第一位控方證人：比利．魯克，我看見他的名字放在最上面。我伸長脖子想看清楚些，看見了一個男人從座位起身。親眼見到一個妳已經事先在心裡拼湊出樣貌的人，感覺總是很奇怪。比起我所預期的，比利較不那麼英俊，打扮也稍微整潔一些。坐在他旁邊的女孩想必就是奈兒；我是從露絲的描述認出她的。

他二人互看一眼，好像準備從高處往下跳，然後比利便慢慢走向證人席。

當我的目光隨著他前進，這才第一眼瞥見露絲。她看起來好瘦小，且飽受煎熬。在我到達之前，她聽到多少了？從她的狀態看來，我敢打包票控方已在開場陳述中提到了死因。在那一刻，她腦子裡閃過了什麼樣的念頭呢？而現在她心裡又競逐著什麼樣的痛苦呢？

見到那雙因相思而哀傷的黝黑眼眸追隨著比利轉動，我不禁感到心碎。他甚至沒有朝她的方向偏個頭。

他宣誓後，一個穿戴著袍服與假髮、衣冠楚楚的男人起身詢問他。

「魯克先生，我深知這一連串的問答可能會讓你十分難受。在我們開始以前，我想先向你致上最深的哀悼之意。」

比利喃喃道謝。他仍穿著喪服，不過黑色外套的縫邊有些微閃亮。若要描繪一個心碎的勞動者，就是他這樣了吧。

「我們之前已經聽到，已故的尊夫人體內發現了大量的砷。然而，本案要想成功起訴，不只要證明死因是砷，還必須澄清它是如何取得與服用的。首先，你能不能想到尊夫人可能有任何理由自己服用這個毒藥？」

「完全沒有。」

「那麼你認為是別人餵她的？」

「一定是。」比利說。

律師翻閱他的筆記。「我們的醫藥專家們認為——陪審團的先生們稍後會聽到——已故的魯克太太是長期服用少量這類物質。在她臨終前不久，劑量突然大增，才導致我們先前羅列出的症狀。為什麼這個毒會存在這麼長時間，你能不能解釋一下？」

爸爸的胳膊在我手臂底下抽動了一下。我沒有告訴他這是關於毒藥的案子，也沒有警告他凱特的症狀與我母親的十分相似。

「天哪，朵蘿，這太可怕了。怎麼會……」周遭有人噓他。

「我不知道，」比利回答。「很多東西裡面都會有一點這個成分，不是嗎？她有一瓶爽膚水……裡面摻有安息香和接骨木花。還有……我母親讓她喝了一點福勒藥水。後來有個醫生跟我說那裡面含有砷。」

「令堂讓已故的魯克太太喝了多少藥水呢？」

「只有兩滴。就是在她最後……臨走之前。」他向前傾身抓住欄杆，彷彿這段記憶讓他痛苦得直不起身來。「就這麼多。我親眼看她餵的藥。」

律師請法官參酌已提交法院的那瓶福勒藥水，與瓶中缺少的極小量。

「魯克先生，假如以此推斷砷是經由食物或飲料入口，你覺得合理嗎？」

「是，我覺得合理。」

「那麼你能不能告訴我們，關於誰可能在已故的魯克太太的飲食中下毒，你是否有懷疑的人選？」

所有人都伸長耳朵聆聽他的回答。比利雙手依然撐著欄杆。全法院的人都聽見他舔濕嘴唇並吸一口氣。「我相信就是……被告。露絲．巴特漢。」

旁觀群中發出倒吸氣的聲音與叫喊聲。他們怎麼可能沒料想到？難道他們沒聽到那些歌謠？唯一有資格驚訝的露絲本人，卻只是閉上眼睛，一副中槍的模樣。

待恢復秩序後，律師又繼續提問。「今天稍早我們聽到了被告的自白，說她確實是蓄意謀殺凱特琳．瑪麗亞．魯克，所以你才這麼認為的嗎？」

比利搖頭。「不。是因為凱特死的那天，露絲告訴我，她親口告訴我說她企圖殺害我的妻子。」

更多的騷動。律師提高嗓門，壓過喧鬧聲問道：「她為什麼會想這麼做？」

「她從來就不喜歡凱特。她為了凱特母親對她母親所做的事而怪凱特。我指的是……梅亞爾太太。」說到這個姓氏時，他微微顫抖地吐出一口氣。「她是殺人兇手。」

接下來幾個小時，無疑會在一來一回的問答中，揭露出露絲當天被發現時的狀況、她受到梅亞爾太太怎樣的凌虐。陪審團會因此動搖嗎？我不知道，但我很慶幸審判朝這個方向走。假如比利舉證動機是忌妒，假如他曾經稍一回頭看見露絲看他的眼神……不過到了現在，陪審團或許也看出來了。

我沒聽到交叉詰問的最初幾個問題，因為爸爸催我離開，說我看起來狀況很不好。等我的注意力回到法庭時，露絲的律師——法院指派的一位上了年紀、老態龍鍾的男人——已進行到一半。他不可能有望替她脫罪，只可能減輕刑責。她跟他說了些什麼？

他問說已故的魯克太太是否有喝熱可可的習慣，比利說有。

「那麼魯克先生，是誰端飲料去給尊夫人的？」

「應該是……露絲。露絲是我妻子的貼身侍女。應該是她替她端早餐，照應那些事情的。」

如果不是像我這麼熟識露絲的人，會將她臉上的表情解讀為怒容。但我看到的是因困惑而徹底空洞的表情，她的律師似乎也感受到了。

「那麼……不可能有其他人擅自去動那飲料嗎？我以為，當時還有另一名女子也在貴府工作，名叫伊蓮奈麗．史萬康。」

「奈麗絕不可能做出這種事。」

「你怎麼會這麼肯定？」

轉向露絲律師的那雙藍眼睛眼神冰冷。「我從小就認識她，她就像我的姊妹。我甚至可以把性命交給她。」

這等於隆重介紹伊蓮奈麗．史萬康登場，下一個站上證人席的便是她。那嬌小且相當精瘦的身形，與比利說的並不相符；她穿著一件已然破舊的灰色長外衣，戴著一雙無指手套。值得稱許的是，她不害怕。她抱著手，好像覺得出席是件麻煩事，眼睛則四下環視。她與比利不同，她沒有迴避露絲的目光，反而堅定直視著被告席，對於自己的背叛毫不愧疚。

控方提出的問題簡直可以說是出自我的手，因為和我料想的一模一樣。在證實了奈兒從小便來到梅亞爾家，和魯克先生與已故的魯克太太都有如一家人之後，律師特意提到她對露絲的善意，她前往醫院探視的事。

「妳認為被告有什麼樣的性格？」

奈兒轉頭打量著露絲。「她……是個不幸的女孩。是個孤兒。我想就是這種失落，才讓她犯糊塗。她總是非常忌妒，情緒也很暴烈。有時候，我覺得她遲早會傷害自己。」

「她曾經對被害人表現出敵意嗎？」

「有。」

「而她還是慫恿妳和她一起為魯克太太工作？」

「是的。」

「那不是很奇怪嗎？被告如此急切地想為她不喜歡的女子工作？」

「非常奇怪。」

簡潔、冷靜。正如露絲所描述，一種毫無生氣的怪異語調，就好像這世上再也不存在任何事物能讓奈兒感到詫異或震驚。

控方律師問道露絲是否曾經外出採買，是否曾經在無人監看的情形下獨自待在廚房。奈兒說兩者皆有，並重複比利的陳述說沖調熱可可並端給魯克太太喝的人是露絲。

「廚房裡有什麼東西可以拿來做此犯罪用途嗎？老鼠藥之類的？」

「妳太不適合聽這樣的內容了。」爸爸的低語吐出滾燙熱氣，他的鬍鬚搔得我耳朵發癢。

「妳是我的女兒，我有責任……」

我專心一志地注意奈兒緊抿的嘴唇，便沒聽清他接下來叨叨絮絮說了些什麼。

「那裡有……我想……」她動了動腳。「我們有蒼蠅的問題。廚房裡隨時都有很多黏蠅紙。」

「妳能不能告訴我是誰負責購買並置放那些黏蠅紙？」

「是露絲。」

我按捺不住了。「奈兒，妳這個滿嘴謊話的小賤人！」

在我身旁的爸爸畏縮起來，但沒有其他人聽到我氣呼呼的叫嚷。

「來吧，朵蘿，我看夠了。」

他無疑是看夠了，這一切聽起來無疑都異常熟悉。

「再等一等，爸爸。」

奈兒作證完畢，獲准離開證人席。她放開抱著的手臂，將披肩拉高蓋住肩膀之後才步下席位。就在此時我瞧見了。

無指手套底下閃現一道微弱藍光。只是一剎那的時間，幾乎沒幾個人會注意到。在她的左手。她的無名指。

一切都結合起來了，平整地一如露絲的針腳。我看見兩個出身育嬰堂的少年，手牽著手，渾身打顫，站在梅亞爾裁縫店門外。我看見一名女僕與男主人在水廄區那棟屋子的樓梯平台上急促地交談。

不是像兄弟姊妹。

而是戀人。

我的頭開始打旋。比利並不如我所想是個無辜受騙的人。他買那枚戒指時，心裡想的不是凱特；她只是在真正的主人能夠擁有之前代為保管罷了。當他告訴露絲說他不能丟下**她**一人在店裡，指的並不是凱特，而是奈兒，從來都是奈兒。他們從一開始就是同夥。

一定是他給她錢待在出租房，告知她絞刑當天到廣場的什麼地方找他。而奈兒也在策畫自己的騙局，讓露絲成為她的替罪羔羊……

我每天早上的暈眩情況加劇了，世界看起來彷彿罩在一片扭曲的玻璃底下。遠遠地，雜貨店老闆在回答問題。

他在店裡見過奈兒和露絲兩人。他從未自己看店，因為雇了個小夥子。他解釋道每張黏蠅紙含有四分之三粒（約當零點零四九克）的砷，只要將紙浸入水中便能釋出。

爸爸拉扯我的手臂。「借過，」他高喊道：「我女兒需要點空氣，她快暈過去了。」也許是我頭暈目眩之故，但在我看來，爸爸的臉才是蒼白。他的舉止就像一個陷於某種過犯的人。

「……一種非常危險的物質。」律師這麼說。

「是的，所以我才叫店裡的小夥子要記錄購買的人，要寫下日期還有客人的名字和住址。」

律師請法官參酌已提交的證物。

男人們一面為我們讓路一面發出嘖嘖聲，很不情願錯過任何一刻。我們才剛起身，位子馬上就被兩名肥胖的老婦人佔走了。我的確不舒服，但我不想離開。除了我，露絲還有誰呢？法院裡將不會有任何一個人同情她。

此時傳來的聲音很微弱。「能不能請你告訴我們，納斯比先生，你那帳本內出現了幾次伊蓮奈麗．史萬康的名字？」

「一次都沒有。」

「那露絲．巴特漢的名字呢？」

我沒有聽到回答。我在爸爸的催促下從旁聽席進入炫目的陽光下。

他的胳臂在我的手底下發抖。我聞到他的悶熱汗味從襯衫與外套滲透出來。

「太可怕了，朵蘿！」他對我發火。「妳到底是著了什麼魔，竟然來看這麼醜惡的審判？」

從他帽子內沿汗如雨下的模樣看來，我相信他已經知道了。

52 朵蘿西亞

他們將被判死刑的惡人關在法院地下的牢房。這裡不像新橡樹門監獄的牢房那般明亮乾淨，每間囚室的磚牆都彷彿隨時可能坍塌，鐵欄也都生鏽了。我和大衛走著走著，一隻老鼠從我腳邊竄過，我嚇得連忙拉高裙襬。

「別擔心，牠不會傷害妳。這裡的人才真的可怕。」他的聲音透著疲憊沉重。他神態不同不只是因為光線黯淡，看他駝著背，兩手插在口袋裡，分明是有心事。

我不認為我的心還能容納更多煩惱，它現在為了露絲，已經跳動得萬分痛苦。但可憐我心愛的人模樣實在太悲慘，我必須多少幫點忙。

「發生什麼不好的事情了嗎，大衛？你看起來無精打采的。」他疑惑地看著我。「我的意思不是說在眼下這種環境中應該要興高采烈，只不過……」

「是倫敦，」他口氣沉重地回答：「我的調職申請被拒絕了。」

霎時間他彷彿將一份重擔移到我背上，我打了個踉蹌，不得不抓住他的手臂。「噢，原來如此。」

「本來想等妳和妳朋友談完以後再說的，」他抱歉地說：「我知道妳已經有夠多煩心的事了。」

的確。但一定有個解決之道，有一條我們未來能走的路，只要我能好好思考……偏偏我不能。這些使人虛弱的暈眩與嘔吐感讓我不勝負荷。我即將失去露絲。我必須放棄倫敦的一切希望。唉，這意味著我將要在家參與那場討厭的婚禮，讓爸爸在社交圈丟臉。終究還是要被迫「扮演繼女」……

現在不能想這個。落淚的時刻要再等等，等四下無人之際。因為現在我必須支持露絲、支持可憐的大衛……「實在太遺憾了。這對我們兩人都是一大打擊呀，親愛的。」我稍微用力按壓他的手臂，希望能同時表達同情與鼓勵。「尤其你又是那麼適合的人選。他們沒有告訴你理由嗎？」

他搖頭。「奇事一樁。有種……不對勁的感覺。就在這個禮拜。長官比平常盯我盯得更緊。我想不出是為什麼。」

這會是傻氣的想法嗎？我懷疑是父親去打聽過，想弄清楚我們倆在審判當天交換的眼神中隱藏了什麼。

老實說，我覺得爸爸最近的一舉一動都很可疑。我腦子裡的蛆……最後一次來探視露絲，我沒有搭馬車，而是等到爸爸出門了，才**徒步**走到可以搭出租車的地方。

儘管我一點也不想相信湯瑪斯爵士，從我的行為看來，卻似乎相信了他每一句話，似乎以為自己隨時會被下毒。

「至少你不會因為這件事惹上麻煩，」我要大衛放寬心。「以我和監獄的關係，我來探訪是很自然的事。」

但是在這個地面潮濕、絕望感根深蒂固的地下大雜院，沒有什麼是真的自然。有個髒兮兮又滿口缺牙的女人攀附在鐵欄上。其餘的人或是縮著身子或是仰臥，個個疲憊不堪，等候著死神來帶領。死神在徘徊著，只是肉眼看不見，但可以聞得到。

露絲跪在囚室角落裡，在祈禱。我從未見過她這種姿態，也未見過她如此蒼白。

「我十五分鐘後回來接妳。」大衛說著將門打開，並暗暗捏了捏我的手指。

她必然聽見我進入了，卻仍等到祈願結束才睜開眼睛，轉頭面向我。可憐的孩子，她活像隻受鞭打虐待的狗。

「小姐！妳能來我好高興。」

我們之間不再矜持。這是我們第一次走近並擁抱對方。她抱住我的腰的手臂依然健壯，但她的人已經沾染上發霉腐朽的氣味。

「妳知道對不對？」她怯生生地說：「一直以來。關於毒藥？」

「我當然知道。我以為妳也知道啊！我要是有解釋，我要是能幫上妳就好了！」

她吐出一口氣。「我是個笨蛋。是個大傻瓜。我只是不斷地告訴警察說我殺了她，根本沒想到要解釋是**怎麼**殺的。我始終沒有讓他們正式地詢問我，也沒有好好跟律師談。因為……」她話沒說完，目光望向我肩膀後方的某處。她停頓了片刻。然後，彷彿透過一雙新的眼睛看世界似的。「不是我做的。」

「他們兩人，想必已經計畫多年了。他們一直打算要殺死凱特，奪走她母親的錢佔為己有。

每回他去店裡替她沖泡熱可可……妳只不過是個不可錯失的好藉口。」痛楚卡在我的喉間。「但他們無須栽贓給妳呀！聽妳講述女主人臨終前的狀態，她十分沮喪，對於母親的死也充滿奇怪的懊悔，他們為什麼不說是自殺呢？」

我記得露絲在審判庭上看著比利的眼神。奈兒或許惡毒，但卻不笨也不瞎。也許她已經受夠了有對手爭奪比利的愛。

「不，」露絲抓住我的手說：「妳不懂。**不是我做的！**」她臉上咧出微笑。我注視著她，十分困惑。「束腰沒有力量。那麼多的恨意完全沒有碰觸到凱特，只有毒藥起作用。」

「妳想說什麼，親愛的？」

她忽然哭起來，但笑容反而咧得更開。露出那個笑容的她，幾乎是美麗的。「我的針線活從來都沒有力量，對吧？娜歐米……爸……不是我的錯，全都不是我的錯。」

即使我給她囚室的鑰匙加上一百鎊，她恐怕都不會這麼開心。想必是過去這幾日的壓力讓她變得歇斯底里。

「可是他們還是要吊死妳呀。可憐的孩子。來，」我放開抱著她的手，伸進我的手提袋內。「妳剛才看到的那位警察是我的朋友，他沒有搜我的身。我帶了一樣禮物給妳。」那根針閃著金光，宛如這個濕冷之地的一小滴陽光。「若是讓妳聯想到之前的工作，請原諒我。這是我能偷帶進來最小的物品了。這根針是我母親的，她的一生也是短暫得悲哀。希望這能帶給妳安慰，能陪著妳……到最後。」

露絲鄭重地從我手上接過去。金針被她握暖了。「謝謝妳，小姐。這會有幫助的，雖然我現在不那麼害怕了。」她從縫針抬起眼來，滿懷希望地說：「我可以得救，對吧？我不是殺人犯。我可以去到上帝，還有我媽身邊。」

眼淚扎著我的眼睛。這正是我一直以來希望她獲得的：救贖的機會。我不明白為何我口中嚐到苦澀。「可是妳不生氣嗎？要是我會怒火中燒！比利和奈兒利用了妳，他們殺害凱特，卻安然脫罪了！」

對此，她略一沉思，隨後聳聳肩。「以前，我會恨他們，現在不會了。因為和妳還有牧師談過，我……替他們覺得難過。」

「不能呀！妳不想報復嗎？」

「我必須原諒他們，不是嗎？只有這樣我才能上得了天堂。我很希望能給比利一樣東西，能替他做一樣東西，證明我並不記恨。」

我思索片刻，拿出我的手帕，告訴她說：「這是乾淨的，不過線的話我就無法……」

我沒把話說完，因為她一把搶過我手中的物件，便盤腿坐在囚室的地上。她從自己頭上扯下一根根深色頭髮，穿過針眼。

多奇怪的一個女孩。我該會多想念她。

「妳要繡什麼？」

「在角落繡個花押字，」她說：「就像媽的手帕那樣。我要繡一個R字，是露絲的縮寫，也是魯克的縮寫。我們倆結合在一起，和好如初。」

比利。那麼樣急切地想為他完成這個活兒。卻全然沒提到要原諒奈兒，要與奈兒和好如初，她是銘刻在我心裡的罪魁禍首。

我認為，有一點比其他任何一件事都更令我痛苦而難以接受：就是她仍愛著他，愛著那個為了保護奈兒而將她送上刑台的男人。我不想讓他擁有她以柔情繡出的帕巾。

「妳希望我去嗎？」我輕輕地問：「明天。」

「不，小姐。妳就不用來了。對妳來說那景象太可怕，而且在眾多人潮當中，我十有八九不會看見妳。我會帶著這根針，我會知道妳在為我祈禱。」

「我確實會。」那雙忙活著的手。總覺得他們不可能吊死她。露絲內在的活力與理智，就此熄滅。「親愛的，盡量不要害怕。我知道妳在梅亞爾太太受刑時看到的讓人很……不舒服，不過這些事情看起來往往比實際的情形更可怕。妳要鼓起勇氣，勇敢點，妳要知道有一個更好許多的家在等著妳。」連我自己聽起來都覺得這是陳腔濫調，但我也做不到更好了。在如此的困境中**要**說些什麼呢？

她的手指沒有停止動作，但從她嘴唇的模樣看得出來她在想像，那一天。「梅亞爾太太狀況很糟，尤其她又沒戴頭罩。像那樣拚命想吸氣，感覺到氣體離開妳的身體……不過不會持續太久，對吧？我很快就會死去。有時候，如果門一開妳就跳下去，繩子會直接扯斷妳的脖子。」

她曾經向我提過她父母會用一種假裝愉快的語氣和她說話，現在在她的聲音中，我似乎聽到了他們的回聲。也許她對上帝抱著希望，但還是會緊張，會裝出她其實感受不到的勇敢。

黑色的R字在我的注視下成形，在我手帕的白色經緯上費勁地穿梭環繞。那靈巧的手藝到了明天中午就會被終止。光是靠著髮絲便繡出這個粗體字，手法巧妙，但我不能說我喜歡。以這種材料刺繡，讓我聯想到悼念胸針、死去的鳥。

「妳會拿給比利吧？」她將成品交到我手中時懇求道。幸好我戴著手套，不會直接接觸到這件不祥之物。「妳會去水廄區找到他家吧？就在河邊上，綠色的門。」

我將那一小團東西塞進手提袋，急著將它脫手。「我一定會送到的，露絲。」

「務必讓他知道是我做的喔？」

「一切我都會安排好。」

大衛回來了。難得有這麼一次，我不樂意聽到他熟悉的腳步聲。那聲音彷彿在將露絲拉走，每走一步就拉得更遠一些。我最後一次凝視她睫毛短短、離得太開的褐色眼睛。她深不可測的頭顱將會帶著它的祕密與她一起埋入墳穴。

那我的呢？

「願上帝保佑妳，露絲。別害怕。」

她汗濕的手握住我的手套，握得緊緊的，就好像我能把她從鬼門關前救回來。「謝謝妳，小姐。謝謝妳做的一切。」

門呀然開啟。

「時間到了，朵朵。」

我不會哭。等回到家以後，也許才會把頭埋進枕頭哭泣吧。我再一次擁抱露絲，腳步踉蹌地走出去，跌進大衛等候著的臂彎。

門關上了，欄杆的影子落入囚室中。

她是那麼年輕。膚色黝黑，姿態毫不優雅，與我母親，昔日那個金髮美女沒有一點共通處。但當我回頭看著她在鐵籠裡抱縮的身影，卻看見她二人的相似處。

受驚的雙眼，試著勇敢面對死亡的凝視。輕盈的身軀，年紀輕輕便香消玉殞。

我看到兩個女人將自己託付給錯的男人。

兩個女人，受到背叛。

威奇謹慎地跳上鳥籠開著的門，棲在邊上，環顧四周。這是牠的習慣：展翅前總要先察看一番。憑這一點，區區一隻鳥便證明自己比大多數人類都聰明。

安全無虞。威奇往上一躍，展開翅膀。

當我瞪著攤放在書桌上的手提袋，發現有牠在臥室裡鼓翅飛移是有幫助的。雖然我身子不動，思緒卻隨著牠在飛，探索每一個角落，並慢慢舒展開來。

到頭來歸根結柢只有一點：我相信什麼？

我信任顱相學嗎？能接受我無法逃脫此時反映在梳妝檯鏡子裡頭顱的輪廓嗎？因為無論我如

何努力，那些凸塊仍在，而即將成為我伴侶的男人並未能拯救我。

又或許我應該相信牧師的話。那神聖的仁慈說**一切都能被原諒**。露絲本人似乎是擁抱這份信念。可是牧師不也對我說**惡人必須受懲罰**嗎？我無法釐清何者更為重要：是原諒或是正義。我無法兩者兼得。

威奇的尾巴掉落了兩根黃色羽毛，我眼看著羽毛飄到地上。這或許是我的選擇，以寓言方式呈現。

換作以前，我不會猶豫。但現在的我似乎吸收了露絲，連同她的故事一起；除了我自己的聲音，我也聽見她的。不是昨天在死囚室裡那惹人憐的哀鳴，而是強力、規律的恨意節奏在我耳中響起。

我又要再問了：我相信什麼？露絲周遭的死亡循環純粹只是巧合嗎？每個人的死都有合理的解釋，但也許聽起來奇怪，我就是拋不開一種感覺：那個女孩**確實**有點神祕怪異，有一種科學無法解釋的力量。

她在繡手帕時，我讓她談起絞刑了，不是嗎？如果她根本沒有原諒比利・魯克呢？這件結合棉布與髮絲的製品，在我看來不像是禮物。而是死亡的象徵。

我從書桌內取出一張牛皮紙，再將手帕從手提袋倒進紙張中央。死囚室裡的麝香味混合著佛手柑香油味，揚起一縷縷令人迷惑的氣味。我小心地包起手帕，不讓手碰髒布料，再用細繩將包裹綁好。雖然被覆蓋住了，我卻仍能看見R字刻印在我的眼皮內側。烏黑黑的。

我的手在顫抖，粉紅指甲上有白色條紋。審判至今已過了一段時間，但嘔吐感仍蹲伏在胃裡，挑起不適感，等著要猛撲。也許是過去幾個星期過於緊繃，如今反映在身體上面。也或許是因為去探視窮苦人而染了病。

也許我正要走上母親的後路。

威奇停歇在我身旁的桌上，爪子一陣刮擦。牠墨黑的眼珠子深邃而神祕。「你呢，先生？」我問牠：「你有什麼看法？」

牠當然沒有回答，但我內心有個聲音回答了。我不是傻瓜，我欺騙自己夠久了。我內心深處始終知道自己相信什麼，又必須怎麼做。

我必須送手帕去。

當我昏昏沉沉抵達他家門時，正好是十一點。屋裡一片寂靜。我緊張地一手抓著包裹，抬起另一手敲門。那強力的**叩叩**聲暗示著一股我自己沒有感覺到的自信。

我該說什麼？話語會主動替我解圍嗎？也許我堅持不到最後——但是我必須要，為了她，我**必須**要。

我等著。過了一會兒，耳中脈搏砰砰跳動的聲音才停止，我也才有機會傾聽有無接近的腳步聲或門把轉動聲。什麼都沒有。

說不定他沒聽見。我又敲一次門，這回敲得更大聲。

完全悄然無聲，靜得幾乎令人痛苦。

但老實說，我鬆了一口氣。不用面對他的話，一切都會簡單得多。我草草寫了張字條，上頭註記他的名字後，塞進包裹的細繩底下，然後整包東西放在門下方。這裡十分安全，不會有風將包裹吹移或是將字條吹跑。有可能被其他人偷走吧，我想，但那是我不得不冒的風險。

等我安然回到自己房中，威奇已經自行重新進入籠內。我替牠關上門，可是感覺焦躁不安、被困住的卻是我。時間慢得有如蝸牛爬行。

這將是露絲在人世間的最後時刻。對我來說慢如牛步的時間，在她感覺應該是瞬間飛逝。或者她也許並不在乎時間疾馳奔向中午，也許她只巴不得盡早了結。

樓下，爸爸回家了。我聽見他在和門口的男僕說話，並將手套和帽子交給他。他去拜訪皮爾斯太太了。他邁開大步走向書房——若是以前，他會直接上樓看我，但最近我就不抱奢望了。

還剩下十五分鐘。

比利和奈兒會不會是壯起膽子去看露絲死去？我早該想到這個可能性。他們不會在水廏區的家中，而是會在廣場上，擠著爭搶最好的觀看位置。可惡的下毒者，所有殺人犯中最懦弱的一種人，去旁觀本該是他們自己應受的懲罰。

鐘響了。正午時分。

我跪了下來，雙手合十禱告。我以一種從未感受過的激烈程度禱告，腦中想像著她可憐、垂死的面容。鐘響四聲。五聲。露絲吊在繩索末端，無法喘息。鐘響七聲。

我腦中的畫面清晰得教人心痛。鐘聲之間的空檔，我幾乎可以聽見她吸不到空氣的哽咽聲。

不。

我聽見的是**他**。

當我站起身，瞥見自己鏡中的倒影，在微笑著。最終，我的信任沒有誤判。露絲。

露絲對我說的從來都是實話。

我取下髮箆。我耳朵上方的突起處，殺人的中樞，前所未有的明顯。無須再隱藏或否認了。我的命運終於展現。

我打開房門。

下人們匆匆奔過走廊。蒂妲站在樓梯口，扭絞著手。

「怎麼了？」我問道：「爸爸人不舒服嗎？」

她忽然掉下淚來。

我從容地拾級而下，跟隨男僕們前往書房。匆忙之際，他們並未注意到我。

「大夫！」管家高喊。「快去請大夫。」

爸爸癱軟坐在椅子上。他們將他拉離開書桌，讓他仰起頭，並試著鬆開他的領帶與衣領。沒有用。他頸子上環繞著一圈又一圈紅色的燒焦痕跡。他皮下與眼中的血管爆裂，整個人呈現一種奇怪的灰藍色調。

「老天哪！」我大喊。「怎麼會這樣？他就好像被吊死一樣！」

書桌上，牛皮紙包裹已經攤開。露絲的手帕仍牢牢抓在他僵硬的手上。手帕的一角翻蓋住他的手指，在僕人們匆忙奔走的身影間，我隱隱約約地看見了。

以黑髮繡成的，那個字母R。

致謝

我十分幸運有一個很棒的團隊幫助我創作出《絲縷殺機》：我的經紀人Juliet Mushens；編輯Alison Hennessey與Marigold Atkey，還有她們迷人的助理Callum Kenny與Lilidh Kendrick；美編設計David Mann；行銷Janet Aspey與宣傳Philippa Cotton；還有Bloomsbury Raven出版社許多勤奮的審稿、校對人員與幕後魔法師。謝謝你們每一位，沒有你們，這一切都不可能發生。

就私人而言，支持我再次度過一年寫作焦慮的家人朋友，值得最熱烈的掌聲，尤其是外子Kevin，他總能將我從煤洞中救出。特別感謝Louise Denyer為書中的金絲雀取名為「威奇」，十分符合維多利亞時期的風格。

我想特別一提的是Jennifer Rosbrugh，她在線上開的歷史縫紉課讓我在理論上知道如何製作穿繩股的束腰，雖然我沒有勇氣實際嘗試！此外也要感謝Alison Matthews David，在她的精采好書《*Fasion Victims*》中提供了大量資訊，賦予我描述羅莎琳・歐戴克生活的寫實靈感。

朵蘿西亞所信奉的顱相學是根據O.S.與L.N. Fowler撰寫的《*The Self-Instructor in Phrenology and Physiology*》，加上Vaught的著作《*Practical Character Reader*》中的一些元素。關於該主題，在http://www.historyofphrenology.org.uk/有非常詳盡的概論。

最後，我想請各位想一想十三歲的Ann Nailor的遭遇，她是一間女帽店的學徒，一七五八年，她確實死在一對母女（兩人皆名為莎拉·梅亞爾）手中，這也是米莉安故事的發想。她的案件的詳細資料都記錄在《老貝利司法檔案》中。❸

❸ 老貝利即倫敦中央刑事法院。